KNAUR

Über die Autorin:
Lucia Sperling wurde 1970 in Stuttgart geboren und lebt nach mehreren Auslandsaufenthalten auch wieder dort. Sie ist verheiratet und hat vier Kinder. Außerdem arbeitet sie in einer Praxis für systemisches Coaching. Dass das Leben mitunter unglaubliche Wendungen bereithält und was daraus entstehen kann, inspiriert und begeistert sie immer wieder aufs Neue. Lucia Sperling schreibt auch unter dem Namen Lucinde Hutzenlaub Romane und Kolumnen sowie sehr erfolgreich Sachbücher.

LUCIA
SPERLING

VOM LIEBEN UND LASSEN

ROMAN

KNAUR

Besuchen Sie uns im Internet:
www.knaur.de

Aus Verantwortung für die Umwelt hat sich die Verlagsgruppe Droemer Knaur zu einer nachhaltigen Buchproduktion verpflichtet. Der bewusste Umgang mit unseren Ressourcen, der Schutz unseres Klimas und der Natur gehören zu unseren obersten Unternehmenszielen. Gemeinsam mit unseren Partnern und Lieferanten setzen wir uns für eine klimaneutrale Buchproduktion ein, die den Erwerb von Klimazertifikaten zur Kompensation des CO_2-Ausstoßes einschließt. Weitere Informationen finden Sie unter: www.klimaneutralerverlag.de

MIX
Papier | Fördert gute Waldnutzung
FSC® C083411

Originalausgabe November 2022
Knaur Taschenbuch

Ein Imprint der Verlagsgruppe
Droemer Knaur GmbH & Co. KG, München

Dieses Werk wurde vermittelt durch die
Michael Meller Literary Agency GmbH, München.
Redaktion: Heike Fischer
Covergestaltung: Sabine Kwauka
Coverabbildung: Collage von Sabine Kwauka
unter Verwendung von Motiven von Shutterstock.com
Satz: Adobe InDesign im Verlag
Druck und Bindung: CPI books GmbH, Leck
ISBN 978-3-426-52842-6

2 4 5 3 1

Das Leben ist kurz! Brich die Regeln, vergib schnell, küsse langsam, liebe wahrhaftig, lache unkontrolliert und bereue nichts, was dir ein Lächeln geschenkt hat.

Mark Twain

1

Katharinas Ingwertee war wie immer kalt, aber daran hatte sie sich längst gewöhnt. Meist brühte sie ihn morgens auf und vergaß ihn dann, sobald der erste Klient klingelte. Wie immer in den kurzen Pausen zwischen ihren Terminen stellte sie sich für einen Moment ans weit geöffnete Fenster, sah auf Herrn van der Feldes Rosengarten hinaus und atmete. Atmen war immer gut.

Dieses kleine Ritual half ihr dabei, sich zu sammeln und mental und manchmal auch emotional abzuschließen.

»Soll ich ihn dir nicht vielleicht doch warm machen?«

Katharina zuckte zusammen, bevor sie sich zu Muriel umdrehte. Sie war gedanklich immer noch so mit ihrem letzten Gespräch beschäftigt gewesen, dass sie ihre Assistentin gar nicht gehört hatte. Wie immer trug Muriel ein Kleid im Fünfzigerjahrestil, das ihren kurvigen Körper perfekt in Szene setzte. Heute war es dunkelblau und hatte einen schmalen weißen Bubikragen. Für ihre Verhältnisse war das mehr als dezent. Katharina musste unwillkürlich lachen, als ihr Blick auf Muriels in offensichtlicher Abscheu verzogenes Gesicht fiel.

»Danke für dein freundliches Angebot, aber nein, danke.«

Katharina hatte mehrfach versucht, Muriel von gesünderen Angewohnheiten zu überzeugen, aber sie trank ausschließlich Kaffee oder Cola light und war diesbezüglich beratungsresistent. Sie waren ein großartiges Team und verstanden sich prächtig, aber sie waren in jeder Hinsicht absolut gegensätzlich. Erkennbar auch daran, dass Muriel ständig auf der Suche nach dem Prinzen in schimmernder Rüstung war, während Katharina wusste, dass es durchaus Sinn ergab, sich für ganz normale Männer zu begeistern, wenn man tatsächlich einen Partner finden wollte. Sie war schließlich nicht nur Paartherapeutin, sondern zudem schon seit mehr als zwanzig Jahren verheiratet.

Muriel streckte Katharina zwei Gläser mit undefinierbarem orangenem Inhalt entgegen. »Das hat Frau Reich für dich vorhin abgegeben. Marillenmarmelade. Eine mit Schuss, eine ohne.« Auf Katharinas fragenden Blick hin ergänzte sie grinsend: »Sind keine Etiketten drauf. Aber sie hat gesagt, wir würden den Unterschied schon merken.«

»Befürchte ich auch.« Katharina runzelte die Stirn. Frau Reich brachte jedes Mal etwas anderes mit, das sie selbst gemacht hatte. Sie hatte mitbekommen, dass Muriel und Katharina einmal in der Woche zusammen frühstückten, um all die Dinge in Ruhe zu besprechen, die in der Praxis anstanden. Das hatte ihnen schon einige kulinarische Abenteuer aus Frau Reichs Küche eingebracht.

»Übrigens, ein Herr Friedrichs hat angerufen. Er hat eine tolle Stimme. Und er spricht Dialekt. Ich glaube, es war Bayrisch. Oder Österreichisch vielleicht?« Muriel seufzte. »Ich liebe Österreichisch.«

Katharina schüttelte amüsiert den Kopf. »Herr Friedrichs hat aber schon wegen eines Termins angerufen und nicht, weil er die Frau seiner Träume am anderen Ende der Leitung vermutet hat?«

»Vermutlich nicht«, antwortete Muriel. »Andererseits: Wer weiß das schon? Und außerdem: Die Wahrscheinlichkeit, den Partner fürs Leben bei der Arbeit kennenzulernen, liegt bei neunzig Prozent!« Sie legte herausfordernd den Kopf schräg. »Hab ich neulich beim Friseur gelesen.«

»Und dann muss es stimmen?« Katharina lachte, als Muriel die Augen verdrehte. »Schon gut, schon gut. Es ist ja nicht ganz falsch.

Aber vielleicht stimmt es eher für Menschen, die nicht unbedingt in einer Psychotherapie-Praxis arbeiten, die sich auf Paarberatungen spezialisiert hat.«

»Das sagst du!« Muriel grinste ebenfalls. »Aber hundertprozentig weiß man nie, was das Schicksal für einen bereithält.«

»Da hast du allerdings auch wieder recht. Also, wann kommt Herr Friedrichs denn?«, fragte Katharina und öffnete ihren Online-Terminkalender, um ihren neuen Klienten einzutragen.

Selbst wenn Muriel sich gerne romantischen Fantasien hingab, nahm sie ihre Aufgabe mehr als ernst. Sie war fantastisch organisiert, hatte alles unter Kontrolle, und es gelang ihr zudem, Katharinas Klienten schon am Telefon das Gefühl zu vermitteln, dass sie in ihrer Praxis genau am richtigen Ort waren. Katharina nannte Muriel sehr oft scherzhaft ihre Chefin. Und noch sehr viel öfter war ihr bewusst, dass es im Grunde alles andere als ein Scherz war.

»Das war wirklich merkwürdig«, antwortete Muriel. »Er wollte zwar einen Termin so schnell wie möglich, aber als ich ihm nächste Woche den letzten am Donnerstag angeboten habe, hat er ihn abgelehnt, obwohl er ja echt Glück hatte, dass überhaupt was frei geworden ist. Er hat gesagt, er sei nur kurz in der Stadt und auch erst ab dem Freitag in zwei Wochen, es sei so was wie ein Notfall und er müsse dich unbedingt sprechen. Aber ein Notfall, der zwei Wochen warten kann? Und wenn er nur kurz hier ist, warum sucht er sich dann nicht jemanden in seiner Heimatstadt? Keine Ahnung, was er sich dabei gedacht hat.« Muriel zuckte mit den Schultern. »Männer. Ich werde sie wohl nie verstehen.«

»Gerade eben wolltest du noch mit ihm durchbrennen«, zog Katharina ihre Assistentin auf, aber die schnalzte nur mit der Zunge. Dass manche Klienten feste Vorstellungen von möglichen Terminen hatten, war nicht ungewöhnlich. Dass aber jemand freiwillig länger warten wollte, schon.

»Und was hast du jetzt mit ihm ausgemacht?«

»Ich habe ihm gesagt, dass er dann eben erst am Montag darauf den letzten Termin um fünf nach Doktor Eibiger haben kann.« Sie grinste. »Ich will doch nicht, dass meine Chefin am Freitag ewig in ihrer Praxis sitzt, wo zu Hause ihr gut aussehender Mann und ihre lieben Töchter warten, nur weil ein Herr Friedrichs das gerne so hätte.«

»Welche lieben Töchter meinst du?«, fragte Katharina betont scherzhaft, obwohl ihr diesbezüglich zurzeit nicht unbedingt nach Scherzen zumute war. Immerhin waren sowohl die fünfzehnjährige Bella als auch die gerade achtzehnjährige Elise mitten in der Pubertät und zeigten ihrer Mutter ständig, dass sie sie für alles andere als perfekt hielten. *Und vor allem, welchen Mann?*

Als Muriel wieder zu ihrem Schreibtisch im Empfangsraum zurückgekehrt war, lehnte sich Katharina zurück. Es war die beste Idee gewesen, damals vor knapp neun Jahren ihre eigene Praxis aufzumachen, von der sie so lange geträumt hatte. Elise war neun und Bella sieben Jahre alt gewesen. *Eigentlich müsste ich Henri für die klischeehafte Affäre mit seiner Kollegin Clarissa fast dankbar sein,* dachte sie bitter. Immerhin war das vermutlich der Tritt gewesen, den sie gebraucht hatte, um ihren Traum umzusetzen. Ohne hätte sie vielleicht noch viel länger mit der Praxis gewartet. Oder sie hätte es gar nicht erst versucht.

Tatsächlich war Katharina auch ohne Clarissa unzufrieden gewesen und hatte sich gefühlt, als würde sie an dem Leben vorbeileben, das sie gerne gelebt hätte. Nicht, dass sie es je bereut hatte, Elise und Bella bekommen zu haben. Im Gegenteil. Aber genauso, wie sie sich nicht allein darüber definieren wollte, Psychologin zu sein, genauso wenig war sie eben auch nur Mutter.

Ihre Studienfreundin Theresa hatte Katharina damals geraten, Henris Affäre als schmerzhaften, aber nötigen Weckruf anzunehmen und verdammt noch mal wieder zu arbeiten, schon allein, um von ihrem untreuen Ehemann finanziell unabhängig zu sein. Theresas Worte waren heilsam und zielführend gewesen, und nachdem sie sich entschieden hatte, war alles ganz schnell gegangen. Und bevor sie sichs versah, hatte sie eine Praxis und eine Assistentin gehabt, die nun Mühe hatte, Katharinas Termine unter einen Hut zu bekommen.

Draußen lachte Muriel, das perfekte Ein-Frau-Empfangskomitee, über irgendetwas, das Edoardo, Katharinas letzter Klient für heute, zu ihr gesagt hatte.

Katharina liebte einfach alles an ihrer Praxis, selbst wenn sie sich eingestehen musste, dass ihre Arbeit dort manchmal vielleicht auch ein wenig eine Flucht war. Denn sie war so viel besser darin, einen klaren und gelassenen Blick auf die Verwicklungen des Lebens ihrer Klienten zu haben als auf die ihres eigenen. So oder so: Je mehr zu tun war, umso mehr blühte sie auf.

Der Moment, wenn ein Klient, eine Klientin oder ein Paar einen ganz eigenen und neuen Weg für sich gefunden hatte, war jedes Mal wieder magisch. Es überraschte sie immer wieder aufs Neue, was für Umwege die Liebe und das Leben mitunter bereithielten.

Katharina schob die Post beiseite, die sie später mit nach Hause nehmen würde, und stand auf.

Dabei fiel ihr Blick auf Muriels Notiz mit Herrn Friedrichs' Telefonnummer. Dieser Name … er löste irgendein Echo in ihr aus, eine Erinnerung an jemanden, den sie mal gekannt hatte. Aber genauso schnell, wie sie gekommen war, war sie auch wieder verschwunden. Muriel hatte recht: Irgendetwas war hier merkwürdig. Aber früher oder später würde sie herausfinden, was es war, und bis dahin schob sie den Gedanken an ihren zukünftigen mysteriösen Klienten beiseite und ging zur Tür, um Edoardo hineinzurufen.

2

Ich geh dann, okay?« Muriel streckte noch einmal den Kopf durch die Tür. Erschrocken sah Katharina zu ihrer Assistentin hinüber und dann auf ihre Uhr. Edoardo war schon vor mehr als zwei Stunden gegangen, und Katharina hatte wieder einmal über ihren Notizen die Zeit vergessen.

Sie hatte begonnen, alle Daten zu digitalisieren und von nun an mit einem Tablet anstelle eines Blocks zu arbeiten, denn Katharina war die vielen Vermerke leid, die sie selbst manchmal nicht mehr entziffern konnte. So richtig gut kam sie allerdings noch nicht mit dem Gerät klar, und solange sie nicht sicher sein konnte, dass sie nicht alles mit einer unbedachten Fingerbewegung löschte, fuhr sie lieber zweigleisig, was die Sache nicht einfacher machte. Im Gegenteil.

»Oh. Wow!« Muriel schob sich komplett ins Zimmer und musterte Katharina eindringlich. »Das … sieht nicht gut aus.«

Es war nicht klar, ob sie damit das Chaos auf ihrem Schreibtisch meinte oder Katharina selbst, die die Nadeln aus ihrem Dutt gezogen hatte und deren Kopf nun in eine Wolke aus blonden Locken gehüllt war. Ein wenig verlegen versuchte sie, die Haare zu bändigen, gab aber schnell wieder auf.

»Nein, auf deinem Kopf ist alles großartig! Ich meine das hier«, Muriel wedelte mit der Hand in Richtung Katharinas Schreibtisch. »Wenn ich solche Haare hätte, würde ich sie niemals in einen Dutt sperren.« Sie lachte. Muriel selbst hatte sich anscheinend schon für den Feierabend umgezogen, denn sie trug nun ein dunkelrotes Kleid mit Tellerrock, weiße Söckchen und schwarze Mary Janes mit Absatz. Ihren Pony hatte sie zu einer beeindruckenden Tolle gedreht, ihre Wangen glühten, und ihre schwarz umrandeten Augen blitzten, was sie einfach großartig aussehen ließ.

»Gleichfalls wow«, sagte Katharina und grinste. »Hast du noch was vor?«

Muriel nickte. »Ich habe ein Date. Und wenn du Glück hast und nett zu mir bist, dann erzähle ich dir vielleicht morgen davon.« Sie klimperte mit den Wimpern, dann zuckte sie entschuldigend mit den Schultern. »Tut mir leid, Katharina. Wenn du was gesagt hättest … ich helfe dir doch gern mit so was.« Sie nickte in Richtung Notizblock.

»Nein, das ist lieb, Muriel, aber das muss ich selbst machen. Manchmal fallen mir dann Dinge ein, die ich gar nicht aufgeschrieben habe. Außerdem: Du bist jung und schön und suchst nach Mister Right. Da darf dich doch die Arbeit nicht aufhalten.«

»Danke für das jung und schön, aber ich bin immerhin auch schon zweiunddreißig! Da muss man langsam schauen, wo man bleibt.« Sie lachte. »Ob heute der Tag der Tage ist, erzähle ich dir am Montag. Mach nicht mehr so lang, okay? Und hab einen schönen Feierabend!«

»Ist gut, Chefin«, sagte Katharina und verzog das Gesicht, als sie ihrer Assistentin zum Abschied winkte. Muriel winkte grinsend zurück, dann war sie verschwunden.

Muriels Verabredungen waren legendär, beinhalteten meist irgendwelche Tanzveranstaltungen in fragwürdigen Schuppen und endeten oft damit, dass Muriel ihr angetrunkenes Date in ihrem altersschwachen Mini nach Hause fuhr. Katharina war insgeheim davon überzeugt, dass sich Muriels Männer allesamt regelrecht Mut antrinken mussten, weil sie ihr sonst nicht gewachsen wären.

Sie hegte außerdem den Verdacht, dass Muriel sich nicht traute, einen Mann auf Augenhöhe zu suchen, und sich stattdessen eine ansehnliche Sammlung an schrägen Vögeln zulegte. Aber das würde sie ihr nur sagen, wenn Muriel sie danach fragte, und das tat sie nie.

Vor dem Fenster der Praxis hatte sich unbemerkt die Dämmerung ausgebreitet, was für Ende März nicht weiter erstaunlich war. Trotzdem hatte Katharina ein schlechtes Gewissen, denn sie hatte Elise versprochen, heute einmal früher nach Hause zu kommen. Sie klappte den Laptop zu und lehnte sich zurück. Sie machte sich nichts vor: Natürlich hatte ihre Große sie nicht unbedingt darum gebeten, weil ihr so viel an der Gesellschaft ihrer Mutter lag. Elise wollte das Auto.

Liebe Kinder, schon klar.

Seufzend packte Katharina ihre Sachen in ihre Tasche, nahm ihren Mantel aus dem Schrank und löschte das Licht, bevor sie sich endlich von all den Geschichten ihrer Klienten löste, die sie heute wieder gehört und begleitet hatte, um sich in ihre eigene aufzumachen.

Wenigstens war der Schnee weg, dachte Katharina, als sie über den gekiesten Gartenweg zum schmiedeeisernen Tor der Gründerzeitvilla ging, in deren zweitem Stock ihre Praxis untergebracht war. Höchste Zeit, dass der Frühling kam und sie nicht mehr bei jeder Autofahrt ihrer Tochter Angst haben musste, dass irgendetwas passierte.

Sie fuhr noch kurz in den Supermarkt, um Ingwer und grünen Tee für die Praxis zu kaufen. Außerdem musste Katharina sich schnell einfallen lassen, was sie heute Abend kochen konnte, wenn sie vermeiden wollte, dass ihre Familie sich von Snacks ernährte. Sie war schon fast am Regal mit dem Klopapier, das sie ebenfalls dringend brauchten, als ihr die veganen Brotaufstriche einfielen, die Elise bei ihr in Auftrag gegeben hatte, weil sie neuerdings der Fleischindustrie den Kampf angesagt hatte. Sie nahm für Henri noch ein großes Stück von seinem Lieblingskäse mit und für Bella eine kleine Tüte Lakritz. Wie jemand das mögen konnte, war ihr zwar ein Rätsel, aber es machte ihre jüngere Tochter glücklich, und das war Grund genug, es in den Wagen zu legen. Als sie schließlich vor dem Regal mit dem Klopapier stand, hatte sie noch immer keine Idee, was sie kochen sollte, was womöglich daran lag, dass es sich zunehmend zur Herausforderung entwickelte, denn es war unmöglich, jeden zufriedenzustellen. Aber das galt ja wohl für beinahe alles im Leben.

3

O Mann, Mama! Wir warten schon tausend Millionen Jahre auf dich!«, rief Bella aus der Küche, als Katharina die Tür hinter sich ins Schloss fallen ließ. »Ich hab schon gedacht, du kommst nie! Ich fall gleich um vor Hunger!«

Katharina musste lächeln. Ihre Töchter neigten beide ein wenig zur Dramatik, vor allem, wenn sie hungrig waren. Wobei – Letzteres konnte man streichen. Sie neigten zur Dramatik. Punkt.

Aus der Küche drangen lautes Rumoren und Musik. »Gulasch ist fast fertig!«, brüllte Bella über den Krach hinweg. Irgendjemand in dieser Familie schien eine Kochidee gehabt zu haben. Das war gut. Bei Gulasch tippte sie auf Bella. Dass Elise einen Aufstand wegen des Fleisches machen würde, war allerdings auch ziemlich wahrscheinlich.

Als Katharina die großzügige, offene und in Weißtönen gehaltene Wohnküche betrat, sah sie, wie Henri und Bella einträchtig nebeneinander am Herd standen und sich in komplett synchronen Bewegungen zu irgendeinem Song aus Bellas Playlist bewegten. Sie ließ die Einkaufstüten mit den Zutaten für den vegetarischen Auberginenauflauf, der die meisten kulinarischen Wünsche ihrer Familie abdeckte, neben die Theke gleiten.

Henri sah auf. »Na? Wieder mal in Notizen versunken?«

Es sollte vermutlich nicht wie ein Vorwurf klingen, aber für Katharina fühlte es sich trotzdem so an. Dabei hatte Henri ja recht. Sie war versunken. Und wie. Aber wenn sie gewusst hätte, dass er kochen würde, hätte sie sich das Einkaufen sparen können und wäre mindestens eine Stunde früher hier gewesen.

»Nur noch die Nudeln, und dann geht's los!«, rief Henri da fröhlich. Wahrscheinlich hatte sie sich den Vorwurf wirklich nur eingebildet.

»Und Elise?«

»Die isst die Nudeln einfach mit Pesto.« Unbekümmert zuckte Henri mit den Schultern. Hoffentlich sah Elise das genauso. Ihre Laune war wie eine Wundertüte. Leider wusste man nie vorher, was man bekam.

Katharina wollte kein Spielverderber sein, auch wenn ihr weniger nach Gulasch, sondern eher danach war, für einen Moment in den Arm genommen zu werden, so wie Bella gerade, bevor Henri sie einmal um die eigene Achse drehte. Stattdessen begann sie, ihre Einkäufe in den Kühlschrank zu räumen. Als Katharina die Bananen in die Obstschale legen wollte, sah sie, dass dort bereits welche lagen. Henri bemerkte ihren Blick und begann zu lachen.

»Oh, du warst auch im Supermarkt? Jetzt sag aber nicht, du hast auch Käse und Klopapier gekauft?« Er schüttelte den Kopf. »Das nennt man wohl Gedankenübertragung.«

»Oder Zeitverschwendung«, brummte Katharina. Diese Einkaufstour hätte sie sich wirklich sparen können.

Sie schenkte sich ein großes Glas Wasser ein und bemühte sich um ein Lächeln.

»Ich finde es wirklich klasse, dass du kochst, aber …« Schon während ihrer ersten Worte wusste sie, dass sie ein Fehler gewesen waren. Aber es war zu spät.

»Was … aber?« Henris Lächeln war verschwunden, und Katharina bereute sofort, dass sie überhaupt davon angefangen hatte.

»Vergiss es.«

»Nein, wieso? Was wolltest du sagen?« Er würde nicht lockerlassen, so viel war klar. Warum hatte sie nicht einfach den Mund gehalten? Abwartend sah Henri seine Frau an. Sie seufzte. »Okay: Ich finde es toll, dass du einkaufen warst und gekocht hast, aber kannst du mir das in Zukunft vielleicht einfach vorher sagen, dann kann ich früher …«

»Ist das dein Ernst?«, unterbrach er sie. »Ich will dir eine Freude machen und erledige praktisch den kompletten Haushalt, damit du nichts mehr tun musst, weil es dir ja seit ein paar Wochen immer öfter so gut in deiner Praxis gefällt, dass du dort die Zeit vergisst und ewig nicht nach Hause kommst – und du beschwerst dich?« Henri schüttelte enttäuscht den Kopf. »Glaubst du, ich hatte heute frei? Ich bin extra früher gekommen und wollte dir eine Freude machen, und das hab ich jetzt davon? Du weißt schon, dass sich andere Frauen über einen Mann freuen würden, der so etwas für sie macht, oder?«

»Das habe ich doch gar nicht …«

»Mann, Mama, du hast es drauf! Du machst echt immer alles kaputt.« Bella schaute böse und lehnte sich dann an ihren Vater, der sofort den Arm um sie legte und ihr einen Kuss auf den Scheitel gab. Eifersucht gesellte sich zu Katharinas Ärger dazu. Dabei war es wirklich schön zu sehen, wie nah sich die beiden waren. Sie wusste, dass sie sich über die Vater-Tochter-Einheit freuen sollte, aber es gelang ihr nur halb. Denn während Henri sich grundsätzlich in der Bewunderung seiner Kinder sonnte, bekam sie die Beschwerden ab. In Momenten wie diesen fühlte sich Katharina einfach unverstanden und ausgeschlossen. Und so schlimm war das, was sie gesagt hatte, ja auch wieder nicht.

Sie stand auf und nahm sich doch ein Glas Weißwein. Henri hatte das Küchentuch hinten in die Hosentasche gesteckt und trug die Schürze, die Bella ihm mit zehn Jahren in der Schule genäht hatte und die sich an den Nähten bereits auflöste. Seine Haare standen in alle Richtungen vom Kopf ab, was dafür sprach, dass er nicht mehr in den Spiegel geschaut hatte, seitdem er Anzug und Krawatte gegen Jeans und T-Shirt getauscht hatte, um für seine Familie zu kochen. Scham gesellte sich zu all den anderen Gefühlen dazu. Er hatte ja recht: Jede andere Frau würde sich vermutlich freuen. Aber sie war nun mal nicht jede andere Frau. Vielleicht war das das eigentliche Problem.

Gerade, als sie einen großen Schluck aus ihrem Glas trank und sich vornahm, das Essen ganz besonders zu loben, rauschte Elise in die Küche und ließ sich auf ihren Platz an dem langen Esstisch fallen. Sie sog den Duft des Essens ein.

»Uh, totes Tier zum Abendessen?«, fragte sie sofort, als sie den Topfinhalt identifiziert hatte, und rümpfte angewidert die Nase. »Na toll, Mama. Und was soll ich jetzt essen?«

»Hallo, Liebes, auch schön, dich zu sehen! Geht es dir gut?« Katharina bemühte sich um ein extra freundliches Lächeln und verzichtete darauf, ihre Tochter darauf hinzuweisen, dass nicht sie, sondern Henri für das Abendessen verantwortlich war. Es hätte sowieso nichts genützt. Elise haderte zurzeit mit allem und jedem, aber offenbar ganz besonders mit ihrer Mutter. Egal, was ihre Mutter sagte oder tat, Elise fand es peinlich oder falsch. Ihren Kleidungsstil, ihren Job, dass sie sich für Elise interessierte, genauso, wie wenn sie es nicht tat. Katharina stand ständig in ihrer Kritik.

»Papa hat Gulasch gemacht!«, rief Bella begeistert vom Herd aus. »Für dich gibt's die Nudeln mit Pesto«, ergänzte Katharina, was Elise ignorierte. Stattdessen tippte sie auf ihrem Handy herum. Ein paar Textnachrichten später ließ sie es sinken, um sich die Nase zuzuhalten.

»Wie das stinkt! Ich kann kaum glauben, dass ihr das wirklich esst. Widerlich!« Sie schüttelte sich erneut. »Da fällt mir was ein: Kann ich gleich das Auto haben, Mom?« Ihre Stimmlage hatte sich komplett gedreht. Nun war sie nicht mehr aggressiv, sondern übertrieben freundlich. Katharina war sich nicht sicher, was sie unangenehmer fand. So langsam spürte sie, wie ihre Gelassenheit bröckelte. Erst das mit Henri und dann auch noch Elise. Es war eine Sache, sich pubertär aufzuführen, und sie wusste, dass das bis zu einem gewissen Grad sein musste, aber sie konnte es überhaupt nicht leiden, zuerst unfreundlich behandelt und dann mit Forderungen überfallen zu werden. Ihre Tochter wollte den Schlüssel? Nun, Katharina wollte ein bisschen Respekt. Sie atmete tief ein und wieder aus. Was in der Praxis half, half auch zu Hause. Zumindest, wenn man rechtzeitig daran dachte.

»Lass uns erst mal essen. Ich bin noch gar nicht richtig angekommen, Elise, ja?«, antwortete sie.

»Wieso, du bist da und bleibst es auch, oder? Dann kann ich das Auto doch haben«, gab Elise zurück. Von der Freundlichkeit, die gerade eben kurz aufgeblitzt war, war kaum noch etwas übrig. Emotionale Achterbahnfahrt die hunderttausendste, dachte Katharina und verkniff sich ein Stöhnen. »Wir machen es so«, schlug sie dafür langsam und deutlich vor, nach wie vor um Souveränität bemüht. »Wir essen jetzt gemeinsam. Dann fragst du mich noch einmal in einem angemessenen Ton, und dann kannst du den Schlüssel haben. Wenn du keine Nudeln essen möchtest, ist das kein Problem. Wir haben Brot und Hummus, und ich habe gerade eben auch noch zwei Aufstriche für dich gekauft.« Dann war ihre Einkaufstour wenigstens nicht ganz umsonst gewesen. Ohne ein Lächeln oder ein Dankeschön stand Elise auf, um sich am Kühlschrank zu bedienen. Katharina ertappte sich dabei, dass sie sich in ihre Praxis zurückwünschte und sich gleichzeitig fragte, ob das Verhalten ihrer Tochter nicht vielleicht sogar die Strafe dafür war, dass sie überhaupt eine Praxis hatte.

4

Mehr Wein?« Henri zwinkerte ihr zu. Er schien nicht mehr beleidigt zu sein, und Katharina war erleichtert. Mit allen Familienmitgliedern gleichzeitig in Auseinandersetzungen zu geraten, war nicht das, was sie sich unter einem guten Start ins Wochenende vorstellte.

»Gern«, sagte sie dankbar und streckte ihm das Glas entgegen. Vielleicht konnte sie ihn später sogar noch zu einem Spaziergang überreden und ihm erklären, was sie eigentlich gemeint hatte. Ihr fehlten die Gespräche mit ihrem Mann, in denen es um mehr ging als nur darum, was es nun zu essen gab, was in der Schule der Kinder los war und dass irgendjemand dringend Klopapier kaufen sollte. Vor allem, wenn dann beide loszogen. Ihr fehlte die gemeinsame Zeit, dieses gemeinsame Durchatmen, sein Arm um ihre Schulter und das Lachen, das ihre Wange vibrieren ließ, wenn sie ihren Kopf an seinen Brustkorb legte. Die Diskussionen über Gott und die Welt, die sie früher die halbe Nacht lang geführt hatten und in denen es nie, nicht ein einziges Mal darum gegangen war, dass ihnen das Klopapier ausging. Aber auf irgendeine mysteriöse Weise waren sie zu diesem Paar wie im folkloristischen Wetterhäuschen mutiert, bei dem immer nur einer sichtbar war, und hatten sich jenseits ihres Alltags nichts mehr zu sagen. *Und manchmal noch nicht einmal das.* Das war schon einmal so gewesen. Schleichend hatte es angefangen und war Katharina und Henri schließlich mit einem Riesenknall namens Clarissa um die Ohren geflogen. Es war eine furchtbare Zeit gewesen, und Katharina wollte nie wieder dorthin zurück. Ja, sie hatte Angst davor, und außerdem, wenn man es genau betrachtete, war sie auch immer noch stinkwütend deshalb. Sie hatten sich gemeinsam vorgenommen, es nie wieder so weit kommen zu lassen. Henri hatte ihr Millionen Versprechungen gemacht, und nun … verschwand er dennoch nach jeder Mahlzeit wieder in seinem Arbeitszimmer, in die Garage oder nach draußen und fragte sie nicht einmal mehr, ob sie gemeinsam etwas unternehmen wollten. Sie wollte dem Misstrauen, das sie seit seiner Affäre in sich trug wie einen ewig schwelenden giftigen Herd, keine Macht mehr zugestehen, und doch konnte sie nicht verhindern, dass es nach und nach wieder Besitz von ihr ergriff.

Dabei war Katharina auch nicht besser. Sie zog sich zurück, in die Sicherheit, in der sie sich auskannte und in der er ihr nicht gefährlich werden konnte. Anstatt Zeit mit Henri zu verbringen, nahm sie sich Akten zum Digitalisieren mit nach Hause, weil sie bis zum Sommer damit fertig sein wollte. Insgeheim vielleicht auch, weil sie sich lieber damit beschäftigte als mit ihrer Ehe, die sie immer öfter ratlos zurückließ.

Aber heute würde sie nicht in ihrem Zimmer verschwinden und auch nicht zusehen, wie Henri vor dem Fernseher einschlief, nahm sie sich vor. Wenn etwas schon so miserabel angefangen hatte wie dieses Wochenende, konnte es schließlich nur besser werden.

»Oh, hey, du hast übrigens Post!«, sagte Henri da und streckte ihr einen Umschlag hin, der mit dem Tigerprint am Rand und der Neonschrift aussah wie eine Werbesendung für ein Nagelstudio oder einen geschmacklosen Klub. Gerade wollte sie ihn schon achtlos ins Altpapier werfen, als ihr Blick auf die Absenderin fiel.

Sandra Jonas, las sie und brauchte einen Augenblick, bis sie sich erinnerte, dass Sandra, das ehemals beliebteste Mädchen in ihrer Klasse, einen Stefan Jonas geheiratet und sich vor ein paar Jahren dann wieder von ihm hatte scheiden lassen. *Sandra.* Sofort kroch die Ablehnung wieder in ihr hoch, die sie schon immer gefühlt hatte, wenn es um Sandra ging. Soweit sie sich richtig erinnerte, war das schon die zweite Scheidung gewesen, aber sie hatte Sandras Werdegang nicht wirklich verfolgt. Sie wusste nur, dass sie einen Sohn hatte, der ungefähr so alt war wie Bella und definitiv nicht aufs Max-Planck-Gymnasium ging, denn sonst wären sie sich sicher bei dem einen oder anderen Elternabend begegnet. Dass das nicht der Fall war, störte Katharina nicht im Geringsten. Vorsichtig zog sie eine ebenfalls wild gemusterte Karte aus dem Umschlag.

JAHRGANGSTREFFEN
am 09. 04. 2022
ab 18.30 Uhr im »Biest«!
27 Jahre her und immer noch
»Hot and Spicy«!
Leute, das wird episch!
U.A.w.g. – eure Sandra!
PS: 25-Jähriges kann jeder!
PPS: A.u. V.w.g. – auch um Verkleidung wird gebeten!

Katharina nervten schon die vielen Ausrufezeichen, die Sandra benutzt hatte. Aber auch das war typisch. Bei ihr musste immer alles laut, aufdringlich und viel zu viel von allem sein. Vor zwei Jahren hatte Katharina mit ihrer besten Freundin Isabel überlegt, ob nicht das ObSo, das gemeinsame Oberstufen-Sommerfest aller Gymnasien, eine gute Gelegenheit war, eine Art Jubiläum zu feiern.

Aber in jenem Jahr war der alte Eberhard gestorben, ihr ehemaliger Klassenlehrer, und sie waren gemeinsam bei der Beerdigung gewesen. Irgendwie hatte es sich da nicht richtig für sie angefühlt, und dann war es aus ihren Gedanken verschwunden. Katharina hatte schon lange nicht mehr an ein Jahrgangstreffen gedacht.

Grundsätzlich fand sie es schön, dass nun jemand anderes die Initiative ergriffen hatte. Dass es Sandra war, wunderte Katharina kein bisschen. Genauso wenig wie die Tatsache, dass sie offensichtlich eine Riesenparty im Sinn hatte. So was Großes war allerdings nicht unbedingt Katharinas Ding. Schon gleich gar nicht im »Biest«, wo man sicher sein eigenes Wort kaum verstand. Und noch dazu »Hot and Spicy«? Katharina schüttelte den Kopf, bevor sie die Karte achtlos auf den Tisch gleiten ließ. Bella griff sofort danach. Sie war viel zu neugierig, um weiterhin eingeschnappt zu sein.

»Hot and Spicy?«, las sie laut vor. »Uuuh, Mama! Was ist das?«

»Ach das … nichts Wichtiges.«

»Nichts Wichtiges?«, wiederholte Bella und riss die Augen auf. »Es kommt im coolen Leoprint! Und es findet im ›Biest‹ statt, wie kann es da nicht wichtig sein?«

Das »Biest« war zu Katharinas Zeiten die einzige Option auf Musik, Tanzen und Spaß gewesen, aber mittlerweile hatte der Klub längst Kultstatus erreicht. An Sonntagnachmittagen fanden dort regelmäßig Standardtanzkurse statt, Elise ging mit ihren Freundinnen manchmal freitags hin, wenn dort auf der kleinen Bühne irgendwelche Indie-Bands spielten, und ab und zu gab es auch Ü-30-Partys oder Gruppen-Karaoke.

Rosenberg wäre ohne das »Biest« definitiv ein sehr viel langweiligerer Ort, zumindest, was das Nachtleben anging. Das kleine Städtchen lag idyllisch inmitten von Feldern und Wäldern etwas mehr als eine Stunde östlich von München entfernt. Katharina konnte es nach dem Abitur kaum erwarten, von hier weg und nach Wien zu kommen, und sie hätte sich nie träumen lassen, dass sie jemals zurückkehren würde. Sie sehnte sich immer noch ab und zu nach der Stadt, die sich so sehr wie ihre Heimat angefühlt hatte. Aber dass sie wieder hier lebte, war letztendlich die logische Konsequenz gewesen aus … allem, was damals passiert war.

Wenigstens gab es mittlerweile ein paar mehr Kneipen zur Auswahl.

Soweit sich Katharina erinnerte, hatten auch die »Hot and Spicys« im »Biest« den einen oder anderen Auftritt gehabt, bis sie sich kurz nach dem Abi aufgelöst hatten. Selbst wenn sie es für ein Klassentreffen nicht geeignet fand, mochte Katharina den Klub. Vor allem, weil sich sowohl außen als auch im Inneren des Klubs kaum etwas verändert hatte. Die roten Ledersofas, die oben im Foyer standen, genauso wenig wie der ebenfalls rote Teppich im Eingangsbereich, die Kronleuchter und die sich langsam drehenden Discokugeln über der Tanzfläche. So oder so: Bella musste noch ein paar Jahre warten, bis sie selbst dort hingehen durfte. Was das Ganze für sie natürlich umso attraktiver machte.

»Es ist eine Einladung zum Klassentreffen.« Katharina winkte ab. »Aber ich weiß noch nicht, ob ich da wirklich hinwill.«

»Was?« Bella sah sie empört an. »Eine echte Party? Mit einer Band, die ›Hot and Spicy‹ heißt? Das hört sich doch cool an! Sei doch froh, wenn es in eurem Alter überhaupt noch mal eine Party gibt!«

»Danke auch für das ›in eurem Alter‹!« Katharina musste lachen. »Ich bin siebenundvierzig!«

»Na eben! Außerdem beschwerst du dich doch immer, dass niemand was mit dir unternimmt. Stimmt's Papa?« Bella wartete Henris Antwort gar nicht erst ab. »Und ihr dürft euch verkleiden! Wie damals im letzten Jahrtausend! Das wird mega retro!« Aus Bellas Mund hörte sich das an, als wäre 1995 gleichzusetzen mit der Steinzeit. »Gab's da überhaupt schon Klamottenläden?« Sie grinste ihre Mutter frech an und freute sich diebisch, als die ihr die Einladung wieder aus der Hand schnappte.

»Nur fürs Protokoll, mein Schatz: Ja, es gab welche. Und das, was ihr gerade so mega angesagt findet und im Secondhand kauft, ist nichts anderes als das, was wir in den Neunzigern schon hatten und jetzt superhässlich finden.« Katharina grinste ebenfalls. »Und die ›Hot and Spicys‹ waren wirklich nicht so toll, wie du vielleicht denkst.« Was unter anderem daran lag, dass die männlichen Bandmitglieder Sandra als Backgroundsängerin engagiert hatten, weil sie sexy war, aber leider nur die Hälfte der Töne traf.

Sie hatten es sich zur Aufgabe gemacht, seichten Popsongs ihren eigenen rockigen Stempel aufzudrücken, und meist war es kaum aufgefallen, dass Sandra mehr mit ihrem Busen gewackelt hatte, als wirklich zu singen. Aber wenn man sie mal bemerkte, war ihre Performance … bestenfalls interessant.

»Ich kann es nicht glauben, dass ihr eine Band hattet!« Bella riss begeistert die Augen auf. Selbst Elise hatte für einen Augenblick ihren mürrischen Gesichtsausdruck abgelegt und schaute interessiert zu ihnen rüber. »Hast du auch mitgemacht, Mama?«

»Nein, tut mir leid.«

»War ja klar«, brummte Elise, und auch Bella zog enttäuscht eine Schnute. »Aber dann musst du erst recht hingehen.«

»Wieso?«

»Na, weil es schon schlimm genug ist, dass du nicht zu den Coolen gehört hast. Wenn du jetzt nicht hingehst, dann ist das der Beweis, dass deine Schulzeit ein totaler Reinfall war.« Sie seufzte theatralisch. »Und du auch.«

Elise grinste. Und auch Katharina musste lachen. »Es war definitiv kein Reinfall. Ich war vielleicht nicht so cool wie die ›Hot and Spicys‹, aber dafür wusste ich ganz genau, was ich wollte.« *Nämlich Psychologie studieren und die Stadt verlassen. So schnell wie möglich.* Ob das Bella allerdings ausreichend cool gefunden hätte, war fraglich.

Katharina sah zu Henri hinüber, der ihr mit seinem Weinglas über den Herd hinweg zuprostete, bevor er einen Schluck nahm und es wieder abstellte. Dann formte er mit beiden Händen das Peace-Zeichen vor seiner Brust und stellte sich in einer Pose auf, die er vermutlich für eine Kombination aus lässig und lustig hielt. »Yo, I'll tell you what I want, what I really, really want!«, rappte er los und machte dazu merkwürdige Ruderbewegungen mit den Händen. »So tell me what you want, what you really, really want!«, fiel Katharina automatisch in die ersten Zeilen von *Wannabe* von den Spice Girls mit ein und wackelte dazu rhythmisch mit dem Kopf. Manche Dinge vergaß man einfach nie.

»Aufhören! Sofort aufhören! Ihr seid so was von peinlich!« Bella hielt sich abwechselnd die Ohren zu und die Hände vor die Augen, während Elise eine schmerzerfüllte Grimasse zog.

Katharina musste erneut lachen. Plötzlich wollte sie ihre Klassenkameraden doch unbedingt wiedersehen. »Dein Vater scheint jedenfalls große Lust auf die Neunziger zu haben«, sagte sie fröhlich. Von Partnern war zwar in der Einladung nicht die Rede, aber wenn es schon eine Party sein sollte, dann waren ja wohl ein paar mehr Gäste im »Biest« sowieso besser. Außerdem kannte Henri fast alle aus ihrem Jahrgang und würde bestimmt auch den einen oder anderen aus seiner Schule treffen. Er war zwar auf dem Mörike gewesen und nicht auf dem Max-Planck, aber auch damals hatte es das ObSo schon gegeben. Schließlich hatten sie sich dort kennengelernt.

Henri hob abwehrend die Hände.

»Nein, das hast du völlig falsch verstanden, sorry, Katie.« Er schüttelte den Kopf. »Ehrlich, auf so was habe ich überhaupt keine Lust. Mir hat mein eigenes Klassentreffen neulich gereicht, und selbst da habe ich nur die Hälfte der Menschen wiedererkannt. Sei mir nicht böse, aber Feste wie diese brauche ich einfach nicht.« Er lächelte entschuldigend.

Katharina spürte, wie die Enttäuschung in ihr hochkroch und die Fröhlichkeit vertrieb, die sich für einen kurzen Moment so leicht und schön angefühlt hatte. Vielleicht interessierte er sich nicht für die Menschen dort, das konnte sie sogar verstehen. Aber er interessierte sich für sie, oder etwa nicht? Und vielleicht hatte Bella ja recht: Man konnte froh sein, wenn es in ihrem Alter überhaupt noch Partys gab.

Henri goss die Nudeln ab und trug sie zum Tisch, wo er sie vor Bella abstellte, die sofort eine stibitzte.

»Hey!« Elise schob den Topf zur Seite. »Das will niemand mehr essen, wenn du es angefasst hast. Eklig ist das!«

»Du ja sowieso nicht«, gab Bella sofort zurück und nahm sich noch eine. »Ist ja nicht vegan.«

»Wenigstens sind mir die Tiere und das Klima nicht egal!«, schnappte Elise.

»Leute! Frieden!« Henri ließ sich ebenfalls auf seinen Platz fallen und griff nach dem Löffel. »Ich freue mich riesig auf dieses Essen!« Er strahlte und häufte Bella eine große Portion auf ihren Teller, während Elise ihren umdrehte, um so deutlich wie möglich zu signalisieren, dass sie nichts wollte. Vermutlich hatte sie vorher schon was gegessen oder machte sich später ein Brot, aber auf keinen Fall würde sie jetzt klein beigeben, sich dazusetzen und sich womöglich normal unterhalten. Das verbot ihr wohl schon ihre Pubertisten-Ehre.

»Was ist denn jetzt mit dem Auto? Clara wartet nämlich auf mich«, fragte sie lieber mürrisch.

Keiner hatte gesagt, dass es einfach war, Kinder zu haben und sie souverän durch die Pubertät zu begleiten. Da half Katharina auch all ihr theoretisches Fachwissen nicht. Und wenn sie so hörte, was die Mütter und Väter in ihrer Praxis von ihren Söhnen und Töchtern erzählten, hatte sie es vermutlich vergleichsweise gut erwischt. Trotzdem wünschte sie sich manchmal die kleine Elise zurück, die so strahlen konnte, dass in Katharinas Mutterherz jedes Mal die Sonne aufging. Am Ende eines langen Tages hatte sie einfach keinen Nerv mehr für unnötige Diskussionen und die Selbstverständlichkeit, mit der ihre Tochter zunehmend alles einforderte, was ihr ihrer Meinung nach zustand. Außerdem hatten diese Leichtigkeit und das Lachen, das nur kurz aufgeblitzt und so schnell wieder verschwunden war, den schweren Abdruck einer Sehnsucht hinterlassen, die Katharina ihre Müdigkeit wieder spüren ließ.

»Dann wartet Clara eben noch ein bisschen länger«, antwortete sie ruhig. »Wenn du mein Auto haben willst, dann brems dich jetzt lieber mal ein bisschen, denn wer mich ärgert, geht zu Fuß.«

5

Sowohl Elise als auch Katharina schwiegen beim Abendessen, was nicht weiter auffiel, denn Henri und Bella redeten dafür umso mehr. Dennoch hätte Katharina es gerne anders gehabt. In ihrer Vorstellung aßen sie nicht nur zusammen, sondern interessierten sich auch für den jeweils anderen und nahmen an dessen Erlebnissen teil. Vor allem lachten sie gemeinsam und genossen die Zeit, die sie zusammen verbringen konnten. Für heute musste sie jedoch mit dem zufrieden sein, was sie bekam.

Als selbst Henri satt war und sein Besteck mit einem glücklichen Seufzen beiseitegelegt hatte, stand Elise auf.

»Sind alle fertig? Gut. Dann kann ich ja jetzt gehen.« Sie nahm sich Katharinas Autoschlüssel und verließ ohne ein weiteres Wort das Haus.

Katharina wusste, dass sie sie nicht einfach so hätte ziehen lassen dürfen, nicht nachdem sie sich so aufgeführt hatte, sie hätte eine erneute und dieses Mal freundliche Bitte von Elise einfordern müssen. Aber sie hatte einfach keine Lust mehr auf weitere Auseinandersetzungen mit ihrer Tochter. Katharina seufzte. Es war schön, theoretisch zu wissen, wie man sich am besten verhalten sollte, und weniger schön, zu müde zu sein, um dieses Wissen auch umzusetzen.

»Mit Clara können wir eben alle nicht mithalten«, sagte Henri, der Katharinas Seufzen gehört hatte. Den Namen von Elises bester

Freundin hatte er durch Anführungszeichen mit Zeige- und Mittelfinger in der Luft untermalt.

»Was meinst du damit?«, fragte Katharina und malte ebenfalls in die Luft.

»Na, er meint damit, dass sie nicht zu Clara, sondern zu Niklas gefahren ist, Mama. Was denkst du denn?« Bella verdrehte die Augen.

»Niklas?« Den Namen hatte sie zwar schon ein paarmal gehört, aber trotzdem konnte Katharina kein Gesicht damit verbinden.

»Genau, Niklas. Niklas Kramer? Elises Freund?« Bella machte Knutschgeräusche. Wie bitte? Elise hatte einen Freund, und Katharina wusste nichts davon? Erzählten Töchter ihren Müttern so was nicht normalerweise? Sogar Henri wusste offensichtlich Bescheid. Was war sie nur für eine Mutter, wenn ihre Tochter ihr noch nicht mal von ihrem ersten Freund erzählte? Das kleine Mädchen, das Elise einmal gewesen war und das sich vertrauensvoll in ihren Arm gekuschelt hatte, um ihr alles zu erzählen, was es erlebte, tauchte erneut vor ihrem inneren Auge auf. Wann war das verloren gegangen? Und wodurch?

»Jetzt schau nicht so, Liebes«, sagte Henri und legte seine Hand auf ihre. »Mir hat sie es auch nicht erzählt. Ich weiß es auch nur von dieser Tratschtante hier.« Er knuffte Bella in die Seite.

»He! Ich bin keine Tratschtante!«, gab sie zurück. »Ich bin nur meiner Pflicht als kleine Schwester nachgekommen. Und außerdem muss ich immer mit anhören, wenn die beiden stundenlang telefonieren. Grauenhaft!«, sagte sie und schüttelte sich. »Ich liebe dich, Niklas!«, säuselte sie und ahmte dabei den hoffentlich übertriebenen Tonfall ihrer großen Schwester nach. »O ja, Niklas! Du bist der tollste, schönste, klügste und überhaupt großartigste Mensch auf Erden! Habe ich schon erwähnt, dass ich dich liebe? Nein? Oh, ich liebe dich, Niklas, du …«

Henri brach in Gelächter aus, und Katharina stimmte ein wenig gequält mit ein.

Bella schüttelte sich erneut. »Sagt mir bitte Bescheid, wenn ich auch so werde, ja? Damit ich mich in meinem Zimmer einschließen kann, bis es vorbei ist.«

Katharina lächelte noch immer, dabei füllte sich ihr Herz mit Wehmut. So lange würde es wohl auch bei ihrer jüngeren Tochter nicht mehr dauern, bis sie sich verliebte. Ob Bella das wenigstens mit ihrer Mutter teilen würde? Katharina sah zu Henri hinüber, um seinen Blick aufzufangen, aber er alberte schon wieder mit Bella herum. Vielleicht würde Bella es statt ihr aber auch lieber ihrem Vater erzählen. Es tat weh, sich das vorzustellen.

Damals bei Mats war Katharina auch nicht viel älter als Elise jetzt gewesen. Dabei war sie sich unglaublich erwachsen vorgekommen. Sie hatte ihrer Mutter ebenfalls nichts über ihre erste große Liebe erzählt. Aber das war eine ganz andere Nummer gewesen. Immerhin hätten ihre Eltern sie nie zum Studium nach Wien ziehen lassen, wenn sie auch nur den leisesten Verdacht gehabt hätten, dass sie wegen Mats dorthin wollte.

6

»Sag mal, Isa, findest du, ich bin eine schlechte Mutter?«, fragte Katharina, während sie ihr Handy zwischen Ohr und Schulter einklemmte, um mit dem Zeigefinger die feinen Linien nachzufahren, die sich neuerdings um ihre Augen herum einnisteten. Eigentlich gefielen sie ihr ganz gut, nachdem sie für sich beschlossen hatte, sie nicht Falten, sondern Lebenslinien zu nennen, und dennoch waren sie so neu, dass sich Katharina noch an sie gewöhnen musste.

»Wie kommst du denn darauf?« Ihre beste Freundin am anderen Ende des Telefons lachte.

Anstatt Isabel zu antworten, schob Katharina eine Frage hinterher, die ihr mindestens genauso zu schaffen machte. »… oder eine gute Ehefrau?« Sie hielt für die Länge eines Herzschlages den Atem an und atmete erst erleichtert aus, als Isa abermals ungläubig lachte.

»Ernsthaft? Das fragst du mich nach zwei großartig geratenen Töchtern und … wie vielen Jahren Ehe?«

»Zweiundzwanzig. Aber manche zählen doppelt. Oder gar nicht, wie man es nimmt.«

»Wie meinst du das? Gar nicht oder doppelt?« Isabels Lachen war verschwunden. »Alles okay mit dir und Henri?«

Sie wusste nichts von Clarissa. Katharina hatte ihr damals vor neun Jahren bewusst nichts von ihr erzählt. Sie hatte die Fassade aufrechterhalten und wenigstens nach außen hin so getan, als wäre ihre Familie immer noch genau das: eine Familie. Nur, um selbst ein wenig daran glauben zu können. Nicht, weil sie Henri schützen wollte. Sondern sich selbst. Es hatte funktioniert und war gleichzeitig ein riesiger Fehler gewesen. Denn seitdem hatte sie ein Geheimnis vor ihrer besten Freundin, das sie niemals hatte haben wollen, und keine Ahnung, wie sie es auflösen sollte. Schon gleich gar nicht, ohne Isabel damit unglaublich zu verletzen. Aber je länger sie wartete, umso schwieriger wurde es. Vielleicht sollte sie es einfach tun. Morgen. Übermorgen. Irgendwann, wenn sie sich nicht so ausgelaugt fühlte wie jetzt. Sie hatte gerade eben schon viel zu viel gesagt, und ihre beste Freundin hatte wie immer genau zugehört.

»Nein. Ja. Alles bestens«, log Katharina weiter, während sie sich wegen des Verrats an Isabel innerlich krümmte. »Ich glaube, die Pubertät schlägt mir einfach aufs Gemüt.«

»Ach so. Dann sitzen wir ja wenigstens im selben Boot.« Isabel atmete erleichtert auf. »Ich dachte schon, ihr hättet Probleme und ich hätte es nicht bemerkt. Aber wenn wir mal Enkel haben und unsere Kinder sich bei uns über die schwierigen Jahre zwischen dreizehn und zwanzig beschweren, dann lachen wir sie aus und sagen ihnen, dass das nur gerecht ist. Abgemacht?«

»Abgemacht«, antwortete Katharina. Isabel hatte einen klaren Blick auf alles. Manchmal fragte sich Katharina, ob sie nicht die bessere Psychologin von ihnen beiden gewesen wäre. Andererseits war sie bestimmt auch eine unglaublich gute Lehrerin. Aber vor allem war Isabel die beste Freundin, die man sich wünschen konnte und deren Freundschaft Katharina aufgrund ihrer Lüge nicht einmal verdiente.

Sie schluckte. Den richtigen Zeitpunkt gab es sowieso nie. Aber wenn sie nicht endlich mit Isabel sprach, würde sie immer weiter Angst davor haben, dass ihre Freundschaft schon allein daran zerbrechen könnte, dass sie so lange geschwiegen hatte. Was für ein absurder Kreislauf. Wenn es den richtigen Zeitpunkt also nicht gab, dann war jeder beliebige gut genug. Sie gab sich einen Ruck.

»Hey, Isa, hast du mal Lust auf ein Date mit mir? Nur du und ich? So richtig wie früher? Über alles reden und … Du, ich, Cocktails und die nackte Wahrheit?«, fragte sie schnell, bevor sie es sich anders überlegen konnte. Kurz hielt sie die Luft an. Was, wenn Isabel jetzt sofort von ihr wissen wollte, um was es eigentlich ging?

»Auf die nackte Wahrheit bin ich besonders gespannt.« Isabel kicherte, aber Katharina konnte beim besten Willen nicht mitlachen. »Apropos: Was ist denn jetzt mit Henri und dir?«

»Das hat mit nackt nichts zu tun«, antwortete Katharina prompt. Es hätte ein Scherz sein können. War es aber nicht. Katharina konnte sich nicht daran erinnern, wann sie das letzte Mal miteinander geschlafen hatten.

»Er hat keine Lust auf unser Klassentreffen, und irgendwie kommt es mir so vor, als würde das auf alle Unternehmungen zutreffen, bei denen ich dabei bin. Wir machen überhaupt nichts mehr zusammen.« Sie zuckte traurig mit den Schultern. »Dabei habe ich erst vorhin wieder versucht, etwas zu finden, was auch ihm Spaß macht.«

Bella war nach dem Abendessen in ihrem Zimmer verschwunden, und Katharina hatte die Gelegenheit genutzt, um ihn um mehr Zeit zu zweit zu bitten. Ein Wochenende in einer anderen Stadt, in den Bergen, oder wenigstens ein Dinner-Date irgendwann. Er hatte seine Hand auf ihre gelegt, ihr tief in die Augen gesehen und ihr gesagt, dass er bei allem dabei wäre, was sie aussuchen würde, und ihrem Planungstalent dabei vollkommen vertrauen würde.

»Aber das ist doch genial!« Isabel klang begeistert. »Wolltest du nicht schon ewig nach New York? Du hast mir doch sogar schon dieses schnuckelige Boutique-Hotel in Manhattan gezeigt, in dem du unbedingt mal ein paar Nächte verbringen willst. Das ist deine Chance, Kat!«

»Klar finde ich Manhattan toll und das Boutique-Hotel auch, aber ich … Es muss kein Vermögen kosten oder eine Reise um die halbe Welt sein, ich will nur Zeit mit dem Mann verbringen, den ich liebe. Ein Wochenende irgendwo. Ich erwarte ja nicht, dass er mich überrascht, aber ich möchte es auch nicht allein planen, sondern mit ihm! Die Vorbereitung ist doch Teil der Vorfreude. Wir suchen uns gemeinsam ein Datum aus, überlegen zusammen, was wir gern machen würden, dann finden wir ein hübsches Hotel und …«

»Also, wenn Tobi mir so ein Angebot machen würde, ich wäre sofort dabei«, unterbrach Isabel ihre beste Freundin.

»Ja, bei Tobi wäre es auch was anderes. Dein Mann ist für normalsterbliche XY-Chromosomenträger aber kein Maßstab.«

Tobi und Isabel waren seit der Schulzeit ein Paar, beide waren danach gemeinsam auf dem Lehrerseminar gewesen, und wenn sie nicht in der Schule waren, verbrachten sie die meiste Zeit zusammen in ihrem großen Garten oder auf irgendwelchen Bergen. Wo Isabel war, war auch Tobi. Und nach all diesen Jahren waren sie immer noch so offensichtlich verliebt, dass es einerseits wunderschön und andererseits kaum auszuhalten war. Sie stellten ihre Liebe nicht etwa zur Schau, aber sie schwang wie selbstverständlich in allem mit, was sie taten. Umgab sie immer wie eine Wolke, die man nicht sehen, aber immer spüren konnte. Sie waren ein Vorbild, was Beziehungen anging, und das empfand Katharina sowohl als Psychologin als auch als Ehefrau so. Manchmal war deren offensichtliches Glück allerdings auch nur schwer zu ertragen. Vor allem dann, wenn man selbst eine weniger erfüllte Beziehung führte. Sie gönnte es ihren Freunden von Herzen. Aber das hinderte ihr eigenes Herz und ihre Seele noch lange nicht daran, sich ebenfalls nach einer solchen Verbindung zu sehnen und traurig zu sein, weil das anscheinend für sie nicht vorgesehen war.

»Manchmal wünschte ich nach einem Abend wie diesem einfach, ich wäre mit meinen Klienten verheiratet. Bei denen ist alles so viel einfacher. Ich weiß genau, was ich fragen muss und wie ich sie aus der Reserve locken kann. Ich erwarte keine Gegenfragen. Im Gegenteil. Und ich sehe so viel klarer, wenn es nicht um mich geht.« Sie seufzte. »Ich weiß, dass ich eine gute Paartherapeutin bin, Isa, aber manchmal denke ich, dass ich dringend selbst eine für meine eigene Beziehung bräuchte.«

»Ich sehe das Problem«, sagte Isabel. Katharina hörte ihr Lächeln selbst durchs Telefon.

»Ich auch. Aber hast du vielleicht auch eine Lösung?« Dann wäre es vielleicht doch an der Zeit, ihrer besten Freundin den Schlüssel zu ihrer Praxis zu übergeben und deren Namen auf das Klingelschild zu schreiben.

»Nein«, sagte Isabel prompt. »Aber du könntest mal wieder mit Theresa sprechen, nicht wahr?«

»Ja, vielleicht.« Doktor Theresa Baumgartner war nicht nur ihre liebste Studienkollegin in Wien gewesen, sondern mittlerweile sogar Dozentin an der Uni dort. Sie waren eine unzertrennliche Clique gewesen. Katharina, Theresa, Martina und Eddie. In den letzten Jahren hatten sie sich allerdings nicht besonders häufig gesehen, weil Eddie mittlerweile in Stanford dozierte und Martina von Wien nach Hamburg umgezogen war. Nur Theresa und Katharina hielten nach wie vor engen Kontakt. Sie war auch die Einzige, der Katharina je von Clarissa erzählt hatte. Dabei hatte sie sich noch nicht einmal im familientherapeutischen Bereich spezialisiert, sondern auf forensische Psychologie. Vor allem aber hatte sie einen analytischen Verstand, nahm grundsätzlich kein Blatt vor den Mund und hatte ihre eigenen Abgründe ebenfalls schon mit Katharina geteilt. Außerdem: wenn sie mit ihr sprach, riskierte sie nichts. Weder diese mühsame Fake-Realität noch ihre Freundschaft. Isabel konnte nicht ahnen, wie recht sie hatte. Katharina sollte dringend mit Theresa sprechen. Schon allein, weil das kein Zustand war. Aber sie hatte schlicht Angst vor einem Gespräch mit ihr, weil sie genau wusste, was Theresa sagen würde. *Was auch immer du mit deiner Ehe machst, ist deine Sache, Kat, aber Isabel hat die Wahrheit verdient,* würde sie sagen. Und sie hätte recht.

»Ich weiß nicht. Theresa ist einfach superbeschäftigt.«

Was für eine lahme Ausrede.

»Gut, wenn du nicht mit Theresa sprechen willst, könntest du dich ja auch mal wieder so richtig … du weißt schon … in Schale werfen?« Isabel räusperte sich. »Vielleicht kriegt er dann ja Lust? Ich mache das ständig! Wenn die Jungs unterwegs sind, ziehe ich mir was Heißes an und dann …«

»Isabel!«

»Was denn?«

Katharina war alles andere als verklemmt, aber allein die Vorstellung von ihrer Freundin in etwas, das sie selbst als »etwas Heißes« bezeichnete, war … lustig bis irritierend. Isabel war eher der burschikose Typ, und Katharina hatte sie nie anders als in Jeans und Sweatshirt, Wander- und Sportklamotten oder praktischer Baumwollunterwäsche gesehen. Oder nackt beim Schwimmen im See. Aber auch Freundinnen wussten eben nicht alles voneinander.

»Okay, okay, ich nehme meinen schockierten Ausruf zurück. Vor allem, wenn du mir mal bei Gelegenheit zeigst, was du da so trägst.« Sie konnte sich ein amüsiertes Schnauben nicht verkneifen, was Isabel sofort mit einem empörten Ausruf quittierte. »Du hast ja keine Ahnung! Wenn ich heiß sage, dann meine ich auch heiß!«

»Du meinst: so richtig hot and spicy?« Katharina bemühte sich erneut, das Bild von Isabel in Reizwäsche vor ihrem inneren Auge entstehen zu lassen. Es gelang ihr immer noch nicht. »Da tun sich Abgründe auf, mit denen ich gar nicht gerechnet habe. Apropos: Gehen wir da hin?«

»Wohin? Zu ›Hot and Spicy‹? Also hör mal! Hat Sandra Jonas gemachte Brüste? Die Antwort ist: Selbstverständlich! Was ist das für eine Frage! Natürlich gehen wir da hin! Und wir werden uns so was von heiß verkleiden!« Die Vorfreude war Isabel deutlich anzuhören.

Katharina lachte. »Alles klar. Ich nehme dich beim Wort, was das Verkleiden angeht. Aber sag bitte nachher nicht, ich hätte dich nicht gewarnt.«

»Schon klar, Kat. Ich rechne mit allem. Vielleicht probierst du dein Outfit für die Party jetzt schon mal an?«, schlug Isabel vor und senkte ihre Stimme zu einem Raunen, das sie vermutlich für erotisch hielt. »Ich meine, heute Abend? Für Henri? Und schaust mal, was passiert?«

»Ich denke darüber nach«, antwortete Katharina. *Nicht,* ergänzte sie in Gedanken. Henri war bestimmt längst vor dem Fernseher eingeschlafen.

Andererseits …

Plötzlich fand sie Isabels Idee gar nicht mehr so schlecht. Katharina schaute schnell bei Bella ins Zimmer, die sie sofort wieder hinauswinkte und ihr deutlich machte, dass sie den Abend an ihrem Computer und mit ihren Freundinnen verbringen wollte.

Katharina entkleidete sich in ihrem gemeinsamen Schlafzimmer und schlüpfte dann in die sündhaft teure dunkelrote Spitzenunterwäsche, die ihr Henri vor vielen Jahren zum Geburtstag geschenkt hatte. Sie zog ihren seidenen Morgenmantel über, der sich so leicht an ihren Körper schmiegte, als wäre er aus einem Lufthauch gewebt. Katharina löste ihren Dutt und schüttelte die Haare, bis eine blonde Lockenwolke ihren Kopf umgab. Henri liebte diesen Look.

Dann entzündete sie die drei dicken weißen Kerzen, die auf dem kleinen Tischchen am Fenster standen, und entschied sich für Norah Jones als Hintergrundmusik.

Für einen Moment stand sie ganz still und lauschte auf ihren eigenen Atem, bevor sie langsam barfuß die Treppe wieder hinunterstieg und ins Wohnzimmer ging. Ohne darauf zu achten, was Henri gerade ansah oder ob er überhaupt noch wach war, ging sie um die Couch herum, bis sie den Fernseher verdeckte.

Er war wach. Und wie.

Seine Augen wurden riesig. »Wow, du … du … siehst unglaublich aus!«, stotterte er. »Deine Haare! Und … aber … ist dir nicht kalt?« Er hielt ihr die Kaschmirdecke hin, die über der Lehne hing, und versuchte dabei, um sie herumzuschauen. Dem Geräusch nach zu urteilen, lief irgendeine Sportsendung, die Henri sicher sehen wollte, aber nun, da sich Katharina für dieses Manöver entschieden hatte, würde sie nicht so schnell aufgeben. Für einen Moment fühlten sich ihre Bemühungen lächerlich an. Aber dann griff sie nach der Fernbedienung und stellte den Fernseher aus, wobei sie zu ignorieren versuchte, dass Henri zusammengezuckt war, als Bild und Ton verschwanden.

Langsam öffnete sie den Schlitz des Morgenmantels mit ihrem Bein ein wenig weiter und lächelte Henri herausfordernd an.

»Nein, mir ist nicht kalt. Im Gegenteil«, antwortete sie und machte zwei kleine Schritte auf ihn zu. »Mir ist sogar ziemlich warm.« Sie nahm das Band des Morgenmantels zwischen ihre Finger und ließ es über Henris Oberschenkel hin- und hergleiten. Er folgte zunächst dem feinen Stück Seide mit den Augen, bis er aufsah und begriff.

»Das … Okay, damit habe ich nicht gerechnet.« Er schluckte.

»Kein Problem«, antwortete Katharina lächelnd, ließ sich auf seinem Schoß nieder und neigte ihren Kopf, um ihn zu küssen.

»Ich auch nicht.«

Doch bevor sie mit ihren Lippen die seinen berührte, schob er Katharina von sich, sodass er ihr wieder ins Gesicht sehen konnte. »Und Bella?«

»Bella will nichts von uns wissen, glaub mir.« Wieder näherte sie sich ihm. Dieses Mal allerdings streifte sie mit ihren Lippen seine Ohrläppchen. »Aber ich«, flüsterte sie, bevor sie aufstand und seine Hand nahm, um ihn mit nach oben zu nehmen.

Es war Katharina noch nie leichtgefallen, ihre Gedanken auszuschalten. Sie hatte sich schon oft beim Sex mit Henri dabei ertappt, wie sie nebenher über Fälle aus ihrer Praxis nachdachte oder darüber, was sie noch alles einkaufen musste. Es sprach nicht für sie und auch nicht für ihr Sexleben, dass das passierte. Aber sie machte sich auch nichts vor: Nach so vielen Jahren Ehe konnte man eben auch nicht immer ein prickelndes Feuerwerk der Lust erwarten.

Außerdem gelang es ihr manchmal ja doch, sich komplett fallen zu lassen und Henris Zärtlichkeiten und Nähe zu genießen.

Heute war nicht so ein Tag, selbst wenn die Voraussetzungen dafür perfekt waren. Nahezu perfekt. Denn Henri ließ sich sehr wohl auf sie ein, und Katharina merkte ihm die Freude darüber an, dass sie die Initiative ergriffen hatte. Dennoch fühlte sich die Spitzenunterwäsche plötzlich beinahe wie eine Maskerade an, und ihre Berührungen kamen ihr merkwürdig hölzern vor. Jede Bewegung war vertraut, alles war wie immer. *Belangloser Alltagssex.* Er machte satt, aber nicht glücklich. Wie ein Teller Spaghetti ohne Soße. Und Katharina wollte alles andere als nur satt sein. Sie sehnte sich nach einem genussvollen Feuerwerk und nach wachen, hingebungsvollen Berührungen, die sich nicht anfühlten wie eine mechanische Abfolge von jahrelang einstudierten Bewegungen. Sie wollte hungrig sein. Und bleiben.

Katharina fehlten die Worte, um Henri genau das zu sagen, aber auf eine Weise, die ihn nicht verletzte. Und nach seiner Reaktion auf ihre Kritik beim Abendessen wusste sie, dass ihre Nähe sowieso mehr als zerbrechlich war. Also blieb sie still.

Aber als er ihre nackten Oberarme streichelte und schließlich seine Hand auf ihre Brust legte, wäre sie am liebsten aufgestanden und gegangen.

Sie hatte sich einen aufregenden Abend erhofft, Zeit füreinander und vielleicht sogar noch einige innige Momente hinterher, die ihnen halfen, sich einander wieder nah zu fühlen, um die Idee vom Urlaub noch einmal aufzugreifen.

Aber während sie miteinander schliefen, fühlte es sich mehr wie ein unbefriedigender Akt eines langweiligen Schauspiels an, das sie beide da aufführten, und nach nicht einmal zehn Minuten war alles vorbei. Henri sah sie danach lange an. Es war ein nachdenklicher Blick, unter dem sich Katharina seltsam entblößt fühlte. Nicht, weil sie nackt war. Sondern weil Henri in ihren Augen womöglich lesen konnte, wie traurig sie das alles machte. So hatte sie das nicht gewollt. Es reichte ihr nicht. In keinerlei Hinsicht. Und sie konnte sich kaum vorstellen, dass Henri dieser unbeholfene Akt glücklich machte.

Wieder einmal wurde Katharina bewusst, wie dringend sie miteinander reden mussten. Und wie beschämend es war, dass ausgerechnet sie nicht einmal ein Minimum ihrer eigenen Impulse und Beziehungsregeln umsetzen konnte.

Henri küsste sie auf die Stirn, drehte sich um und schlief sofort ein. Katharina sah ihm noch eine Weile beim Schlafen zu und zermarterte sich das Hirn darüber, was mit ihr, mit Henri und mit ihrer Ehe los war, bevor sie enttäuscht aufstand, die Kerzen löschte und in ihr eigenes Zimmer ging. Sie hatte es sich schon vor längerer Zeit als Arbeitszimmer eingerichtet, aber auch um dort zu schlafen, wenn es später wurde oder sie das Bedürfnis hatte, allein zu sein.

Für Tage wie heute.

Nachdem Katharina unter die Decke gekrochen war, starrte sie noch für einige Minuten in die Dunkelheit und versuchte, ihre ewig kreisenden Gedanken zu beruhigen. Es gelang ihr nicht. Es lag nicht nur an ihr, dass sie nichts empfunden hatte, das wusste sie. Und es stimmte nicht, dass sie sich nicht fallen lassen oder kein intensives sinnliches Erlebnis haben konnte. Immerhin waren ihre ersten Monate mit Henri ziemlich aufregend gewesen. Okay, das war schon sehr lange her, und sie waren ganz sicher nicht so intensiv gewesen wie die Jahre zuvor mit Mats, aber … damals, nach Mats, hatte sie sich ja auch genau das gewünscht: eine Beziehung, die ihr Ruhe und Frieden brachte, mit einem Mann, der Familie wollte und ein Leben, das so vorhersehbar war, wie das Leben eben sein konnte. Jemand, der ihr auch Platz zum Atmen gab und dem es nicht immer nur um sich selbst ging. Henri war der Richtige gewesen, um ihre Seele und alles andere in ihr zur Ruhe kommen zu lassen und zu heilen, und sie war dankbar dafür.

Dennoch konnte sie nicht verhindern, dass ihre Gedanken zu Mats zurückwanderten. Sie waren wie zwei Magnete gewesen, die sich von Anfang an unglaublich anzogen, sich allerdings genauso intensiv abstoßen konnten. Aber dass sie beim Sex mit Mats je an etwas anderes oder überhaupt an irgendetwas gedacht hatte, war garantiert nie vorgekommen.

Das war schon das zweite Mal, dass Mats sich heute in ihre Gedanken schlich. Ob es an der Einladung zum Klassentreffen lag oder an der Erinnerung an ihre letzte Studienreise nach Wien, wo sie ihm das erste Mal begegnet war? Sie wusste es nicht. Damals, vor der Votivkirche, war sie weit davon entfernt gewesen, zu begreifen, dass ihre erste große Liebe vor ihr stand und ein weiterer Grund dafür sein würde, warum sie im Jahr darauf ihr Psychologiestudium in Wien beginnen würde. Und dennoch: Die Anziehungskraft zwischen ihnen war geradezu absurd gewesen.

Mats tauchte auch sonst immer wieder mal flüchtig in ihren Gedanken und Träumen auf. Meist war es nur das kurze Aufblitzen einer Erinnerung, aber manchmal, wenn sie etwas Bestimmtes sah oder hörte, begleitete er sie sogar den gesamten Tag über – und manchmal auch für die Nacht.

Katharina schloss die Augen. Sofort sah sie sich selbst und Mats in ihrem ersten gemeinsamen heißen Sommer vor sich. In seiner Wohnung, auf der Dachterrasse, draußen in der Natur. In diesen ersten Wochen waren sie öfter nackt als bekleidet gewesen. Überall dort, wo er sie berührt hatte, hatte ihre Haut zu kribbeln begonnen, und Katharina hatte jedes Mal alles um sich herum vergessen. Sie hatte sich nach diesem Mann gesehnt, wenn er nicht da gewesen war, und war beinahe verrückt geworden, wenn er wieder einmal plötzlich verschwand, um irgendein Fotoprojekt umzusetzen. Nur um ein paar Tage später vollkommen übermüdet, aber glücklich zurückzukehren. Dann hatte er ihr nach einigen Stunden in der Dunkelkammer unglaubliche Fotografien von erstaunlichen Orten und Menschen gezeigt, hatte die Kamera zur Seite gelegt und war ganz und gar bei ihr gewesen. Mats fotografierte, ohne zu essen, zu trinken oder zu schlafen. Er lebte, ohne zurückzublicken. Er liebte voller Hingabe und ohne Handbremse. Und er verletzte Menschen, ohne es zu bemerken. Irgendwann hatte Katharina diese Intensität nicht mehr ausgehalten. Es war ihr zu viel geworden und dennoch nie genug.

Mats.

Noch einmal so voller Verlangen angesehen zu werden. Noch einmal selbst jemanden so ansehen. Sich noch einmal so in der Berührung eines anderen verlieren.

Allein die Erinnerung daran, wie es gewesen war, mit Mats zu schlafen, erregte sie mehr als jede Berührung von Henri es vorhin vermocht hatte. Wärme stieg zwischen ihren Schenkeln auf, und sie seufzte, als ihre Hand unter die Bettdecke und zu ihrem Delta aus Hitze wanderte.

Später fiel sie in einen tiefen Schlaf und träumte dann so plastisch, dass sie in der Phase zwischen Schlafen und Aufwachen eine unendliche Sehnsucht nach etwas verspürte, das lange vergangen war und das sie dennoch nicht hinter sich lassen konnte.

Für einen kurzen Moment wusste sie beim Aufwachen nicht genau, wo sie war, denn alles in ihr hatte erwartet, die schäbigen Wände einer Wiener Wohnung und das Gefühl von Aufbruch und Abenteuer vorzufinden. Als dann ihr Blick auf ihren Schreibtisch und die Tasche mit den Akten fiel, konnte sie einen Anflug von Enttäuschung nur mühsam beiseiteschieben.

7

Am Nachmittag vor dem Klassentreffen legte sich Katharina auf ihr Bett, nur um sofort wieder aufzustehen und rastlos Dinge von ihrem Schreibtisch zu nehmen, sie ein paar Sekunden später an einer anderen Stelle abzulegen und nach etwas Neuem zu greifen. Sie war eindeutig aufgeregt.

Natürlich war es typisch für Sandra, ein Motto zu wählen, bei dem sie all ihre sexy Register ziehen und sich zusätzlich noch auf einer Bühne präsentieren konnte. Zumindest galt das für die Sandra von damals.

Glücklicherweise war sie bei keiner ihrer Scheidungen in Katharinas Praxis aufgetaucht, um sich beraten zu lassen. Es war schwierig, professionell zu bleiben, wenn man beim Anblick einer Person sofort wieder zwanzig war. Und diese Person nichts unversucht gelassen hatte, um einem das Leben zur Hölle zu machen. *Und Mats zu verführen.* Sandra war bei dieser denkwürdigen Studienfahrt dabei gewesen und hatte es irgendwie geschafft, Mats' Telefonnummer zu ergattern. Und selbst als Katharina und er längst ein Paar gewesen waren, hatte sie ab und zu angerufen. Katharina hatte Sandras Verhalten später analysiert und verstanden, dass Mats vermutlich der einzige Kerl gewesen war – außer Tobi –, der Sandra widerstanden hatte. Und somit die ultimative Trophäe.

Aber all das war lange her und nicht mehr wichtig. Sandra war nicht wichtig. Katharina hatte Isabel und Tobi und außerdem Theresa, Martina und Eddie. Sie war froh, dass sie sich in zehn Tagen auf der »International Psychology Conference« in München endlich wieder einmal alle treffen würden. Die drei fehlten ihr unglaublich. Manchmal wünschte sie, sie könnte die Zeit zurückdrehen, um noch einmal all das zu erleben, was sie damals erlebt hatte. Mit der Lebenserfahrung von heute und dem Wissen, wie kostbar und vergänglich es war. Und mit der leisen Frage im Hinterkopf, ob sie sich noch einmal genauso entscheiden würde.

Aber um diese Menschen ging es heute Abend nicht. Heute würde sie statt ihren Studienkollegen all die Menschen wiedersehen, die die Tatsache, dass sie mehr oder weniger im selben Jahr geboren waren, zusammengewürfelt hatte. Siebenundzwanzig Jahre Leben lagen dazwischen, die vermutlich an keinem von ihnen spurlos vorübergegangen waren. Ob sie wohl alle wiedererkennen würde? Katharina stand auf und betrachtete sich im Spiegel über ihrem Schminktisch. Ob sie selbst wiederzuerkennen war?

Ihre Schulzeit war alles andere als einfach gewesen. Sie hatte sich immer als Außenseiterin gefühlt. Zu wissbegierig, zu langweilig und definitiv viel zu nachdenklich. Sie hinterfragte alles und jeden und am häufigsten sich selbst und war der eindeutige Gegenpol zu Sandra, die wie eine bunte Flipperkugel von Party zu Party und von Kerl zu Kerl flog. Natürlich wäre Katharina gern ebenso beliebt gewesen wie sie, aber mit Sandras Leben wollte sie auch nicht tauschen. Bella hatte schon recht gehabt mit ihrer Vermutung, dass ihre Mutter eine von den Uncoolen gewesen war. Ganz sicher war sie jedenfalls keine Gefahr für Sandras Partyköniginnenthron – und dennoch hatte diese aus irgendwelchen Gründen Katharina als ihre Feindin auserkoren. Und sie nutzte jede Gelegenheit, um Katharina schlecht dastehen zu lassen.

Das war Sandra immer wieder gelungen. Allein Katharinas Verstand und die Überzeugung, dass der Klügere nachgab, hatte sie damals oft gerettet. Eine Strategie, die ihr geblieben war – und die sie immer öfter verfluchte, weil es dazu führte, dass sie auch nachgab, wenn es nicht ihrer Überzeugung entsprach, und sich außerdem immer noch viel zu leicht verunsichern ließ, weil sie ihrer eigenen Wahrnehmung nicht traute. Und dabei war es eine Sache, dieses Dilemma zu erkennen, und eine ganz andere, etwas daran zu ändern.

Mittlerweile wusste Katharina, dass sie alles andere als langweilig war. Und gegen Klugheit war ja wohl nichts einzuwenden.

Sie öffnete die obersten Knöpfe ihrer Jeans und schob sie ein wenig nach unten. Sanft strich sie über die zarte Narbe direkt über dem Saum ihres schwarzen Strings. Unglaublich, was ein weiblicher Körper während einer Schwangerschaft leisten konnte. Katharina mochte die Zeichen, die die Geburten von Bella und Elise hinterlassen hatten. Allerdings schmälerten sie auch die Chance, das Motto der heutigen Party zu erfüllen und in ihre Lieblingsklamotten von damals zu passen. *Hot and spicy.*

Sie nahm das Glas Weißweinschorle, das sie sich zur Feier des Tages eingeschenkt hatte, von ihrem Schminktisch und prostete ihrem Spiegelbild aufmunternd zu. Immerhin hatte sie früher auch ein paar Klamotten besessen, die ein bisschen dehnbar und nicht ganz so schrecklich neunzigermäßig waren. Sie grinste beim Gedanken daran, was die anderen wohl anziehen würden. Ob sich der glatzköpfige Tobi wirklich für das Kurt-Cobain-Gedächtnisshirt entscheiden würde? Ob Christoph, sein bester Freund, tatsächlich diese scheußliche, grün schillernde Krawatte und den viel zu großen Anzug tragen würde, auf den er beim Abiball so besonders stolz gewesen war?

Katharina zog die knallenge lackschwarze Vinylhose aus der Kiste mit all den Dingen, die sie aus ihrer Studienzeit aufgehoben hatte. Sie hatte sie sich gekauft, nachdem sie Claudia Schiffer auf dem Cover eine Modezeitschrift in einem ähnlichen Teil gesehen und befunden hatte, dass ein Kleidungsstück, das sogar diese brave blonde Schönheit verrucht aussehen ließ, bei ihr vielleicht ähnlich wirken würde. *Von wegen langweilig.* Die Hose hatte sich als die Investition ihres Lebens oder zumindest des Jahrzehnts entpuppt. Kaum eine Party, auf der sie sie nicht getragen hätte. Sobald sie das Vinylteil anhatte – dazu schwarze High Heels und den schwarzen dünnen Cardigan, nur geschlossen mit einem einzigen Knopf und darunter nichts als ein BH –, fühlte sie sich unverwundbar, sexy und selbstbewusst. Ob das auch heute noch funktionieren würde? *Sandra kann sich bei diesem Outfit jedenfalls warm anziehen,* dachte Katharina grinsend, als sie ihre Jeans nun ganz auszog.

Sie scrollte so lange durch ihre Playlists, bis sie eine mit Nummer-eins-Hits aus den Neunzigern fand, wechselte aber dann schnell weiter zu Lizzo, ihrer aktuellen Lieblingssängerin, nachdem die unvermeidlichen Spice Girls losgeträllert hatten. Sie würde vermutlich später noch genug davon hören.

Die Vinylhose passte ihr vielleicht nicht mehr ganz so locker wie damals, aber sie saß immer noch großartig. Das glänzende Material brachte ihre Kurven richtig gut zur Geltung, und ihr Bauch war flach und ein verdientes Geschenk dafür, dass sie weder ihr morgendliches Yoga noch ihre Laufrunden ausfallen ließ. Länger als sonst blieb Katharina vor dem Spiegel stehen und sah sich an. Normalerweise überprüfte sie maximal, ob ihr Outfit für einen Tag in der Praxis professionell und schlicht genug war, aber sich einfach nur anzusehen, weil sie sich selbst gefiel, das machte sie äußerst selten.

Beinahe war sie Sandra nun doch für die Zeitreise dankbar, die ihr dieses Motto verschafft hatte. Sie fühlte das aufgeregte Kribbeln vor einem Abend, dessen Ende ungewiss war, das sie schon so lange nicht mehr gespürt hatte, weil ihr Leben, die wenigen Dates mit Henri oder die Partys mit den immer selben Leuten doch ziemlich vorhersehbar geworden waren.

Heute war alles anders.

Sie legte knallroten Lippenstift auf, frisierte und toupierte ihre Haare zum Afro, malte sich dramatisch dunkle Smokey Eyes und sprühte sich ein wenig »Magnetism« hinter die Ohren. Dann warf sie sich einen Luftkuss zu und ging nach unten, um ihre schwarzen Lack-High-Heels aus dem Schuhschrank zu nehmen. Sie hätte gern Bella und Elise ihr Outfit gezeigt, aber die beiden waren unterwegs. Kurz entschlossen schoss sie ein Foto von sich im Flurspiegel und schickte es in die Familiengruppe. Vielleicht war sie eine von den Uncoolen gewesen. Aber das hieß noch lange nicht, dass das immer noch so war.

Als sie die Haustür hinter sich zuzog, kam ihr Henri über den Gartenweg entgegen. Er trug seine Tennistasche über der Schulter und blieb wie angewurzelt stehen, nachdem er sie entdeckt hatte, während sein Blick an ihr hinabglitt und an der Vinylhose und den Heels hängen blieb. Er runzelte die Stirn.

»Oh, wow, das ist …« Er kratzte sich am Kopf.

»Oh, gut, dass ich dich noch sehe, Henri, Bella wollte gegen halb neun abgeholt werden und ich …«, begann sie, bevor sie sich selbst unterbrach. »Was? Was ist? Warum schaust du mich so an?«

Sie sah großartig aus, stark und schön. *Oder … etwa doch nicht?*

»Was machst du noch mal heute?« Er kam vorsichtig näher, als wäre sie ein wildes Tier, das ihn womöglich anspringen könnte.

»Klassentreffen. Mit Motto. Hot and spicy? Schon vergessen?« Katharina spürte, wie Ärger ihre Unsicherheit vertrieb.

»Nein, natürlich nicht.« Nun war er es, der verlegen schien. »Es ist nur … ich hätte nicht gedacht, dass du das mit dem Motto so ernst nimmst. Und diese Hose ist …«

»Diese Hose ist … was?« Katharina verschränkte die Arme vor der Brust.

»… vielleicht ein bisschen zu sexy für …«

Es war zu spät. Die Wut von neulich Abend, als er lieber fernsehen als sich mit ihr unterhalten wollte, der komplette Frust über sein Desinteresse an ihr und dieser Blick, mit dem er sie so kritisch musterte, brachen sich Bahn.

»Zu sexy für den Anlass? Für mein Alter? Für *mich?*« Das letzte Wort betonte sie ganz besonders. Vielleicht, weil ihr dieser Gedanke auch gekommen war und Henris Blick ihre eigene Unsicherheit bestätigte, oder weil Katharina davon überzeugt war, dass er sich sicher nicht beschwert hätte, wenn Clarissa in so einer Hose dahergekommen wäre. Getroffene Hunde bellten eben laut. Na und?

»Ich will dir mal was sagen: Diese Hose habe ich früher ständig getragen. Und nie hat sich jemand drüber gewundert. Ganz im Gegenteil: Ich habe nie wieder so viele Komplimente bekommen wie für dieses Outfit!« Es sollte keine Rechtfertigung werden, aber es hörte sich verdammt danach an.

»Es tut mir leid, ich meinte …«, begann er kleinlaut, aber es war schon zu spät.

»Nein, Henri, ich will gar nicht wissen, was du meinst. Ich werde diese Hose tragen und mich gut dabei fühlen. Und vielleicht auch sexy. Wer weiß das schon. Es tut mir leid, dass du mich lieber im Tweedrock und mit Perlenkette sehen willst. Aber hey: Vielleicht liegt es ja an meinen langweiligen Klamotten, dass du bei Dates mit mir fast einschläfst und wir uns nichts zu sagen haben? So oder so, Henri Nowak, du wirst es nicht erfahren. Denn du gehst heute ja lieber mit Tom ein Bier trinken als mit mir auf eine Party. Ich habe deine Prioritäten verstanden. Aber manchmal trifft man eben Entscheidungen, die man später bereut.«

Sie ließ ihren völlig perplexen Ehemann einfach stehen und ging hocherhobenen Hauptes durch das Gartentor auf die Straße, wobei sie inständig hoffte, nicht umzuknicken oder sonst etwas Unbeholfenes zu tun.

Vielleicht war ihr Wutausbruch ungerecht, nicht ganz der Situation angemessen, minimal übertrieben und auch ein klitzekleines bisschen unreif gewesen. Aber schließlich war sie auf einer Zeitreise und wieder die Zwanzigjährige von damals. Außerdem hatte es ihr gutgetan, zu sagen, was sie fühlte, und für einen Moment nicht die souveräne und alles überblickende Person zu sein, die sie sonst immer war. Schämen konnte sie sich morgen wieder, wenn sie erneut in ihr reflektiertes und kontrolliertes Leben als Doktor Nowak zurückgekehrt war. Vielleicht war es aber auch endlich an der Zeit, sich von der ewig unsicheren und ständig nachgebenden Katharina zu befreien. *Und doch noch eine von den Coolen zu werden.*

8

Katharina hatte »das Biest« viel größer in Erinnerung gehabt. Die lange Treppe nach unten war ihr damals wie eine halbe Weltreise vorgekommen, vor allem deshalb, weil man mindestens an drei Türstehern vorbeimusste, die so grimmig dreinschauten, dass sie sich das eine oder andere Mal nur deshalb nicht umgedreht hatte und nach Hause gegangen war, weil Isabel sie festgehalten hatte. Heute war von Türstehern weit und breit nichts zu sehen, dafür brannten mehrere Fackeln am Eingang, vor dem zwei Männer im Smoking standen, die die Einladung überprüften und jedem Neuankömmling ein Glas Sekt anboten.

An der Wand entlang der Treppe hingen Schnüre, an denen jemand mit kleinen Wäscheklammern Fotos von ihnen allen von der fünften bis zur dreizehnten Klasse aufgehängt hatte.

»Wow!«, rief Isabel begeistert. »Da hat sich Sandra ja ganz schön ins Zeug gelegt, was?« Sie hakte sich bei Katharina ein. Auch sie hatte sich für hohe Schuhe entschieden, vermutlich das erste Mal seit ihrer Hochzeit, und ihr Gang war ein wenig wackelig. Isabel sah großartig aus. Sie hatte sich für einen Ledermini und schwarze Netzstrümpfe entschieden und trug ein schlichtes schwarzes Sweatshirt darüber.

»Wahnsinn. Schau mal, wie jung wir da waren!« Katharina hatte ein Foto von ihnen allen bei der Zeugnisübergabe entdeckt. »Da ist ja sogar der alte Eberhard!«

Katharina hatte den brummigen Lehrer immer gemocht und wurde sofort sentimental, als sie die Fotografie betrachtete.

»Wäre echt schön, er wäre heute dabei«, sagte Isabel, während sie gemeinsam Stufe für Stufe nach unten stiegen und sich dabei jedes einzelne Foto ansahen. Dazwischen hingen immer wieder auch Plakate von alten Schulveranstaltungen und Konzerten von »Hot and Spicy«, auf denen die Band samt Sandra posierte. Unter ihren Füßen wummerten bereits die Bässe aus dem Keller, aber es hörte sich glücklicherweise eher nicht nach der alten Schulband an. Sie waren wirklich unglaublich jung gewesen. Katharina trat einen Schritt näher an eines der Plakate heran. Nicht nur jung, korrigierte sie sich selbst, sondern auch unsterblich. Die ganze Welt hatte ihnen zu Füßen gelegen. Während sie vorsichtig mit dem Zeigefinger über den »Hot and Spicy«-Schriftzug fuhr, kehrte ein Funken dieser Energie in Katharinas Körper zurück. Plötzlich konnte sie es kaum noch erwarten, nach unten zu gehen, alle zu sehen und zu tanzen, bis der Boden glühte.

Es stimmte: Sandra hatte alles wirklich großartig vorbereitet. Auf einem großen Plakat im Eingangsbereich hatte sie ein paar Überraschungsgäste angekündigt, und Katharina war sehr gespannt, um wen es sich dabei handelte. Als sie nun den Blick über die vielen Menschen schweifen ließ, die zum Teil beeindruckend scheußliche Klamotten trugen, war sie beinahe ein bisschen gerührt. Die Bühne im Hintergrund war verdunkelt, aber Katharina war sicher, dass es später noch eine »Hot and Spicy«-Reunion geben würde. Bisher legte ein DJ Hits aus ihrem Abi-Jahr auf. Katharina hatte es befürchtet. Gerade lief *Lemon Tree* von Fools Garden, und Isabel verzog das Gesicht, als einige Gäste begeistert den Refrain mitgrölten.

Die Ersten tanzten bereits. Unter ihnen ein Mann im Ballonseide-Trainingsanzug mit pinkem, weißem und türkisfarbenem Blockmuster. Katharina erkannte ihn sofort. »Schau mal, da ist Sport-Weber! Meine Güte! Der trägt immer noch dieses Teil von damals! Und ist das … eine Dauerwelle?« Sie schüttelte fassungslos den Kopf. »Entweder ist das die perfekte Verkleidung oder immer noch sein Ernst.«

Isabel kicherte. »Ich glaube, es ist sein Ernst. Du weißt doch: Never change a running system!« Weber hatte schon immer sehr viel Wert auf sein Äußeres gelegt, und es gab Vermutungen, dass er nicht nur mit einer Schülerin ein Verhältnis gehabt hatte.

Ein paar der Gesichter waren Katharina noch so vertraut wie früher. Bei anderen musste sie einen Moment überlegen, bis sie draufkam, wer da vor ihr stand. Wieder andere kannte sie gar nicht, was vermutlich daran lag, dass Sandra zusätzlich zu den knapp neunzig Schülern des glorreichen Abi-Jahrgangs von 1995 auch deren Partner und alle damaligen Lehrer mit eingeladen hatte. Es schien, als seien auch wirklich alle gekommen. *Alle bis auf Henri.*

Die Einzige, die sie bisher nicht entdeckt hatte, war Sandra selbst, aber wenn man eine Feier wie diese organisierte, war man vermutlich auch ziemlich beschäftigt.

Noch fünf Stufen, bis Isabel und Katharina mitten unter den Feiernden stehen würden. Isabel hatte Tobi und Christoph an der Bar entdeckt und winkte ihrem Mann und dessen bestem Freund über die wogende Menge hinweg zu. Das Strahlen, das sich über Tobis Gesicht ausbreitete, als er die Freundinnen sah, war ansteckend. Katharina grinste zurück. Er hatte sich tatsächlich für Kurt Cobain entschieden. Das weiße Shirt leuchtete regelrecht im Blaulicht, ebenso wie die offensichtlich künstlich aufgehellten langen Haare der Blondine neben ihm.

Sandra.

Doch Katharinas Blick blieb nicht an ihr hängen, sondern wurde automatisch von ihrem Begleiter angezogen, der mit dem Rücken zur Treppe stand. Da war etwas an seiner Haltung, etwas Vertrautes, das sie dazu zwang, immer wieder zu ihm hinzusehen. Ihr Herz begann, schneller zu schlagen, als ein ganz bestimmtes und sehr vertrautes Gesicht vor ihrem inneren Auge erschien. Aber das konnte überhaupt nicht sein. Das hier war ihr Abi-Treffen. Und der Mann, an den sie dachte, hatte mit ihrer Schulzeit absolut nichts zu tun. Energisch schob sie den Gedanken beiseite. Vermutlich hatte sie einfach in letzter Zeit zu intensiv in Erinnerungen geschwelgt – und sich Träumen hingegeben, die nicht gut für sie waren.

»Lass uns mal schnell Hallo sagen!« Isabel riss sie aus ihren Gedanken und nahm Katharinas Hand. Sie zog sie hinter sich her, um sich einen Weg zur Bar und durch die vielen Menschen hindurch zu bahnen.

Als hätte er Katharinas Aufmerksamkeit gespürt, wählte Sandras Begleiter exakt diesen Moment, um sich umzudrehen. Es fühlte sich an wie eine unmögliche Mischung aus Zeitlupe und Schnelldurchlauf, als sein Blick sofort den ihren fand.

Katharinas Körper reagierte schneller, als ihr Verstand begreifen konnte. In einem Sekundenbruchteil begannen ihre Knie zu zittern, und in ihrem Blickfeld zuckten beunruhigende schwarze und weiße Blitze. Ein untrüglicher Hinweis darauf, dass ihr Kreislauf kurz davor war, schlappzumachen. Sie strauchelte und stürzte nur deshalb nicht, weil einfach nicht genug Platz dafür war.

Schnell beugte sie sich nach vorne, so gut es im Gedränge eben ging, und stützte ihre Hände auf den Knien ab. Katharina zwang sich, tief ein- und vor allem auch wieder auszuatmen, während in ihrem Kopf die immer gleichen Sätze synchron zu den Discokugelblitzen pulsierten.

Es war nicht möglich. Es konnte nicht sein. Nicht hier. Nicht jetzt. Nicht … heute. Nicht mit Tobi, Christoph und Sandra. Überhaupt nicht. Es musste sich um eine Fata Morgana handeln oder um pures Wunschdenken nach ihrem Traum neulich und eine sehr plastische Fantasie, weil sie die Erinnerung an diese Zeit dank der blöden Hose zurückkatapultiert hatte, und …

»Was ist los?«, fragte Isabel verwirrt und beugte sich zu ihr hinunter, während Katharina sich bemühte, ihren Körper unter Kontrolle zu bringen. »Hast du was verloren? Bist du gestolpert?«

Katharina schüttelte wortlos den Kopf, und Isabel zog sie hoch, um sie besorgt anzusehen. »Wow! Geht's dir nicht gut?« Sie strich Katharina eine Haarsträhne aus dem Gesicht. »Du siehst schrecklich aus!«

»Danke. Ich liebe dich auch.« Obwohl es ihr immer noch schwindelig war, konnte sie sich ein Grinsen nicht verkneifen. »Mir geht's gut«, murmelte sie, in der Hoffnung, dass Isabel das über den Lärm hinweg verstehen oder von ihren Lippen ablesen konnte. Wahrscheinlich fehlte ihr einfach nur Sauerstoff. Und Alkohol. Wer ein Klassentreffen in diesem Umfang ohne einen winzigen Rausch überstehen konnte, besaß in Katharinas Augen sowieso Superkräfte. Kein Wunder, dass sie halluzinierte. Doch bevor sie Isabel mitteilen konnte, dass sie nun erst mal ganz dringend noch ein Glas Sekt brauchte, um die Geister der Vergangenheit zu verscheuchen, spürte sie, wie jemand von hinten ihre Schultern mit einem warmen und festen Griff umfasste. Sofort fühlte sie sich stabiler, als hätte derjenige sie auch gleich noch mit ein wenig Energie versorgt. Etwas, das er schon immer gekonnt hatte. Isabel blickte auf. Der Schock, der Katharina beinahe von ihren Füßen gefegt hatte, spiegelte sich nun auch in den Augen ihrer Freundin. Da wusste sie, dass sie sich nicht getäuscht hatte.

Sie schloss die Augen und atmete tief ein, bevor sie sich umdrehte und in das Gesicht sah, das ihr einmal beinahe so vertraut gewesen war wie ihr eigenes. *Mats.*

Er war hier.

»Bist du okay? Geht's dir gut?« Er hatte die Augen zusammengekniffen und betrachtete sie besorgt. Aber weder in diesem Moment noch grundsätzlich ließ sich diese Frage so einfach beantworten. »Ich habe gesehen, wie du umgekippt bist und da …«

»Ich bin nicht umgekippt«, unterbrach sie ihn atemlos. Sie hatte immer noch Mühe, regelmäßig Luft zu holen.

Was machte er hier? Er hatte mit diesen Leuten nichts zu tun, er gehörte nicht hierher und schon gleich gar nicht mehr in Katharinas Leben! Die schwarzen und weißen Blitze kehrten in ihr Blickfeld zurück, und sie musste sich erneut auf ihre Atmung konzentrieren, während sie verzweifelt versuchte, sich Mats' Anwesenheit zu erklären. Dass er sie so durchdringend anstarrte, half dabei kein bisschen. Wie durch einen Nebel nahm sie wahr, dass Isabel an ihr vorbei in Richtung Bar ging, vermutlich, um ihrer Freundin ein Glas Wasser oder Sekt zu organisieren. Sie sah, wie Isabel etwas zu Tobi sagte und Sandra mit zurückgelegtem Kopf ihr typisches Sandra-Lachen lachte, das sofort einfror, als sie zu Mats und Katharina hinübersah.

»Lass uns ein bisschen an die frische Luft gehen«, schlug Mats vor und ignorierte die bösen Blicke, die Sandra in ihre Richtung abschoss. Was zur Hölle war hier los? War Katharina in ein eigenartiges Paralleluniversum geraten, in dem ihre ehemalige Klassenkameradin Mats doch noch rumgekriegt hatte? Nie im Leben! Oder … *vielleicht doch?*

Katharinas Gehirn funktionierte alles andere als einwandfrei, nur so ließ sich erklären, dass sie sich einfach so von Mats die Treppe hinauf in Richtung Ausgang geleiten ließ. Das Einzige, was sie dabei überdurchschnittlich deutlich wahrnahm, war die Wärme seiner Hand, die auf ihrem Rücken lag, und das Kribbeln, da, wo sich ihre Körper aufgrund der Enge auf der Treppe berührten. Es fühlte sich gleichzeitig falsch und aufregend an. *Verdammt.*

Als sie endlich oben waren, führte Mats Katharina zu einem der roten Ledersofas und besorgte ihnen bei den Smokingträgern ein weiteres Glas Sekt, während Katharina immer noch ausreichend damit beschäftigt war, zu atmen. Instinktiv rutschte sie ein Stück zur Seite, als er sich mit den Gläsern in der Hand neben ihr niederließ. Ihr Körper reagierte viel zu intensiv auf seine Nähe. Das konnte ihr Verstand nicht gutheißen. Ihre Nerven flatterten immer noch wie verrückt. Das hier war lächerlich und absolut keine gute Idee.

Als Mats ihr sein Glas zum Anstoßen hinhielt, hatte sie bereits einen großen Schluck getrunken. Er lachte leise und schüttelte den Kopf, bevor sein Lachen verschwand und er sie nachdenklich ansah.

Sein Blick war nur schwer auszuhalten, und Katharina hätte gerne ein Gespräch begonnen. Etwas Belangloses aus der Vergangenheit oder der Gegenwart aus ihrem Hirn gekramt, das sie teilen, wonach sie fragen konnte. Aber sie fand nichts. Die Vergangenheit war zu aufgeladen von all dem, was sie miteinander erlebt hatten, und die Gegenwart hatte nichts mit ihm zu tun. Außerdem war ihr Mund so trocken, als hätte sie noch nie in ihrem Leben auch nur einen Tropfen Wasser getrunken, und die Blitze waren immer noch da. Sie konnte nicht ein Wort finden, das hierhergepasst hätte. Das hieß, eines gab es schon.

»Warum?«, fragte sie mit einer Stimme, die sich in ihren Ohren ausgesprochen fremd anhörte, und sah ihn ebenfalls unverwandt an.

»Du hast mir gefehlt, Pusteblume«, sagte er nach einer Weile leise und streckte seine Hand aus, um wie bei ihrem ersten Treffen vor mehr als siebenundzwanzig Jahren vorsichtig Katharinas Haar zu berühren. Sie bewegte sich keinen Millimeter und schloss nur kurz die Augen. *Pusteblume*. So lange her. So vertraut. So nah. Und doch so weit weg.

So weit wie dieser Kosename, den sie ihrer Frisur zu verdanken und den er ihr verpasst hatte, noch bevor er wusste, wie sie hieß.

Pusteblume. Ihr Herz zog sich voller Sehnsucht nach dieser Zeit zusammen. Und nach dieser hell lodernden unglaublichen Liebe, die sie nur für Mats empfunden hatte – und die sich schließlich selbst verbrannt hatte.

»Wie … bist du hierhergekommen? Und wieso bist du hier?«, fragte sie, dankbar dafür, dass ihr Sprachzentrum doch noch etwas mehr als dieses eine Wort hergab. Sie setzte sich aufrecht hin, sodass er seine Hand zurückziehen musste. Trotz des ganz eigenen Bier-, Schweiß- und alten Teppichgeruchs im »Biest« roch sie Mats' Aftershave. Sie hatte unzählige Male in Parfümerien daran geschnuppert, aber nie hatte es so intensiv und verführerisch gerochen wie auf seiner Haut. Beinahe hätte sie die Augen geschlossen, um den Duft noch besser wahrnehmen zu können.

Der DJ spielte unten *The Bomb!* von den Bucketheads.

Mats antwortete nicht. Wieder sah er sie nur an. Und wie damals hatte sie das Gefühl, durch seine Augen in seine Seele blicken zu können und dort all die Antworten zu finden, die sie suchte, nur nicht die auf die Frage, die sie ihm soeben gestellt hatte. *Warum?* Es war leicht, sich in seinen Blick hineinfallen zu lassen und darin zu schweben, während er jede Locke, jede Sommersprosse, ihre Augen und ihren Mund studierte und es sich anfühlte, als streiche er sanft mit seinen Fingerspitzen darüber. Katharina wusste, wie zärtlich und gleichzeitig leidenschaftlich er sein konnte, sie hatte es so viele Male erlebt. Ihr Körper, dieser Verräter, erinnerte sich ebenfalls an diese Berührungen und antwortete mit einem Verlangen, das sie kaum beiseiteschieben konnte. Sie leckte sich leicht über die Unterlippe, als sie die Sehnsucht spürte, die offenbar immer noch in ihr schlummerte und die in den letzten Wochen wieder und wieder hartnäckig an die Oberfläche getrieben war.

Aber nein: Das hier war nicht richtig. Sie hatte Henri, Bella und Elise und ein Leben, das sie sich selbst ausgesucht hatte. Und das, was Mats und sie gehabt hatten, hatte nicht funktioniert. Katharina musste sich dringend aus seinem Bann befreien. Am besten sofort. Sie schloss die Augen.

»Also: Warum bist du hier?«, fragte sie erneut, dieses Mal mit festerer Stimme. Als sie Mats wieder ansah, entdeckte sie den Schmerz in seinen Augen, und eine Einsamkeit, die sie erschreckte. Irgendetwas musste in der Zwischenzeit geschehen sein, das ihn verändert hatte. Nur was?

Er beugte sich zu ihr herüber und legte seine Wange an Katharinas. Seine Lippen berührten ihr Ohrläppchen. Überall, wo seine Haut auf ihre traf, explodierten kleine funkelnde Feuerwerke. »Weil ich …« Er räusperte sich. »Warte … ich brauche erst noch was zu trinken.«

9

Als Mats erneut aufstand, klebte Katharinas Blick regelrecht an seinem Hintern. Jemanden anzusehen und attraktiv zu finden, war für eine erwachsene und mehr oder weniger glücklich verheiratete Frau völlig okay, zumindest sagte sie das immer ihren Klientinnen. Sie selbst hatte noch nie das Bedürfnis gehabt, jemandem so nachzusehen, wie sie es jetzt gerade bei Mats tat. Er hatte das Kleidungsmotto auf seine Weise umgesetzt oder aber seinen Stil, bestehend aus hochgekrempelten Chinos, gerade geschnittenen Sweatshirts und Vans, seit damals nicht geändert. Nur die Haare waren deutlich kürzer und von einigen Silberfäden durchzogen. Seiner gefährlichen Anziehungskraft auf Katharina tat das allerdings keinen Abbruch. Nein, es war nicht nur ein schlichtes Hinterherschauen, wie man eben jemandem nachsah, den man kurz interessant fand und im nächsten Augenblick wieder vergessen hatte. Es war mehr. Und nicht nur das. Es war zu viel.

Als Mats sich umdrehte, um zur Couch zurückzukehren, fand sein Blick sofort wieder den ihren. Verlegen sah sie auf ihre vinylglänzenden Knie. Sie durfte nichts von all dem zulassen. Sie musste gehen. Jetzt. Jede Sekunde in seiner Nähe war eine Sekunde zu viel. Selbst wenn das bedeutete, dass sie das Klassentreffen verließ, bevor sie überhaupt richtig angekommen war.

Katharina war gerade im Begriff aufzustehen, als Mats ihr ein neues Glas hinhielt. Sie nahm es und ließ sich wieder in die Lederpolster zurücksinken.

Sie wollte nicht vernünftig und konsequent sein, sondern bleiben. Spontan sein. Tanzen. Feiern. Sich leicht und begehrt fühlen. Und außerdem: Hatte sie sich nicht nach einer Party mit ungewissem Ende gesehnt?

Sie verbannte den Teil ihres Verstandes, der ihr zum Aufbruch riet, in die hinterste Ecke ihres Gehirns und ließ der Neugier, der Sehnsucht und der Abenteuerlust den Vortritt.

Trotzig trank sie einen Schluck. Was war denn schon dabei? Ein paar Drinks mit einem alten Freund? Henri würde das verstehen. Vermutlich würde er ihr sogar zureden. Schließlich teilten Mats und sie eine Geschichte. *Ihre* Geschichte, die sie beide nachhaltig geprägt und dafür gesorgt hatte, dass Katharina sich schließlich für einen komplett anderen Typus Mann entschieden hatte. Abgesehen davon: Henri hätte mitkommen, jetzt und hier dabei sein können. Dann wäre sie mit ihm auf der Tanzfläche oder an der Bar mit ihren Freunden. So aber hatte er sie geradezu in diese Situation gezwungen. Was hatte sie vorhin zu ihm gesagt? Dass er es bereuen würde, wenn er nicht mitkam? Und was war mit ihr? War sie wirklich immer noch enttäuscht, dass er nicht mitgekommen war – oder geradezu erleichtert darüber?

Mats ließ sich wieder neben sie sinken. Kurz tippte er mit seinem Zeigefinger auf ihr Knie und brachte sie mit dieser Geste zum Lächeln. Er hatte schon früher nicht glauben können, wie sehr diese Hose glänzte, und dementsprechend immer wieder seine Finger darüber wandern lassen. Oder er hatte es zumindest behauptet, weil er einfach nicht die Hände von ihr lassen konnte.

»Ich wünschte, ich hätte meine Kamera dabei«, sagte er leise. »Ich würde so gern ein Foto von dir machen. Du siehst einfach unglaublich aus. Und so …«, er schüttelte den Kopf, als könne er es selbst kaum glauben, »… so echt.«

»Ich *bin* echt«, antwortete sie und lächelte über dieses merkwürdige, für Mats absolut typische Kompliment. »Wie meinst du das überhaupt?«

»Nein, natürlich bist du echt.« Er sah sie ein wenig verlegen an. »Es ist nur, weil so viele versuchen, auszusehen wie jemand anderes. Schöner. Jünger. Ach, vergiss es! Ich rede nur Mist!« Er lachte und verzog das Gesicht. »Jedenfalls bist du wunderschön«, setzte er leise hinzu und sah ihr erneut tief in die Augen. Nun war sie es, die für einen Moment verlegen wegsehen musste, und gleichzeitig war sie froh, dass er die Kamera nicht mitgebracht hatte. Es wären sicher großartige Fotos geworden, immerhin war er mittlerweile ein erfolgreicher und international gebuchter Werbe- und Modefotograf, wie sie dank einer Internetrecherche nach einem Abend mit Isabel und etwas zu viel Weißwein sehr genau wusste. Aber ein Foto hätte bedeutet, dass er ihren Blick dauerhaft festgehalten und auf Papier gebannt hätte. Darin den Beweis der gefährlichen Mischung aus Verlangen und Verwirrung zu entdecken, die sie hoffentlich spätestens morgen hinter sich gelassen haben würde, war nichts, worauf sie besonders scharf war. Dass Mats Gefühle in Fotos übersetzen und festhalten konnte, war schon seit jeher seine Superkraft als Fotograf gewesen. Seine Bilder transportierten immer genau das, was das jeweilige Model in diesem Moment empfand, wenn Mats den Auslöser betätigte – und lösten genau das gleiche Gefühl beim Betrachter aus. Das war vermutlich auch das Geheimnis seines Erfolges.

Katharina war es gewohnt, ihre Emotionen zu kontrollieren und hinter einer Fassade aus Professionalität zu verbergen. Dass sie die nötige Distanz zu ihren Klienten wahrte, war Teil ihrer Aufgabe, und ohne sie konnte sie schlicht nicht arbeiten. Auch damals, als sie sich das erste Mal begegnet waren, war es ihr eher fremd gewesen, ihr Innerstes preiszugeben oder sich frei und sexy, wild und voller Verlangen zu fühlen, geschweige denn zu zeigen. Die allerersten Fotos, die Mats an diesem Tag in Wien vor der Votivkirche gemacht hatte, dieses Zufallsprodukt eines zufälligen Treffens einer Schülerin auf Klassenreise und eines Kunststudenten im ersten Semester, waren unglaublich. Es war, als hätte Mats eine andere Person als sie abgelichtet. Oder als hätte er einen Teil ihrer Persönlichkeit eingefangen, den sie selbst bis dahin noch gar nicht gekannt hatte. Isabel hatte es ganz gut zusammengefasst, als Katharina ihr die Fotos gezeigt hatte. Sie hatte schlicht gefragt, ob sie schon Sex gehabt hätten oder ob das erst beim nächsten Mal passieren würde. Und sie hatte recht. Genau so sah Katharina auf den Fotos aus. Als wolle sie denjenigen hinter der Kamera verführen. Oder als wäre ihr das bereits gelungen. Sie hatte vor Mats' Linse etwas entdeckt, das sie selbst nicht für möglich gehalten hätte. Dank Mats war Katharina damals bewusst geworden, dass sie mehr war als nur klug, langweilig und unscheinbar. Er hatte ihr gezeigt, dass in ihr eine leidenschaftliche, hingebungsvolle, emotionale, wahrhaftige und mutige Frau steckte. Und sie glaubte ihm. Mit ihm an ihrer Seite konnte sie sich selbst endlich spüren. Und in all den Jahren nach Mats hatte sie diesen Teil von sich beinahe wieder vergessen. Und dennoch war er echt.

Echt.

Katharina wusste genau, dass es das war, was Mats gerade gemeint hatte, und genau deshalb durfte er sie auf keinen Fall fotografieren.

Mats lächelte, als hätte er ihre Gedanken gelesen und legte seinen Zeigefinger auf ihr Kinn, um ihr Gesicht zu sich zu drehen. »Ich muss so oft daran denken«, sagte er rau und hielt ihren Blick fest, als sie ihm ausweichen wollte.

»Woran genau?«, fragte Katharina und verfluchte ihre wackelige Stimme. Eigentlich hatte sie gerade noch einmal nachhaken wollen, was er hier verloren hatte, doch irgendwie schaffte er es immer, sie abzulenken.

»An unser erstes Treffen. Vor der Kirche. Du …« Er schüttelte den Kopf. »Du hast kaum gesprochen. Aber … trotzdem war da dieses Gefühl. Zwischen uns.«

Natürlich wusste sie es noch. Da war dieser Typ in ihrem Alter, der anscheinend beobachtet hatte, wie sie die Wegweiser vor dem Eingang studiert hatte. Er sah aus wie ein französischer Kunststudent mit seinem Ringelshirt und den Chinos, außerdem hatte er wie Katharina und der Rest vom Latein-LK eine Kamera umhängen, die ihn eindeutig als Tourist kennzeichnete. Aber vor allem hatte er die unglaublichsten Augen, in die Katharina je gesehen hatte. Sie leuchteten in einem intensiven Grünblaugrau und lähmten sowohl ihr Sprachzentrum wie auch alles andere, was sich in ihrem Körper hätte bewegen können. Sie hatte ihn einfach nur angestarrt, nachdem er sie angesprochen hatte, unfähig, etwas zu sagen. Er hatte es auf Englisch, Französisch und Spanisch versucht und dann vorsichtig ihr Haar berührt. »You look like a Pusteblume, do you know that?«, hatte er gefragt und sie dann um ein Foto gebeten. Da war es passiert. Einfach so, und ohne dass sie etwas dagegen tun konnte. Sie hatte sich haltlos in ihn verliebt.

»Welches Gefühl meinst du?«, fragte Katharina trotzdem, um sich ein wenig Zeit zu verschaffen. Sie konnte das. Sie würde mit ihm über damals sprechen. Es war lange her und … hatte keine Bedeutung mehr, sagte sie sich. Jetzt zählten Henri und ihre Töchter.

»Ich weiß nicht, wie ich es sagen soll …« Mats zuckte mit den Schultern. »Es war irgendwie … magisch, oder? So, als wären wir allein auf der Welt. Ich habe mich gefühlt, als hätte ich dich erkannt. Oder nein …« In seinem Blick lag eine so tiefe Sehnsucht, dass Katharinas Herz sich schmerzhaft zusammenzog. »Als hätte ich den Menschen gefunden, der zu mir gehört. Der ein Teil von mir ist.« Nun lächelte er doch. »Als wärst du meine Bestimmung, Katharina Fischer.«

»Nowak«, verbesserte Katharina automatisch und hätte sich am liebsten auf die Zunge gebissen, als Mats zurückzuckte.

»Nowak«, wiederholte er und schluckte.

»Doktor Nowak«, schob sie nach und grinste.

»Stimmt.« Er lächelte ebenfalls. »Vom Doktor wusste ich. Bei Nowak war ich raus.«

»Ich habe dir auch von Henri erzählt. Aber vielleicht warst du zu dieser Zeit so mit Claudia beschäftigt, dass du dich nicht mehr daran erinnern kannst.« Sie zuckte mit den Schultern. »Apropos: Wie geht es deiner *Frau?*« Sie betonte das letzte Wort besonders, schon allein, um sich selbst eine Grenze zu setzen. Nicht nur sie, auch Mats war verheiratet. Es tat nicht mehr weh, auch wenn Katharina noch immer das Echo des Schmerzes fühlen konnte, der durch ihr Herz gezuckt war, als sie eine typische Mats-Postkarte bekommen hatte. Für diese Nachricht hatte er sich eine ganz besondere ausgesucht. Sie war vermutlich aus irgendeinem spanischen Souvenirladen gewesen und zeigte eine Flamencotänzerin, deren Rock aus einem echten Stück Stoff bestand.

Ich heirate Claudia diesen Juni. Mats

Selbst wenn es jetzt nicht mehr schmerzte, so hatte es doch damals sehr wehgetan, als er wenige Wochen nach ihrer Trennung in Claudia einen Ersatz für Katharina gefunden hatte. Sie war das exakte Gegenteil von ihr. Klein, süß, unkompliziert und anschmiegsam – und ohne den Wunsch, Mats zu verstehen. Sie himmelte ihn einfach nur an und richtete sein Selbstbewusstsein wieder auf, das Katharina so sehr ins Wanken gebracht hatte. Die Hochzeit war der logische und schmerzhafte Schlusspunkt von allem, was Katharina und Mats gehabt, immer wieder verloren und sich wieder zurückgeholt hatten. Und sie war eine Befreiung von dem ewig wiederkehrenden Kreislauf aus Anziehung und Abstoßung. Katharina hatte sich keine Trauer angesichts des Liebesglücks ihres Ex-Freundes zugestanden, schließlich war sie diejenige gewesen, die sich von ihm getrennt hatte. Und dennoch war sie da gewesen.

Sofort fiel ihr auch die Nacht vor Mats' Hochzeit wieder ein, in der er gegen ihr Fenster im Haus ihrer Eltern geklopft hatte. Angetrunken. Verzweifelt. Er war den ganzen Weg von Wien zu ihr gefahren und hatte sie angefleht, zu ihm zurückzukommen, bevor er den Fehler seines Lebens begehen würde. Er hatte ihr den Schlüssel zu seiner Wohnung in einem weißen, goldgeprägten Umschlag überreicht, in dem die Hochzeitsgäste vermutlich ihre Einladungen bekommen hatten. Sie war froh gewesen, dass er sich dafür ein Taxi genommen hatte, das er sich sicher nicht leisten konnte. Denn niemals hätte sie ihn in diesem Zustand eigenhändig zurückfahren lassen. Und sie wusste, es hätte nur dieses Umstands gebraucht, um ihn hineinzulassen in ihr altes Jugendzimmer und in ihr altes Leben.

Sie war nicht zur Hochzeit eingeladen gewesen, dafür hatte Claudia gesorgt. Dennoch bekam sie diesen Umschlag. »In Liebe, Mats« stand darauf. Katharina hatte Mats weggeschickt, bevor er sehen konnte, dass sie weinte.

»Wir sind nicht mehr verheiratet. Schon lange nicht mehr«, unterbrach Mats nun ihre Gedanken. »Es hat drei Jahre gehalten, um genau zu sein. Trotzdem fast schon lang, in Anbetracht der Tatsache, dass wir beide wussten, dass es ein Fehler war. Ich habe es wirklich versucht. Ich … hätte sie sehr gern glücklich gemacht.« Er zuckte traurig mit den Schultern. »Schon allein deshalb hätte ich sie nie heiraten dürfen. Aber das ist jetzt auch nicht mehr wichtig, weil …« Sein Gesicht verdunkelte sich noch ein wenig mehr. Katharina wartete darauf, dass er weitersprach, aber er schüttelte den Kopf und trank einen Schluck.

»Ja?«

»Nein, Pusteblume, das ist nichts für heute Abend. Sei mir nicht böse. Erzähl mir lieber von dir!«

10

Er hatte ihr immer noch nicht erzählt, warum er denn nun wirklich hier war und wie er überhaupt von diesem Jahrgangstreffen erfahren hatte. Er hatte einfach jedes Mal, wenn sie danach fragte, das Thema gewechselt. War ausgewichen oder hatte sie auf eine Art und Weise berührt, die sie die Frage vergessen ließ. Fast so, als scheue er sich, ihr den Grund für seine Anwesenheit zu verraten. Katharina betrachtete sein Gesicht, während er von seinen beruflichen Reisen und seinem Leben erzählte. Er brach immer noch innerhalb von ein paar Stunden auf, hatte interessante Aufträge und traf spannende Menschen. Er war frei und spontan und lebte von einem Tag zum nächsten. So wenig sich an seinem Lebensstil geändert hatte, so fremd war dieser immer noch für Katharina.

Nur Mats war ihr trotz all der Zeit, die inzwischen vergangen war, unendlich vertraut. Weil sie nie wusste, was er als Nächstes tun würde, hatte sie damals die Fähigkeit perfektioniert, in seinem Gesicht zu lesen, jedes Gefühl darin zu erkennen und zu deuten. Wenn man so wollte, war er ihre erste psychologische Langzeitstudie gewesen, während sie gleichzeitig Hausarbeiten über Ursachenforschung und Therapieformen schrieb und Prüfungen darüber ablegte. Und es funktionierte immer noch.

Mats ließ abermals seinen Zeigefinger über ihren Oberschenkel gleiten, und ein heißes Kribbeln zog über ihre Haut. Es fühlte sich an, als befände sich in Katharinas Körper keine Zelle mehr an dem

Platz, an den sie gehörte, und als wäre jede einzelne randvoll gefüllt mit Leben, Energie und Begehren. Wie sehr sie dieses Gefühl vermisst hatte. In Mats' Augen sah sie ihr eigenes Spiegelbild und keinerlei Zweifel. Mats wollte Katharina. Nur: wieso jetzt? Wieso hier? Wieso auf diese Art und Weise?

»Ach, da seid ihr ja!« Sandras Stimme schrillte durch den Raum. Katharina zuckte erschrocken zusammen. Sie hatte gar nicht bemerkt, dass ihre ehemalige Klassenkameradin ebenfalls nach oben gekommen war, und bis gerade vergessen, dass sie Katharina schon unten an der Bar böse angestarrt hatte. Aber auch Mats schien sich unwohl zu fühlen, denn sofort nahm er seine Finger von Katharinas Bein. Sandra ließ sich neben ihn auf das Sofa fallen und legte wie zufällig ihre Hand auf seinen Oberschenkel, bevor sie sich zu Katharina hinüberbeugte. Sie sah exakt aus wie damals, wenn man von einigen wenigen Falten absah und davon, dass ihre Haare vielleicht ein wenig zu blond und die Wimpern zu lang waren, um echt zu sein. »Entschuldige, Katharina, wir hatten ja noch keine Gelegenheit, uns zu begrüßen«, sagte sie in einem beinahe unerträglich süßen Ton. »Ich bin so froh, dass du kommen konntest. Ich habe mir schon Sorgen gemacht, als ich gesehen habe, wie du auf der Treppe zusammengeklappt bist.«

»Ich bin nicht …«

»Wir haben uns beide schon sehr auf diese Überraschung gefreut, nicht wahr, Matsi?« Sandra lehnte sich an Mats' Schulter.

Matsi?

MATSI?!

»Ich verstehe nicht …«, stammelte Katharina und versuchte, Mats' Blick einzufangen, aber er hatte begonnen, unruhig auf der Couch herumzurutschen, während er nach wie vor auf den Boden sah. Sandra lachte gekünstelt.

»Ach, hast du ihr das gar nicht erzählt?« Sie ließ ihre Hand wie zufällig ein wenig weiter nach oben wandern. »Na ja, es ist ja auch noch ganz frisch. Wir haben ja schon immer ein bisschen Kontakt gehabt, seitdem ihr beide … du weißt schon.«

Nein, Katharina wusste nicht.

»Claudia und ich waren Freundinnen.« Sie lächelte selbstgefällig. »Ich war ja damals sogar auf der Hochzeit der beiden. Allerdings habe ich mich die ganze Zeit gefragt, warum du nicht eingeladen warst.« Sie wandte sich wieder an Mats. »Aber du hattest bestimmt deine Gründe.«

»Ja, die …«

Katharina wurde übel, als ihr das ganze Ausmaß dieser Geschichte klar wurde. Sandra hatte Mats schon immer gewollt. Dass sie jedoch so perfide war, sich sogar mit Claudia anzufreunden, nur um an Mats ranzukommen, war ekelhaft und grenzte an Stalking, wenn man es genau nahm, und Katharina konnte nicht glauben, dass Mats diese … berechnende Hinterhältigkeit akzeptierte. Er hatte bestimmt viele Fehler, aber dass er sich auf so etwas einließ, hätte sie nicht gedacht. Aber Sandra hatte gewonnen. Und diese Party war die perfekte Gelegenheit, um Katharina diesen Sieg zu präsentieren. *Überraschungsgäste.* Beinahe hätte Katharina laut aufgelacht.

Dass Mats doch nicht wegen ihr hier war, erleichterte und enttäuschte Katharina gleichermaßen. Wie armselig von ihm, es zu behaupten. Und wie beschämend der Ausdruck des Triumphes in Sandras Augen, als er nun seine Hand auf ihre legte.

Das Gefühl, gleich ohnmächtig zu werden, kam zurück, aber dieses Mal hieß Katharina die schwarz-weißen Blitze regelrecht willkommen. Wenn sie es nicht gerade eben aus Sandras Mund gehört hätte, so sagte ihr Körper es ihr eben noch einmal deutlicher: Katharina musste dringend hier raus. Sie hätte vielleicht doch gleich auf ihren Verstand hören sollen.

Katharina stand auf, in der Hoffnung, dass sie ihre Beine tragen würden. Kurz schwankte sie, aber dann war sie stabil.

Zum zweiten Mal an diesem Abend war sie ihrer ehemaligen Klassenkameradin dankbar. Dieses Mal dafür, dass sie aufgetaucht war. Gerade noch rechtzeitig, bevor Katharina sich etwas darauf einbilden konnte, wie Mats sie angesehen hatte. Vermutlich sah er jeden Menschen so an. Eines war klar: Mit ihren Fähigkeiten, Mats zu deuten, war es scheinbar doch nicht so weit her. Katharina hatte außerdem einen großartigen Ehemann und zwei Töchter. Ein Leben, das ihr gefiel. Und in dem Mats und seine Blicke keine Rolle spielen sollten.

»Entschuldigt mich bitte. Ich muss jetzt leider gehen«, sagte Katharina und schluckte jeden weiteren Gedanken mit dem letzten Schluck Sekt in ihrem Glas hinunter. »Danke für die fantastische Organisation der Jahresfeier und die … Überraschung.« Sie schaute Mats dabei direkt an. »Sie ist dir wirklich gelungen. Euch beiden.« Sandra würde nicht auffallen, dass ihr Lächeln nicht echt war. Und was Mats dachte, war Katharina egal. Von all den Frauen auf dieser Welt hatte er sich ausgerechnet auf Sandra eingelassen und so getan, als sei er wegen Katharina hier. Es war erbärmlich. *Er* war erbärmlich. *Matsi.* Beinahe hätte sie laut gelacht. Mats war aufgesprungen. »Nein, bleib doch noch, Katharina, bitte!« Er fasste sie am Ellbogen und sah sie flehend an. »Ich … wir … Es ist nicht, wie du …« In seinen Augen lag eine Sehnsucht, die Katharina beinahe wieder schwach werden ließ, obwohl sie wusste, dass ihr nichts davon guttat. Sie musste sich selbst beschützen.

»Nein«, antwortete sie. »Weder *du* noch *wir.*« Sie schüttelte den Kopf. »Nichts davon gibt es noch. Hab noch einen schönen Abend, Mats. Ihr beide. Miteinander.« Das hatte nicht ganz so souverän geklungen, wie sie es sich gewünscht hatte, aber immerhin war es ein vollständiger Satz gewesen.

Sie drehte sich um und verließ das »Biest«, mit zwei weiteren Gläsern Sekt, die sie sich im Vorbeigehen vom Tablett der Smokingträger nahm. Kein Alkohol war auch keine Lösung.

Draußen gönnte sie sich einen tiefen Schluck und ein paar Atemzüge, um zur Ruhe zu kommen und die Erleichterung zu genießen, die sich endlich einstellte.

Mats und Sandra.

Sandra und Mats.

Die beiden Namen pulsierten immer noch synchron mit ihrem Herzschlag durch ihren Körper. Warum er? Und warum ausgerechnet sie?

Es war absurd. Noch absurder war allerdings, dass sie das überhaupt beschäftigte. Schließlich waren sie alle erwachsen und konnten tun und lassen, was sie wollten – und mit wem. Es ging Katharina nichts an, auch wenn die Vorstellung von Mats und Sandra ebenso lächerlich wie gruselig war. Katharina leerte auch das zweite Glas in einem Zug. Gerade als sie es wieder nach drinnen gebracht und sich gezwungen hatte, ihren Blick von der Couch fernzuhalten, kam Isabel die Treppe hoch und sah sich suchend um.

Sie hatte sowohl ihre als auch Katharinas Jacke über dem Arm. »Da bist du ja!«, rief sie erleichtert. »Alles okay?«

»Ja, alles … alles bestens. Ich glaube, ich kann aber trotzdem nicht hierbleiben.« Von unten dröhnten die ersten Gitarrenklänge nach oben, und irgendjemand sorgte am Mikrofon für eine enorme Rückkopplung, die vom Publikum mit frenetischem Klatschen und Kreischen gefeiert wurde. Es bestand kein Zweifel daran, dass nun »Hot and Spicy« die Bühne betraten. Vermutlich war das auch der Grund, warum Sandra und Mats nicht mehr zu sehen waren.

»Verstehe ich.« Mitfühlend sah Isabel ihre Freundin an. »Bist du sicher, dass alles okay ist? Du bist ganz schön blass.«

»Bei so einer Überraschung ja auch kein Wunder.« Katharina atmete laut aus. »Ich kann nicht fassen, dass er hier ist. Und dass er, von allen Frauen auf dieser Welt, sich ausgerechnet sie ausgesucht hat!«

Isabel brummte irgendetwas Unverständliches. Es tat gut, dass ihre Freundin auch ohne Erklärung wusste, um wen es ging.

»Kannst du es fassen, dass sie ihn Matsi nennt?«, fragte Katharina. Es dauerte eine Weile, bis sie aufsah, weil Isabel nicht reagierte. Da begriff sie, dass ihre Freundin Mühe hatte, ihr Lachen zu unterdrücken. Aber als sich ihre Blickte trafen, prustete Isabel los.

»Matsi? Ernsthaft?«

»Allerdings.«

»O Mann!« Isabel blieb stehen. »Er hat Sandra wirklich verdient. *Matsi*«, wiederholte sie und schüttelte sich. »Schlimmer geht wohl echt immer. Aber ich glaube, du täuschst dich. Ich glaube, es war andersherum.« Sie schob ihre Hand durch Katharinas angewinkelten Arm. »Sie hat ihn ausgesucht. Und so, wie wir Sandra kennen, ist sie mehrere Jahrzehnte einfach an ihm drangeblieben. Wie hat der alte Eberhard immer gesagt, wenn er uns dazu überreden wollte, täglich Vokabeln zu lernen? Steter Tropfen höhlt den Stein, nicht durch Kraft, sondern durch das stetige Fallen.« Sie lachte.

»Ich vermisse ihn.«

»Wen? Mats?«

»Eberhard.«

Katharina war froh, dass Isabel sie nach Hause begleitete und sich ihr Gespräch nun um ihren alten Lateinlehrer und dann um all die Personen drehte, die Isabel in der kurzen Zeit im »Biest« getroffen hatte. Es hielt sie davon ab, sich allzu sehr in ihren Erinnerungen zu verlieren.

Eine Weile gingen Isabel und sie schweigend nebeneinanderher. Selbst wenn sie dadurch den »epischen« Auftritt von »Hot and Spicy« verpasste, war es richtig gewesen, zu gehen. Beim Gedanken an die Band landete Katharina allerdings doch wieder unweigerlich bei Sandra. Als sie vor Katharinas Haus standen, fing Isabel ebenfalls wieder davon an. Ihr schien es ähnlich zu gehen.

»Das mit Sandra ist schon eine schräge Nummer.« Sie schüttelte den Kopf. »Und so toll wie vor tausend Jahren sieht Mats auch nicht mehr aus.« Sie zuckte mit den Schultern.

»Was meinst du?«

Isabel musterte ihre Freundin neugierig. »Na, die grauen Haare, die Falten … die Brille und …« Sie legte den Kopf schräg. »Sag jetzt nicht, du hättest das nicht bemerkt!«

Er hat eine Brille?

»Ich …« Für einen Moment schloss Katharina die Augen und versuchte, sich Mats' Gesicht von gerade eben vorzustellen, aber so sehr sie sich auch bemühte, es blieb immer sein Gesicht von damals und dieser Blick, der sich durch ihre Kleider, ihre Haut, ihre Nerven hindurch direkt in ihr Herz – und tiefer – bohrte und überall dort, wo er sie berührt hatte, ein heißes Kribbeln hinterließ.

»Nein«, antwortete sie leise.

Isabel lachte.

»Die stets aufmerksame, immer im Vollbesitz ihrer geistigen Kräfte befindliche, klare und kontrollierte Doktor Katharina Nowak hat das Offensichtliche nicht gesehen? Wie macht er das bloß?«

»Frau Doktor ist heute nicht anwesend.« Sie grinste. »Und Mats ist der einzige Mann, der mich dazu bringt, nichts mehr zu denken und dafür nur noch zu fühlen«, antwortete Katharina aufrichtig. Es war schon immer so gewesen.

»O ja, ich erinnere mich! Und ich erinnere mich auch daran, wie neidisch ich war.« Isabel lachte. »Ich wollte auch so was haben. Eine Liebe, die einen komplett von den Füßen fegt und es Außenstehenden kaum möglich macht, danebenzustehen, ohne ein Teil davon sein zu wollen. Oder ganz weit weg, damit man euch nicht zusehen musste.« Sie schüttelte den Kopf. »Ihr wart Hollywood. O Mann. Unglaublich.«

»Ja, das waren wir«, bestätigte Katharina. Allerdings ohne Happy End.

11

Katharina war sich nicht sicher, was ihr jetzt lieber gewesen wäre: sich allein in ihrem Zimmer verkriechen zu können und über dieses Treffen nachzudenken oder zu Hause eine Familie vorzufinden, die alles über den viel zu kurzen Abend wissen wollte. Die Begegnung mit Mats hatte sie aufgewühlt und verwirrt. Vermutlich war es besser, wenn sie das erst einmal für sich sortierte, bevor sie damit Bellas neu entflammte Neugier bezüglich Katharinas Schulzeit noch zusätzlich befeuerte. Oder vielleicht sogar Henri vor den Kopf stieß.

Weder über das eine noch über das andere musste sie sich allerdings Gedanken machen, denn als sie die Tür öffnete, schallte ihr schon der gedämpfte Lärm einer Fußballübertragung aus dem Wohnzimmer entgegen. Ein Abend ganz nach dem Geschmack von Henri und ihrer Jüngsten. Scheinbar war das Bier mit Tom heute relativ kurz ausgefallen.

»Oh, hey, schon zurück?« Henri winkte ihr von der Couch aus zu, ohne sich dabei umzudrehen. »Hast du sie umgehauen mit deiner Verkleidung?« Er lachte leise.

Lustig.

Bella hatte sich in Henris Arm gekuschelt, und Katharina konnte nur den Haarschopf ihrer Tochter sehen. »War es schön?«, schob Henri im gleichen Augenblick nach, in dem Bella: »War ja klar, dass du gleich wiederkommst«, sagte. Die Enttäuschung in ihrer

Stimme war nicht zu überhören. Henri wuschelte ihr mit einem leisen »Hey!« durch die Haare.

»Ja, ich …«, setzte Katharina an, aber bevor sie tatsächlich etwas dazu sagen konnte, schoss einer der Spieler ein Tor. Die beiden sprangen laut rufend auf und lagen sich jubelnd in den Armen. Katharina streifte die High Heels von den Füßen, als Henri noch einmal über die Couchlehne winkte. Sie sah, wie er seiner Tochter einen Kuss auf den Scheitel drückte und ihr ein »Weiter geht's« zuraunte und Katharina damit wieder einmal das Gefühl gab, von sehr weit außen eine Einheit zu betrachten, zu der sie keinen Zutritt hatte. Schon bevor sie sich abwandte, um in ihr Zimmer zu gehen, hatten die beiden sie sowieso längst vergessen. Auf dem Weg nach oben schenkte sie sich in der Küche noch ein Glas Weißwein ein und balancierte es vorsichtig in ihr Zimmer.

Sie ließ sich auf ihr Bett fallen und bewegte probehalber die Zehen. Ein Vorteil davon, die Party so früh verlassen zu haben, war definitiv, dass ihre Füße nicht wehtaten.

Als sie sehr viel früher als geplant wieder vor ihrem Schminkspiegel saß, entdeckte sie noch zwei weitere Vorteile: Sie war einigermaßen nüchtern und würde sich morgen früh folglich nicht ganz so grauenhaft fühlen. Sie konnte außerdem noch ein bis zwei Folgen *This Is Us* auf Netflix anschauen und so tief in die Gefühlswelt von Kevin, Kate und Randall Pearson eintauchen, dass sie vielleicht ihre eigene wenigstens vorübergehend vergaß.

Kurz entschlossen ging sie noch einmal nach unten und holte sich den restlichen Weißwein aus dem Kühlschrank. Es war schließlich Samstagabend, verdammt.

Wann sie eingeschlafen war, wusste Katharina nicht. Sie erinnerte sich nur noch daran, dass ihre Träume wild gewesen waren, anstrengend, und dass immer wieder Mats darin aufgetaucht war. Mats, der sie davon zu überzeugen versuchte, nackt von einer Klippe zu springen, und sie auslachte, als sie zögerte. Mats, nach dem sie ihre Hände ausstreckte, um ihn zu berühren, und ihn doch nicht erreichen konnte, weil Katharinas Arme einfach zu kurz waren. Und immer wieder sein Gesicht. Lachend. Ernst. Als Ahnung im Hintergrund. In Nahaufnahme. Und mit einem Begehren im Blick, das Katharina gleichermaßen beunruhigte wie faszinierte. Einmal schreckte sie sogar hoch, weil sie glaubte, ihn neben sich zu spüren, ja, seinen ganz eigenen Geruch in der Nase zu haben, dabei war es nur Henri, der in ihr Zimmer gekommen war, um ihr eine gute Nacht zu wünschen.

Am nächsten Morgen fühlte sie sich dank des unruhigen Schlafes und des Weißweins, den sie fast ausgetrunken hatte, so gerädert, als sei sie doch bis zum Schluss auf der Party geblieben. Ihr Kiefer war verspannt, und sie hatte Mühe, die Traumbilder aus ihrem Kopf zu verbannen, so plastisch waren sie gewesen. Anstatt sofort aufzustehen, blieb sie noch liegen und lauschte den Geräuschen, die von unten zu ihr ins Zimmer drangen. Das Klappern von Geschirr, das Gurgeln des Kaffeevollautomaten beim Reinigen, den dunklen Bass von Henris Stimme und Bellas vergnügtes Kichern. Ab und zu glaubte sie, sogar das helle Lachen von Elise ausmachen zu können, aber sicher war sie sich nicht. Dennoch stahl sich ein Lächeln auf ihre Lippen. Es war schön, eine Familie zu haben. Und höchste Zeit, ein Teil davon zu sein.

Als sie schließlich frisch geduscht nach unten kam, hatten die drei den Frühstückstisch tatsächlich schon gedeckt. Elise saß als Einzige am Tisch und starrte auf ihr Handy. Die wilden Locken, die sie von ihrer Mutter geerbt hatte, standen genauso in alle Richtungen ab, wie sie es morgens immer bei Katharina taten, und der hoch konzentrierte Gesichtsausdruck, den ihre große Tochter aufgesetzt hatte, war ihr so vertraut, als würde sie in den Spiegel schauen. *In einen Spiegel, der gleichzeitig eine Zeitreise rückwärts anbietet,* verbesserte sie sich in Gedanken. Sofort hatte sie wieder Mats' Stimme und sein Lachen im Ohr. *Schau nicht so ernst, Pusteblume …*

Beim Gedanken an ihn beschleunigte sich ihr Herzschlag sofort.

»Mama?« Elise sah von ihrem Smartphone auf. »Du starrst. Ist irgendwas?«

Ertappt zuckte Katharina zusammen und schob den Gedanken an Mats energisch beiseite. Er hatte hier und jetzt nichts verloren. Ganz sicher würde sie heute noch das eine oder andere Mal an ihn denken und vielleicht sogar mit Isabel über ihn sprechen. Aber nicht jetzt, nicht hier und schon gleich gar nicht mit Elise.

»Guten Morgen, Süße!«, sagte Katharina schnell und holte ihr Lächeln zurück. Sie legte ihre Hand auf die Schulter ihrer großen Tochter und drückte ihr einen Kuss auf die Wange.

»Mama! Nicht!« Elise schüttelte sich. »Ist doch noch voll früh! Und überhaupt: Wie lange muss man sich denn von seinen Eltern küssen lassen?« Sie schaute so angewidert, dass Katharina lachen musste.

»Entschuldige. Du musst dich überhaupt nicht küssen lassen, wenn du nicht willst. Nicht von mir und auch von niemand anderem. Gut?« Sie nahm ihre Tasse vom Tisch und ging zur Kaffeemaschine hinüber, um sich einen doppelten Espresso zu machen. Das war genau das, was sie jetzt brauchte. »Aber scheinbar gibt es ja jemanden, von dem du dich sehr gern küssen lassen möchtest«, setzte sie nach und zwinkerte ihrer großen Tochter zu, die prompt die Augen verdrehte. »Apropos: Wie geht es Niklas?«

»Gut«, antwortete Elise einsilbig. Eine leichte Röte überzog ihr Gesicht. Weitere Fragen verboten, sagten ihre Augen, und Katharina hielt sich dran.

»Ach übrigens, wir haben merkwürdige Post bekommen«, sagte Elise, die seit Neuestem ganz scharf auf die Sonntagszeitung war, weil dort immer über irgendwelche Demos berichtet wurde, an denen sie in naher Zukunft teilzunehmen gedachte, und zeigte auf Henris Teller.

»Die Sonntagszeitung?« Katharina runzelte die Stirn. Kein besonders subtiler Versuch, vom Thema abzulenken.

»Quatsch! Doch nicht die! Drunter!«

Katharina hob die Zeitung an. Darunter kam eine Postkarte zum Vorschein. Bevor sie sie lesen konnte, hatte Elise sie ihr aber schon aus der Hand genommen und drehte sie hin und her. Das Motiv war Katharina mehr als bekannt. Es war das örtliche Rathaus und – abgesehen vom historischen Bahnhof – auch das einzige Gebäude, das es je auf eine Postkarte geschafft hatte. Ihr wurde heiß. Es war ganz sicher kein Zufall, dass heute eine Postkarte angekommen war. Und dass sie für Katharina war, daran bestand für sie ebenfalls kein Zweifel.

»Zeig doch mal!« Sie streckte die Hand nach der Karte aus, aber Elise schüttelte nur den Kopf.

»Wer bitte schreibt denn heute noch Postkarten? Und dann auch noch so einen Schwachsinn?« Wieder drehte sie die Postkarte um. *»Hey Pusteblume«*, las sie und runzelte die Stirn. *»Sorry für gestern. Lust auf eine Sightseeingtour? Um drei am Rathaus?«* Abermals schüttelte ihre Große den Kopf. »Da hat sich jemand im Briefkasten geirrt. Oder der Typ hat einen totalen Knall! Wer sollte denn dort hingehen? Ich etwa? Oder Bella?« Sie lachte. »Also, wenn er es noch nicht mal schafft, eine richtige Adresse auf die Postkarte zu schreiben, kann er sich diese Pusteblume wohl eher abschminken. Und überhaupt: Was ist das für ein bescheuerter Name? *Pusteblume?!*« Katharina spürte, wie ihr Herz vor Aufregung zu flattern begann. Sie schloss für einen Sekundenbruchteil die Augen und ließ sich auf ihren Stuhl fallen.

»Ich finde ihn eigentlich ganz schön«, sagte sie schwach und streckte erneut die Hand aus, um die Postkarte nun endlich entgegenzunehmen oder um überhaupt irgendetwas zu tun, das in Elises Augen hoffentlich einigermaßen normal schien.

Ihre Finger zitterten nur ein bisschen, als sie nach ihrer Tasse griff und ihre Tochter dabei beobachtete, wie sie kopfschüttelnd die Karte ins Altpapier warf.

Mats war hier gewesen. Er würde heute um drei vor dem Rathaus stehen. Vermutlich hatte Henri die Karte ebenfalls gesehen. Er wusste genau, wer mit Pusteblume gemeint war. Sie hatte ihm damals beinahe alles erzählt. Ganz sicher auch, dass es Mats' Spitzname für sie gewesen war. Katharina sah zu Henri hinüber. Mit geradem Rücken stand er am Herd und rührte hoch konzentriert in der Pfanne, ohne ein einziges Mal aufzusehen.

12

Henri erwähnte die Postkarte beim gemeinsamen Frühstück mit keiner Silbe, und Katharina war erleichtert. Sogar Elise schien die geheimnisvolle Post vergessen zu haben, was vielleicht auch daran lag, dass sie im Anschluss an das Familienfrühstück eine Verabredung mit Niklas zum Lernen hatte, was wiederum Bella zu einer ganz neuen Auslegung von »Lernen« inspirierte. Alles in allem war es ein ganz normaler Sonntagmorgen, wenn man mal von der Nervosität absah, die Katharina fest im Griff hatte und die sie nur schwer verbergen konnte.

Mats war hier gewesen. Und die Kontrolle, die sie sich gestern wieder zurückerobert hatte, war längst nicht mehr stabil.

Ich sollte mich freuen, weil ein alter Freund in der Stadt ist, ermahnte sie sich selbst. Aber hätte sich ein alter Freund nicht vorher einmal gemeldet? Hätte er nicht einfach angerufen, sich zum Frühstück dazugesetzt und mit ihrer Familie geplaudert? Vor allem, nachdem er offensichtlich eine neue Freundin hatte? Sandra. Hätte er sie womöglich mit hierhergebracht? Hätte Katharina ihm dafür Henri, Elise und Bella voller Stolz vorgestellt und sich darüber gefreut, dass ihre Töchter ihn cool fanden und Henri … Wären Henri und sie später, wenn er wieder gegangen war, dankbar gewesen, dass das Schicksal doch sie beide füreinander vorgesehen hatte? Aber vor allem: Hätte ein alter *Freund* wirklich so heftige Gefühle in ihr ausgelöst?

Warum hatte er ihr diese Postkarte geschrieben?

»Schatz?«

Katharina hob den Kopf und blickte in die leicht verwunderten Gesichter ihres Mannes und ihrer Töchter.

»Ja?«

»Alles in Ordnung, Mama?« Bella grinste und schielte auf Katharinas Teller, auf dem ihr Brötchen lag. Oder das, was davon noch übrig war. Katharina hatte völlig in Gedanken fein säuberlich alle Sonnenblumen- und Kürbiskerne davon runtergeklaubt und zu einem kleinen Häufchen zusammengeschoben. Sie glaubte, in Henris Augen für einen Moment so etwas wie Verunsicherung zu entdecken, aber der Ausdruck war so schnell wieder verschwunden, dass sie ihn sich auch nur eingebildet haben konnte.

»Ja, ich …« Erneut schüttelte sie den Kopf und bemühte sich, Mats endlich und endgültig aus ihren Gedanken zu verbannen. »Irgendwie bin ich gedanklich auf dieser Party gestern hängen geblieben«, sagte sie. Es war nicht gelogen.

»Es ist schon seltsam, dass man jeden Tag so viele Jahre in der Schule mit so vielen Leuten zusammen ist und sich gar nicht vorstellen kann, sie einmal nicht mehr täglich zu sehen«, fuhr sie fort. »Dann sind ganz plötzlich siebenundzwanzig Jahre vergangen, und man erinnert sich kaum noch an sie.« Sie zuckte mit den Schultern. »Und sie spielen auch überhaupt keine Rolle mehr. Gerade die, die alle wahnsinnig toll fanden, sind plötzlich besonders belanglos.« Katharina dachte an Sandra. Wie verzweifelt doch die meisten Mädchen früher versucht hatten, ein bisschen wie sie zu sein, und gerne etwas von ihrem Glanz abbekommen hätten. Bis auf wenige Ausnahmen wie Katharina jedenfalls. Katharina konnte nicht verstehen, warum irgendjemand Sandra mochte oder andersherum: warum Sandra ausgerechnet Katharina so sehr zu hassen schien, dass sie ihr nichts gönnte, aber gleichzeitig das haben wollte, was Katharina hatte? *Wie zum Beispiel Mats?*

Katharina hatte keine Ahnung. Isabel hatte Sandra schon vor dem Gymnasium gekannt, und die beiden waren anscheinend sogar Freundinnen gewesen. Kaum vorstellbar. Tag eins des Kennenlernens von Sandra und Katharina war jedenfalls auch der erste Tag der einseitigen Feindschaft zwischen ihnen gewesen. An einen Auslöser dafür konnte sich zumindest Katharina nicht erinnern.

Unabhängig davon hätte Katharina aber wahrscheinlich auch jede einzelne ihrer Klassenkameradinnen darauf gewettet, dass Sandra ein extrem glückliches Leben vor sich haben und stets im Mittelpunkt von Menschen stehen würde, die nichts weiter im Sinn hatten, als ihr zu Füßen zu liegen.

»Witzig jedenfalls, dass die Beliebteste von damals irgendwie nicht wirklich was auf die Reihe bekommen hat. Mir kam es fast so vor, als sei sie 1995 stehen geblieben. Vielleicht hat sie ja auch deshalb dieses Motto gewählt«, überlegte Katharina. *Und Mats.*

»Was? Redest du etwa von der ›Hot and Spicy‹-Sängerin?« Bella riss schockiert die Augen auf, und Katharina musste sich ein Lächeln verkneifen. Von dem Moment an, in dem Bella die Einladung in den Händen gehalten hatte, war sie fasziniert von der Band gewesen und – da sie auf dasselbe Gymnasium wie Katharina damals ging – hatte sie alle mit ihrer Idee verrückt gemacht, die Gruppe neu zu gründen. Dieses Mal selbstverständlich mit ihr, Bella, am Mikrofon. »Aber … sie stand auf dieser Bühne und hat gesungen!«, rief sie empört, als Katharina nickte. »Wie kann sie da nicht die allercoolste Person der Welt geworden sein?«

»Sie war nur Backgroundsängerin, Schätzchen. Und sie konnte noch nicht einmal wirklich singen.« Wenn man es genau nahm, konnte Sandra überhaupt nichts wirklich gut, abgesehen davon, dass sie es immer wieder schaffte, Männer so zu manipulieren, dass sie alles für sie taten.

Wie Mats.

Der später vor dem Rathaus stehen wird.

»Das sagst du doch nur, weil du nicht zur Band gehört hast.«

»Das kann natürlich auch sein.« Katharina grinste und legte ihre Hand auf Bellas. »Aber glaub mir, das war für alle Beteiligten auch besser so. Dafür kann ich echt gut Fahrrad fahren.«

Bella war wenig beeindruckt »Toll.«

»Wie wäre es mit einer Tour zum Minigolfplatz? Zum Beweis?«

»Oh, nee, Fahrrad fahren? Das ist ja mal echt öde! Ein richtiger Mama-Vorschlag. Wenn du eine berühmte Sängerin wärst, wären wir gestern alle im ›Biest‹ gewesen und würden jetzt noch schlafen.« Sie verzog das Gesicht. »Muss ich da echt mit?« Bella war genauso sportlich wie ihr Vater, und normalerweise war sie es, die solche Ausflüge vorschlug. Aber mit einer ausgedachten Sängerin als Mutter konnte Katharina natürlich nicht mithalten.

»Klar«, sagte Henri und klopfte seiner Tochter auf die Schulter, während er Katharina zulächelte. »Ich finde, das ist eine sehr gute Idee. Wir machen ein Wettrennen, okay? Wer zuerst dort ist. Der Verlierer zahlt!«

Bella stöhnte.

»Wie gut, dass ich lernen muss«, sagte Elise feixend.

»Ja, schon klar«, gab ihre kleine Schwester zurück und schüttelte sich angewidert. »Alles über männliche Fortpflanzungsorgane und ihre Anwendung, was?«

Es dauerte dann glücklicherweise doch nur ein paar Augenblicke, bis Bella aufgestanden und zur Garage gerannt war, nur um ja keinen Vorsprung zu verschenken. Bevor Katharina ihr Fahrrad aus der Garage geschoben hatte, war ihre Jüngste schon auf und davon. »Da hast du mir ja was Schönes eingebrockt«, sagte Henri und lächelte Katharina an. Er machte keinerlei Anstalten, ebenfalls auf sein Rad zu steigen. In seinen Augen lag ein unergründlicher Ausdruck, als er zu ihr kam und seine Hände auf ihren Lenker legte.

»Warte noch einen Moment.« Er wurde ernst. »Heute gewinnt Bella mal. Aber ich wollte dich noch was fragen.«

Sofort fuhr Katharina der Schreck in die Glieder. Hatte er sie und ihre Gefühle doch durchschaut?

»Diese Postkarte …«

»Ja?«

»Sie ist von Mats, oder?«

Katharina nickte. »Ja, er …« Ihr Mund wurde trocken. »Ich …«

»Schön, dass ihr wieder Kontakt habt«, sagte er und sah sie für einen Moment aufmerksam an, bevor er sich ohne ein weiteres Wort zu seinem Fahrrad umdrehte und losfuhr.

Schön, dass ihr wieder Kontakt habt? Das war alles, mehr sagt er nicht dazu?

Merkte Henri wirklich nicht, was mit ihr los war? Plötzlich wollte sie gern, dass er ihre Verwirrung spürte, dass er begriff, dass die Liebe zwischen ihm und Katharina nicht selbstverständlich war, dass sie … dass ihr Körper Mats gestern begehrt hatte und … sie heute Mühe hatte, nicht an ihn zu denken.

Natürlich konnte Henri nicht wissen, dass sie sich gestern Abend begegnet waren und Mats der Grund dafür war, dass sie so früh nach Hause gekommen war. Aber dennoch musste er doch spüren, was dieser Mann für eine Bedeutung für sie hatte und dass ihr Herz allein beim Gedanken an ihn flatterte, als hätte jemand in einem Taubenhaus in die Hände geklatscht? Sah er denn nicht hin? Wollte er nicht hinsehen? Oder war es ihm einfach egal?

Katharina konnte Henris Reaktion nicht einschätzen. Wenn es um sie selbst ging, war sie schon immer absolut betriebsblind gewesen. Eines aber wusste sie sicher: Henri machte sich keine Sorgen. Er war nicht eifersüchtig. Ganz im Gegenteil. Er hatte großartige Laune. Pfeifend schwang er sich auf sein Rad, um Bella zu verfolgen.

Seine Fröhlichkeit provozierte sie geradezu, und sie war froh, dass sie all ihre Wut in ihre Beine lenken konnte. Wenigstens war das Zittern weg. In der Hoffnung, dass der Ausflug ein wenig länger dauern würde und so anstrengend war, dass sie nichts anderes mehr denken konnte, als die Berge zu erklimmen, hatte Katharina eine Route vorgeschlagen, die sie sonst wegen der steilen Hänge eher mied. Heute war ihr jedes Mittel recht, nur um Dampf abzulassen.

Aber wie versprochen waren sie schon um die Mittagszeit wieder zurück, was sowohl Bella sehr recht war, denn sie wollte sich noch mit einer Freundin treffen, als offensichtlich auch Henri. Als sie nach Hause kamen, verschwand er sofort unter der Dusche. Und als er mit noch feuchten Haaren in der Küche auftauchte, bemerkte Katharina irritiert, dass er seine Tasche über der Schulter trug. Sie hatte gehofft, mit ihm auch am Nachmittag ein wenig Zeit verbringen zu können. Vielleicht konnten sie sich ein Stück Kuchen aus dem Café am Marktplatz holen – natürlich nicht auf direktem Weg, sondern in einem großen Bogen um das Rathaus herum – und sich ein bisschen im Garten in die Sonne setzen, ein paar Runden Backgammon spielen oder … einfach nur miteinander reden. Schweigen. Lesen. Sein. Wenn sie es nicht besser wüsste, würde sie denken, Henri ginge ihr regelrecht aus dem Weg. Wenn sie sich begegneten, war er freundlich, aber obwohl er körperlich anwesend war, schien er mit seinen Gedanken stets woanders zu sein. Jedes Gespräch blieb an der Oberfläche. Hatte sie zu lange weggesehen? Waren sie wirklich wieder … an dem gleichen Punkt wie vor zehn Jahren? Wusste sie es wirklich nicht besser, oder sah sie nur genauso weg, wie Henri es tat? Plötzlich stieg die alte Panik wieder in Katharina auf. Sie mussten miteinander reden. Jetzt. Oder war es dafür womöglich schon zu spät? Sie würde es wenigstens versuchen.

»Möchtest du auch?« Katharina hob ihre Kaffeetasse an, die sie gerade gefüllt hatte, und stand auf, um ihm auch eine zu holen. Der letzte Versuch, ihn vielleicht doch noch am Gehen zu hindern.

»Danke, Liebes, aber ich trinke lieber später einen im Büro.« Er lächelte entschuldigend. »Ich würde gern dableiben, aber ich muss wirklich noch mal schnell in die Firma fahren und ein paar Dinge für nächste Woche vorbereiten. Wir haben am Mittwoch das entscheidende Meeting mit dieser großen Pharmafirma. Wenn wir den Auftrag bekommen, sind wir für ein paar Jahre safe.« Er nahm sich eine Banane aus dem Obstkorb und tastete seine Hosentasche ab. Eine typische Handbewegung für ihn. »Da möchte ich alles optimal vorbereiten. Hast du mein Handy gesehen?«

Katharina wies mit dem Kopf zur Ladestation, wo es – wie immer – am Kabel hing. »Kannst du das nicht morgen machen? Ich meine, es wäre doch schön, wir hätten auch mal ein bisschen Zeit füreinander.« Es fühlte sich an, als würde sie betteln. Sie hörte sich diese Worte beinahe so oft sagen, wie sie ihre Kinder darum bat, ihre schmutzige Wäsche in die Waschküche zu bringen und nicht nur auf den Boden fallen zu lassen. Mit ähnlich viel Erfolg. Henri presste für einen Augenblick bedauernd die Lippen aufeinander.

»Unter normalen Umständen wirklich gern, Liebes, aber du weißt doch, wie wichtig diese Treffen sind. Ich gehe einfach so viel beruhigter in die Woche, wenn ich sicher sein kann, dass alles vorbereitet ist. Wir können ja heute Abend vielleicht …« Sein Telefon klingelte. »Sorry, das ist Kai, da muss ich rangehen.«

Katharina verdrehte die Augen, als er seinen Abteilungsleiter begrüßte. Seit wann waren Telefonate mit ihm so wichtig, dass Henri dafür ihr Gespräch unterbrach? Und warum rief Kai überhaupt am Sonntag an? Seitdem diese Pharmafirma Interesse an Henris Angebot bekundet hatte, war es plötzlich ganz normal geworden, dass Henri auch samstags arbeitete. Das hatte Katharina zähneknirschend akzeptiert. Aber warum denn jetzt auch noch sonntags? Und warum klang sie wie eine eifersüchtige Ehefrau?

Henri legte auf.

»Wo waren wir?«, fragte er ein wenig verlegen.

»Wir waren in der Küche«, sagte Katharina bissig. Sie konnte sich selbst nicht leiden, wenn sie so war, aber verhindern konnte sie es auch nicht. »Und da sind wir noch. Ich dachte, da würden wir eine Weile bleiben und dann vielleicht zur Abwechslung mal den Nachmittag miteinander verbringen. Aber das scheint dir ja überhaupt nichts mehr zu bedeuten.«

»Oh, das …« Erschrocken war Henri bei ihren Worten zusammengezuckt. »Es tut mir leid, wenn du Pläne hattest. Ganz ehrlich, darüber habe ich überhaupt nicht nachgedacht.« Zerknirscht sah er sie an. »Elise ist weg, Bella ist später auch verabredet, und du hast so oft gesagt, dass du deine Akten digitalisieren willst, dass ich dachte, es ist dir gerade recht, wenn ich nicht da bin. Es tut mir wirklich leid, Katharina. Aber ganz ehrlich, das konnte ich ja nicht wissen!« Er kam näher und legte ihr eine Hand auf die Schulter. »Ich habe echt gedacht, ich tu dir einen Gefallen, wenn ich mich mit Kai verabrede. Sorry, Kat.« Er drückte ihr einen Kuss auf die Stirn. »Oder warte: Willst du einfach nur nicht arbeiten?«

»Nein. Doch.« Natürlich konnte sie arbeiten. Das konnte sie schließlich immer. Es machte ihr auch Spaß, aber das Wetter war schön und … außerdem hatte Mats sie mit seiner Sightseeing-Idee irgendwie inspiriert. Sie wollte nicht in ihrem Arbeitszimmer sitzen. Der Sonntag sollte sich anfühlen wie Sonntag. Schnell sah Katharina auf die Uhr. Halb zwei. Noch eineinhalb Stunden. Sie wusste nicht, ob sie sauer auf Henri war, der eigene Pläne hatte, oder auf sich selbst, weil sie das ärgerte, oder auf Mats, der sie überhaupt erst in diese Situation gebracht hatte. Aber sauer war sie definitiv.

»Ich geh dann, okay?« Henri war schon beinahe durch die Tür.

»Henri?« Sie musste es fragen, bevor sie der Mut wieder verließ.

»Ja?«

»Ist Clarissa zurück?« Sie traute sich kaum, ihn dabei anzusehen, denn sie hatte Angst vor der Wahrheit. Aber als sie aufsah, war Henri bereits im Flur. Nun kam er zurück und sah sie eindringlich an.

»Clarissa hat damals die Firma verlassen, das weißt du doch, oder?«

Natürlich erinnerte sich Katharina daran. Sie nickte, ohne ein Wort zu sagen.

»Ich wusste damals nicht, wo sie hinwollte, und ich weiß auch heute nicht, wo sie ist. Es ist nicht wichtig für mich und sollte für dich erst recht nicht wichtig sein«, fuhr Henri fort, bevor er sich wieder Richtung Tür wandte. »Es kommen auch wieder andere Zeiten, Katharina. Versprochen«, sagte er und lächelte. Aber das Lächeln erreichte seine Augen nicht. Da hatte er vermutlich recht. Es würden andere Zeiten kommen. Die Frage war nur, welche. Seine Antwort hatte ihre Zweifel alles andere als entkräftet. Schon möglich, dass es nicht um Clarissa ging. Aber was auch immer es war, es sorgte dafür, dass sie anfällig für Gefühle und Träume war, die ihr nicht guttaten.

Katharina atmete tief durch und trank den letzten Schluck aus ihrer Tasse. Sie brauchte niemanden, nur um etwas zu unternehmen oder um sich weniger einsam zu fühlen. Sie wollte kein Abenteuer mit einem Mann, und so gut ihr die Bestätigung auch tat, dass sie begehrenswert war: Das war nicht das Wichtigste in ihrem Leben. Es stimmte schon: Mats' Anziehungskraft war gefährlich und unendlich verführerisch. Ihre eigene heftige Reaktion verwirrte und verängstigte Katharina gleichermaßen, denn sie war davon überzeugt gewesen, dass er keinen Einfluss mehr auf sie hatte.

Nun, sie hatte sich getäuscht. Aber nichts davon war Grund genug, sich wieder auf den Mann einzulassen, der mit einem einzigen Funken ihr Herz, ja ihr Leben, rettungslos in Brand setzen konnte. Sie wusste, wer sie war und wo sie hingehörte.

Ab jetzt würde sie besser aufpassen. Sie würde Begegnungen mit Mats dank ihres klugen Kopfes und ihrer Beherrschung meistern.

Sie hielt in ihren Überlegungen für einen Moment inne.

Wenn dem aber so war, konnte sie ihn durchaus heute Mittag am Rathaus treffen, oder etwa nicht? Schon allein, um sich zu beweisen, dass er eben doch nicht mehr war als ein alter Freund.

»Nur, damit niemand sagen kann, ich hätte es nicht angekündigt: Ich gehe dann auch gleich«, sagte sie trotzig in die Stille der einsamen Küche hinein. »Ich treffe mich mit meinem alten Freund Mats. Und falls es irgendjemanden da draußen interessiert: Er findet mich total heiß.« Sie nickte der Ladestation zu, auf der bis gerade eben noch Henris Handy gelegen hatte. Es tat gut, keine Geheimnisse zu haben, selbst wenn es nur das Universum war, das nun Bescheid wusste. Aber das war nicht ihre Schuld, sondern Henris. Er hätte ja bleiben können, dann hätte sie mit ihm den Tag verbracht. Oder er hätte zumindest gehört, was sie stattdessen vorhatte.

13

Als Katharina mit dem Fahrrad auf den Rathausplatz einbog, sah sie Mats sofort. Wie nicht anders zu erwarten, hatte er eine Kamera dabei. Während er auf das Display sah, fielen ihm immer wieder die Haare ins Gesicht. Die Geste, mit der er sie zurückstrich, sein hoch konzentrierter Blick, der ihn alles um sich herum vergessen ließ, und die Art und Weise, wie er an einer der Jugendstillaternen lehnte, die nachts den Platz erleuchteten, war Katharina so vertraut, dass es beinahe wehtat. Kurz war sie versucht, ihn einfach nur zu beobachten und dann wieder nach Hause zu fahren. Aber schon während sie das dachte, tauchte er aus seiner Konzentration auf und sah zu ihr herüber, als hätte er ihren Blick oder ihre Nähe gespürt. Sofort breitete sich ein warmes Lächeln auf seinem Gesicht aus, das es ihr unmöglich machte, so zu tun, als sei sie gar nicht seinetwegen hier, und wieder zu verschwinden.

Sie schloss ihr Fahrrad an einer der anderen Laternen an und ging langsam zu ihm hinüber.

»Hey«, sagte Mats, als sie vor ihm stand. Er lächelte immer noch. »Ich dachte schon, du kommst nicht mehr.« Er streckte seine Hand aus, um ihr vorsichtig eine Haarsträhne aus dem Gesicht zu streichen, und lachte verlegen. »Sorry, das steht mir gar nicht mehr zu, aber ich … ich bin aufgeregt.« Er zuckte entschuldigend mit den Schultern. Sein Blick war entwaffnend ehrlich. Katharinas Herz stolperte sofort, als Mats die Hand erneut ausstreckte, mit seinen

Fingerkuppen ihre Haut berührte und damit ihre Nervenenden vibrieren ließ. *Aufpassen, Katharina,* ermahnte sie sich.

»Ich …« Katharina räusperte sich. Ihr Mund war plötzlich unfassbar trocken.

»Sorry, das sollte jetzt nicht bedürftig rüberkommen«, relativierte er schnell, bevor sie weitersprechen konnte. »Ich hätte schon was zu tun gefunden.« Wie zum Beweis hob er seine Kamera an, aber Katharina sah dennoch die Verletzlichkeit in seinen Augen. Sie kannte Mats als selbstbewussten starken Mann, den nichts und niemand aus der Fassung bringen konnte. Dessen Coolness und Fröhlichkeit jeden glauben ließ, dass er absolut in sich ruhte. Aber Katharina kannte auch andere Momente und einen anderen Mats. Gestern, als sie gegangen war, hatte sie ebenfalls den sensiblen und verletzlichen Mann hinter der souveränen Fassade gesehen, den sie beinahe noch lieber mochte und der für ihr Seelenheil nicht weniger gefährlich war. *Im Gegenteil.* Ihr Herz schlug schnell. Vielleicht hätte sie doch zu Hause bleiben sollen, aber jetzt war es zu spät. Sie war hier. Und sie wollte bleiben.

»Jetzt bin ich ja da.« Sie lächelte ebenfalls. Ihre Stimme klang verräterisch rau. Schnell wechselte sie das Thema.

»Wollte Sandra nicht mitkommen? Hat sie kein Problem damit, wenn du dich mit mir triffst, immerhin ist sie doch deine … Freundin?« Innerlich wand sie sich allein bei dem Gedanken, ihn auszusprechen, war sogar noch schwieriger – und dennoch konnte sie es nicht lassen. Warum nur hatte er sich auf Sandra eingelassen?

»Sandra?« Bei ihren Worten war er zusammengezuckt. »Sie ist nicht … meine Freundin.« Verlegen sah er auf seine Schuhspitze.

»Kam aber gestern so rüber.«

»Ja, das … weiß ich, aber … es ist … kompliziert.« Nach wie vor vermied er es, sie anzusehen.

»Ist es das nicht immer?« *Zumindest, wenn Mats im Spiel ist?*

»Ja, das … das ist es. Aber Sandra ist …« Ein gequälter Ausdruck erschien auf seinem Gesicht. »Sorry, es ist nicht so, als wollte ich nicht darüber sprechen, aber kann ich dir das vielleicht später erzählen?«

»Klar«, antwortete Katharina und war froh, dass sie gekommen war, selbst wenn es sie wurmte, dass er sie erneut vertröstete.

Sie hatte den ganzen Weg hierher überlegt, wie sie damit umgehen sollte, wenn Mats nun die volle Charmeoffensive fahren würde, aber nichts dergleichen geschah. Katharina entspannte sich von Minute zu Minute mehr und ertappte sich schließlich dabei, wie sie laut über einen seiner Scherze lachte und gleichzeitig aufgehört hatte, vorsichtig zu sein.

Sie holten sich an einer zur mobilen Kaffeemaschine umgebauten dreirädrigen Ape einen Cappuccino und setzten sich auf die Stufen vor der Statue des heiligen Florian, dem die Stadtväter einst auf dem großen Brunnen ein Denkmal gesetzt hatten, nachdem ein Großbrand in Rosenberg glimpflich ausgegangen war. Die Sonne hatte die steinernen Stufen aufgewärmt, und um den ganzen Platz herum begannen die Cafés und Bars, so langsam ihren Betrieb nach draußen zu verlagern. Rechts von ihnen wurde gerade eine Bühne aufgebaut, auf der ab dem nächsten Wochenende unterschiedliche Bands spielen würden. Sie hatte völlig vergessen, dass ab Sonntag der kleine altmodische Rummel auf dem Marktplatz stattfinden würde, inklusive Karussell, zwei Zuckerwatteständen und einer Wurfbude. Das Highlight aber war die quadratische Tanzfläche aus Holzdielen vor dem Denkmal des heiligen Florian, auf der sich ältere Paare nachmittags zu Schlagern oder Swing drehten und abends das »Tacuba«, eine der angrenzenden Bars, Salsa- und Merengue-Kurse veranstaltete. Dort auf den Stufen mit dem Kaffee in der Hand, der Sonne im Gesicht und dem freien Blick auf die vielen Menschen um sie herum erzählte Mats Katharina, dass seine Ex-Frau sich mit Sandra angefreundet hatte, schon kurz nachdem er mit Claudia zusammengekommen war. Katharina schüttelte sich erneut innerlich bei dem Gedanken daran, wie zielstrebig Sandra vorgegangen war und wie blind Mats sein musste, wenn er ihr Spiel nicht durchschaute. »Sie kann wirklich sehr nett sein, Kat«, sagte er. Ungläubig wandte Katharina sich vom Anblick des allgemeinen Treibens auf dem Rathausplatz ab und starrte Mats von der Seite an.

»Sandra? Sandra Jonas?«

Er nickte. »Ja, genau die. Claudia hat … Die beiden haben viel Zeit miteinander verbracht und … ach keine Ahnung, was ihr beide für ein Problem miteinander habt.«

Katharina runzelte die Stirn. »Du weißt nicht, was wir für ein … Außer dem offensichtlichen?« *Das Matsi-Problem vielleicht?*

Mats schüttelte den Kopf. »Aber dann hätte sie das gleiche Drama ja auch mit Claudia aufführen müssen. Erst recht sogar. Nein, ganz ehrlich: Ohne Sandra … hätte ich das alles nicht geschafft.«

»Was meinst du?« In Katharinas Wahrnehmung war alles leichter *ohne Sandra.* Das ganze Leben, wenn man es genau nahm.

»Claudia hatte Brustkrebs«, sagte Mats leise. »Sie … sie … ist zwei Jahre nach unserer Scheidung gestorben.« In seiner Stimme war unendlich viel Schmerz und ehrlicher Kummer. Sofort schämte sich Katharina für ihre Gedanken. »O mein Gott, Mats! Das tut mir leid! Ich … Das habe ich überhaupt nicht mitbekommen! Entschuldige bitte, ich wollte nicht …«

»Schon gut, Katie. Konntest du ja nicht wissen. Und es ist lange her. Aber … wir sind nach unserer Trennung Freunde geblieben, und … ich wollte sie wirklich während ihrer Krankheit begleiten, aber ich war einfach viel zu viel unterwegs. Sandra war während ihrer letzten Chemo bei ihr, und da … haben wir uns ein paarmal gesehen.« Er schluckte. »Es ist gut, jemanden zum Reden zu haben, der deinen Schmerz kennt und ihn teilt.«

Katharina wusste genau, was er meinte. Tröstend legte sie ihre Hand auf seinen Arm. Sie hätte Sandra niemals zugetraut, jemandem eine gute Freundin sein zu können, umso mehr freute es sie, dass sie für Claudia da gewesen war, als diese am dringendsten Beistand gebraucht hatte. Das erklärte allerdings den ganzen Rest und auch ihr Verhalten am gestrigen Abend noch lange nicht. »Als sie mich auf das Klassentreffen eingeladen hat, dachte ich, es sei eine gute Idee. Ich … wollte mich bei ihr irgendwie revanchieren, und außerdem wollte ich dich wiedersehen. Mit dir sprechen. Dir … all das hier erzählen. Plötzlich konnte ich überhaupt nicht verstehen, wie ich es so lange ohne dich ausgehalten habe. Ich weiß, Sandra sieht das alles anders, und ich muss unbedingt auch mit ihr darüber reden. Aber du musst mir glauben, Katie, ich habe ihr nie etwas versprochen.« Er nahm ihre Hand von seinem Arm und drückte ihr vorsichtig einen Kuss auf die Finger, bevor er den Kopf hob und ihr direkt in die Augen sah. »Aber jetzt bin ich hier mit dir. Bitte lass uns keine Sekunde von unserer Zeit verschwenden.« Sein Blick wurde weich, als er fortfuhr. »Erzähl mir alles, Pusteblume, was ich in den letzten zwanzig Jahren verpasst habe. Ich weiß erst jetzt, wie sehr ich dich vermisst habe.«

Überall gingen Menschen spazieren, unterhielten sich, tranken Kaffee oder aßen Eis. Plötzlich fühlte sich Katharina von den Gästen im »Tacuba« genauso beobachtet wie von denen des italienischen Restaurants, die unter rot-weiß gestreiften Sonnenschirmen saßen und ihr Eis genossen. Dabei interessierten sie sich kein bisschen für Katharina und Mats.

Das hier war ihre Chance, aus dem, was sie einmal gehabt hatten, eine Freundschaft entstehen zu lassen, ähnlich der, die er mit Claudia gehabt hatte. Sie konnte ihn von seinem Sockel aus Sehnsucht und beschönigender Erinnerung holen, auf den sie ihn selbst gestellt hatte, und alles, was er in ihr auslöste, hinter sich lassen. Und wenn ihr das gelungen war, konnte Katharina zu ihrem berechenbaren und vertrauten Leben zurückkehren. Es würde sich großartig anfühlen, wenn Mats weder in ihren Gefühlen und Gedanken noch in ihrem Leben herumgeisterte und alles durcheinanderbrachte. Sogar wenn nach wie vor ein beträchtlicher Teil von ihr alles wollte, nur nicht, dass er verschwand. Es war eine Gratwanderung, aber vielleicht ging beides. Schon allein um der alten Zeiten willen, würde sie es zumindest versuchen, auch wenn eine leise Stimme in ihr genau wusste, dass sie im Begriff war, sich selbst zu belügen.

»Okay. Unter einer Bedingung.«

»Und die wäre?«

»Bitte nenn mich nie wieder Pusteblume«, sagte Katharina und verschränkte die Arme vor der Brust. Mats begann zu lachen.

»Okay.« Er neigte sich ein wenig zu ihr hinüber, sodass sich ihre Schultern berührten. »Wenn dir das wichtig ist … Ich mochte deinen Spitznamen allerdings immer gern.« Er sah sie von der Seite an. »Du nicht?«

Vorsichtig und sehr langsam drehte sie sich ebenfalls zu ihm. Sofort blieb ihr Blick an seinen Augen hängen. Grünblaugrau. Magnetisch.

»Doch. Ich meine … Nein!«, sagte sie schnell. »Ich bin keine zwanzig und schon lange keine Pusteblume mehr, Mats.«

»Schade. Aber … ich brauche trotzdem einen eigenen Namen für dich. Einen, der nur mir gehört.«

»Wenn du meinst?«

»Unbedingt! Welche Namen sind denn noch frei?«

Katharina musste lächeln. Sie war vielleicht keine Pusteblume mehr, aber es gefiel ihr trotzdem, dass Mats einen eigenen Namen für sie haben wollte.

»Mal sehen: Katharina, Katie und Kat sind schon vergeben«, sagte sie und zog nachdenklich einen Kreis auf ihrem Oberschenkel. Für einen Moment dachte auch Mats nach, bevor sich ein Lächeln auf seinem Gesicht ausbreitete.

»Kate«, sagte er leise, als wolle er den Klang ausprobieren. »Ich nenne dich Kate«, wiederholte er. Es klang wie eine Liebkosung.

Verdammt.

Sein Blick wanderte zu ihren Lippen. Das leichte Lächeln von vorhin spielte immer noch um seinen Mund, als er, wie er es früher schon immer getan hatte, seine Unterlippe mit den Zähnen nach innen zog.

Gebannt sah Katharina ihm dabei zu, wie er sich Millimeter um Millimeter zu ihr herüberbeugte. Seine Augen, seine Lippen, sein Geruch – all die alten Gefühle und Sehnsüchte kamen immer näher, waren im Begriff, sie wieder einmal komplett zu betäuben, und ihr wurde klar, dass eine Freundschaft mit diesem Mann für sie unmöglich war. Aber dennoch öffnete sie ihren Mund ein wenig, anstatt wegzusehen oder aufzustehen. Sie konnte es einfach nicht. Nur noch ein winziger Abstand, dann würde er sie küssen.

Würde er?

Sie sah die hellen Einsprengsel in seinen Augen, die langen Wimpern, die zarten Fältchen, die neu oder zumindest damals noch nicht da gewesen waren. Sie sah dieses unglaublich vertraute Gesicht. Sie wollte ihn berühren. Unbedingt. Jetzt. Ihre Hand an seine Wange legen. Seine Haut an ihrer fühlen. Sie hatte schon ihren Arm gehoben, da kreischte hinter ihnen ein Kind laut auf, und Katharina fuhr zusammen.

Schnell rückte sie ein wenig von ihm ab.

War sie völlig irre geworden?

»Kate«, sagte er langsam und hielt dabei ihren Blick fest. »Auf was genau hast du Lust?«

Auf was sie Lust hatte? War das sein Ernst? Ihr Herz raste, und ihr Sprachzentrum hatte einen Totalausfall, sie hätten sich beinahe geküsst – obwohl Katharina vor ein paar Sekunden erst beschlossen hatte, dass sie Freunde werden würden? Es war ein Klischee, schon klar, und offensichtlich nicht möglich, aber …

Mats nahm ihre Hände und zog sie nach oben. »Vielleicht auf eine kleine Radtour?«, fragte er und fuhr ihre Gefühle in voller Geschwindigkeit gegen die Wand, wo sie in einem beschämenden Konfettiregen aus Verwirrung zu Boden rieselten. Sie verstand überhaupt nichts mehr.

Unter normalen Umständen half es Katharina tatsächlich immer, sich zu bewegen. Abgesehen davon, dass es sich kaum um normale Umstände handelte, dass sie nur ein Fahrrad hatten und dass sie gerade erst eine Radtour gemacht hatte. *Mit ihrem Mann.* Aber bevor Katharina es verhindern konnte, nahm Mats ihre Hand und zog sie zu ihrem Rad. Sie spürte die Wärme, die von seinem Körper ausging, und genoss den festen Griff, mit dem er sie festhielt. Er wusste, was er wollte. Und sie, die immer einen Plan hatte und lieber die Kontrolle behielt, weil das Leben an Mats und auch an Henris Seite sie gelehrt hatte, besser einmal mehr nachzudenken und vorsichtig zu sein, wollte sie nicht verletzt werden, gab nach. Ließ sich führen. Es fühlte sich neu und aufregend an, oder zumindest so, als würde sie etwas Altes wiederentdecken, das sie vor langer Zeit vergessen und aus ihrem Leben aussortiert hatte. Während Katharina ihr Rad aufschloss, verschwand Mats noch einmal kurz und kehrte nach ein paar Minuten mit einer Flasche Weißwein und zwei Gläsern zurück, die er dem italienischen Wirt abgekauft hatte. Er strahlte über das ganze Gesicht. »E pronto, andiamo, bella Kate!«, sagte er grinsend. Vermutlich war Mats' Italienisch alles andere als perfekt, aber das war Katharina völlig egal. Seine Lebensfreude war es jedenfalls. Und sie war ansteckend. So sehr, dass Katharinas Herz glücklich hüpfte, als er den Arm um sie legte und ihr einen Kuss auf die Wange drückte. Sie spürte die Röte, die ihr sofort ins Gesicht schoss, und die Hitze, die sich in ihrem ganzen Körper ausbreitete. Sie fühlte das Leben, das in ihr war, und die Sehnsucht danach, es auszukosten. Ja, sie wollte Fahrrad fahren, den Wind in ihren Haaren spüren, Weißwein trinken. Sie wollte Kate sein. Jetzt sofort. Nur für diesen Nachmittag. Spätestens morgen war sie wieder Katharina, angekommen in der Realität, und Mats verschwunden. Das hier war nur ein Augenblick. Ferien von ihrem echten Leben. Und eine sehr schnelle Fahrt auf einem sehr schmalen Grat.

Mats lenkte und trat in die Pedale, während Katharina auf dem Gepäckträger saß, mit einer Hand die Tüte, den Wein und die Gläser hielt und sich mit der anderen an ihn klammerte.

Er ließ sich von ihr zum Fluss hinunterdirigieren, und als sie kichernd und außer Atem dort ankamen, hatte sich etwas zwischen ihnen und in ihr verändert.

Sie dachte nicht an zu Hause, nicht daran, dass sie jemand sehen oder hören könnte, und schon gleich gar nicht, ob sie hier einen Fehler machte.

Sie genoss einfach alles an diesem Augenblick. Sie war Kate. Glücklich und unbeschwert und alles andere als langweilig. Es ging nicht um körperliche Anziehung, um alte oder neue Liebe, sondern um Lebensfreude und Freiheit. Zumindest wollte sie das glauben. Und als Katharina wieder zu Hause ankam, war sie erfüllt und aufgedreht, fröhlich und frei und ein winziges bisschen betrunken vom Wein, dem Fahrtwind und von Mats zufälligen Berührungen.

Es war beinahe Abendessenszeit, als sie die Küche betrat. Elise war immer noch bei Niklas, nur Bella und Henri waren schon da. Sie hörte die beiden im Garten und ging durch das Wohnzimmer hindurch nach draußen, wo sie sie an der Tischtennisplatte vorfand.

»Du hast keine Chance, Tiger!«, rief Henri gerade seiner Jüngsten zu, die nur laut lachte.

»Gegen dich, alter Mann?« Sie schlug einen Ball zurück, den er nicht halten konnte. »Da musst du dich schon ein bisschen schneller bewegen!«, rief sie und schoss gleich noch einen hinterher.

»Na warte!« Henri machte einen Aufschlag, den Bella aber sofort parierte.

Katharina klatschte Beifall, als Bella schließlich den Sieg einheimste.

Bella grinste. »Hast du gesehen, wie ich ihn abgezogen habe, Mom?«

»Klar, habe ich das! Du bist echt schnell geworden, Süße!«

»Ja, und Papa echt langsam«, gab Bella lachend zurück.

»Hey, nicht so frech, kleines Mädchen!« Henri schoss einen Ball auf sie, aber sie wich aus.

»Und du, Kat? Hattest du auch einen schönen Tag?«, fragte er. Er sah sie durchdringend an, und plötzlich fühlte sie sich ertappt. Ob er ihr ansah, wo sie gewesen war?

»Ja, ich …«

»Wo warst du noch mal?«, fragte er prompt und bückte sich, um einen Ball aufzuheben. Sie konnte selbst seinem Rücken ansehen, dass er angespannt auf ihre Antwort wartete.

»Ich war mit dem Fahrrad unterwegs.« Ihr Mund wurde trocken.

»Was? Noch mal? Und dann auch noch allein?« Bella sah sie mit aufgerissenen Augen an. »Das ist doch superlangweilig!«

»Nein, ich bin … gemeinsam mit einem … alten Freund geradelt.« Verlegen sah sie zu Boden, als ihre Tochter sie neugierig musterte. Es wäre leicht gewesen, seinen Namen zu sagen. Immerhin wusste Henri, dass Mats in der Stadt war, und zudem hatte er sich heute Morgen ja noch geradezu gefreut, dass Mats ihr geschrieben hatte. Sie hatten einen schönen Nachmittag gehabt, an dem nichts weiter geschehen war. Niemand würde behaupten können, dass sie mehr waren als gute Freunde, die sich sehr lange nicht gesehen hatten. Außer vielleicht ihr schnell schlagendes Herz und ihr Körper, der sich nach seinen Berührungen sehnte.

»Mama?«

Katharina schrak zusammen. »Was hast du gesagt?«

»Ich habe gefragt, ob ich diesen alten Freund kenne.«

»Nein, Süße, den kennst du nicht.«

»Spielt er bei ›Hot and Spicy‹ mit?

»Nein, auch nicht.« Bella winkte gelangweilt ab, und Katharina war erleichtert, dass sie nicht weiterfragte. »Dann interessiert er mich auch nicht«, sagte sie und widmete sich wieder der Tischtennisplatte. Henri blieb ebenfalls still.

Als sich Katharina umdrehte, um wieder nach drinnen zu gehen, glaubte sie für einen Moment, Henris Blick zu spüren, aber als sie über die Schulter zurücksah, war er längst wieder in das Spiel mit seiner Tochter vertieft.

Katharina ging in die Küche, räumte die Weingläser in die Spülmaschine und legte die leere Weinflasche in den Altpapierkorb. Sie würde sie später mit dem Papier in der Garage entsorgen, aber jetzt nicht. Jetzt wollte sie einfach nur das Kate-Gefühl zurückhaben. Frei sein, unbeschwert und glücklich. Im Moment leben. Nicht nur alle Jahre einmal ganz zufällig, sondern immer. Mats hatte sie daran erinnert, wer sie war. Was in ihr steckte. Und was sie brauchte. Er hatte es nicht vergessen. Katharina aber schon. Zumindest bis heute.

14

Schon als Katharina am nächsten Morgen in die Küche kam, sah sie an Henris Gesicht, dass ihm irgendetwas die Laune verdorben hatte. »Morgen«, brummte er, ohne sie anzusehen, und drückte hektisch auf dem Kaffeevollautomaten herum.

»Guten Morgen, Henri, hast du gut geschlafen?« Das Lächeln, das Katharina aufsetzte, als sie ihn sanft zur Seite schob und mit einem einzigen Knopfdruck dafür sorgte, dass sich seine Tasse füllte, war genau das: aufgesetzt. Sie spürte, wie ihr Mund sich dagegen sträubte. Katharina konnte es nicht leiden, wenn jemand seine schlechte Laune an anderen ausließ.

»Nein«, antwortete Henri einsilbig. Katharina nahm sich ebenfalls eine der kleinen dickwandigen Espressotassen, die oben auf der Maschine zum Vorwärmen standen, und stellte sie unter den Auslauf.

»Was ist denn los?«, fragte sie vorsichtig.

»Nichts. Nur schlecht geschlafen.« Kein Lächeln. Kein »Sorry, ich brauche noch ein bisschen«, »mir macht die Woche zu schaffen«, oder gar ein »Hey, guten Morgen, wie geht es dir?«.

Katharina zuckte mit den Schultern, nahm ihren Kaffee und setzte sich an den Küchentisch. Dann eben nicht. Sie würde sich ihre eigene Laune nicht verderben lassen. Sie hatte jedenfalls perfekt geschlafen, ein bisschen was von ihrem Kate-Gefühl war über Nacht zurückgekommen, und das wollte sie unbedingt behalten.

Das Lächeln, das sich bei dem Gedanken an gestern auf ihrem Gesicht ausbreitete, fühlte sich viel besser an als das von gerade eben.

Henri setzte sich ihr gegenüber. Katharina pustete kurz auf ihre Tasse und nahm dann einen ersten Schluck. Köstlich. Sie schloss genießerisch die Augen und schaffte es beinahe, Henri aus ihrem Bewusstsein zu verdrängen. Da räusperte er sich.

»Sag mal, Katharina, eine Frage habe ich dann doch: Was sollte das mit dem Wein gestern?«

Sie öffnete die Augen und sah direkt in Henris, die sie angriffslustig musterten. Okay, sie hatte gestern schlicht vergessen, die Flasche wegzuräumen, und war irgendwann ins Bett gegangen, ohne noch einmal in der Garage vorbeizugehen. War es das? Oder war die Weinflasche nur ein Vorwand? Sie schüttelte irritiert den Kopf. »Willst du jetzt ernsthaft einen Streit mit mir anfangen? Wegen einer Flasche?«

»Sag du es mir!«, forderte Henri sie auf.

Sofort schoss Katharina heiße Schamesröte ins Gesicht, und sie verfluchte ihre helle Haut, denn im Grunde gab es nichts, wofür sie sich schämen musste. Was hatte sie denn schon gemacht? Eine Flasche Wein mit Mats getrunken? Spaß gehabt? Gelacht? Das alles hätte Henri auch haben können. Sie hatte es ihm angeboten. Natürlich wusste er, dass sie Mats gestern getroffen hatte. Denn er wusste von der Postkarte, und wer Pusteblume war. Wenn er sich auch nur ein bisschen in Katharina hineinversetzen konnte, wusste er auch, wie sehr Mats sie durcheinanderbrachte. Er hatte so getan, als sei alles in bester Ordnung. Offensichtlich war das aber nicht der Fall. Nur warum sagte oder fragte er dann nichts? Warum schob er eine blöde Weinflasche vor, um mit ihr zu streiten, wenn es doch um etwas ganz anderes und viel Wesentlicheres ging?

Warum zur Hölle redeten sie nicht einfach miteinander?

Katharina atmete tief ein und wieder aus, bevor sie die Hand ausstreckte und auf Henris legte.

»Sorry, ich …«

»Schon gut«, unterbrach er sie ruppig und zog seine Hand weg. »Ich muss eh los.« Henri stand auf, ohne sie noch einmal anzusehen. Irritiert zog sie ihre Hand zurück. Es war eine Sache, die Dinge nicht anzusprechen, die einen belasteten, weil man vielleicht erst mal darüber nachdenken wollte. Aber es war eine ganz andere, dem Partner das Gefühl zu vermitteln, dass er einen Fehler machte, ohne ihm zu sagen, welcher das war. Probleme waren dazu da, gelöst zu werden. Sie seufzte. *Einmal Therapeutin, immer Therapeutin.* Aber was half das ganze Wissen, wenn es sich nicht anwenden ließ?

»Henri.« Eindringlich starrte sie auf seinen Rücken, in der Hoffnung, dass er es merken und sich zu ihr umdrehen würde.

»Ja?« Er hatte schon seine Tasche genommen und griff nun noch nach einer Banane im Obstkorb.

»Was ist los?«

»Nichts! Was soll denn schon los sein?« Er schüttelte genervt den Kopf. »Ich habe gleich ein Meeting mit diesem Pharmariesen, wie du weißt, und würde jetzt echt gern …«

»Henri!«

»Was?«

»Es ist noch nicht einmal acht!«

»Na und? Willst du mir jetzt auch noch erklären, wann ich zur Arbeit gehen soll?« Er kniff die Augen zusammen und sah sie wütend an. In ihr kämpften Trotz, Resignation und Verzweiflung miteinander. Katharina wollte den Tag nicht auf diese Weise beginnen und außerdem hören, was los war. Aber Henri war erwachsen, verdammt, und auch sie hatte einen anstrengenden Tag vor sich und keine Lust, ihre ganze Kraft schon jetzt zu investieren – in ein Gespräch und einen Menschen, der offenkundig von nichts wissen wollte.

»Nein, das will ich nicht«, antwortete sie nun ebenfalls gereizt. »Du hast vermutlich recht. Es ist nichts. Du hast bestimmt deine Gründe, aber warum auch immer du so schlecht drauf bist, es hat offensichtlich nichts mit mir zu tun. Sonst würdest du ja mit mir darüber reden.« Sie hatte sich bemüht, einigermaßen ruhig zu bleiben, und es war ihr gelungen, aber diese Beherrschung hatte ihren Preis. Sie fühlte sich schon jetzt ausgelaugt. Besser, sie verließ die Küche, bevor der Tag ganz verdorben war. Katharina stand auf, um ihre Tasse in die Spülmaschine zu räumen. Wieder blieb ihr Blick an Henri hängen, der mitten in seiner Bewegung innegehalten hatte und sie anstarrte.

»Weißt du was? Dieses psychologische Gerede geht mir unglaublich auf den Keks. Klar, du weißt, was los ist. Du hast dir ja auch alles nett zurechtgelegt, damit ich schuld bin und du dich nicht weiter damit beschäftigen musst. Herzlichen Glückwunsch, Katharina. Du bist ein so unerreichbarer Profi und perfekt in all deinen Theorien, Erklärungen und Interpretationen von allen und jedem um dich herum, dass du völlig vergessen hast, wie normale Menschen miteinander umgehen! Wann hast du eigentlich aufgehört, zu fühlen, und damit begonnen, nur noch alles durch dein Analyseraster zu jagen? Du bist ein wandelndes Lehrbuch, Kat, und ich habe es satt, ein Kapitel darin zu sein.«

Seine Worte brannten wie Feuer, und obwohl sie sich einzureden versuchte, dass es hier allein um seine und nicht um ihre Wut ging und dass all das, was er sagte, um sie zu verletzen, nichts mit ihr, sondern allein mit ihm zu tun hatte, musste sie sich setzen, weil die Wucht seiner Worte sie sonst umgeworfen hätte.

»Ich bin ein Mensch, Kat«, fuhr er leiser fort. »Manchmal hat man einfach schlechte Laune. Das ist so. Manchmal regt man sich über eine Weinflasche auf. Kommt vor. Glaubst du wirklich, das ist Grund genug, um mich bei dir auf die Couch zu legen?« Er schnaubte wütend und drehte sich um. »Ich denke, nein. Ein einfaches ›Sorry, habe ich gestern vergessen, wegzuräumen‹ hätte mir völlig gereicht. Aber du machst aus allem eine Grundsatzdiskussion. Und ich gehe jetzt zur Arbeit. So früh, wie ich will. Weil es mir ein gutes Gefühl gibt, perfekt vorbereitet zu sein. Geh du zu deinen Patienten und erkläre ihnen Schritt für Schritt, wie das Leben funktioniert.« Er schüttelte den Kopf. »Dann macht wenigstens jeder, was er am besten kann!« Er sah sie ein letztes Mal wütend an, bevor er die Küche verließ und schließlich die Haustür mit einem lauten Knall hinter sich ins Schloss fallen ließ.

Katharina saß immer noch da wie versteinert, als Bella verschlafen die Treppe herunterkam. Ihre Haare standen in alle Richtungen vom Kopf ab, und sie hatte ein Auge nur halb geöffnet. Morgens sah Bella einfach immer noch aus wie das kleine Mädchen, das sie vor gar nicht allzu langer Zeit gewesen war. Katharinas Herz wurde von einer unglaublichen Welle an Liebe und Wärme geflutet, die sich mit dem Kummer über Henris verletzende Worte vermengte, als sie ihre Tochter ansah, die müde zum Kühlschrank tappte.

»Morgen, Mama. Was war denn das gerade für ein Krach?«

»Papa hat schlechte Laune«, antwortete Katharina und wandte sich schnell ab, um ihre Tasse in die Spülmaschine zu stellen. Bella musste ja nicht unbedingt sehen, wie weh ihr Henris Ausbruch getan hatte.

»So laut?«

»Wenn er noch lauter gekonnt hätte, wäre es noch lauter gewesen, das kannst du mir glauben.« Sie versuchte ein winziges Lächeln, das ihr schwerfiel, aber ihr Herz dennoch ein wenig leichter werden ließ.

»Echt jetzt? Warum?«

Katharina zuckte mit den Schultern. »Wenn ich das wüsste.«

Die Weinflasche war es nicht, so viel war sicher. Sie ging zu ihrer Tochter hinüber und drückte ihr einen Kuss auf den Scheitel. Dabei sog sie den tröstlichen, ganz eigenen und vertrauten Duft ihres Kindes ein.

»Mach dir nicht zu viele Gedanken«, beruhigte sie Bella, die sich mit Milch und Müsli bewaffnet am Esstisch niedergelassen hatte.

»Er hat heute ein großes Meeting und ist bestimmt angespannt. Wenn das vorbei ist, geht es ihm besser. Du wirst sehen, wenn er heute Abend kommt, kann er sich wahrscheinlich gar nicht mehr an seine miese Laune von heute Morgen erinnern.« Sie lächelte

Bella aufmunternd zu, auch um sich selbst zu ermutigen. Denn dass das wirklich so sein würde, war eher unwahrscheinlich. Henri war vielleicht niemand, der schnell laut wurde, aber wenn er mal wütend war, hielt das auch eine ganze Weile an. Sogar dann, wenn die Ursache für seine schlechte Laune nichts mit einem Familienmitglied zu tun hatte. Und wenn doch, dann erst recht.

»Wenn es für dich okay ist, allein zu frühstücken, würde ich auch aufbrechen, Süße«, sagte Katharina und hatte sofort ein schlechtes Gewissen. Anscheinend aber völlig unbegründet, denn Bella winkte ihrer Mutter fröhlich mit dem Handy zu.

»Ja, klar, Mama, total okay. Ich hab genug Gesellschaft.«

Unter normalen Umständen wäre sie jetzt lieber bei ihrer Tochter geblieben, schon allein, um zu verhindern, dass diese so früh am Morgen bereits in den sozialen Medien unterwegs war. Aber die Auseinandersetzung mit Henri hatte ihr mehr zugesetzt, als sie gegenüber Bella zugeben wollte. Lieber ging sie dafür heute zu Fuß in die Praxis. Ihr Kate-Hochgefühl war verschwunden. Stattdessen kreisten Henris Vorwürfe in Katharinas Gehirn und sorgten für Kopfschmerzen, die sie absolut nicht brauchen konnte. Gefangen in diesen Grübeleien war sie definitiv keine Bereicherung für Bella, und für ihre Klienten schon gar nicht.

Sie strich ihrer Tochter noch einmal kurz und liebevoll über die Schulter. »Tschüss, meine große Kleine. Wir sehen uns heute Abend, ja? Ich wünsch dir viel Spaß in der Schule.«

Bella nickte nur und winkte ihrer Mutter zu, ohne ihren Blick vom Display ihres Smartphones zu nehmen. Unglaublich, wie schnell die Zeit aus ihrem kleinen Mädchen eine junge Frau machte. Überhaupt, wie schnell schöne und besondere Momente vergingen. Das Leben an sich. Alles einfach. Ein wenig sentimental nach dieser morgendlichen Gefühlsachterbahn nahm sich Katharina fest vor, jeden kostbaren Augenblick mit Bella noch viel intensiver zu genießen. Und alle anderen auch.

15

Leider hatte der Fußweg zu ihrer Praxis nicht die positive Wirkung, die Katharina sich erhofft hatte. Sie war immer noch sauer auf Henri – und irritiert über ihr eigenes Verhalten. Außerdem fragte sie sich bei jedem Schritt, ob er recht hatte mit seiner Behauptung. War sie wirklich so unsensibel und blind und fixiert auf ihr Wissen?

Erst als sie durch das schmiedeeiserne Tor zur Villa hindurchging, konnte sie Henris Worte mehr und mehr abstreifen und sich auf den Tag in der Praxis freuen. Die Gespräche mit ihren Klienten erdeten Katharina und gaben ihr das Gefühl, etwas Sinnvolles zu tun. Sie wusste, wenn sie heute Abend die Praxistür hinter sich schloss, würde sie wieder stark, zuversichtlich und klar sein. Es war immer so. Zu arbeiten, half ihr, ihre Gedanken von sich wegzuleiten, und sortierte und beruhigte sie ungemein.

Kurz sah sie an der Fassade der schönen Gründerzeitvilla hinauf, in der sie den kompletten zweiten Stock gemietet hatte. Ursprünglich war ihre Praxis eine sehr großzügige Dreieinhalbzimmerwohnung gewesen, mit hohen Stuckdecken, einem zauberhaften Erker, bodentiefen Fenstern und einem warmen Parkettboden im Fischgrätmuster. Der Boden knarzte bei jedem Schritt, und durch die Fenster in der Küche zog es, aber Katharina liebte den Blick in den weitläufigen Garten, um den sich ihr Vermieter, Herr van der Felde, mit einer bewundernswerten Hingabe kümmerte, obwohl es eigentlich der Garten seiner Frau gewesen war und er selbst weit über achtzig sein musste. Katharina stand oft am Fenster ihres Sprechzimmers und beobachtete ihn dabei, wie er vorsichtig die prächtigen Rosen schnitt oder einfach nur auf einem der Gartenstühle saß und in den Himmel schaute. Er wohnte im Erdgeschoss und wollte am Abend und an den Wochenenden seine Ruhe haben, was ihr Glück gewesen war, denn er hatte sie aus diesem Grund regelrecht angefleht, sich in diesen Räumen niederzulassen. Er hatte ihr ein wahrhaft günstiges Mietangebot gemacht, für Räumlichkeiten in einer Größe, die sie sich sonst niemals hätte leisten können.

Hier war sie in ihrem Element und frei von Zweifeln. Zusätzlich zu ihrem Sprechzimmer gab es noch ihr Büro, eine kleine Küche, ein Gäste-WC und ein kleines weiteres Zimmer, in dem eine Schlafcouch stand. Außerdem hatte die Praxis einen sehr großzügigen Empfangsbereich, der früher das Wohnzimmer gewesen war. In drei gelben Sesseln konnten die Klienten vor und nach ihrem Termin noch in Ruhe ein wenig sitzen und etwas trinken, bevor sie wieder in die Welt da draußen zurückkehrten. In diesem Raum befand sich auch Muriels hübscher Jugendstiltisch mit dem großen Rechner. An der Wand stand ein langes Sideboard, auf dem die ewig laufende Espressomaschine genauso Platz fand wie ein üppiger Blumenstrauß, den Muriel alle drei bis fünf Tage in Katharinas Lieblingsblumenladen in der Ferdinandstraße um die Ecke kaufte. An dieser Wand sammelte Katharina zeitgenössische Kunst, Drucke und Fotografien in unterschiedlichen Größen und Rahmen. Sie liebte dieses Sammelsurium und stand oft davor, um das Gesamtkunstwerk, das Henri als wildes Chaos bezeichnete, zu genießen. Mats hatte ihr vor vielen Jahren gesagt, dass man diese Form der Anordnung Petersburger Hängung nannte, und jedes Mal, wenn Henri sich wieder über ihre Wand amüsiert hatte, hatte sie kurz an Mats gedacht. Auch eines seiner Fotos hing dort. Das kleinste der Bilder. Es zeigte eine Pusteblume in Schwarz-Weiß.

Mats.

Schon wieder wurde sie rot, als hätte sie jemand bei etwas Verbotenem ertappt. Schwachsinn, schalt sie sich selbst. Wie definierte sich verboten? Und wer machte überhaupt die Regeln?

»Guten Morgen!«, rief Muriel fröhlich, als Katharina durch die Tür trat. Muriel hatte immer gute Laune. Sie strahlte. Muriel war selbst für Katharina ein Phänomen. Sie schien sich immer genau an dem Ort und in der Situation zu befinden, die sie am glücklichsten machten. Am Anfang war Katharina diesem dauerhaften Frohsinn gegenüber skeptisch gewesen und hatte ihr die gute Laune nicht abgekauft, aber irgendwann hatte sie aufgegeben und beschlossen, sich einfach nur daran zu freuen.

Sie hängte ihren Mantel an die Garderobe im Gang und drehte sich zu Muriel um. Sofort trat ein mitfühlender Ausdruck in deren Gesicht. »Oh je, geht es dir nicht gut?« Sie runzelte die Stirn. »Hast du die Nacht durchgefeiert oder einfach nur schlecht geschlafen?«

Katharina lächelte, in der Hoffnung, ihre Assistentin damit zum Schweigen zu bringen. Muriel war fürsorglich, liebevoll und loyal. Wenn sie ihr von ihrem Gespräch mit Henri erzählen würde, wäre sie sicher auf Katharinas Seite. Aber das wollte Katharina nicht. Sie wollte einfach nur so lange nicht darüber sprechen, bis sie es hoffentlich wieder vergessen haben würde. »Nein, alles bestens«, log sie vorsichtshalber und lächelte noch ein wenig mehr, als Muriel missbilligend mit der Zunge schnalzte. Ein untrügliches Zeichen dafür, dass sie Katharinas Schwindelei durchschaut hatte. Sie verlor allerdings kein weiteres Wort darüber, sondern ging sofort zur Kaffeemaschine, um ihrer Chefin und sich selbst einen doppelten Espresso zu machen, bevor der Tag so richtig begann.

Als Katharina mit ihrem Espresso und zusätzlich einem frisch aufgebrühten Ingwertee hinter ihrem Schreibtisch saß, um sich auf ihre ersten Klienten vorzubereiten, fühlte sie sich fast schon wieder so gelassen wie sonst. Sie hatte noch etwas mehr als zwanzig Minuten, bis Matthias und Barbara Reich bei ihr sein würden, um ihre Ehe auf eine neue Ebene zu heben, wie sie es sich schon beim Erstgespräch vor knapp zwei Monaten gewünscht hatten. Katharina lächelte bei dem Gedanken an die beiden. Wenn jemand keine Unterstützung brauchte, dann vermutlich die Reichs. Beide waren erfolgreiche Internisten mit eigener Praxis, mit gemeinsamen Hobbys, kinderlos, Mitte fünfzig und voller Liebe zueinander, aber an einem Punkt ihrer Beziehung angelangt, an dem sie sich nach neuen Impulsen sehnten und gleichzeitig den nie erfüllten Kinderwunsch nun thematisieren wollten, ja mussten, weil er plötzlich zwischen ihnen stand. Was für eine Chance und was für ein Glück, wenn man sich so intensiv seiner Beziehung widmen konnte – und wollte. Nach Katharinas Erfahrung scheiterten die meisten Paare nicht an Inkompetenz, sondern schlicht an Desinteresse und falscher Priorisierung. Andererseits, wenn sie etwas in den letzten Jahren vollständig begriffen hatte – und zwar sowohl in der Praxis als auch in ihrem eigenen Leben –, dann, dass es immer mehrere Wahrheiten, Möglichkeiten und Blickwinkel gab. Und nie eine Garantie dafür, dass Paare, die alle Chancen der Welt hatten, auch in der Lage waren, diese zu sehen – geschweige denn zu nutzen.

Nach den Reichs hatte Lilli Fromm einen Termin. Die sehr junge, sehr erfolgreiche Informatikerin hatte das Gefühl, immer an die falschen Männer zu geraten, und nach dem zu urteilen, was sie Katharina bereits in den letzten zwei Sitzungen erzählt hatte, war es wirklich allerhöchste Zeit gewesen, dass sie das bemerkte.

Während Katharina in ihrem Tee rührte, legte sie sich die jeweiligen Gesprächskonzepte zurecht, was aber nicht bedeutete, dass sie diese auch wirklich umsetzte. Das kam eigentlich eher selten vor. Aber vorbereitet zu sein, fühlte sich einfach besser an. Wenigstens diesbezüglich war sie mit Henri einer Meinung.

Nach Lilli hatte sie eine Stunde Mittagspause, bevor Edoardo kam, dann hatte Frau Michaels einen Termin, und schließlich kam noch Doktor Eibinger, ein Banker, den seine Frau geschickt hatte und der zuerst gar nicht kommen wollte, weil er »solchen Psychokram« nicht brauchte. Aber nun vereinbarte er immer von sich aus sofort am Ende der anderthalb Stunden einen neuen Termin, weil er bemerkt hatte, wie gut es ihm tat, alles, was sich in seinen Gedanken und Gefühlen abspielte, mit jemandem zu sortieren, der weder ein Kollege noch seine Ehefrau war. Die hatte zwar die Initialzündung ausgelöst, aber dann hatte er selbst festgestellt, wie sehr er sich nach persönlicher Weiterentwicklung gesehnt hatte. Es war eine Freude, ihm dabei zuzusehen, wie er ganz neue Seiten an sich entdeckte. Und letztes Mal hatte er sogar seine Frau mitgebracht, die nicht aufhören konnte, sich dafür zu bedanken, dass ihr Mann wieder der neugierige, aktive und aufgeschlossene Mensch war, in den sie sich einmal verliebt hatte. Momente wie diese machten nicht nur ihre Klienten, sondern auch Katharina glücklich. Geschmälert wurde das Glück nur dadurch, dass Henri diese Fähigkeit offenkundig als ihren größten Makel ansah.

Kurz bevor der mysteriöse Herr Friedrichs kam, ihr letzter Klient für heute, streckte Muriel noch einmal ihren Kopf in Katharinas Zimmer und verabschiedete sich mit einem letzten fröhlichen Lächeln.

»Bin gespannt, was du morgen von Herrn Friedrichs erzählst.« Sie seufzte theatralisch und wich dann übermütig grinsend aus, als Katharina den superkitschigen Radiergummi in Herzform nach ihr warf, den Muriel ihr am Valentinstag mit den Worten überreicht hatte, dass sie ihr Herz sonst nicht so leicht verschenken würde. »Gar nichts erzähle ich. Herr Friedrichs ist ein Klient, und ich habe Schweigepflicht«, antwortete Katharina ebenfalls grinsend.

»Dann ist es ja gut, dass ich lesen kann«, gab Muriel zurück und wies auf Katharinas Tablet auf ihrem Schreibtisch. »Aber natürlich schweige ich wie ein Grab! Ich will ja nur wissen, ob er so sexy ist wie seine Stimme!« Sie lachte.

»Muriel, du Monster! Hände weg von meinen Klienten!« Katharina schüttelte den Kopf. »Wenn du ihn dir anschauen willst, dann bleib doch einfach da! Meine Güte, er ist ein Klient wie jeder andere auch.«

»Nein, ich gehe lieber. Denn wenn er so toll ist wie seine Stimme, werde ich mit ihm durchbrennen, und du hast keine Assistentin mehr und einen Klienten weniger. Das kannst du dir auf keinen Fall erlauben«, sagte Muriel lachend, und Katharina fiel mit ein.

16

Katharina atmete noch einmal tief durch, nachdem Doktor Eibinger gegangen war, und legte seine Akte auf die von Lilli Fromm. Die junge Frau war heute das letzte Mal da gewesen, und wieder einmal verspürte Katharine eine leise Wehmut. Es war schön, wenn sie nicht mehr gebraucht wurde. Wenn sie, getreu ihrem Leitsatz, jemandem die Leiter in die Grube gestellt hatte – über die er oder sie dann allein herausgeklettert war. Sie wünschte sich oft, auch nach der Therapie noch verfolgen zu können, wie sie sich weiterentwickelten. Wie bei Lilli. Sie suchte so vertrauensvoll nach etwas, das sich am besten mit Wahrhaftigkeit beschreiben ließ, und danach, jemanden zu finden, den sie mit absoluter Hingabe lieben konnte und von dem sie zurückgeliebt wurde. Katharina bewunderte den ungebrochenen Glauben der jungen Frau an die Liebe, vor allem, weil das Leben sie bislang nicht unbedingt mit liebevollen Begegnungen überschüttet hatte. Der romantische Anteil von Katharinas Persönlichkeit wünschte ihr von Herzen, dass sie fand, was sie suchte. Der realistische hingegen hielt Hingabe und Leidenschaft für Anfangshighlights und alles Weitere für einen gut funktionierenden Kompromiss.

Sie sah aus dem Fenster. Wenn sie sich entscheiden müsste, wäre sie trotzdem immer bei Team Romance. Alles andere mochte logisch sein, aber letztendlich war es die Liebe, die die Welt aus den Angeln hob, oder zumindest dafür sorgte, dass sie sich drehte.

Katharina nahm einen Schluck Ingwertee und stand auf. Sie räumte die restlichen Notizen beiseite und steckte den Stift in die Tasse auf ihrem Schreibtisch, auf der ein typischer Therapiespruch stand und die ebenfalls von Muriel stammte: *Wenn sich nichts ändert, ändert sich nichts.* Ihr Blick fiel auf den roten Herzradiergummi, und sie bückte sich, um ihn aufzuheben. So großartig Muriel als Assistentin war, so gut war es dennoch, dass sie keine Therapeutin war. Sie hatte zu viel Fantasie, war viel zu emotional und außerdem besessen von der romantischen Liebe. Schon allein, wenn sie die Klientenakten einsortierte und dabei einen kurzen Blick auf Katharinas Notizen warf, hörte Katharina, wie sie draußen seufzte. Ergriffen. Betrübt. Erleichtert. Berührt. Manchmal sogar selig. Für Muriel war Katharinas Praxis ein wenig wie Kino, und es gab keinen »Fall«, bei dem sie nicht für ein Happy End betete. Glücklicherweise war sie außerdem wirklich absolut verschwiegen und loyal. Nicht auszudenken, wenn je auch nur eine einzige Lebensgeschichte in die Öffentlichkeit gedrungen wäre.

Katharina sah auf die Uhr. Herr Friedrichs würde gleich da sein. Sie nahm den Stapel Klientenakten und ihre Notizen, um sie mit nach vorne zu nehmen. Sie würde sie Muriel auf den Tisch legen oder vielleicht gleich einsortieren, bis er klingelte. Ob sie versuchen sollte, ihn gleich ausschließlich digital aufzunehmen?

Völlig in Gedanken bog sie um die Ecke und blieb wie angewurzelt stehen, als ihr Blick auf einen Mann fiel, der mit dem Rücken zu ihr vor der Bilderwand stand und sie zutiefst versunken betrachtete. Ihr Atem ging sofort schneller. Dieser … breite Rücken im weißen Langarmshirt. Die beige, hochgekrempelte Chino, die weißen Vans. Die Haare. Die Körperhaltung. Die Tatsache, dass er sich nun nach vorne beugte, um die Fotografie der Pusteblume noch besser sehen zu können …

Ihr Herz, das wie verrückt schlug.

Vor ihr, wenn auch von ihr abgewandt, stand Mats.

Sofort wurde ihr Mund trocken, die Karteikarten lösten sich aus ihren Händen, flatterten zu Boden, und Katharina konnte nichts tun, als ihnen bestürzt nachzusehen. Ihr Körper hatte schlagartig jede vernünftige Reaktionsfähigkeit verloren, dafür wurde ihr wieder einmal schwindelig. Schnell lehnte sie sich für einen Augenblick an die Wand, um ihre Stabilität zurückzuerlangen und ihren Atem unter Kontrolle zu bekommen. Mats hatte sie und ihre so wohlbehütete Selbstbeherrschung wieder einmal schlicht durch sein überraschendes Auftauchen überrumpelt.

»Du hast es aufgehängt«, stellte Mats da leise fest. Katharina konnte die Freude in seiner Stimme hören, und ihr Herz schlug einen extra Purzelbaum, während sie sich bückte und begann, die Papiere aufzusammeln.

Mats hatte sich immer noch nicht umgedreht. Seine Stimme war weich und voll, und Katharina wehrte sich innerlich gegen deren elektrisierende Wirkung und den unwiderstehlichen Sog, den sie auf sie ausübte. Ihre eigene Reaktion auf Mats haute sie um. Immerhin hatte sie sich gestern erst eingebildet, ihn erfolgreich in die »old but gold« Freundschaftsschublade einsortiert zu haben, aber nun, als er vor ihr stand, wusste Katharina, dass das niemals möglich sein würde. Ihr wurde heiß. Am liebsten hätte sie einen weiteren Knopf ihrer weißen Seidenbluse geöffnet, die sie heute mit dem dunkelroten Bleistiftrock aus weichem Leder und den schwarzen Pumps kombiniert hatte. Kurz bereute sie ihre Wahl von heute Morgen und wünschte, sie hätte etwas Dezenteres ausgewählt. Andererseits …

Ihr Herz schlug immer noch viel zu schnell. Nachdem sie alle Papiere aufgesammelt hatte, stand sie wieder auf und ging langsam in seine Richtung.

Da drehte Mats sich um, und ihre Beherrschung geriet erneut ins Wanken. Sie fing seinen brennenden Blick auf, der ihren Körper entlangglitt, als würde er sie damit liebkosen, und schließlich fixierte er sie, sodass sie kaum in der Lage war, regelmäßig zu atmen. Ihr Instinkt riet ihr zur Flucht, aber ihr Körper drängte sie in Mats' Richtung. Vorsichtshalber trat sie noch einen winzigen Schritt näher, damit sie wenigstens schon mal die Akten auf Muriels Tisch ablegen und sich ein wenig anlehnen konnte. Es tat gut, den stabilen Tisch hinter sich zu wissen, wenn man sich schon auf seine eigenen Beine nicht verlassen konnte.

»Hallo, Mats«, sagte sie. Ihre Stimme klang klar, womit sie selbst am wenigsten gerechnet hätte.

»Kate.« Er machte einen Schritt auf sie zu und streckte dabei die Hände nach ihr aus, als wolle er sie umarmen. Als Katharina nicht darauf einging, ließ er sie wieder sinken.

Herr Friedrichs fiel ihr siedend heiß wieder ein. Er war zu spät. Aber Mats sollte nicht hier sein, wenn er kam. Der erste Eindruck bei neuen Klienten war wichtig, und Katharina wollte wenigstens souverän *wirken,* wenn sie es im Moment schon nicht sein konnte. Mats musste verschwinden. Je früher, desto besser.

Kurz sah sie auf die kleine Bahnhofsuhr, die ebenfalls einen Platz zwischen ihren Bildern gefunden hatte. Drei Minuten nach fünf. »Ich … es war wirklich schön gestern, aber ich erwarte jede Sekunde einen Klienten«, sagte sie in der Hoffnung, nicht deutlicher werden zu müssen. Sie hasste solche Situationen und überhaupt – warum war Mats eigentlich hier?

»Ich *bin* dein Klient«, sagte er da ruhig.

Für einen Augenblick schloss Katharina die Augen. Er war unmöglich. Das Ganze hier war unmöglich. Oder … vielleicht doch nicht? Mats war durchaus in der Lage, zu behaupten, Herr Friedrichs zu sein, nur um dann, sollte der echte auftauchen, laut zu lachen und alles zu einem großen Spaß zu erklären. Andererseits sah er nicht so aus, als würde er demnächst in Gelächter ausbrechen. Stattdessen kam er noch einen Schritt näher. Nah genug, um nun wirklich seine Hände auf ihre Oberarme zu legen. Sofort begann ihre Haut, unter seiner Berührung wie verrückt zu kribbeln.

Automatisch schob Katharina seine Hände von sich, in der Hoffnung, damit auch das Kribbeln abzustellen.

Aber das war nicht der Fall. Er hatte noch nicht einmal geblinzelt oder seinen Blick von ihr gelöst. Dafür streckte er erneut die Hand nach ihr aus und strich vorsichtig eine Haarsträhne aus ihrem Gesicht. Sie sollte sich wehren. Er verhielt sich distanzlos und unangemessen. Seine Hand hatte nichts auf ihrer Haut zu suchen, der ganze Mann nichts in ihrer Praxis, und die Gefühle, die seine Berührungen auslösten, nichts in ihrem Körper. Statt ihn erneut von sich zu schieben, blieb sie einfach stehen und bemühte sich, mithilfe von Logik das sehnsuchtsvolle Seufzen zu unterdrücken, das unwillkürlich in ihr aufsteigen wollte.

»Mal angenommen, das stimmt und du bist mein Klient, wieso hast du gestern nichts gesagt? Und warum nennst du dich Herr Friedrichs?«, fragte sie.

»Es tut mir leid, dass ich dich angelogen habe«, antwortete er leise. »Vielmehr deine bezaubernde Assistentin, Frau …?«

»Anselmi«, ergänzte Katharina automatisch.

»Anselmi«, wiederholte er. »Sie war so nett, mir diesen Termin anzubieten. Sie hat mich vorhin reingelassen und noch meine Daten aufgenommen, bevor sie gegangen ist.« Für einen Augenblick verfluchte Katharina Muriels Selbstständigkeit, obwohl sie ihr bei jedem anderen Klienten damit einen Gefallen getan hätte. Aber ihre Assistentin konnte ja nicht wissen, was für eine Bedeutung der Mann hatte, der als letzter Klient in die Praxis gekommen war. Wenn Katharina daran dachte, wie sie und Muriel vor ein paar Minuten noch über Herrn Friedrichs gesprochen und sie dabei behauptet hatte, er sei ein Klient wie jeder andere …

Schuldbewusst zuckte Mats die Schultern und griff an ihr vorbei nach etwas, das auf dem Tisch lag. »Entschuldige bitte … auch dafür, dass ich gestern nichts gesagt habe. Aber … ich wollte diesen perfekten Nachmittag nicht zerreden. Ich wollte ihn … und dich … einfach nur genießen.«

Katharina hatte sich bisher keine Gedanken darüber gemacht, ob und wann sie Mats wiedersehen würde. Dazu hatte Henri zu viel Raum eingenommen. Aber nun, da Mats vor ihr stand, begriff sie, dass er sich auch niemals mit diesem einen Nachmittag zufriedengegeben hätte. Sie hätte damit rechnen können, ja müssen, dass er noch einmal auftauchen würde. Als sein Oberkörper den ihren streifte und eine seiner Haarsträhnen ihr Gesicht berührte, erfüllte sofort sein Duft ihre Nase. Sie schloss die Augen und atmete tief ein. Das Verlangen nach ihm traf sie erneut mit Wucht. Auf keinen Fall durfte sie zulassen, dass es die Oberhand gewann.

»Und weil du gefragt hast: Friedrichs ist der Mädchenname meiner Mutter«, sagte Mats in diesem Augenblick in ihr Ohr. Schnell öffnete sie die Augen wieder, als seine Lippen ihre Wange streiften. »Erinnerst du dich nicht mehr?«

»Nein, ich …«

»Vielleicht war das ja mein Glück.« Er grinste. »Wenn du den Namen erkannt und mich dahinter vermutet hättest, hättest du mir dann einen Termin gegeben?«

»Vermutlich nicht«, antwortete Katharina ehrlich. »Nein. Auf keinen Fall.«

Er lachte leise. »Siehst du, dann tut es mir vielleicht doch nicht leid, dass ich gelogen habe.«

Mats hielt ihren Blick fest, als er einen Schritt zurücktrat, und Katharina wusste nicht mehr, ob die Nähe von gerade eben oder die körperliche Distanz, die plötzlich zwischen ihnen war, schwerer zu ertragen war. Das Lächeln war aus seinem Gesicht verschwunden und hatte einem ernsten Ausdruck Platz gemacht.

»Entschuldige, ich bin ein bisschen nervös.« Wem sagte er das?

»Sobald ich von dem Klassentreffen erfahren hatte und wusste, dass ich kommen und dich dort sehen würde, wollte ich nichts anderes, als dich allein zu treffen. Aber ich konnte ja schlecht bei dir zu Hause vorbeikommen, oder?«

Genau das war der entscheidende Punkt.

»Warum nicht?«

»Ich …«

»Du hättest ja vorher anrufen können.« Kurz fragte sie sich, ob all das, was sich hier zwischen ihnen abspielte, auch dann geschehen wäre, wenn er sich wirklich vorher gemeldet hätte und von Anfang an wie ein Freund aufgetreten wäre. Die Frage war tatsächlich: Wer war dieser Mann, der so plötzlich wieder in ihrem Leben aufgetaucht war? Jemand, den sie schon lange kannte, der ihr einmal wichtig gewesen war, nun aber nur noch eine sentimentale Bedeutung in der Rückschau für sie hatte? Oder ein schöner Traum, den sie in letzter Zeit so häufig geträumt hatte, der aber nichts mit dem Mats zu tun hatte, der er mal gewesen war, der sie unglaublich verletzt hatte und der nun vor ihr stand? Sie hatte ihn sich in den romantischsten Farben ausgemalt. Nur: Hatte sie die richtige Palette erwischt? Und konnte sie ihn sich an ihrem Küchentisch mit Henri und den Kindern vorstellen?

»Das, was ich dir sagen will, geht nicht in deiner Küche. Mit deinen Kindern und deinem Mann, Kate.« Offensichtlich hatte er sich die gleichen Gedanken gemacht. Das intensive Grünblaugrau seiner Augen schien noch tiefer zu werden, als er ihre Hand nahm. In ihr tobten absolut widersprüchliche Gefühle, aber stärker als der Wunsch, ihm nicht länger widerstehen zu müssen, war, zu hören, was so wichtig war, dass er es ihr unbedingt unter vier Augen sagen musste. Und so traf sie eine Entscheidung. Sie atmete tief durch und räusperte sich. Dann stieß sie sich von Muriels Schreibtisch ab und machte einen ersten Schritt in Richtung Sprechzimmer. »Also gut, Herr Friedrichs. Sie haben einen offiziellen Gesprächstermin vereinbart, dann bekommen Sie ihn natürlich auch. Er dauert exakt eine Stunde, danach habe ich Feierabend und werde nach Hause gehen. Lassen Sie uns keine Zeit verschwenden. Wenn Sie mir bitte folgen wollen? Und darf ich Ihnen vielleicht ein Wasser anbieten?« Sie ging voraus, ohne sich noch einmal umzudrehen. Dass Mats ihr nachkommen würde, wusste sie. Und was auch immer er zu sagen hatte, sie wollte es lieber in der Sicherheit ihres Sprechzimmers hören, in der es ihr hoffentlich leichter fallen würde, ihre professionelle Distanz zu wahren.

Sie hörte sein leichtes Lachen, als er direkt hinter ihr den Raum betrat. Sofort suchte er sich den Sessel aus, der ihrem am nächsten stand, und rückte noch ein Stückchen näher. Kurz überlegte Katharina, ob sie ihn darauf hinweisen sollte, dass ein gewisser körperlicher Abstand für eine distanzierte Betrachtungsweise seines Themas hilfreich sei, aber sie ließ es sein. Es machte wohl kaum einen Unterschied, ob er nun bei diesem Gespräch ihr Knie mit seinem berührte oder nicht, redete sie sich ein, obwohl sie selbstverständlich genau wusste, dass sie sich gerade selbst belog.

Nachdem sie sich niedergelassen hatte, angelte Katharina nach ihrem Klemmbrett mit dem Block und einem Stift und achtete darauf, Mats nicht zu berühren, während er sich nach vorne beugte und sie ansah. *Mit diesem Blick.*

Er räusperte sich. Wortlos schenkte sie ihm aus der Glaskaraffe ein Glas Wasser ein und reichte es ihm, bevor sie aufmunternd lächelte. Es war ihr wichtig, dass ihre Klienten von sich aus zu sprechen begannen, denn meist kamen sie mit einem Thema bei ihr an und stellten dann fest, dass sie in diesem Moment etwas völlig anderes beschäftigte. Genau dieser Augenblick des Schweigens, nachdem sie das Sprechzimmer betreten, einen Platz gefunden und noch nicht zu sprechen begonnen hatten, war beinahe der wichtigste der gesamten Sitzung. Es war der Moment, in dem sie die

Entscheidung trafen, zu sich selbst aufrichtig zu sein. Sie hoffte sehr, dass das auch für Mats galt.

Er setzte sich wieder aufrecht hin. »Kate. Ich denke an dich«, sagte er leise und senkte seinen Blick, bevor er ihr wieder in die Augen sah. »Also, nein. Falsch. Jetzt gerade denke ich nicht an dich. Denn ich bin ja hier.« Er lachte kurz auf und schüttelte den Kopf. »Was rede ich denn da für einen Schwachsinn? Was ich sagen will, ist … dass ich sonst ständig an dich denke. Nachts. Tags. Ich … Ich sehe dich vor mir. In Wien. In Kopenhagen. In London, Frankfurt, Lissabon … überall, wo ich bin, bist auch du.« Kurz kniff er die Lippen zusammen, als wollte er sich selbst daran hindern, weiterzusprechen, bevor er erneut den Kopf schüttelte und doch fortfuhr. »Ich … weiß, das ist total verrückt, zumal wir uns ja auch echt lange nicht gesehen haben.« *Mehr als zwei Jahrzehnte.*

»Jahrelang. Jahrzehntelang. Du hast Henri geheiratet und zwei schon fast erwachsene Töchter, die ich noch nie gesehen habe.« Er schüttelte den Kopf. »Ein Leben, das nichts mit mir zu tun hat. Ich habe Claudia gehabt. Und viel erlebt.« Kurz machte er eine Pause und nahm erneut einen großen Schluck aus dem Wasserglas. »Aber du warst trotzdem immer in meinen Gedanken. Und ich immer mit dir verbunden. In meinem Herzen … war ich nie von dir getrennt.« Er fuhr sich mit den Fingern durch die Haare, als würde er auf diese Weise leichter zu den Worten finden, die ihm so schwer über die Lippen kamen. »Gott, hört sich das alles bescheuert an!«, sagte er laut.

Katharinas Herz zog sich zusammen, und sie ballte ihre Hände zu Fäusten, um nicht Mats' Finger aus seinen Haaren zu lösen und stattdessen mit ihren hindurchzustreichen. Sie wollte ihm sagen, dass es ihr genauso ging, dass sie das selbst nicht glauben konnte und dass sie nicht damit aufhören konnte, weil … weil sie immer wieder das Gefühl hatte, ihre Geschichte sei nie wirklich zu Ende erzählt worden. Hörte man nicht dauernd von Menschen, die als

Jugendliche ein Paar gewesen waren und dann nach Jahrzehnten wieder zusammenfanden? War es nicht so, dass es für jeden da draußen einen perfekten Partner gab, der jede Saite in einem zum Klingen brachte, der einem vorbestimmt war? Und dass es überhaupt nichts brachte, sich dagegen zu wehren, weil es schlichtweg richtig war?

Sie biss sich so fest auf die Unterlippe, dass es schmerzte.

Ihre Träume waren genau wie seine. Sie hätte ahnen können, was er ihr sagen würde.

»Ich kann so nicht weitermachen«, sagte er rau und fixierte sie mit seinem Blick. »Ich muss wissen, ob da noch etwas zwischen uns ist und, wenn ja, ob du es ebenfalls fühlst. Vielleicht werde ich ja auch verrückt und bilde mir das alles nur ein, Kate. Wenn das so ist, entschuldige ich mich und gehe sofort. Oder du sagst mir, dass ich recht habe und …«

Er sprach nicht weiter, sah sie nur an, bevor er die Augen schloss und tief ein- und wieder ausatmete.

Die Zeit schien für einen Moment stillzustehen. Lange genug, um sein Gesicht zu betrachten. Die langen Wimpern, seine leicht gebräunte Haut, die zarten Fältchen und die Silberfäden, die seine immer noch widerspenstigen Haare durchzogen. Der weiche, geschwungene Mund, der sie geradezu aufforderte, sich zu im hinüberzulehnen und ihre Lippen auf seine zu legen. Isabel hatte recht. Katharina hatte nicht wahrgenommen, was jeder andere gesehen hatte. Er war älter geworden. Aber das war für sie nicht relevant, denn was Katharina sah, gründete sich allein auf das, was sie für diesen Mann fühlte. Daran würde sich vermutlich auch nie etwas ändern, ganz gleichgültig, wie sehr sie dagegen ankämpfte. Sie atmete einmal tief durch, bevor sie sich mit den Händen auf der Armlehne abstützte, um wieder aufzustehen. Sie konnte nicht sitzen bleiben, jetzt, wo sie eine Entscheidung treffen musste, nach der es kein Zurück mehr gab.

Es ging nicht darum, was Mats für sie empfand, sondern es ging um sie. Um Katharina oder Kate. Wer sie wirklich war, und wer sie in Zukunft sein wollte. In wessen Gesellschaft sie sich selbst mochte, und wer das Beste in ihr zum Vorschein brachte.

Kurz dachte sie an Henri, und wie unfreundlich er sie behandelt hatte, an ihr Gefühl, dass Clarissa wiederaufgetaucht war und dass sie so nicht weitermachen wollte. Ihre eigene Unzufriedenheit, die Ablehnung, die sie zu Hause spürte, ihr Wunsch, wertgeschätzt zu werden und sich als Teil dieser Familie zu fühlen. Geliebt zu werden. Gleichzeitig tauchte aber auch der lachende Henri vor ihrem inneren Auge auf, wie er mit Bella in der Küche stand oder Elise heimlich zublinzelte, wenn er dachte, Katharina würde es nicht bemerken. Überhaupt: Bella und Elise. Ihre Kinder. *Henris Kinder.* Sie spielte mit einem Feuer, das die Menschen, die sie liebte, gleich mit verbrennen würde, und doch zerrten Katharinas gegensätzliche Empfindungen an ihr und drohten, sie in der Mitte auseinanderzureißen. Es war ein Traum. Ein schöner. Aber das Leben war eben nun mal nicht immer leicht und bunt und glückselig. Dafür war es echt, verdammt. Was tat sie hier eigentlich?

Über sich selbst fassungslos, stand Katharina auf und öffnete die Tür. Sie hätte Mats längst wegschicken sollen. Viel lieber noch wäre allerdings sie selbst gegangen, vor diesem Mann geflohen, vor der Illusion einer Jugendliebe, die nicht real sein konnte, auch wenn sie sich in ihrer Erinnerung und Fantasie noch so wundervoll anfühlte. Und schließlich vor sich selbst.

Ihr Herz schlug bis zum Hals.

Da spürte sie, wie Mats seine Hand auf ihre legte und sanft die Tür wieder zuschob.

»Ich habe es in deinen Augen gesehen, schon auf dem Klassentreffen. Und gestern wieder, Kate«, sagte er leise. »Was auch immer du sagst, ich weiß, dass du mich, dass du *uns* nicht vergessen hast.«

Es gibt kein ›uns‹, widersprach sie wortlos und schloss dennoch die Augen gegen jede Vernunft, als er behutsam mit den Fingerspitzen über ihre Wange strich und ihr Körper erneut von der schon so lange unerfüllten Sehnsucht nach Zärtlichkeit überschwemmt wurde.

Sie spürte, wie ausgehungert sie nach diesen Berührungen und der Aufmerksamkeit war, die Henri nur so spärlich verteilte.

Mats kam ein wenig näher. Seine Hand lag warm auf ihrer, seine Augen strahlten, und seine Lippen näherten sich langsam den ihren. Und obwohl sie sich in diesem Moment nichts sehnlicher wünschte, als Mats zu küssen, drehte sie sich weg.

Da ließ er seine Lippen über ihre Wange gleiten, über ihren Hals. »Gib auf, Kate. Dein Puls verrät es mir auch«, murmelte er, drehte ihr Gesicht sanft zu sich und küsste sie zart auf den Mundwinkel.

Dies war der Moment, in dem Katharina losließ.

Sie vergrub ihre Hände in seinen Haaren und sog tief seinen Duft ein. Sofort spürte sie seinen Griff um ihre Mitte und schob sich noch ein wenig näher an ihn heran. Als ihre Lippen endlich vorsichtig und dann immer forscher über die seinen glitten, explodierte in ihr ein Feuerwerk an Gefühlen. Sie wollte diesen Mann genauso, wie er sie wollte. So war es schon damals gewesen, und es würde sich nie etwas daran ändern.

17

Es dauerte zwar nur den Bruchteil einer Sekunde, bis sie Muriels Schritte wahrnahm. Dafür aber umso länger, bis sie das Verlangen einigermaßen zurückdrängen konnte, das Mats in ihr entfacht und damit ihren Körper nahezu willenlos gemacht hatte. Erst als Muriel schon fast vor der Tür stand, schoss die Energie heiß durch Katharinas Gliedmaßen direkt in ihren Kopf, wo sie eine flammende Röte auf ihrem Gesicht hinterließ. Schnell trat sie einen Schritt zurück. Beinahe hätte sie die Kontrolle verloren. Wobei »beinahe« nicht wirklich stimmte, wenn man bedachte, dass sie sich vor ein paar Sekunden noch gewünscht hatte, nackt zu sein und seine Hände überall auf ihrem Körper zu spüren.

Als sie aufsah, blieb ihr Blick sofort wieder an Mats' Mund hängen. Katharina biss sich auf die Unterlippe, um ein lustvolles Stöhnen zu unterdrücken. Oh, Gott, sie wollte diesen Mann so sehr.

»Muriel … komm … komm ruhig rein!«, sagte sie fahrig und verfluchte ihre Stimme, in der noch immer das Begehren mitschwang, das nach wie vor jede einzelne Zelle ihres Körpers besetzt hielt. »Wir sind … fertig.« In Anbetracht der Situation klang das mehr als merkwürdig, aber das konnte Muriel ja nicht wissen. Mats grinste. »Ach ja?«, flüsterte er, machte einen schnellen Schritt auf sie zu und ließ seine Lippen mit einer Hitze entlang ihres Ohrläppchens gleiten, die sie erneut erschauern ließ, bevor er wieder zurücktrat.

»Alles okay mit dir? Du klingst so …«, sagte Muriel, in dem Moment, als sie die Türklinke herunterdrückte und sich ins Zimmer schob. Sie blieb wie angewurzelt stehen und starrte Mats an. »Oh … Entschuldigung! Ich wusste nicht … Ich dachte …« Sie schüttelte verwirrt den Kopf, während sie zwischen Mats und Katharina hin- und hersah. »Warum hast du nicht gesagt, dass Herr Friedrichs noch da ist?«

Mats lächelte Muriel strahlend an. Katharinas innerer Aufruhr spiegelte sich weder in seinem Gesicht noch in seiner Körperhaltung wider. Er schien nichts von dem zu fühlen, was Katharina empfand. Im Gegenteil. Er sah ausgesprochen entspannt und zufrieden aus, und sie fragte sich, wie er das nur schaffte. »Wieso … er … hat doch noch … er ist doch gerade erst …?«

»Was für eine Freude, Sie wiederzusehen, Fräulein Anselmi«, unterbrach er Katharinas Gestammel und zwinkerte Muriel fröhlich zu.

Die errötete sofort.

Katharina konnte nur mit Mühe ein gleichermaßen belustigtes wie auch eifersüchtiges Schnauben unterdrücken, als Mats nun mühelos mit Muriel plauderte, als hätten Katharina und er nicht gerade beinahe … Ja, was eigentlich?

Sie sog scharf die Luft ein. Kurz sah Mats zu ihr hin, bevor er sich wieder Muriel zuwandte.

Menschen, speziell Frauen um den Finger zu wickeln, war schon immer eines seiner außergewöhnlichsten Talente gewesen, was aber weniger seinem Aussehen, sondern vielmehr seinem Charme und vor allem der Nähe geschuldet war, die er seinem Gegenüber sofort vermittelte. Es war ein Gefühl der Einzigartigkeit, das er beinahe jedem schenken konnte. Es fühlte sich an, als besäße Mats die Fähigkeit, das Anziehende und Liebenswerte in jeder Person zu sehen – und weckte sofort den Wunsch, von ihm geliebt oder zumindest gemocht zu werden. Es war absolut verrückt. Schon immer hatte es Katharina irritiert, dass er so schnell von ihr auf andere umschalten konnte. Mats hatte behauptet, diese Art der Zuwendung und Wahrnehmung zu haben und zu kultivieren, wäre geradezu essenziell für einen Fotografen. Dass Katharina dies verletzte, hatte er noch nie verstanden.

Und selbst wenn das alles nichts mit der Katharina von heute zu tun hatte, war dieses alte bittere Gefühl sofort wieder da, als wäre es nie weg gewesen.

Sie schüttelte den Kopf. Was dachte sie denn da? Und was fühlte sie überhaupt? Anstatt sich wieder in ihr zwanzigjähriges Ich zu verwandeln und eifersüchtig auf ihre Assistentin zu werden, sollte sie Muriel lieber dankbar sein, dass sie noch einmal zurückgekommen war und sie regelrecht gerettet hatte. Vor Mats. Vor sich selbst. Und vor allem vor einem riesigen Fehler. Ihre Körpertemperatur sank schlagartig von absolut überhitzt auf den normalen Betriebswert. Plötzlich konnte sie sogar wieder klarer denken.

Diese winzige Episode hier hatte ihr gerade noch rechtzeitig die Augen geöffnet. Ganz egal, was Henri tat, oder wie er mit ihr umging, sie wollte keine Heimlichkeit in ihrem Leben und schon gleich gar keine Affäre haben oder sein. Wenn es einen anderen Menschen außer Henri in ihrem Leben geben würde, dann nicht aus einer Situation heraus, in der sie schlicht die Kontrolle verloren hatte, nein, dann wollte sie das bewusst entscheiden, und zwar sowohl mit ihrem Körper als auch mit ihrem Herzen und ihrem Verstand.

Mit jeder Sekunde fühlte sie sich weniger wie die schwer verliebte Studentin von damals und mehr wie Doktor Katharina Nowak, anerkannte Psychologin und Psychotherapeutin, die einen Mann, Kinder und alles im Griff hatte.

Sie räusperte sich erneut. Schon besser.

»Hast du was vergessen?«, fragte sie Muriel extra sanft, die sich nur mit Mühe von Mats' Anblick lösen konnte.

»Ja, ich … ich dachte … vielleicht mein Telefon?« Suchend sah sie sich um und zuckte schließlich hilflos mit den Schultern.

»… und ich wollte nicht, dass du mich für einen Einbrecher hältst oder erschrickst oder …«, plapperte sie weiter, während sie begonnen hatte, rückwärts in Richtung Tür zu gehen. »Tut mir leid, wenn ich gestört habe, das wollte ich nicht, und … ich bin ja auch schon weg. Das Handy ist bestimmt noch irgendwo auf meinem Schreibtisch … oder es … muss mir im Auto runtergefallen sein. Ich …« Mit knallrotem Kopf drehte sie sich um und flüchtete aus dem Zimmer.

Ob es an Mats' Anziehungskraft lag oder daran, dass Muriel sie beide ertappt hatte, konnte Katharina nicht sagen. Aber dass Muriel gespürt hatte, dass da etwas Merkwürdiges zwischen ihnen vor sich ging, war offensichtlich. So konfus hatte sie ihre Assistentin noch nie erlebt, und Katharina wollte sie so nicht gehen lassen. Am besten, sie klärte das gleich. Mit Muriel. Und dann mit Mats.

»Entschuldige Mats, ich muss mal kurz raus. Nicht sehr professionell, ich weiß, aber …«, sie zuckte mit den Schultern und versuchte ein Lächeln, das ihr sogar einigermaßen gelang, »… ich stelle dem guten alten Herrn Friedrichs vielleicht doch ausnahmsweise keine Rechnung für heute.«

Mats lächelte zurück. »Schon gut. Herr Friedrichs ist sowieso gerade gegangen.«

Draußen rumorte Muriel herum, die ihr Smartphone anscheinend immer noch nicht gefunden hatte. Mats trat zu Katharina und nahm ihre Hand.

»Herr Friedrichs ist überhaupt nicht wichtig, Kate«, sagte er leise. »Aber du. Du bist es. Für mich jedenfalls. Und ich möchte, dass du weißt, dass sich daran nie etwas geändert hat oder ändern wird.« Er sah ihr tief in die Augen, während er ihr einen zarten und beinahe schüchternen Kuss auf den Handrücken drückte, der so gar nichts von der stürmischen Leidenschaft hatte, mit der er sie noch vor wenigen Minuten geküsst hatte. Ihr Blick verlor sich in seinem, und ihr Herz begann, wieder schneller zu schlagen.

»Sag mir einfach: Soll ich gehen? Oder soll ich bleiben?«, wiederholte er die Frage, die er ihr vorhin schon gestellt hatte.

Katharina dachte erneut daran, wie verrückt die letzten Tage gewesen waren und wie wenig sie zusätzliches Chaos in ihrem Leben gebrauchen konnte. Sie dachte an ihre Kinder und ihren Mann.

Und schließlich daran, wie sehr sie sich schon so lange danach sehnte, wieder einmal so angesehen zu werden. Wie wundervoll es war, das eigene Herz so heftig schlagen zu fühlen und den unbedingten Wunsch zu haben, sich dem anderen hinzugeben. Sie dachte daran, wie lange sie ihren eigenen Körper schon nicht mehr so gespürt hatte wie gerade eben. Und wie leidenschaftlich der Sex mit Mats damals gewesen war und wie unglaublich dieses Gefühl, die Kontrolle zu verlieren. *Nein, nicht zu verlieren, sondern absichtlich loszulassen.*

Sie sehnte sich nach Intensität und Wahrhaftigkeit.

Nach Mats.

Abwartend stand er vor ihr.

»Nein«, sagte Katharina entgegen allem, was sie sich wünschte, und spürte, wie alle Kraft dabei aus ihrem Körper wich. »Bitte geh.« Sie konnte zusehen, wie das Lächeln aus seinem Gesicht verschwand, als hätte sie es ausgelöscht.

Aber ihr Kopf wusste dennoch, dass es das einzig Richtige war.

Katharina ließ sich auf einen der Sessel fallen und schloss die Augen. Sie spürte, dass er sie noch einmal kurz ansah, bevor er ohne ein weiteres Wort den Raum verließ. Sie hörte, wie er sich draußen von Muriel verabschiedete. Als die Praxistür hinter ihm ins Schloss fiel, hätte sie gern geweint. Aber in ihr war nur eine unglaubliche Erleichterung – und eine Leere, in der es keine Tränen gab.

18

Wieder klopfte Muriel vorsichtig. »Alles in Ordnung dadrin?«, fragte sie leise, nachdem sie die Tür einen Spalt weit aufgeschoben hatte.

Muriel meinte es gut, sie hatte eine Antwort verdient, und Katharina wollte ihr zudem dringend erklären, wer dieser Herr Friedrichs in Wirklichkeit war. Dennoch hatte sie das Gefühl, nie wieder die Augen öffnen, geschweige denn auch nur ein Wort sagen zu können.

Sie nickte. Immerhin. *Alles in Ordnung.*

Am liebsten wäre es Katharina gewesen, wenn Muriel einfach wieder gegangen wäre, aber das entsprach absolut nicht ihrer Natur.

Katharina hörte schon an ihren Schritten, dass sie besorgt war, und spürte kurz darauf Muriels Hand auf ihrer Schulter. *Da, wo seine bis eben noch gewesen war.*

»Kann ich … irgendwas für dich tun?«, fragte sie behutsam. »Ist Herr Friedrichs irgendwie … zudringlich geworden?«

Katharina öffnete ein Auge. Beinahe hätte sie laut gelacht. O ja, Herr Friedrichs war tatsächlich zudringlich geworden. Aber nicht einmal annähernd so zudringlich wie sie selbst. Sie lächelte bei dem Gedanken daran, wie sehr Muriel ihre ehrliche Antwort vermutlich verwirren würde.

»Nein, schon gut«, antwortete sie vorsichtshalber. Seit wann waren Worte so anstrengend? »Mach dir keine Sorgen. Es ist alles in Ordnung«, schob sie hinterher. Muriel hatte mehr verdient als eine sprachlose Chefin. Katharina öffnete für einen Moment sogar das zweite Auge in der Hoffnung, ihre Assistentin damit noch ein wenig mehr von ihrem Wohlbefinden zu überzeugen. Es funktionierte nicht.

»Aber du kommst mir wirklich seltsam vor, Katharina. Sicher, dass du okay bist? Ich könnte dich nach Hause bringen? Dir ein Taxi rufen? Oder Henri?«

Erschrocken rappelte sich Katharina auf. *Henri?*

»Bitte geh nach Hause, Muriel, wirklich. Es … es war nur ein langer Tag und … ich brauche noch einen Moment für mich. Okay?«

Ich habe Mats geküsst, in meiner Fantasie allerdings nicht nur das, ich will ihn, will ihn spüren und …

»Okay«, antwortete Muriel. Wirklich überzeugt sah sie allerdings nicht aus. »Dann … geh ich jetzt?«

»Ja, das …«, *wäre wirklich schön,* dachte Katharina, ergänzte den Satz aber mit einem leisen »Danke«.

Nachdem Muriel fort war, schloss Katharina die Augen wieder. Es tat so gut, einfach nur dazusitzen. Gar nichts zu tun. Die Gedanken kommen und gehen zu lassen, ohne zu versuchen, einen davon festzuhalten, oder Lösungen für Probleme zu finden, die eigentlich gar nicht da sein durften. Wieso bemerkte sie erst jetzt, wie erschöpft sie eigentlich war?

Sie musste eingeschlafen sein, denn Katharina wachte davon auf, dass ihr Nacken schmerzte. Sie hatte einen merkwürdigen Geschmack im Mund, und ihre Pumps kamen ihr plötzlich viel zu eng vor. Sie setzte sich aufrecht hin, schob die Schuhe von den Füßen und bewegte die Zehen.

Der kleine Wecker, der auf dem niedrigen Tischchen vor ihr stand, um die Zeit bei den Gesprächen mit ihren Klienten im Blick zu behalten, zeigte ihr an, dass sie beinahe eine ganze Stunde geschlafen hatte. Es war kurz nach halb sieben.

Sie angelte sich ihr Handy vom Schreibtisch. Keine Nachricht von Mats. Dafür jeweils eine von Elise und Bella und zwei von Henri.

Bella hatte ihr ein Foto von sich und Marie beim Eisessen geschickt und gefragt, ob sie bei ihrer Freundin übernachten dürfte, aber das war schon vor zwei Stunden gewesen. Elise hatte Katharina ziemlich knapp mitgeteilt, dass sie heute nicht zum Abendessen zu Hause sein würde.

Automatisch antwortete sie Bella mit einem Herz-Emoji und dem Daumen hoch, worauf ihr diese sofort ebenfalls drei Herzen schickte. Elise hatte scheinbar ihr Smartphone ausgemacht oder auf Flugmodus gestellt, aber sie wartete vermutlich auch nicht so sehnsüchtig auf Katharinas Nachricht wie ihre kleine Schwester.

Ich komme später, war Henris erste Nachricht von vor etwa drei Stunden. Die zweite hatte er ihr vor ungefähr einer Stunde geschrieben. Ob Mats da schon in der Praxis gewesen war?

Wo bist du? Hast du Lust auf Pasta und ein Glas Wein auf der Terrasse? Scheint, als hätten wir heute eine gute Chance auf einen Abend allein, lautete die zweite. Es tut mir leid, wenn ich heute Morgen ungerecht war.

Allein beim Gedanken an ein Abendessen mit ihrem Mann wurde ihr übel. Nicht wegen Henri. Er konnte schließlich nichts für ihr inneres Chaos. Aber sie konnte sich noch nicht einmal vorstellen, ein belangloses Gespräch zu führen, und noch viel weniger konnte sie das, was in ihr vorging, mit ihm teilen, bevor sie sich nicht selbst im Klaren darüber war. Sie konnte ihm noch nicht einmal gegenübersitzen und in die Augen sehen. Nicht jetzt. Nicht heute. So sehr sie sich auch nach einem Gespräch mit ihm gesehnt hatte. Bis vor ungefähr einer Stunde.

Ich komme heute später, warte nicht auf mich,

schrieb sie zurück und fragte sich, wie lange sie Henri wohl aus dem Weg gehen könnte. Und sich selbst.

Eine von Katharinas ersten Erkenntnissen im Umgang mit Klienten war, dass es immer enorm half, eine Situation zu visualisieren, indem man sie grob skizzierte, wenn man sie verstehen wollte. Was für ihre Klienten galt, galt ganz sicher auch für sie. Katharina nahm einen dicken Textmarker von der kleinen Ablage vor ihrem Whiteboard und schrieb ihren Namen mitten auf die weiße Fläche.

KATHARINA stand nun im Zentrum, sperrig und lang.

HENRI schrieb sie rechts daneben und links MATS.

Vier Buchstaben. Bei jedem einzelnen brannte der Stift in ihrer Hand, und kurz war sie versucht, seinen Namen wieder wegzuwischen. War es wirklich notwendig, etwas sichtbar zu machen, was besser unsichtbar bleiben sollte?

Und war das womöglich schon die Analyse?

Für ein paar Atemzüge starrte sie einfach nur auf diese drei Namen, unfähig, irgendeinen weiteren Schritt zu unternehmen.

Sie wusste schlicht nicht, welchen. Eine Therapeutin, die kein Therapiekonzept hatte. *Bravo, Frau Doktor Nowak.*

Kopfschüttelnd legte sie den Stift wieder zurück. Ihre Gefühle vernebelten ihr das Gehirn, aber wenn sie diese bei ihrer Analyse ausschloss, würde sie in ein paar Jahren immer noch hier stehen und auf die drei Namen starren. Nein, ohne Gefühle ging es nicht. Aber sie zuzulassen, machte Katharina schlichtweg Angst.

Sie atmete tief durch und ging in die kleine Küche, wo sie die Flasche Champagner aus dem Kühlschrank nahm, die ihr ein glücklicher Klient vor einigen Wochen bei seinem letzten Besuch geschenkt hatte.

Glücklicherweise war morgen Dienstag und somit ihr freier Tag. Sie hatte ihn eingerichtet, nachdem sie eingesehen hatte, dass sie nicht gleichzeitig Vollzeitpsychologin und -mutter sein konnte. Bis dahin hatte Katharina sich oft förmlich zerrissen, wenn sie mal zum Arzt oder Schultermine wahrnehmen musste oder einfach nur Zeit mit ihren Kindern verbringen wollte. Und das wollte sie unbedingt. Die Dienstage waren frei. Theoretisch. Praktisch verschob sie auch ab und zu Termine auf diesen Tag, wenn ihre Klienten gar nicht anders konnten, führte Erstgespräche, weil sie sich dann extra viel Zeit lassen konnte, oder machte die Buchhaltung und gönnte sich dafür ein Mittagessen mit Muriel irgendwo in der Stadt. Das war auch ihr Plan für morgen gewesen. Zumindest, wenn sie bis dahin wieder sinnvollere Gedanken fassen konnte.

Leider gab es in der Praxis keine adäquate Champagnerflöte. Darauf konnte sie jetzt allerdings keine Rücksicht nehmen. Katharina nahm sich die letzte noch übrige Kaffeetasse aus dem Schrank. »Herzrasen kann man nicht mähen«, stand darauf. Es war Muriels erklärte Lieblingstasse. Und die Erkenntnis darauf kam Katharina jetzt gerade sehr viel klüger vor als alles, was sie je im Studium gelernt hatte. Womöglich passte die Tasse nicht zum Champagner. Zum Anlass passte sie allerdings perfekt.

Sie nahm sich einen Sessel und schob ihn vor ihre Wand, füllte die Tasse bis zur Hälfte mit Champagner und trank einen großen Schluck. Schon besser. Aber noch nicht gut. Vor allem war Katharina immer noch keinen einzigen Schritt weiter. Dafür hatte sie die drei Namen vermutlich schon hundertmal gelesen. MATS-KATHARINA-HENRI stand immer noch da, doch in ihrem Kopf klangen sie mittlerweile wie ein einziger: *Matskatharinahenri.* Bescheuert.

Ihr Smartphone brummte leise. Schnell warf sie einen Blick auf das Display, aber als sie sah, dass es Henri war, ging sie nicht ran. Dafür schenkte sie sich großzügig nach. Das leicht schummrige Gefühl, das die zweite Tasse Champagner mit sich brachte, war ausgesprochen angenehm, weil es sich wie eine Decke warm über ihre überreizten Nerven legte und ihr endlich die Möglichkeit gab, ihre Gedanken zu beruhigen und einzeln zu fassen zu kriegen.

Was Mats wohl jetzt gerade machte? Ob er zu Sandra gefahren war? Ob er damit gerechnet hatte, dass sie ihn wegschickte? Oder damit, dass sie sich überhaupt auf ihn einließ? Hatte er all das vorher geplant, oder war ihm erst auf dem Klassentreffen klar geworden, was er noch für sie empfand? Und vor allem: Dachte er genauso über sie nach wie sie über ihn?

Sie nahm einen weiteren großen Schluck. Warum eigentlich hatte sie bisher nie gern Champagner getrunken? Es war ein großartiges Getränk, das dafür sorgte, dass das Kate-Gefühl zurückkam, direkt gefolgt von der Frage, warum sie Mats eigentlich weggeschickt hatte – und wo er überhaupt die letzten Jahre gewesen war. Warum sie es nicht geschafft hatten, wenigstens ihre Freundschaft zu retten, wenn es ihnen schon mit ihrer Beziehung nicht gelungen war. Und wieso zur Hölle es so viele Fragen und keine einzige vernünftige Antwort darauf gab.

Ein wenig schwankend stand sie auf. Sie brauchte Musik.

Laute Musik. Sofort.

Katharina verband ihr Smartphone mit dem kleinen Bluetooth-Lautsprecher und scrollte durch ihre Playlists, bis sie die richtige gefunden hatte. Die ersten Klänge von Gloria Gaynors *I Will Survive* erklangen in einer Lautstärke, bei der Katharina kurz zusammenzuckte und dann beschloss, dass es genau die richtige war. Hoffentlich hatte Herr van der Felde seine Hörgeräte ausgeschaltet.

Sie löste ihren Haarknoten und schüttelte ihre Locken, bevor sie sich die mittlerweile nur noch halb volle Champagnerflasche als Mikro schnappte, was sehr praktisch war, denn dann konnte sie immer wieder ein winziges Schlückchen daraus nehmen, stellte sich vor dem kleinen Flurspiegel neben der Tür in Pose, atmete tief ein und begann, mit geschlossenen Augen zu singen.

Als das Lied zu Ende war, ließ sie sich atemlos in den Sessel fallen. Gloria und sie waren schon immer Seelenverwandte gewesen. Und ihre Frisur war auch fast gleich. Außerdem sollte sie dringend ein Therapiekonzept entwickeln, das Champagner und Gesang enthielt. Es war schlicht befreiend.

Im Grunde war Katharina genau wie ihre Frisur: zu oft viel zu streng, und das auch noch aus den völlig falschen Gründen heraus.

Schwer beeindruckt von ihrem eigenen philosophischen Vergleich stand sie kichernd auf und wackelte mit den Hüften, als sie im Takt von Pharrell Williams' *Freedom* zu ihrem Whiteboard hüpfte. Energisch wischte sie ihren Namen weg und ersetzte ihn durch ein etwas wackeliges KATE.

MATSKATEHENRI klang allerdings auch nicht besonders.

Kate hingegen gefiel ihr, machte sie aber gleichermaßen traurig. Schließlich konnte sie nur dann Kate sein, wenn sie Katharina hinter sich ließ. Oder? Sie sehnte sich so sehr nach Veränderung und einem Neuanfang, aber das ging nur, wenn sie so gut wie alles, was ihr aktuelles Leben ausmachte, aufgab. Aber wollte sie das wirklich?

Plötzlich war ihr die Musik zu laut und zu fröhlich, und sie wechselte zu einer Playlist, die hauptsächlich ruhige Lieder enthielt.

Adele sang ihr Lied *Million Years Ago* mit ihrer rauchigen Stimme, und Katharinas Augen füllten sich sofort mit Tränen. Verdammt. Wo kamen die denn jetzt her? Warum hatten diese Lieder auch immer solche Texte? Und konnte sie nicht normal Musik hören wie jeder andere auch?

Als die erste Träne ihre Wange hinabkullerte, griff sie nach ihrem Handy. Sie brauchte jemanden zum Reden. Nicht jemanden. Eine ganz bestimmte Person. Für einen Moment kreiste ihr Zeigefinger über Mats' Nummer. Katharina war vielleicht sentimental und ein winziges bisschen betrunken, aber so sehr, dass sie den gleichen Fehler, den sie in ihrer Jugend schon so oft gemacht hatte, nun als erwachsene Frau wiederholen würde, war sie nicht. Männer durften niemals betrunken angerufen werden. Unter keinen Umständen. Es sei denn, die beste Freundin war nicht zu erreichen. Aber glücklicherweise ging Isabel sofort dran.

»Hey, Kat! Schön, dass du anrufst! Alles gut?« Schon allein, als sie ihren Spitznamen hörte, wäre Katharina beinahe erneut in Tränen ausgebrochen. Es war so unglaublich schön, eine Freundin zu haben. »Ja. Nein«, antwortete sie. Warum stellten die Menschen nur so komplizierte Fragen?

»Also, was jetzt?« Isabel lachte.

»Keine Ahnung«, antwortete Katharina kläglich. »Hast du vielleicht Lust, hierherzukommen und mich zu retten?«

Eine Träne kullerte ihre Wange hinab, aber Katharina wischte sie energisch weg. »Ich liebe dich, Isabel, weißt du das?«

Am anderen Ende entstand eine kurze Pause, bevor Isabel antwortete. »Ich dich doch auch. Und klar kann ich. Ich habe nichts vor. Wo bist du denn?«

»Ich bin in der Praxis. Aber ich habe mich verlaufen«, sagte Katharina und nickte sich dabei im Spiegel zu. Isabel lachte wieder.

»Du hast was?«

»Nicht im wörtlichen Sinn. Nicht draußen meine ich. Drinnen! In … in meinem Kopf. In meinem Herz. Und … auch ein bisschen weiter unten.«

»Weiter … unten? Oookay«, sagte Isabel langsam. »Sag mal, bist du betrunken?«

»Natürlich bin ich betrunken! Es ging nicht anders!«, gab Katharina empört zurück. »Es war quasi Notwehr. Wie soll man es sonst aushalten, wenn … alles so ist, wie es eben ist?«

Zu allem Überfluss bekam sie nun auch noch Schluckauf. Das hatte sie nicht verdient. Aber immerhin versprach Isabel, sofort zu kommen und ihr beizustehen. Sie lachte auch nur noch leise, während sie sich verabschiedeten.

Mit schräg gelegtem Kopf und leicht zusammengekniffenen Augen betrachtete sich Katharina erneut im Flurspiegel, während sie auf Isabel wartete. Sie sah vollkommen normal aus und überhaupt nicht betrunken. Ja, ihre Haare waren wild, sie hatte ihre Seidenbluse über dem Rock zusammengeknotet, und sie trug keine Schuhe. Aber sie hatte schließlich auch getanzt!

Völlig normal für eine echte lebenshungrige Kate. Allerdings völlig außerhalb jeglicher Vorstellungskraft für eine aufrechte und pflichtbewusste Katharina. Was hatte sich das Leben nur dabei gedacht, so unverschämt kompliziert zu sein?

19

Ich mache dir erst einmal einen Tee«, sagte Isabel, nachdem sie Katharina sanft die Champagnerflasche aus der Hand genommen hatte. »Und dann erzählst du mir alles.«

Katharina nickte nur. Plötzlich war all ihr Tatendrang verschwunden.

Willenlos ließ sie sich von ihrer besten Freundin zurück zum Sessel führen, sah zu, wie sie das Fenster weit öffnete, und genoss für einen Augenblick das Gefühl, dass sich jemand um sie – und um alles andere – kümmerte.

Die Geräusche, die aus der Küche zu Katharina herüberdrangen, nachdem Isabel dorthin verschwunden war, waren so beruhigend, dass ihr mehrmals die Augen zufielen. Sie war so müde. Warum nur waren Gefühle eine so unfassbar anstrengende Angelegenheit? *Matskatharinahenri.* Sie grinste mit geschlossenen Augen. Wenn sie einen Wunsch frei hätte, würde sie sich genau das wünschen.

Während sie langsam in den Schlaf hinüberglitt, sah sie sich selbst sehr glücklich und unbeschwert an der Seite eines Mannes, der ihr offensichtlich all das gab, was sie brauchte. Er hatte Mats' Augen und Henris Mund. Doch bevor sie dieses »alles« genauer definieren konnte oder sein Gesicht klarer wurde, löste es sich auf, und Katharina war eingeschlafen.

»Katharina?« Sie erschrak, als Isabel leise ihren Namen rief. Mühsam rappelte sie sich hoch, als ihr Blick auf die dampfende Tasse fiel, die Isabel in den Händen hielt. »Das Leben ist zu kurz für irgendwann«, stand darauf.

Katharina verzog das Gesicht. »Tee? War das wirklich dein Ernst? Warum das denn?«

Isabel lachte und stellte die Tasse vor ihr auf den Couchtisch. »Weil ich glaube, dass du genug Champagner getrunken hast.«

Katharina runzelte die Stirn. »Kann irgendjemand je genug Champagner getrunken haben?« Sie winkte ab. Ihre Hand kam ihr überraschend schwer vor. »Ich glaube nicht.«

»Ich hätte das vielleicht bestätigt, wenn du nicht eine komplette Flasche allein geleert hättest.«

»Hab ich das?« Unfassbar, wie wenig heutzutage in diesen Flaschen war.

»Hast du.« Isabel grinste.

»Na und? Ich bin erwachsen!« Trotzig verschränkte sie die Arme vor der Brust.

»Stimmt«, gab Isabel zurück. »Steht so jedenfalls in deinem Pass. Kann man allerdings auch hinterfragen, wenn man sich an deinem Trinkverhalten orientiert.«

»Haha«, sagte Katharina und zog das kleine flache Extrakissen hinter ihrem Rücken hervor, bei dem sie sich sowieso immer schon gefragt hatte, welchen Zweck es erfüllte, und warf es nach ihrer Freundin. Jetzt wusste sie es. Es war ein Freundinnenwurfkissen. Leider flog es nicht besonders gut. Es landete neben dem Sessel, in dem sich Isabel gerade niedergelassen hatte.

»Hoppla.« Isabel grinste schon wieder, hob das Kissen auf und schob es hinter sich. »Du hast auch schon besser gezielt.« Katharina verdrehte die Augen. »Das Kissen ist schuld. Und was ist eigentlich so lustig? Das hier ist eine äußerst ernst zu nehmende Situation. Eine dramatische ernst zu nehmende Situation sogar.« Sie nickte sich selbst bekräftigend zu. Isabel sah zur Tafel und las langsam und mit Bedacht. »Matskatharinahenri.« Sie biss sich auf die Unterlippe, aber Katharina konnte genau sehen, dass sie kurz davor war, erneut loszulachen.

»Was? Warum lachst du?«, fragte sie beleidigt. »Das ist die sichtbare Essenz meines Problems.«

»Okay. Entschuldige. Ich höre schon auf.«

»Gar nicht wahr.« Fast bereute Katharina es schon, dass sie Isabel angerufen hatte, aber da schaffte es ihre Freundin endlich, eine halbwegs ernsthafte Miene aufzusetzen. »Also schieß los: Was ist denn passiert?«

»Nichts. Nicht viel jedenfalls.« Katharina setzte sich aufrecht hin. »Mats war da.«

Isabel beugte sich nach vorne.

»Du meinst: hier?«

Katharina nickte.

»Wann? Warum? Und vor allem: Was habt ihr gemacht?«

»Du darfst immer nur eine Frage stellen, Is.« Katharina bemühte sich um ihren strengen Doktor-Nowak-Blick, aber aus irgendwelchen Gründen hatte sie Mühe, ihr Sichtfeld scharf zu stellen. »Ich erzähl dir ja alles. Aber eins nach dem anderen und nur, wenn du mich ausreden lässt.« Wenn sich Katharina von ihr unterbrechen ließe, würde sie womöglich nicht mehr weitererzählen oder … ein paar Details auslassen. In ihrem Kopf und in ihrem Herzen drehte sich sowieso schon alles.

»Ich kann zwar sehr viel mehr Fragen stellen als nur eine, und glaub mir, ich habe plötzlich sehr viele, aber okay, großes Lehrerinnen-Ehrenwort, ich stelle nur eine nach der anderen. Und du weißt, Lehrerinnen dürfen nicht lügen.« Isabel bemühte sich, erhaben und vertrauenerweckend auszusehen, aber es gelang ihr kein bisschen.

»Lehrerinnen-Ehrenwort. Schon klar.« Katharina glaubte ihr zwar nicht, aber sie fühlte sich schon ein bisschen besser. Gut genug jedenfalls, um ihrer Freundin die ganze Geschichte zu erzählen. »Mats war heute hier in der Praxis. Als Patient. Kannst du dir das vorstellen? Er hat sich mit einem falschen Namen bei Muriel einen Termin erschlichen und …«

»Er hat WAS?« Isabel riss die Augen auf, aber Katharina hob nur den Zeigefinger, und sie verstummte sofort wieder. »Siehst du? Du kannst es nicht. Betrachte dies als letzte Warnung!«, raunte sie ihrer Freundin zu.

Ab da hielt Isabel ihr Versprechen und blieb wirklich still. Und Katharina ließ nichts aus. Sie erzählte von der Postkarte in ihrem Briefkasten und dem Fahrradausflug, von ihrer Überraschung, als Mats heute vor ihr gestanden hatte, und ihrer Verwirrung nach dem Kuss. Dem Kuss! Sie gab unter Isabels strengem Blick sogar zu, dass sie in diesem Augenblick mehr gewollt und nur Muriels plötzliches Auftauchen genau das verhindert hatte. Das Einzige, was sie ihr nach wie vor verschwieg, war Clarissa. Aber davon jetzt auch noch anzufangen, half ganz bestimmt niemand. Clarissa würde noch warten müssen.

Als sie fertig war, sagte Isabel zuerst eine Weile gar nichts. Dann griff sie nach Katharinas Teetasse und nahm einen großen Schluck. »Wow«, sagte sie und verzog das Gesicht. »Ich hasse Kamillentee. Und ich glaube, ich brauche jetzt ebenfalls was Richtiges.«

Katharina ging erneut in die Küche. Als sie wiederkam, hatte sie die geöffnete Flasche Chardonnay dabei, die Isabel in weiser Voraussicht mitgebracht, zunächst aber vor ihrer Freundin versteckt hatte – und eine weitere Tasse, die sie gerade aus der Spülmaschine gezogen hatte. »Gänsehaut lügt nie«, stand darauf. Isabel begann zu lachen, nachdem sie ihn gelesen hatte, schenkte sich einen großen Schluck ein und prostete Katharina zu. »Muriels Tassen haben immer recht«, sagte sie kopfschüttelnd. »Ich habe nach dem Klassentreffen und nach unserem Gespräch auf dem Heimweg noch ewig über dich und

Mats nachgedacht«, sagte sie. »Warum es nicht mit euch geklappt hat. Und vor allem auch, ob ich wirklich so eine Liebe gewollt hätte.«

»Und?«

Isabel schüttelte den Kopf. »Auf keinen Fall. Viel zu anstrengend. Am Anfang ist das natürlich super. Aber dann ...« Sie schüttelte erneut den Kopf. »Diese Flamme hat so hell und hoch gelodert – dass sie deshalb auch wahnsinnig schnell niederbrennen musste. Ganz ehrlich: Ich hätte weder das eine noch das andere ausgehalten. Ernsthaft, Kat, kannst du dir vorstellen, das Leben, das du jetzt führst, mit Mats zu führen? Mit ihm eine Familie zu haben? Du weißt schon, keine wie die glücklichen Babygläschenkinder mit immer lächelnden Müttern und Vätern, sondern die richtigen, mit Blähungen, Schulstress und Pubertät?« Sie sah Katharina durchdringend an. »Das kannst du doch nicht wirklich, oder? Ich meine, er war noch nicht einmal in der Lage, auf diesen verrückten Hasen aufzupassen. Mister ... wie hieß er noch gleich?«

»Mister Big«, antwortete Katharina automatisch.

Mister Big war ein riesiger Stallhase gewesen, der das Pech gehabt hatte, nicht das winzige süße Kaninchen zu sein, das irgendein Shampoo-Hersteller für ein Fotoshooting bestellt hatte. Katharina war damals zufällig dabei gewesen, als dieser gruselige Typ aus der Marketingabteilung, der das Shooting eingefädelt hatte, sich schon überlegte, wie der Hase wohl schmecken würde. Aber da hatte er die Rechnung ohne Mats und dessen großes spontanes Herz gemacht. Mats hatte das Tier sofort adoptiert, es nach der Band benannt, dessen Lied gerade im Radio gelaufen war, und dann mit nach Hause genommen, ohne irgendeine Ahnung von Hasen zu haben. In diesem Augenblick hatte Katharina sich noch mehr in ihn verliebt, wenn das überhaupt möglich war. So konnten nur wahre Helden handeln, oder etwa nicht?

Mats und Mister Big waren von diesem Moment an eine Einheit gewesen. Weil Mats noch nicht einmal einen Balkon, geschweige denn eine Terrasse hatte, kaufte er eine Leine und ging mit dem Hasen in den Volksgarten, was ungefähr drei Wochen gut ging und Mats zu einer kleinen Berühmtheit bei all den kleinen Mädchen auf dem Spielplatz machte. Sie stellten sich in einer Reihe auf, um Mister Big auch einmal halten zu dürfen. Und dann gab es da noch die Hundebesitzer, die versuchten, ihm so wenig wie möglich zu begegnen.

Irgendwann, als sich Mats gerade mit einer Mutter auf dem Spielplatz unterhielt, fing deren Tochter plötzlich bitterlich zu weinen an. Ob Mister Big keine Lust mehr auf all die Aufmerksamkeit, die Leine oder die vielen Hunde hatte, deren Gebell er nicht ausweichen konnte – Mats wusste es nicht. Er erzählte Katharina später nur, dass das Letzte, was er von Mister Big gesehen hatte, sein flauschiges Hinterteil gewesen war, und dass es ihm so vorgekommen sei, als hätte er sich noch einmal umgedreht und ihm zugenickt.

Seitdem hatte er nie wieder ein Tier gehabt, soweit Katharina wusste. *Besser, man verzichtet von vorneherein auf die Liebe, als den Schmerz aushalten zu müssen, wenn man sie wieder verliert,* hatte er damals mehrfach gesagt. Es war das einzige Mal gewesen, dass Katharina Mats länger traurig erlebt hatte. Und erst ein knappes Jahr später, als ihre Beziehung aufgrund ihrer Intensität implodiert war, hatte sie lange darüber nachgedacht, ob er wirklich nur den Hasen oder nicht auch sie beide damit gemeint hatte.

»Du weißt, ich bin immer Team Mats gewesen«, holte Isabel Katharina aus ihren Gedanken zurück. »Ich finde ihn interessant und gut aussehend und charismatisch und kann auch all das sehen, was du in ihm siehst. Aber Katharina, du bist eine erwachsene Frau! Und Mats ist immer noch ein Kind! Ein egozentrisches noch dazu! Er war genau der Richtige, um die scheue und unsichere Katharina aus ihrer Heimatstadt nach Wien und aus ihrem Schneckenhaus zu locken und sie frei und mutig zu machen. Das war großartig, und dafür kannst du ihm wirklich dankbar sein. Aber irgendwann warst du nicht mehr frei und stark. Schon gleich gar nicht, weil es immer nur um ihn ging. Und immer, wenn du im Begriff warst, deinen eigenen Weg zu gehen, gab es wieder irgendein Drama und du bist ihn nicht gegangen. Was am Anfang so toll war, war am Schluss nur noch anstrengend, erinnerst du dich? Und erinnerst du dich auch noch, dass du mehr wolltest? Ein anderes Leben? Eines, in dem es auch um dich, um Vertrauen und Nähe, eine Familie, die Zukunft und eben nicht nur um Mats ging?« Sie schüttelte den Kopf. »Ich bitte dich nur darum: Bitte schau genau hin, ob es dir jetzt wirklich um Mats geht, um den wahren Mats, oder um die Bestätigung, die er dir gibt.«

Kurz dachte Katharina an die furchtbare Zeit, nachdem sie sich von Mats getrennt hatte. An die vielen Tränen, die sie beide geweint, und die vielen erneuten Versuche, die sie gestartet hatten. Miteinander ging es nicht mehr – aber ohneeinander konnten sie es genauso wenig aushalten. Und dann fiel ihr auch wieder ein, wie leicht und froh sie sich gestern Nachmittag bei ihrem Ausflug gefühlt hatte. Wie lebendig. Sichtbar. Und wie begehrt.

»Das stimmt nicht. Mats denkt nicht immer nur an sich«, widersprach sie. Er dachte an sie. Das hatte er gesagt, und sie hatte es in seinen Augen lesen können. Es war die Wahrheit. Und wer konnte wissen, ob sich der Mats von damals nicht auch weiterentwickelt hatte? Dass er über all die Jahre hinweg vielleicht nicht doch begriffen hatte, um was es in einer Beziehung wirklich ging? Dass er ebenfalls von etwas träumte, das tausend Gegensätze beinhaltete, die nur zusammen dieses bunte und erfüllende Puzzle der Liebe ergaben? Freiheit und Sicherheit. Beständigkeit und Leidenschaft. Nähe und Weite?

»Vielleicht jetzt gerade nicht. Aber wenn er dich um den Finger gewickelt hat, wird er es wieder tun«, sagte Isabel sanft und nahm noch einen Schluck.

20

Irgendwann hatte Isabel für sie beide eine extra scharfe Oliven-Knoblauch-Pizza bestellt und dafür gesorgt, dass Katharina auch etwas davon aß.

Sie hatten außerdem zu dem mittlerweile lauwarmen Weißwein Eiswürfel gefunden, noch ein wenig über Mats geredet, sich gegenseitig die schlimmsten und lustigsten Fotos ihrer jeweiligen Familie auf dem Handy gezeigt, sich über Sandra ausgelassen und alle Klassenkameraden gegoogelt, die nicht auf dem Fest gewesen waren. Schließlich hatten sie sogar noch ein bisschen getanzt und sich irgendwann wie immer an solchen Abenden die ewige und wahre Liebe geschworen, die es nur unter Freundinnen gab.

Und nachdem Isabel dafür gesorgt hatte, dass Katharina Henri Bescheid gegeben hatte, dass sie in der Praxis schlafen würde, war Isabel nach Hause gefahren.

Katharina hatte schon lange nicht mehr dort übernachtet. Die Schlafcouch in dem kleinen Zimmer diente meist eher als Ablagefläche für ihre Handtasche oder Akten. Glücklicherweise stapelte sich heute Abend nichts auf den gemütlichen Polstern, sodass sich Katharina einfach auf die Kissen fallen lassen konnte.

Ein Kopfkissen samt Überzug hatte sie im Schrank, immer in der Hoffnung, tagsüber ein paar Minuten zu haben und einen kurzen Mittagsschlaf halten zu können, was ihr allerdings sehr selten gelang. Und die Wolldecke, in die sie sich manchmal einwickelte, wenn sie länger blieb und über ihre Klienten nachdachte, musste reichen.

Für ein paar Sekunden lag Katharina auf dem Bauch und drückte ihr Gesicht ins Kissen, bis bunte Blitze vor ihren Augen aufflackerten und sie keine Luft mehr bekam. Am liebsten wäre sie einfach eingeschlafen und morgen zu ihrem normalen Leben mit seinen normalen Gefühlen und Strukturen zurückgekehrt.

Aber das würde nicht funktionieren. Sie hatte mit dem Kuss die Büchse der Pandora geöffnet und musste nun sehen, wie sie sie wieder zubekam – oder all das nahm, was sie in ihr gefunden hatte. Warum schien jeder immer genau zu wissen, wo er hingehörte, nur sie nicht? Unruhig drehte sie sich von rechts nach links, bevor sie wieder aufstand.

Auf dem Weg in das winzige Bad machte sie einen Abstecher über ihre Bilderwand. Vor Mats' Pusteblumen-Fotografie blieb sie stehen. Vorsichtig strich sie über die filigranen kleinen Fallschirme, deren Einzigartigkeit Mats so perfekt eingefangen hatte. War es ein Fehler gewesen, ihn damals endgültig zu verlassen? Hätte sie bleiben sollen? Waren sie füreinander bestimmt gewesen? Warum fragte sie sich das – und warum zur Hölle war Mats überhaupt wiederaufgetaucht?

Isabel hatte vollkommen recht, auch wenn sie es nicht hören wollte. Es war nicht normal, dass man sich nach all den Jahren noch immer nach demjenigen sehnte, der einem das Herz so oft gebrochen hatte! Schon gleich gar nicht, wenn man genau das Leben führte, das man sich bewusst ausgesucht hatte!

Katharina schüttelte über sich selbst den Kopf. Wenn Mats dafür sorgte, dass ihr Gedankenkarussell stillstand, sobald er in ihrer Nähe war, so holte ihr Kopf alles nach, kaum dass er wieder fort war. Da half leider auch der Champagner nur vorübergehend.

Entschlossen nahm Katharina das Pusteblumen-Bild von der Wand und legte es mit dem Gesicht nach unten auf die Kommode.

Im Bad ließ sie so lange eiskaltes Wasser über ihre Handgelenke laufen, bis es wehtat. Dann putzte sie mit einer Vehemenz ihre Zähne, als wolle sie nicht nur den unangenehmen Geschmack, den der Alkohol gepaart mit dem vielen Knoblauch der Pizza auf ihrer Zunge hinterlassen hatte, sondern auch Mats' Kuss wegspülen. Dabei starrte sie auf ihr Spiegelbild und zwang sich, an etwas anderes als an ihn zu denken. Wie zum Hohn konnte sie sehen, wie ihre Augen glänzten, ihre Haut strahlte und ihr Mund weich wurde, sobald der Kuss und die Leidenschaft sich in ihre Erinnerung stahlen und ihren Körper zum Kribbeln brachten.

So würde sie niemals schlafen können, zumal der angenehme Alkoholnebel langsam nachließ.

In Unterwäsche setzte sie sich an ihren Schreibtisch. Frustriert grub Katharina die Hände in ihre Haare. Da fiel ihr Blick auf Herrn Friedrichs' Akte. Verdammt! Wie sollte sie da eine Chance haben? Wütend pfefferte sie sie in den Papierkorb, nur um sie sofort wieder herauszuholen.

Sie rollte sich auf der Couch wie eine Katze zusammen, Herrn Friedrichs' Akte fest an ihre Brust gedrückt, und schlief schneller ein, als sie es je für möglich gehalten hätte. Allerdings nur, um sich in einer Zeit und einem Leben wiederzufinden, mit dem sie längst abgeschlossen hatte.

Sie träumte von Mister Big und diesem einen Tag, an dem sie gleichzeitig so glücklich und verzweifelt gewesen war.

Wieder saß sie auf der karierten Picknickdecke mitten auf der Wiese vom Volksgarten, kraulte den Hasen zwischen seinen flauschigen Ohren und ließ sich mit geschlossenen Augen von der Sonne streicheln. Eine kurze Schreibpause musste einfach drin sein. Sie hatte nur ihre eigenen Notizen, Block und Stifte dabei und ständig das Gefühl, beim Arbeiten ohne die unendlichen Bibliotheksregale der Uni aufgeschmissen zu sein. Ihr fehlte die kühle und fast heilige Ruhe. Sie schwankte zwischen dem Ärger über sich, weil sie sich von Mats dazu hatte überreden lassen, hierherzukommen, und der Freude über die unverhoffte Pause. Im Pausenmachen war sie noch nie wirklich gut gewesen.

Das Psychologiestudium war anspruchsvoll und mit einer Regelstudienzeit von zehn Semestern kaum zu schaffen. Das hatte Katharina allerdings nicht abgeschreckt, sondern geradezu herausgefordert. Sie würde nach diesem Semester mit dem Magister abschließen und dann den Doktor anhängen. Zumindest war das ihr Plan.

Mats' Schatten, der sich über sie legte, hatte sie dazu gebracht, die Augen zu öffnen. Sein lachendes Gesicht ließ sogar im Traum ihr Herz hüpfen. Er war barfuß und trug zu seiner beigen Chino einen Strohhut und ein blau-weiß gestreiftes T-Shirt. Er sah aus, als wäre er einer französischen Postkarte entsprungen. Katharina hatte ihm das am Morgen schon gesagt, was ihn dazu inspiriert hatte, Deutsch mit französischem Akzent zu sprechen und immer wieder mehr oder weniger passende Vokabeln einfließen zu lassen. Sie liebte diesen Kerl einfach. In ihm hatte sie den Menschen gefunden, der sie perfekt ergänzte. Er war spontan, voller Ideen und Energie, riss sie mit, inspirierte sie und brachte sie zum Lachen. Er hingegen genoss ihre Bedachtsamkeit, die Ruhe und Zielstrebigkeit und die Sicherheit, die sie ihm gab. Zumindest behauptete er das. Er war ihr Segel und sie sein Anker.

Als er sie fragte, ob er ihr ein Bier vom Kiosk mitbringen sollte, wollte Katharina schon Nein sagen, aber es war schließlich beinahe Wochenende, sie war wirklich fleißig gewesen, und außerdem hatte sie Mats nun schon einige Wochen lang immer wieder vertröstet, sobald er etwas mit ihr unternehmen wollte, weil die Magisterarbeit auf ihr Pflichtbewusstsein drückte. Er war geduldig gewesen. Und sie auch.

Bis er wiederkommen würde, konnte sie noch ein wenig arbeiten, aber dann wollte sie ihre Unterlagen wegpacken und mit ihm den Nachmittag genießen, sich mit Sonne füllen und später in seine Wohnung zurückkehren. Aufgeheizt, glücklich und voll körperlichem Verlangen.

Sie sagte Ja. Und Mats zog los. In der einen Hand hielt er seine Kamera und in der anderen Mister Bigs Leine. Er nahm den direkten Weg einmal quer über die Wiese, während er sich mit dem Hasen unterhielt. Sein Anblick rührte Katharina und brachte sie gleichzeitig erneut zum Lachen. Er liebte diesen Hasen wirklich. Sie konnte sich gut vorstellen, dass er eines Tages einen Hund haben würde. Und vielleicht sogar Kinder.

Zärtlichkeit flutete ihr Herz. Ob es wohl ihre gemeinsamen Kinder wären? Würde er ihnen ein guter Vater sein?

Sie hatte zwei Seiten geschrieben und komplett die Zeit vergessen. Da versteckte sich die Sonne kurz hinter einer kleinen Wolke, und Katharina schrak auf. Mats hätte längst zurück sein müssen. Eine innere Unruhe erfasste sie.

Schnell stand sie auf, packte ihre Unterlagen in ihre Umhängetasche, rollte die Decke zusammen und folgte Mats' Spuren über die Wiese. Entweder war er zu dem Café in der Nähe vom Theseustempel gelaufen oder zum Volksgarten Pavillon. Sie tippte auf Letzteres.

Katharina sah das Café in der Ferne und hörte das Kinderlachen vom Spielplatz davor. So viele Menschen waren hier. Mütter, Väter, Großeltern. Alle Bänke waren belegt. Da fiel ihr Blick auf einen jungen Mann mit Strohhut und Ringelshirt, der lachend mit einer jungen Frau im Gras saß. An einer Leine hatte er einen Hasen, den gerade ein niedliches Mädchen mit Löwenzahn fütterte. Sie sahen aus wie eine perfekte kleine Familie. Katharina blieb wie angewurzelt stehen. Jede Energie wich aus ihrem Körper, als der junge Mann sich zu der Frau hinüberneigte, mit seiner Bierflasche an ihre anstieß. Sie lächelten sich an, als hätten sie alles um sich herum vergessen. Dann sahen sie sich tief in die Augen, bevor sich ihre Lippen zu einem innigen Kuss fanden. Jeder, der sie beobachtete, hätte sich über das Glück der drei gefreut. Jeder. Bis auf Katharina.

21

Als Katharina aufwachte, war ihr furchtbar schlecht. Sie wusste im ersten Moment nicht, wo sie war, und es fiel ihr ausgesprochen schwer, die Träume abzuschütteln, die sie bis eben fest im Griff gehabt hatten. Die Sonne malte nicht nur Kringel auf ihr Kissen, sondern verursachte auch ein unbändiges Dröhnen in ihrem Kopf. Katharina hatte einen widerlichen Geschmack im Mund und unglaublichen Durst. Ein Blick auf ihre Armbanduhr sagte ihr, dass es kurz nach halb acht war. Viel zu früh für einen Dienstagmorgen. Sie schloss erneut die Augen und drehte sich zur Wand. Dabei landete ihr Kopf auf einem Stück Pappe. Mühsam öffnete sie ihr linkes Auge, um herauszufinden, worauf sie da lag. *Matthias Friedrichs* las sie und schloss die Augen mit einem Stöhnen wieder. Mats.

Katharina schob die Akte mit der linken Hand zwischen Couch und Wand, bis sie schließlich mit einem klatschenden Geräusch auf dem Parkettboden auftraf, und schlief sofort wieder ein.

Als sie um neun zum zweiten Mal aufwachte, ging es ihr schon besser. Zumindest hatte das Dröhnen nachgelassen. Sie rappelte sich auf, um nachzusehen, ob sich in ihrem Kühlschrank etwas zu trinken befand, nahm sich eine von Muriels Colas und ein paar Eiswürfel und entschied, dass das vorerst durchaus als angemessenes Frühstück durchgehen konnte.

Mit dem Glas in der Hand wanderte sie durch ihre Praxis auf der Suche nach ihrem Rock, der Bluse und ihren Schuhen und fand schließlich alles in ihrem Besprechungszimmer, fein säuberlich über die Lehne eines der gelben Sessel drapiert. Isabel hatte offensichtlich nicht nur aufgeräumt, denn von ihrer Champagnerparty war nichts mehr zu sehen, sondern auch ihr Handy ans Ladekabel gehängt. Katharina war ihr mehr als dankbar, dass sie außerdem die Flaschen und auch die Pizzakartons mitgenommen hatte. Der Knoblauchgeruch hätte sie heute Morgen garantiert an ihre Grenzen gebracht.

Als sie zu ihrem Schreibtisch zurückkehrte, um ihre Handtasche zu holen, entdeckte sie einen Zettel, auf dem Isabel ihr eine Nachricht hinterlassen hatte.

Allerliebste Kat,
wenn Mats dich lieben würde, würde er wollen, dass es dir gut geht. Meine Meinung. Ich denke, er liebt nur sich. Fertig. Abgesehen davon hast du einen Mann – und einen guten noch dazu. Pass auf dich auf, deine Isabel

Kurz und knapp. Ehrlich. So, wie Isabel eben war. Sie hatte ihr gestern die Meinung gesagt, und sie würde sie ihr immer wieder sagen. Aber heute Morgen wollte Katharina auch ohne Isabels Ratschlag nach Hause und in ihr normales Leben zurück. So tun, als wäre nichts gewesen. Ihre Überlebensstrategie, die so gut funktionierte und so beschämend unehrlich war. Aber darüber wollte sie jetzt nicht nachdenken. Sie wollte duschen, für eine Kaffeelänge mit Bella oder Elise reden. Vielleicht sogar Henris Lachen hören. Und dann in ihre kühlen, frischen, duftenden Laken schlüpfen und schlafen, bis dieser elende Kater weg war und mit ihm am besten auch gleich diese unglaubliche Sehnsucht, die ihr das Herz so unendlich schwer machte. Das Einzige, was nämlich wirklich klar war, war, dass weder ihre Strategie noch das Champagner- und Tanzen-Therapie-Konzept etwas taugte.

Bevor sie sich auf den Heimweg machte, schickte sie Muriel eine SMS, dass heute weder aus der Buchhaltung noch aus dem Mittagessen etwas werden würde und dass sie sich gern den Tag freinehmen konnte. Katharina fühlte sich nur ein bisschen schlecht dabei. Ihre Assistentin würde bestimmt etwas Sinnvolles mit dem spontan freien Tag anzufangen wissen. Verdient hatte sie ihn allemal. Und Katharina ebenfalls.

Auf dem Heimweg spürte sie weder die warme Frühlingsluft, die über ihre Haut strich, noch hatte sie einen Blick für das immer intensiver werdende Grün der Bäume. Dazu war sie viel zu sehr damit beschäftigt, sich Erklärungen für ihre Übernachtung in der Praxis zurechtzulegen. Aber als sie die Haustür aufschloss, erkannte sie sofort, dass überhaupt niemand da war, der sie sich hätte anhören können. Es war sicher leichter, noch ein wenig allein zu sein, aber als sie weder einen Zettel von Henri auf dem Küchenblock noch Nachrichten von Elise oder Bella auf ihrem Smartphone fand, war sie dennoch enttäuscht.

Die Küche sah genauso aus, wie sie sie gestern Morgen zurückgelassen hatte – mit dem Unterschied, dass anscheinend niemand es für nötig gehalten hatte, die Spülmaschine auszuräumen, die sie nach dem Frühstück noch angeschaltet hatte. Stattdessen stapelten sich Teller, Müslischalen und Tassen in der Spüle, und ein Topf mit einer eingebrannten Schicht Tomatensoße stand noch auf dem Herd.

Automatisch war sie versucht, den Topf einzuweichen und die Spülmaschine auszuräumen, konnte sich aber gerade noch bremsen. Wenn sie nicht wollte, dass ihre Anwesenheit dem Rest der Familie nur auffiel, weil das Geschirr sich dann auf magische Weise selbst spülte, in die Schränke räumte und auch sonst der Großteil des Haushaltes erledigt war – oder weil es ein Auto gab, das man ausleihen konnte, wurde es höchste Zeit, daran etwas zu ändern.

Stattdessen löste sie eine Kopfschmerztablette in einem Wasserglas auf und kochte sich nebenher einen Espresso. Irgendwo hatte sie gelesen, dass man besonders gut einschlafen und erfrischt wieder aufwachen würde, wenn man vor dem Schlafen eine Tasse von dem starken Gebräu trank. Ihr gefielen solche Lebensweisheiten, weil sie so wunderbar absurd waren. Wahrscheinlich konnte sie sie sich deshalb auch so gut merken.

Ausnahmsweise rührte Katharina einen kleinen Löffel Zucker in ihre Tasse und fühlte sich durchaus ein wenig rebellisch dabei, bevor sie das Glas mit der aufgelösten Tablette in einem Zug leerte und sich angewidert schüttelte. Andererseits: Wenn etwas so scheußlich schmeckte, musste es einfach helfen. Dankbar für ihre Weitsicht spülte sie mit dem Espresso nach und stellte die Tasse mit einem Lächeln in die Spüle zu all dem anderen Geschirr, bevor sie die Treppe nach oben und in ihr Zimmer ging.

Es war eine unglaubliche Wohltat, den engen Rock abzustreifen, die Bluse und Unterwäsche auszuziehen, in die Dusche zu steigen und das perfekt temperierte Wasser auf ihrem Körper zu spüren. Katharina blieb lange unter dem heißen Strahl stehen.

»I'm gonna wash this man right out of my hair«, sang sie leise den alten Broadway-Hit aus dem Musical *South Pacific.* Aber als ihr wieder einfiel, dass keiner zu Hause war, drehte sie auf. Perfekte Songs waren dazu da, laut gesungen zu werden.

Danach trocknete Katharina sich ab und ging mit feuchten Haaren ins Bett. Auch etwas, das sie unter normalen Umständen niemals tat, denn ihre Locken bestraften diese Nachlässigkeit mit einem kaum zu bändigenden Eigenleben. Früher hatte sie das hingegen absichtlich gemacht, weil das genau der Effekt war, den sie erzielen wollte. In ihr begann eine zarte Erinnerung an eine jüngere, mutigere und fröhlichere Katharina, vorsichtig aufzublühen, aber bevor sie sie greifen konnte, war sie schon wieder verschwunden. Früher … war eben früher gewesen. Und Kate war vielleicht nur ein schöner, aber kurzer Ausflug in ihre Fantasie.

Dieses Mal schlief Katharina traumlos und wachte erst auf, als sie Henri unten sprechen hörte. Dem Licht von draußen nach zu urteilen, war es bereits nachmittags. So lange hatte sie schon ewig nicht mehr geschlafen. Ein wenig benommen setzte sie sich auf und fuhr sich durch die Haare, die, wie erwartet, bis zur nächsten Haarwäsche vermutlich unbezwingbar bleiben würden. Probeweise schüttelte sie sacht den Kopf und stellte erleichtert fest, dass die Kopfschmerzen so gut wie verschwunden waren.

Sie schob ihre Beine über die Bettkante. Unten lachte Henri laut auf, und Katharina hätte sich für eine Sekunde am liebsten wieder unter der Decke verkrochen. Ob er ihr die letzten vierundzwanzig Stunden, ihre Gedanken und den Kuss wohl ansah? *Unsinn.* Und zudem: Es half ja nichts. Früher oder später würde sie ihm gegenüberstehen und sich einigermaßen normal verhalten müssen. Zumindest, wenn sie wollte, dass alles blieb, wie es war. Da war es schon, das nächste Andererseits: Warum eigentlich? Und vor allem: Wollte sie das wirklich?

Am besten brachte sie diese erste Begegnung mit ihrem Mann schnell hinter sich, damit sie nicht mehr darüber nachdenken musste, was passieren konnte. Schnell schlüpfte sie in ein weißes Baumwollhemd und stieg barfuß die Treppe hinunter. Henri stand mit dem Rücken zu ihr in der Küche und telefonierte mit irgendjemand.

»Klar habe ich Zeit!«, sagte er gerade. »Und Lust auch! Wann …?« Die Treppenstufe unter Katharinas Füßen knarrte laut. Henri zuckte zusammen und drehte sich um. Überraschung spiegelte sich in seinem Blick, als er mitten im Satz abbrach und das Telefon sinken ließ. Ein Lächeln breitete sich auf seinem Gesicht aus, das ihn sofort um einige Jahre jünger wirken ließ.

Plötzlich wurde Katharina verlegen. Sie ließ sich auf die Treppenstufe sinken und zog das Hemd über ihre Knie.

»Tom? Bist du noch dran?« Henri starrte sie geradezu an, als er das Telefon wieder an sein Ohr hielt und weitersprach. »Ja, sorry, tut mir leid. Ich … war abgelenkt. Und … muss leider doch passen. Lass uns nächste Woche was ausmachen. Für Tennis habe ich immer Zeit.« Er lachte leise und machte einen Schritt auf Katharina zu. »Oder sagen wir, immer bis auf jetzt gerade.«

Ohne sich zu verabschieden, legte er auf und steckte das Telefon in seine Gesäßtasche. Dann ging er langsam auf Katharina zu, stützte sich auf der Stufe ab, auf der sie saß, und beugte sich nach vorne. Er legte seine Stirn an ihre und sah ihr tief in die Augen. »Wow! Wer bist du? Und wo hast du meine frühere Frau gefunden?« Ohne ihre Antwort abzuwarten, berührte er ihre Lippen sanft mit seinen. »Ich habe dich vermisst. Du kannst dir gar nicht vorstellen, wie sehr«, sagte er leise, und sie wusste nicht, ob er die Katharina aus seiner Erinnerung meinte oder die, die letzte Nacht nicht zu Hause gewesen war. Aber als er seinen Kuss nun vertiefte, flammte eine leise Erregung in ihr auf, die genauso gut ein Nachhall ihrer gestrigen Begegnung mit Mats sein konnte, und deshalb schob sie vorsichtshalber alle Gedanken schnell zur Seite.

22

Henri, ich …« Sie war aufgestanden. Henri stieg schnell die wenigen Stufen zu ihr hoch und zog sie an sich. Seine Hand wanderte ihren Rücken hinab und legte sich auf ihren Po.

»Schhh«, raunte er in ihr Ohr. »Ich mag es, wenn du nach Abenteuer aussiehst.« Sanft biss er in ihr Ohrläppchen. Schauer liefen über Katharinas Körper, und für einen Moment schloss sie die Augen. Wie gern würde sie sich jetzt fallen lassen, aber …

»Ich muss dir …«

»Nicht jetzt, Liebes, jetzt musst du gar nichts.« Sie spürte sein Lächeln und den kitzelnden Bartschatten auf ihrer Haut. Sie wusste selbst nicht genau, was sie ihm sagen wollte. Außerdem war das hier vermutlich ihre beste Chance, Mats aus ihren Gedanken zu verbannen. *Und aus ihrem Körper, dem Verräter.*

Verlangen lag in Henris Blick, als er sie an der Hand nahm und sanft nach oben ins Schlafzimmer zog. Sie sehnte sich so sehr nach der Ordnung, die ihr Leben mit ihm ausmachte, aber gleichzeitig zerriss sie beinahe die Sehnsucht nach einer anderen Hand, einem anderen Körper. Und je mehr Katharina versuchte, die innere Abwehr auszuschalten, die sich plötzlich in ihr ausbreitete, umso schwerer fiel es ihr.

Sie spürte, wie Henri sie beobachtete, als sie sich mit dem Rücken zu ihm das Hemd über den Kopf zog und schnell unter die Laken schlüpfte.

In ihr war Leere. Diese verdammte Zerrissenheit hatte alles aufgezehrt, was in ihr war. Der kurze Moment der Erregung von vorhin auf der Treppe war komplett verpufft und hatte einer gewissen Resignation Platz gemacht. Sie würde ohne Zweifel mit Henri schlafen und sich bemühen, dabei etwas zu empfinden. Aber sie wusste, dass ihre Bemühungen scheitern würden, als er zärtlich seine Hand über ihre Haut gleiten ließ. Sie lag mit dem Rücken zu ihm und spürte seine Erektion an ihrem Po. Automatisch griff sie nach hinten. Sie hatten ihr Sexleben in all den Jahren an die Kinder und die wenige Zeit zu zweit angepasst. Optimiert. Wie so vieles in ihrem Leben. Es war effektiv, dauerte nicht lange und lief immer gleich ab. Es tat ihr nicht weh, mitzuspielen, aber diese kurzen Momente einer pragmatischen Zärtlichkeit, die Henri reichten, machten sie zunehmend traurig.

Die Begegnung mit Mats hatte sie verunsichert und völlig überrumpelt, und Katharina hatte nicht verstanden, was genau daran so mächtig und verwirrend gewesen war. Nun, während sie nackt vor dem Mann lag, mit dem sie die letzten zweiundzwanzig Jahre verbracht hatte, wusste sie es plötzlich: Das hier fühlte sich deshalb so falsch an, weil es so war, als würden nicht nur Henri und sie, sondern auch ihre Körper unterschiedliche Sprachen sprechen, ihre Seelen unterschiedliche Dinge suchen und sie im Grunde Fremde sein, die zufällig zusammenlebten. Während Mats und sie – auch wenn sie sich dagegen wehrte – richtig füreinander waren. Auch ohne Worte. *Gerade* ohne Worte. Er hatte ihren Körper aus dem Dornröschenschlaf geweckt, aus dem sie so verzweifelt aufwachen wollte, hatte sie an ihre Lust erinnert, die so lange kein Teil mehr ihres Lebens gewesen war. Hatte sie traurig und wütend gemacht, weil sie keine Ahnung hatte, wie sie sich das wieder zurückholen konnte, aber genau wusste, dass sie ab jetzt nicht mehr darauf verzichten konnte.

Am liebsten wäre sie ein Stück von Henri abgerückt, aber sie wollte ihn nicht vor den Kopf stoßen. Er konnte schließlich weder etwas für Katharinas Gefühle noch für das, was aus ihnen beiden geworden war. Zumindest nicht mehr als Katharina selbst. Sie war wütend auf sich, weil sie so wenig empfand, aber Lust ließ sich nun mal nicht erzwingen. Wobei … sie schloss die Augen wieder und ließ sich in ihre Erinnerung an gestern zurückgleiten. Mats' Blick. Sein Mund, den sie küssen und überall spüren wollte. Seine Hände auf ihrer Haut, die jeden Millimeter davon erforschen und aufzuwecken schienen. Das sehnsuchtsvolle Ziehen in ihrem Unterleib, das sie beinahe verrückt werden ließ und sich in kraftvollen Wellen in ihr ausbreitete …

Und endlich, endlich legte ihre Fantasie ein anderes Bild über den Mann hinter ihr, und Katharina ließ sich fallen.

Als Henri in sie eindrang, kam Katharina beinahe sofort. Schnell und überraschend heftig, und sie ließ die Augen noch für einen Moment geschlossen, als die letzten kleinen Lustwellen abgeebbt waren. Katharina versuchte, sich von Mats' verwirrendem Bild zu lösen, das sie während der letzten Minuten so intensiv heraufbeschworen und das sich so zögerlich mit Henris vermischt hatte, dass es für den Bruchteil einer Sekunde wieder Mats' Körper war, als Henri sich nun von hinten an sie schmiegte und ihren Nacken zärtlich küsste.

»Wow!«, flüsterte ihr Mann ihr ins Ohr, kitzelte sie erneut mit seinem Bart und katapultierte sie damit schmerzhaft zurück in die Realität. »Das war … irgendwie wie früher!«

Katharina löste sich aus seiner Umarmung und drehte sich zu ihm um. Kurz legte sie ihre Stirn an seine, bevor sie ihm tief in die Augen sah. Sie hatte eine Entscheidung getroffen.

»Ich muss mit dir reden«, sagte sie, bevor sie ihn küsste.

»Reden?« Henri runzelte die Stirn. »Über was denn?«

»Über uns.«

»Jetzt?« Unsicherheit flackerte in seinen Augen auf, und Katharina lächelte automatisch, um ihn zu beruhigen.

»Warum nicht?«

»Weil … es gerade schön war und entspannt, und ich nicht immer alles zerreden will!« Der sanfte Ausdruck war aus seinem Gesicht verschwunden. Jetzt war er es, der von ihr abrückte.

»Aber du weißt doch noch gar nicht, um was es geht?« Katharina bemühte sich, nicht frustriert zu klingen, aber es gelang ihr nur halb.

»Nicht?« Er zog die Augenbrauen nach oben. »Lass mich raten: *Henri, wir verbringen zu wenig Zeit miteinander, wir lachen zu wenig, reden nicht genug, wir haben nicht genug Zeit beim Sex, wir sollten verreisen, wir sind nur noch Versorger und ein Alltags-, aber kein Liebespaar mehr*«, zitierte er Katharina. Es stimmte, sie hatte all das schon gesagt. Mehr als einmal, aber nicht grundlos. Es war doch nichts falsch daran, wieder mehr sein zu wollen als nur ein weiterer anstrengender Punkt auf der To-do-Liste des jeweils anderen, oder etwa nicht?

Heute war Henri allerdings spontan gewesen, hatte die Gelegenheit genutzt, begehrte sie und hatte ihr das auch gezeigt, genau, wie sie es sich immer gewünscht hatte. Katharina konnte verstehen, dass er wütend war.

»Was willst du, Katharina?«, fragte er auch prompt und starrte sie an. Aus seinem Blick war jegliche Nähe verschwunden, und sie konnte trotz seiner Wut spüren, wie verletzt er war. Aber genau diese Frage konnte sie ihm eben gerade nicht beantworten. Sie konnte sie ja noch nicht einmal sich selbst beantworten. Immerhin ging es zur Abwechslung einmal nicht mehr nur um sie beide, sondern auch noch um eine dritte Person. *Matskatharinahenri.*

»Ich … weiß es nicht mehr«, sagte sie schließlich leise, weil sie plötzlich keine Kraft mehr hatte, um auszusprechen, was doch unbedingt gesagt werden musste.

23

Die kommenden Tage waren merkwürdig und das Wochenende noch viel merkwürdiger gewesen. Ausnahmsweise fiel es ihr schwer, sich hundertprozentig auf ihre Klienten zu konzentrieren. In der Woche darauf hatte sie auch am Dienstag gearbeitet, weil sie sonst nicht alle Klienten unterbekommen hätte, bevor sie am Donnerstag zum Kongress nach München fuhr.

Sie freute sich unglaublich. Ein paar Tage Distanz zu Henri und Zeit für sich waren genau das, was sie brauchte. Außerdem würde sie Theresa auf dem Kongress treffen. Wer, wenn nicht sie, könnte ihr helfen, ihre Gedanken und Gefühle zu sortieren? Immerhin war sie diejenige gewesen, die Katharina damals durch das »Clarissa-Gate« und die Praxisgründung begleitet hatte, sie kannte Mats und war neutral genug, um sich auf niemandes Seite zu schlagen. Martina und Eddie wiederum würden dafür sorgen, dass die Veranstaltungen und die Abende lustig werden würden, und natürlich war es zudem schön, neue Impulse zu bekommen und etwas dazuzulernen.

Bis dahin glich ihr Zuhause jedoch einem Minenfeld. Auch wenn Henri und sie sich bemühten, normal miteinander umzugehen, standen Katharinas Worte zwischen ihnen. Sie hatten das Gespräch nicht zu Ende geführt. Katharina hasste es, zur Sprachlosigkeit verdammt zu sein, aber wenn Henri wütend war, redete er einfach nicht mit ihr. Egal, wie sehr sie sich darum bemühte. Also ließ sie es sein und vermied jede Auseinandersetzung. Sie waren freundlich zueinander, aber distanziert und verhielten sich noch mehr wie Fremde, die auf eine höfliche Art und Weise auch genau das bleiben wollten: fremd.

Elise war wie immer kaum zu Hause und wenn, verschwand sie sofort in ihrem Zimmer, um mit Niklas zu telefonieren. Bella war ebenfalls viel unterwegs. Umso mehr freute sich Katharina, wenn sie ihre jüngste Tochter zu Gesicht bekam. Es kam ihr vor, als sei diese der einzige wirklich fröhliche Mensch im Haus. Sie schien nichts von der angespannten Stimmung zwischen ihren Eltern mitzubekommen, aber Katharina wusste, dass das nicht stimmte. An keinem Kind ging es spurlos vorbei, wenn die Eltern Streit hatten, und Bellas Antennen für Missstimmungen waren besonders fein. Vermutlich hatte sie die Strategie ihrer Mutter übernommen und ging dem Ganzen einfach, so gut es ging, aus dem Weg.

Katharina musste unbedingt mit ihr reden und behutsam herausfinden, wie es ihr wirklich ging, und ihr versichern, dass all das nichts mit Bella zu tun hatte. Doch zunächst musste sie »all das« in ihrem eigenen Kopf und Herzen sortieren, damit sie ihrer Tochter nicht nur irgendetwas, sondern die Wahrheit sagen konnte.

Bis dahin nahm sie Bella, so oft es ihre Tochter zuließ, in den Arm und sagte ihr, was für ein großartiger Mensch sie war und wie sehr sie sie liebte.

Am Donnerstagmorgen ging Katharina auf dem Weg in die Praxis am Briefkasten vorbei, nahm die Post heraus und steckte den dicken Stapel Briefe achtlos in ihre Tasche. Einen wattierten A4-Umschlag klemmte sie sich unter den Arm, bis sie ihr Auto aufgeschlossen hatte und Post und Tasche auf den Beifahrersitz werfen konnte.

Sie würde sich später in der Praxis in Ruhe alles ansehen. Meist nahm sie die komplette Post sowieso wieder mit nach Hause, weil sie tagsüber gar keine Zeit dafür hatte.

Heute wollte sie noch schnell in den Drogeriemarkt und sich dort ein kleines, aber feines Kosmetik-Wellness-Programm für München zusammenstellen.

Sie freute sich auf das Hotelzimmer mit Fernseher am Bett, Minibar und einem Frühstücksbüfett zum Träumen. Katharina hatte sich vorgenommen, diese Auszeit auch wirklich als solche für sich zu nutzen und mit allen Sinnen zu genießen.

Ein bisschen Extrakörperpflege konnte nicht schaden. Auch dafür hatte sie sich schon lange keine Zeit mehr genommen. Nachdenklich stand sie schließlich vor dem Maskensortiment und konnte sich nicht entscheiden. Es gab so unendlich viele Möglichkeiten: Vitamin C, Hyaluron, Kieselerde und Avocado mit rosa Schlamm. *Rosa Schlamm?* Wer strich sich so was ins Gesicht? Gerade, als sie sich dafür entschieden hatte, eine Verkäuferin nach einer Empfehlung zu fragen, tippte ihr jemand auf die Schulter.

»Katharina? Bist du das?« Sie war so vertieft gewesen, dass sie die Person gar nicht bemerkt hatte, die hinter sie getreten war. Die Stimme war ihr allerdings mehr als vertraut. Schnell drehte sich Katharina um.

Hinter ihr stand Sandra.

Sie trug Sneakers, ausgeleierte Jeans, ein graues Sweatshirt und dazu eine große Sonnenbrille. Ihre das letzte Mal so perfekt gestylten Haare waren ungewaschen und zu einem unordentlichen Zopf zusammengebunden, und die Strähnen, die sich daraus gelöst hatten, ließen vermuten, dass sie mit dieser Frisur auch geschlafen hatte. Ihre Haut war unrein und die Lippen aufgesprungen. Feindselig und ohne ein weiteres Wort starrte sie Katharina durch die Sonnenbrille hindurch an. Da hatte jemand richtig schlechte Laune.

»Hallo, Sandra«, sagte Katharina schnell, in der Hoffnung, beschäftigt genug auszusehen, um Sandra damit zum Weitergehen zu bewegen. Ihr war nicht nach Small Talk zumute, schon gleich gar nicht mit der Frau, die ihren Ex-Freund mit auf das Klassentreffen geschleppt hatte und somit für dieses ganze Chaos verantwortlich war.

Sandra schob die Sonnenbrille nach oben. Sie war komplett ungeschminkt, sehr blass, und die Ringe unter ihren Augen schimmerten bläulich. Sie sah furchtbar aus und hatte mit der Person, die noch vor wenigen Tagen auf dem Klassentreffen so selbstbewusst gewirkt hatte, absolut nichts mehr gemeinsam. »Alles in Ordnung?«, fragte Katharina instinktiv. Höfliche Distanz war ein ausgezeichnetes Konzept, aber absichtlich zu ignorieren, wenn es dem Gegenüber offensichtlich nicht gut ging, brachte sie nicht übers Herz. Selbst wenn das bedeutete, dass es womöglich nicht nur bei Small Talk bleiben würde – und es sich dabei um Sandra handelte. Besorgt fasste sie sie am Arm. »Geht es dir nicht gut?«

Sofort entwand ihr Sandra ihren Arm wieder und trat einen Schritt zurück.

»Nein, es geht mir nicht gut. Und ob alles in Ordnung ist? Keine Ahnung. Sag du es mir«, forderte sie.

»Was meinst du damit? Woher soll ich das wissen?«

Sandra verschränkte die Arme vor der Brust und sah Katharina abwartend an. Alles an ihr war pure Aggression.

Plötzlich spürte Katharina, wie ausgelaugt sie war. Natürlich war sie selbst schuld, dass sie überhaupt gefragt hatte. Aber was dachte Sandra eigentlich? Warum sollte sie es wissen? Woher? Und warum glaubte eigentlich jeder, dass sie für sein Wohlbefinden zuständig wäre? Sofort fiel ihr auch Henri wieder ein, der ihr einerseits nicht sagen wollte, was los war, und ihr andererseits Vorwürfe dafür machte, dass sie versuchte, eine Situation zu analysieren und Probleme zu lösen, anstatt sie nur auszusitzen und darauf zu hoffen, dass sie von selbst verschwanden, wenn man sie nur lange genug ignorierte. Was dachten denn alle? Dass das Leben ein Quiz war und Katharina die einzige Kandidatin?

Zumindest Sandra hatte absolut kein Recht darauf, sie so zu behandeln, und wenn ihre Laune etwas mit Mats zu tun hatte, erst recht nicht. Sandras Probleme waren genau das nun einmal: ihre Probleme. Katharina hatte ihre eigenen.

Sandra hatte sich keinen Millimeter bewegt. Wartete sie auf eine Erklärung für Katharinas Verschwinden vom Klassenfest? Wollte sie noch einmal gelobt werden? Zumindest das konnte sie haben, selbst wenn Katharina es nicht leiden konnte, regelrecht genötigt zu werden. Aber vielleicht hatte sie ja Glück und Sandra ging danach endlich weiter. »Wie lustig, dass wir uns hier so zufällig begegnen«, begann sie und suchte nach etwas, das sie mit mehr Überzeugung sagen konnte. »Ich habe dich hier noch nie gesehen. Aber … es trifft sich gut, denn ich wollte mich sowieso noch mal bei dir bedanken. Das Klassentreffen war echt superschön. Toll, wie du das organisiert hast.«

Zumindest der letzte Teil stimmte. Katharina mochte eine souveräne Psychologin sein und therapeutisch versiert. Zudem wusste sie theoretisch alles, was es über den Umgang mit schwierigen Menschen in schwierigen Situationen zu wissen gab. Praktisch konnte sie dennoch nur sehr schwer aus ihrer Haut. Wenn es eine Chance auf Harmonie und Frieden gab, dann nutzte sie sie, selbst wenn ihr Gegenüber weder daran interessiert war noch es verdient hatte. Daran hatten weder der Doktortitel noch das Älterwerden irgendetwas geändert. Und außerdem war alles besser als Sandras stiller, merkwürdiger Blick. Schon lange hatte sich Katharina nicht mehr so unbehaglich gefühlt, zumal ihr psychologisches Schnellgutachten ihr immer deutlicher zum kontrollierten Rückzug riet.

»Wenn dir das Klassentreffen so gut gefallen hat, warum bist du dann so schnell wieder verschwunden?«, fragte Sandra bissig, ohne auf Katharinas Lob einzugehen.

»Ach … ich … weißt du, diese Schuhe …« Katharina zuckte mit den Schultern. Ein Teil von ihr wollte Sandra auf deren unmögliches Benehmen in der Lobby des »Biest« hinweisen, aber der andere wollte einfach nur weg hier. Und je weniger deutlich sie wurde, umso größer war ihre Chance diesbezüglich. »Ich bin High Heels einfach nicht mehr gewöhnt. Außerdem war mein Kreislauf …«

»Ich dachte, es lag vielleicht an Mats?«, unterbrach sie Sandra mit versteinerter Miene.

»An … Mats?« Katharina konnte nicht verhindern, dass ihr die Röte ins Gesicht schoss. *Verdammt.* Wo blieb das Pokerface, wenn man es einmal brauchte? Es war eine Sache, dass ihre Gefühlslage mehr als instabil war. Aber noch mal eine ganz andere, dass Sandras Rolle in dieser Geschichte mehr als dubios war und Katharina sicher nicht mit ihr darüber sprechen wollte. Nicht hier. Nicht jetzt. Nie. Über nichts davon.

»Ich habe es gewusst.«

»Was hast du gewusst?«

»Dass du ihn immer noch liebst«, sagte Sandra böse. »Dass du ihn wiederhaben wolltest. Immer schon. Aber Mats war wegen mir da und nicht wegen dir!« Sie kniff die Augen zusammen. »Weiß dein Mann überhaupt davon?«

»Wovon?« Bis zu diesem Augenblick hatte Katharina gedacht, dass das alles nur ein spannendes Abenteuer für Sandra gewesen wäre. Ein Spiel, bei dem sie sehen wollte, wie weit sie mit Mats gehen konnte, mit dem Kerl, der ihr damals in Wien gefallen, sich jedoch dummerweise für Katharina entschieden hatte. Immerhin hatte Mats behauptet, dass Sandra und er nur Freunde waren. Katharina hatte es geglaubt und ihre ehemalige Klassenkameradin über ihrem eigenen Gefühlschaos mehr oder weniger vergessen. Dass das ein Fehler war, sagte ihr Sandras wütender Blick. Mats und Sandra. Das war … absurd. Zumindest für Katharina. Für Sandra schien es mehr als ernst zu sein. Und offensichtlich war sie bereit, dafür zu kämpfen.

Dennoch war es noch lange kein Grund, sich hier aufzuführen, als wäre Mats etwas, das man besitzen konnte, und als hätte Katharina ihn Sandra weggenommen. Ihr Mitgefühl für Sandras desolaten Zustand in Ehren, aber grundlos angegriffen zu werden, konnte sie nicht ausstehen. Und dass sie dazu noch Henri mit in die Sache hineinzog, war ebenfalls indiskutabel.

»Was redest du denn da? Ich habe nicht darum gebeten, Mats zu dieser Party einzuladen. Ich hatte keine Ahnung, dass er kommt, und wenn du mich fragst, hatte er da auch nichts verloren! Er ist mein Ex-Freund und hatte mit niemandem aus unserer Klasse oder mit dir seitdem etwas zu tun.« *Und wahrscheinlich wäre es auch für alle Beteiligten besser gewesen, es wäre dabei geblieben.*

»Ist das so?«, fragte Sandra sofort zurück. Ein anderer Ausdruck war in ihren Blick getreten. »Vielleicht hatten wir mehr und früher miteinander zu tun, als du denkst«, fuhr Sandra fort. »Vielleicht haben wir ja da weitergemacht, wo ihr aufgehört habt? Vielleicht kennen wir uns überhaupt besser und länger, als du es dir je hast träumen lassen?« Endlich trat ein Lächeln in ihr Gesicht. Aber es war keines von der freundlichen Sorte. Schnell und heiß fuhr Katharina eine unangenehme Eifersucht in alle Glieder. Konnte das denn sein? Sie hatte viele Jahre nur am Rande mitbekommen, was in Mats' Welt los war, und Sandra war darin nie aufgetaucht, aber es war ihr auch nie in den Sinn gekommen, sie darin zu vermuten. Und er hatte es abgestritten. Das alte Misstrauen kroch in Katharina hoch und verwandelte ihren Ärger in Verunsicherung. Mats hatte sie schon so oft belogen. Warum sollte er ausgerechnet jetzt die Wahrheit sagen?

Energisch schob Katharina das Bild von den beiden beiseite, das sofort vor ihrem inneren Auge entstehen wollte. Lächerlich, sich das überhaupt vorzustellen. Genauso lächerlich, wie sich mitten im Drogeriemarkt einen eifersüchtigen Schlagabtausch mit Sandra zu liefern. Das wäre sogar mit Anfang zwanzig unter ihrer Würde gewesen.

Wem wollte sie glauben? Ihrer einstigen großen Liebe oder Sandra, die ihr regelrecht aufgelauert hatte und hier wie eine durchgeknallte Irre vor ihr stand, um Katharina Vorhaltungen zu machen?

Mats hatte sicherlich Dinge getan, die nicht korrekt waren. Aber er hätte Katharina niemals vorsätzlich verletzt. Sandra hingegen war schon immer eine manipulative Lügnerin gewesen, und dass sie jetzt versuchte, Katharina auf diese Art und Weise zu verunsichern, war typisch für sie.

Katharina setzte das freundlichste Lächeln auf, zu dem sie fähig war. Höchste Zeit, sich wie eine Erwachsene zu benehmen. Sie räusperte sich und nahm die Schultern zurück. Körpersprache war wichtig. »Ich freue mich wirklich sehr darüber, dass ich Mats dank dir wiedergesehen habe. Aber was auch immer ihr beiden sonst so miteinander treibt«, *oder ob überhaupt,* setzte sie in Gedanken hinzu, »geht mich nichts an und interessiert mich auch nicht. Aber ich wünsche dir – euch beiden – von Herzen alles Gute.« Das falsche Lächeln begann, in Katharinas Mundwinkeln zu schmerzen. Sandra trat einen weiteren Schritt auf sie zu.

»Dann freut es dich bestimmt zu hören, dass Mats und ich *immer* Kontakt gehalten haben. Im Gegensatz zu euch beiden, wenn ich mich nicht irre?«

Sie irrte sich nicht. Katharina und Mats waren keine Freunde gewesen. Sie hatten keine stundenlangen belanglosen Telefonate geführt, um zu hören, was der jeweils andere machte. Es war nicht möglich gewesen. Zu schmerzhaft am Anfang. Zu gefährlich in den letzten Jahren. Wie sich gerade deutlich bestätigte.

Katharina schielte nach unten in ihren Einkaufskorb, in dem sich ihre komplette Wellness-Beute befand. Bis gerade eben war ein kleines Beauty-Programm und eine schlichte Fernsehserie in ihrem Hotelzimmer vor der Auftaktveranstaltung zum Kongress alles gewesen, was sie heute zur Ablenkung und zu ihrem Glück gebraucht hätte. Nun war ihr eher nach einem Glas Wein. Oder vielleicht sogar nach zwei. Die ganze Vorfreude auf den Kongress war einer unglaublichen Erschöpfung gewichen. Am liebsten hätte sie alles stehen und liegen lassen und wäre gleich nach München oder auch nach Hause gefahren, um sich dort wieder unter ihrer Bettdecke zu verkriechen, aber ihr war klar, dass Sandra sie nicht so leicht davonkommen lassen würde.

»Um was geht es hier wirklich, Sandra?«, fragte Katharina in der Hoffnung, das Ganze endlich abschließen zu können. Das Lächeln drohte, ihr jeden Moment aus dem Gesicht zu fallen, und sie musste es nutzen, solange es noch da war.

»Es geht darum, dass du mir mein Glück kaputt gemacht hast, Katharina. Und das nicht zum ersten Mal«, sagte Sandra leise und sah dabei eher verzweifelt als wütend aus. »Nur weil du es nicht ertragen hast, dass es nicht mehr um dich ging, stimmt's? Ich habe dich nämlich beobachtet, Katharina Nowak. Und wenn du nicht möchtest, dass dein Mann die ganze erbärmliche Wahrheit erfährt, dann halte dich von Mats fern.«

An Katharinas Unterarmen stellten sich die Härchen auf. Was auch immer Sandra beobachtet hatte oder damit meinte, dass Katharina ihr Glück nicht zum ersten Mal zerstört hatte: Katharina konnte eine Drohung erkennen, wenn sie eine vor sich hatte, und sie konnte überhaupt nicht einschätzen, wie weit Sandra gehen würde, um zu bekommen, was sie wollte. Aber allein die Vorstellung, dass sie Henri irgendwo abfing, um ihm eine Geschichte zu erzählen, die sie sich mindestens zur Hälfte ausgedacht hatte, war gruselig. Sandra brauchte Hilfe. Dringend.

Und Katharina musste hier weg. Ihr fiel nichts Besseres ein, als Sandra eine Visitenkarte in die Hand zu drücken, die sie schon seit Ewigkeiten in ihrem Portemonnaie mit sich herumtrug. Hoffentlich stimmte die Telefonnummer darauf überhaupt noch. Es war nicht ihre Karte, sondern eine von Theresa. Sie hoffte, ihre Freundin würde ihr verzeihen. Wobei es unwahrscheinlich war, dass Sandra sich an eine Psychologin in Wien, und somit mehrere Hundert Kilometer entfernt, wenden würde.

»Wenn du jemanden zum Reden brauchst«, sagte sie so liebenswürdig wie möglich, ließ ihren Einkaufskorb stehen und verließ fluchtartig den Drogeriemarkt. *Scheiß auf die Masken,* dachte sie draußen und lehnte sich gegen die Hauswand. Ihr Herz raste, und ihre Knie zitterten wie verrückt.

Henri war wütend. Mats war gegangen. Sandra flippte aus. Und sie hatte Isabel immer noch nicht von Clarissa erzählt. Wann war ihr Leben eigentlich zu diesem unkontrollierbaren Durcheinander geworden?

24

Die erste halbe Stunde, die sie sich normalerweise für die einzige wirklich heiße Tasse Ingwertee und ihre Post nahm, verbrachte Katharina damit, sich zu fragen, ob sie Henri alles erzählen sollte, bevor sie ging, schon allein, um ihn vor Sandra zu warnen. Sie hatte keine Ahnung, wie weit ihre ehemalige Klassenkameradin gehen würde, aber sie war sich ziemlich sicher, dass ihr Zusammentreffen im Drogeriemarkt kein Zufall gewesen war.

Gern hätte sie Mats gefragt, wie viel von Sandras Story stimmte und ob sie schon damals etwas miteinander gehabt hatten. Aber er war weg. Und vermutlich war das auch besser so. Höchste Zeit, die Kontrolle über ihr Leben zurückzubekommen.

Immer noch nachdenklich zog sie den dicken Umschlag aus dem Stapel. In der Sekunde, in der ihr Blick auf den Absender fiel, löste sich ihr Wunsch nach Kontrolle auf, als wäre er nie vorhanden gewesen, und machte Platz für eine Aufregung, die ihren ganzen Körper erfasste. Diese Handschrift würde sie immer und überall erkennen. Der Umschlag war von Mats, adressiert an Kate Nowak und mit einer winzigen detailgetreuen Pusteblume neben ihrer Adresse verziert. *Spinner,* dachte sie amüsiert. Und was für ein unglaubliches Glück, dass sie diejenige gewesen war, die die Post aus dem Briefkasten geholt hatte.

Vielleicht war Mats wieder in Wien oder sonst irgendwo auf der Welt, aber er hatte definitiv dafür gesorgt, dass er in ihrem Leben präsent blieb. Behutsam fuhr sie die filigranen Zeichenstriche nach, bevor sie den Umschlag umdrehte und das Klebeband löste, mit dem er verschlossen war. Katharinas Herz klopfte, als sie die Lasche hochschob und einen Buchrücken ertastete. Warm durchströmte sie die Vorfreude, als sie ein Album herauszog und in den Händen hielt.

Behutsam schlug sie die erste Seite auf und hätte beinahe laut aufgelacht. Mats war schon immer ein wundervoller Fotograf gewesen und mittlerweile offensichtlich auch ein Meister der Bildbearbeitung. Auf jeder Seite hatte er einen ihrer Lieblingsplätze in Wien fotografiert und ein paar der Porträtfotos von Katharina von ihrer Homepage hineinmontiert. So stand sie nun in Rock und High Heels im Volksgarten bei ihm um die Ecke, anstatt vor dem Fenster ihres Sprechzimmers. Hinter ihrem linken Bein sah ein großer Hase hervor. Auf der nächsten Seite lehnte Katharina am Stephansdom – anstatt vor der Bilderwand –, und zwar beinahe so groß wie der Kirchenbau selbst, während ein winziger Mats von den Stufen vor dem großen Portal zu ihr hinaufsah.

Es gab ein Foto vor der Würstelbude am Schottentor, auf dem Mats eine Riesenbratwurst im Arm hielt und Katharina auf seiner Schulter stand. Eines vor dem Universitätsgebäude in der Liebiggasse, *wo alles angefangen hatte,* inmitten eines Bücherstapels. Eines in der Bim, der Wiener Straßenbahn, im Supermarkt, in irgendeiner Bar am Mikrofon, wo sie zumindest optisch noch nicht einmal eine schlechte Figur machte, und eines – das letzte Bild – in Mats' Küche.

Sie war gerührt und überwältigt von der Mühe, die er sich gemacht hatte. Und wieder einmal beeindruckt von seiner Kreativität und Fantasie.

Als sie die letzte Seite umblätterte, fand sie kein Bild. Dafür hatte er in weißen, gestochen scharfen Druckbuchstaben den lateinischen Spruch von Marcus Tullius Cicero auf die schwarze Pappe geschrieben. Ihr ganzer Körper vibrierte, und ihr Herz schlug noch einmal schneller, als sie die Worte las, die er ihr schon einmal geschickt und die sie leise und laut wiederholt hatte. So oft, bis sie sie auswendig wusste. Damals, als sie ihn endgültig verlassen hatte.

Dum spiro spero,
dum spero amo,
dum amo vivo.

Solange ich atme, hoffe ich,
solange ich hoffe, liebe ich,
solange ich liebe, lebe ich.

Darunter stand:

Komm nach Wien, Kate. Ich spüre jede Sekunde mehr, wie leer es ohne dich hier ist.
Ich warte auf dich, dein Mats.

Eine Träne rann über Katharinas Wange, die sie unwillig wegwischte. Dieser Mistkerl. Dieser … unglaubliche, zauberhafte … idiotische Mistkerl. Er wusste genau, wie er ihre Seele berühren konnte, wie er ihre Fassade durchbrechen und direkt in ihr Herz vordringen konnte. Es funktionierte jedes Mal. Sie hasste ihn. Und sich. Und strich zärtlich und voller Liebe über seine Schrift.

Komm nach Wien, Kate. Ich warte auf dich.

Wieder und wieder las sie Ciceros Zeilen. Ließ sich von ihnen in Mats' Arme entführen, wollte sofort losfahren, zu ihm, und da weitermachen, wo sie aufgehört hatten. Vor ein paar Tagen – und vor vielen Jahren. Nicht mehr denken, die Kontrolle dauerhaft abgeben, sich treiben lassen. Kein Streit, keine Auseinandersetzungen, keine Rechtfertigungen. Leben. Sein.

Sie schloss die Augen und malte sich dieses alte und neue Leben in allen Farben aus, so lange, bis die Gesichter von Bella und Elise darin auftauchten und sie in die Realität zurückholten. Nein. Es war unmöglich. Sie hatten ihre Zeit gehabt. Sie hatte sich damals entschieden, und sie würde sich immer wieder so entscheiden. Es war aus guten Gründen vorbei.

Katharina entsperrte ihr Smartphone und scrollte durch die Nachrichten, bis sie Mats gefunden hatte. Sie tippte schnell und mit zitternden Fingern, wobei sie das Geschriebene immer wieder löschte, weil es ihr zu lang und sentimental vorkam oder sie sich vor Aufregung verschrieb. Schließlich gab sie auf und diktierte ganz knapp, was sie zu sagen hatte.

Lieber Mats. Ich danke dir. Es tut mir leid, aber ich werde nicht kommen. Katharina

Selten war Katharina so dankbar für ihre Arbeit gewesen wie heute. Muriel war mit den Abrechnungen beschäftigt und streckte nur über Mittag kurz den Kopf in Katharinas Zimmer, um sie zu fragen, ob sie mit ihr zum Mittagessen in die Innenstadt gehen wollte, aber Katharina lehnte ab.

Sie war glücklich mit dem Sandwich, das sie sich von zu Hause mitgebracht hatte, und wollte um halb drei den Zug nach München nehmen, um in Ruhe einchecken zu können, bevor am Abend die Auftaktveranstaltung begann.

Es fiel ihr wie immer leicht, sich auf ihre Fälle zu konzentrieren, und als sie alle Klientengespräche dokumentiert und geordnet hatte, stellte sie überrascht fest, dass sie es tatsächlich geschafft hatte, mehrere Stunden weder an Mats noch an seine Post zu denken. So sollte es in Zukunft immer sein. Schnell räumte sie ihren Schreibtisch auf, sammelte ihre Unterlagen zusammen und verließ pünktlich um kurz vor zwei ihre Praxis.

25

Das Tagungshotel lag direkt am Hauptbahnhof. Das geschäftige Treiben in der riesenhaften Lobby vermittelte Katharina das Gefühl, in einem menschlichen Ameisenhaufen gelandet zu sein. Laut telefonierende Geschäftsleute, Kongressteilnehmer und Touristen kamen und gingen, standen gestikulierend und lachend in kleinen Grüppchen herum oder schoben sich gehetzt durch die beiden großen Drehtüren, die nie schnell genug zu sein schienen.

Katharina blieb für einen Augenblick stehen und ließ die Betriebsamkeit auf sich wirken. Kurz fühlte sie sich ein wenig fremd, aber dann atmete sie entschlossen durch und trat an den Tresen, um sich anzumelden. Es würde ihr guttun, ihr inneres Chaos immer weiter beiseitezuschieben und sich auf ihre Arbeit zu konzentrieren und, wenn Theresa Zeit hatte, alles mit ihr durchzusprechen und sich eine Strategie zurechtzulegen. Denn dass ihr innerer Aufruhr einfach so verschwinden würde, nur weil sie es sich wünschte, und es immer wieder Augenblicke gäbe, in denen sie nicht darüber nachdachte, war nicht sehr wahrscheinlich. Katharina war nicht gut im Verdrängen und würde darüber reden müssen, wenn sie wollte, dass er sich auflöste, und zwar nicht nur mit Theresa, sondern auch mit Henri. Aber schon allein, dass sie einen Plan hatte, machte ihr Herz sehr viel leichter.

Sie war beeindruckt von der Freundlichkeit der Rezeptionistin, die sie trotz der vielen Reisenden behandelte, als wäre sie der einzige Gast in diesem großen Haus. Katharina war es unbegreiflich, wie man in solch einem riesigen Betrieb den Überblick behalten konnte.

Ihr Zimmer lag im fünften Stock und bestach durch einen atmosphärischen Blick auf die hässliche Rückseite des Münchner Bahnhofs und dessen Schienengeflecht davor. Sie hatte das Bedürfnis, das Fenster zu öffnen, aber das hätte bedeutet, mehr Krach und Schmutz reinzulassen als saubere Luft, also ließ sie es bleiben. Wenigstens war es hier ganz still.

Sie stellte den Koffer an die Wand zu dem winzigen Bad, streifte die Schuhe von den Füßen und ließ sich noch im Mantel aufs Bett fallen. Das Leben war ganz schön verrückt.

Für einen Moment schloss sie die Augen und atmete tief ein. Ihr Hotelzimmer war ein Kokon aus wohltuender Ruhe, in dem sie zu nichts verpflichtet war und ihre ständig herumwirbelnden Gedanken und Gefühle ganz lautlos eine Pause einlegten.

Katharina musste eingeschlafen sein, denn beim Brummen ihres Handys schrak sie auf und wusste für einen Augenblick nicht, wo sie war. Sie setzte sich benommen auf und ertastete eine leicht schmerzende kreisrunde Druckstelle an ihrer Wange, die der Kragenverschluss ihres Mantels dort hinterlassen haben musste und den sie später vermutlich erfolglos zu überschminken versuchen würde.

Das Brummen hatte aufgehört.

Sechs Anrufe in Abwesenheit. Einmal Henri. Einmal Elise. Zweimal Theresa, zweimal Mats. Der letzte vor einer Minute. Katharina war klar gewesen, dass er ihre Nachricht nicht einfach so hinnehmen würde, aber dass er sich so schnell melden würde, damit hatte sie nicht gerechnet.

Kurz war sie versucht, ihn zurückzurufen, aber dann entschied sie sich dagegen. Sie fühlte sich weder seiner Stimme noch dem, was er sagen würde, gewachsen.

Stattdessen wählte sie Theresas Nummer. Ihre Freundin ging sofort dran. »Du wirst nicht glauben, was mir gerade passiert ist!«, rief Theresa anstelle einer Begrüßung. »Ich bin …« Es hörte sich an, als wäre Theresa das Telefon runtergefallen, und es dauerte einen Moment, bis sie wieder zu hören war. »Sorry, oh, Gott! Ich bin so aufgeregt!«

Theresa war eine großartige Psychologin und Supervisorin, der Katharina absolut vertraute, außerdem war sie nach Isabel ihre liebste Freundin. Sie war unglaublich klug und sehr verantwortungsbewusst und strukturiert, was ihre Studenten und Patienten betraf. Was ihr eigenes Leben anging, allerdings weit weniger.

»Was ist denn los?« Katharina war immer noch nicht ganz wach, dennoch musste sie sich ein Lachen verkneifen. »Bist du schon im Hotel?«

Sie brauchte dringend einen Espresso. Vielleicht konnte sie Theresa ja auf der Terrasse treffen oder mit ihr noch einen kleinen Abstecher in die Stadt machen, bevor in – sie sah erneut auf die Uhr – anderthalb Stunden der Kongress begann.

»… kann ich nicht kommen.«

»Wie bitte?«

»Tut mir leid, Kat! Aber ich warte schon so lange!«

Scheinbar musste jede von Katharinas grauen Zellen einzeln aufgeweckt werden. Sie hatte überhaupt nichts verstanden. »Noch mal von vorn. Und bitte langsam«, bat sie.

»Du erinnerst dich doch, dass ich vor ein paar Wochen auf Mallorca war und diesen süßen Welpen aus dem Hundeshelter adoptiert habe?«

»Ja, ich erinnere mich.« Theresa hatte tausend Bilder von diesem Hund geschickt und mindestens so viele Sprachnachrichten, in denen sie sein Knurren, Winseln und Bellen dokumentiert hatte. Sie war Katharina vorgekommen wie eine Spätgebärende, die nicht fassen konnte, was für ein Wunder das eigene Baby ist, aber das hatte sie Theresa natürlich nicht gesagt.

»Ich habe niemals damit gerechnet, dass die jemanden finden, der nach Wien fliegt und ihn mir mitbringt. Aber stell dir vor, genau das ist passiert!« Sie schickte ein Jauchzen hinterher, das besser keiner ihrer Studenten oder Patienten jemals zu hören bekommen sollte, das aber wenigstens dafür sorgte, dass Katharina endgültig wach war.

»Das … das freut mich für dich. Wann kommt er denn an?«

»Übermorgen früh um kurz vor sieben.«

Erwartungsvolle Stille auf der anderen Seite. Katharina glaubte, die vibrierende Vorfreude, die Theresa umgab, trotzdem zu hören, und bemühte sich, sich ebenfalls zu freuen, obwohl sich die Enttäuschung wie eine schwere Decke über sie breitete und Katharina das Gefühl hatte, kaum noch ihr Smartphone ans Ohr halten zu können. Sie wusste, wie sehr sich ihre Freundin einen Hund gewünscht und wie lange sie gezögert hatte, weil sie immer gedacht hatte, ein Tier hätte keinen Platz in ihrem Leben.

»Ich werde also in Wien bleiben. Es tut mir echt leid! Ich hätte dich so gern gesehen«, fuhr Theresa fort. Ihr Bedauern war echt, und Katharina schämte sich sofort, weil sie so egoistisch war, sich den Hund nach Mallorca zurück und Theresa nach München zu wünschen.

»Ich weiß«, sagte sie und bemühte sich um ein Lächeln.

»Bist du sauer?«

»Nein, ich …«

»Enttäuscht?«

Ja, sie hätte Theresa gern getroffen und noch viel lieber mit jemandem gesprochen, der alles von ihr wusste, ihr den Kopf zurechtrückte und ihr half, wieder einen klaren Blick auf ihr Leben zu bekommen. Aber es ging hier nicht nur um sie und ihre Seelenrettung, sondern auch um ihre Freundin und deren Glück. Theresa hatte es mehr als verdient, dass Katharina sich mit ihr freute. Selbst wenn ein Kongress ohne Theresa wie eine Schwarzwälder Kirschtorte ohne Kirsche war. Und das bedeutete, dass sie sich nun irgendwie selbst sortieren musste.

»Ja, ich bin enttäuscht. Und ich hasse Psychologinnen«, sagte Katharina, musste nun tatsächlich grinsen und fühlte sich schon besser. »Immer durchschauen sie alles.«

Theresa lachte.

»Mit wem soll ich jetzt in der Bar Wetten darüber abschließen, wer ein Toupet trägt, gemachte Brüste hat und wer mit wem auf dem Zimmer landet?«, fragte Katharina.

»Ach, gar kein Problem!«, antwortete Theresa prompt. »Mach einfach einen Livestream!«

Katharina lachte. »Gibt es etwas Armseligeres, als in einer vollen Bar zu sitzen und als einzige Gesellschaft ein Telefon in der Hand zu halten?«

»Hm. Lass mich überlegen. Ja, ich glaube, noch armseliger wird es, wenn du dabei ein Toupet trägst und gemachte Brüste hast.«

»Sehr witzig.«

Das war es, warum Katharina Theresa so gern bei sich gehabt hätte, aber sie fühlte sich ihrer Freundin auch jetzt gerade so nah, als würde sie neben ihr auf dem breiten Bett liegen. Ohne Theresa würde es nicht halb so lustig werden, aber schließlich war sie hier ja hauptsächlich zum fachlichen Austausch. Wenn sie unbedingt mit Theresa über Mats reden wollte, konnte sie jederzeit nach Wien fahren. *Wo nicht nur Theresa, sondern auch ein gewisser Mats wohnt.* Ihr Herz begann, schneller zu schlagen.

»Theresa?«

»Ja?«

»Wie heißt denn dein Hund?«, fragte Katharina, um sich abzulenken.

»Rate mal. Nein, rate nicht. Warte, ich schicke dir ein aktuelles Bild von ihm, dann weißt du es sowieso.« Kurz darauf ertönte das typische Pling auf Katharinas Smartphone, das eine Nachricht ankündigte. Sie öffnete das Foto, auf dem der kleine Hund erwartungsvoll in die Kamera sah. Sein graues wuscheliges Fell war sehr viel länger als noch vor ein paar Wochen, und um sein Maul herum war es komplett weiß. Es sah aus, als trüge er einen weißen langen Bart.

Darf ich dir Freud vorstellen?, hatte Theresa daruntergeschrieben.

Katharina lachte. Kein Wunder, dass ihre Freundin so verliebt in dieses Fellknäuel war.

Aber nachdem sie noch eine Weile über Freuds Ankunft in Wien gesprochen hatten, setzte Theresa auf ihre Hiobsbotschaft, dass sie nicht kommen würde, noch zwei weitere drauf: Auch Martina und Eddie hatten abgesagt. Martina hatte eine Magen-Darm-Grippe und Eddie ein kurzfristiges Projekt angeboten bekommen, zu dem er nicht Nein sagen konnte. Selbst wenn Katharina die eine oder andere Kollegin mittlerweile kannte, war sie also allein und würde es auch bleiben.

Nachdem sie aufgelegt hatte, war Katharina kurz versucht, den Kongress zu schwänzen. Sie konnte sich eine Pizza aufs Zimmer bestellen, stundenlang irgendwelche oberflächlichen Serien ansehen, sich von der Welt da draußen zurückziehen und einfach drei Tage in ihrem Kokon bleiben, ohne dass es jemand bemerken würde.

Aber nachdem sie geduscht, sich im Bademantel aufs Bett gelegt und den Fernseher eingeschaltet hatte, wurde sie sofort von einer inneren Unruhe erfasst. Zuerst schob sie es auf die uninteressanten TV-Inhalte, aber je länger sie auf den Bildschirm starrte, umso schlimmer wurde es. Katharina konnte keiner Sendung folgen, denn ihre Gedanken wanderten immer wieder nach Hause oder auch nach Wien zu Theresa und Freud und dann, *o Wunder,* zu Mats.

Von sich selbst genervt, zog sie das rote Jerseykleid mit dem tiefen Ausschnitt an, das sie sowieso für den heutigen Abend eingepackt hatte und in dem sie sich stark und weiblich fühlte, steckte die Haare zu einem lockeren Dutt, schlüpfte in ihre Heels und verließ das Hotelzimmer. Verstecken hatte noch niemand weitergebracht.

26

Es war die richtige Entscheidung gewesen. Selbst die Soundkulisse der Gespräche um sie herum tat gut, und auch wenn sie an diesen nicht beteiligt war, war sie doch umgeben von Menschen, die ihr zwar fremd, aber dennoch vertraut waren, schon allein, weil sie sich mit den gleichen Themen beschäftigten.

Nach der Kongresseröffnung überlegte sie kurz, wieder in ihr Zimmer samt Fernseher und Roomservice zurückzukehren, weil sie unter all den Menschen tatsächlich niemanden entdeckt hatte, den sie kannte, und es ihr plötzlich trostlos vorkam, allein zu essen.

Aber nachdem sie für einen Moment nach draußen getreten war, um frische Luft zu schnappen, entdeckte sie direkt vor dem Hotel ein kleines Sushi-Restaurant. Dort gab es an der Bar gerade noch einen Platz für sie, und sie fühlte sich gleich ein wenig besser. Viele Menschen aßen schließlich allein, und es sagte überhaupt nichts über sie aus. Es kam immer darauf an, was man daraus machte. Außerdem gab es genug zu beobachten. Links von ihr saß ein junges Pärchen, das sich gegenseitig mit Stäbchen fütterte, wobei ihnen immer wieder etwas Reis oder Fisch in die Soße fiel und beide es mit viel Gekicher wieder herauspickten. Ihr Glück und ihre junge Liebe strahlten so hell, dass Katharina ein bisschen von deren Glanz in sich spürte. Gleichzeitig machte es sie wehmütig. Wann hatte sie aufgehört, mit Henri zu lachen? Hatten sie jemals diese

Unbeschwertheit gehabt? Und wenn ja, wann war sie ihnen abhandengekommen? *Oder machte sie sich etwas vor, und es hatte sie nur mit Mats gegeben?*

Ihr rotes Kleid kam Katharina plötzlich wie ein schäbiger Panzer vor, der verbergen sollte, was sie eigentlich war: eine mittelalte, mittelglückliche Frau, die den Wunsch und den Anspruch hatte, glücklich und frei zu sein, obwohl all das, wonach sie sich sehnte, ein Privileg der Jugend zu sein schien, die noch keine Verantwortung auf ihren Schultern spürte und sich frei und leicht für das entscheiden durfte, was ihr das eigene Herz vorschlug. Eine Frau, die immer das haben wollte, was sie nicht hatte, und mit ihrem Leben haderte, obwohl es meist nur Gutes für sie bereithielt. War sie undankbar? Egoistisch? Neidisch? Stand ihr die Sehnsucht nach mehr überhaupt zu, oder hatte sie ihre Chance gehabt und nur nicht richtig genutzt?

Plötzlich war ihr der Appetit vergangen. Sie schob den Teller mit den köstlichen Makis und Nigiris von sich und legte einen Zwanzigeuroschein auf den Tresen. Niemand nahm Notiz von ihr, als sie das Restaurant verließ.

Kaum hatte sie die Lobby betreten, hörte sie das Gelächter aus der Bar und sah die Menschen, die dorthin strömten. Vielleicht brauchte sie doch noch einen Drink.

Sie straffte die Schultern, atmete tief durch und betrat den schummrigen Raum, um einen Whiskey Sour zu trinken, sich eine zweite Chance zu geben und sich verdammt noch mal zusammenzureißen.

Sie hatte sich kaum auf einem der Barhocker niedergelassen, da spürte Katharina ihn mehr, als dass sie ihn sah. Die Härchen an ihren Unterarmen stellten sich auf, ihr Gehör filterte die Stimmen und erkannte die seine, als wäre ihr Instinkt auf seine Frequenz geeicht. Sie würde ihn immer und zu jeder Zeit unter all den anderen Stimmen heraushören können.

Vielleicht war es aber auch ihre Fantasie, die ihr einen Streich spielte, weil das junge Paar im Sushi-Restaurant wieder einmal diese Sehnsucht geweckt hatte und ihr Verstand sich kaum ablenken ließ. Aber nein, er war es. Hier in München. Unmittelbar hinter ihr.

Katharina drehte sich nicht um, selbst dann nicht, als er ebenfalls einen Whiskey Sour bestellte. »… und für die Dame in Rot auch noch einen«, sagte er zu dem Barkeeper. Seine Stimme ließ sofort jede Zelle ihres Körpers vibrieren.

»Mats«, sagte sie leise und schüttelte lächelnd den Kopf.

Als hätte die Sehnsucht ihre Entscheidung ignoriert und ihn einfach herbeigezaubert. Die Erleichterung und Freude darüber, dass er da war, kämpfte mit der Fassungslosigkeit. Die Fassungslosigkeit verlor. Katharina hätte es wissen können. Solche Aktionen waren typisch für ihn. Waren es schon immer gewesen. Er wollte etwas, er holte es sich. Und nun war er schon zum zweiten Mal an einem Ort aufgetaucht, an dem sie niemals mit ihm gerechnet hätte.

Katharinas Herz raste. So hatte sie nicht den Hauch einer Chance.

»Kate«, flüsterte er in ihr Ohr, wobei seine Lippen ihre Wange streiften. Gänsehaut überzog ihren kompletten Körper, ein heißes Ziehen durchströmte ihren Unterleib, und in Katharina rief alles danach, sich fallen zu lassen. In seine Arme. In sein Begehren. In dieses Abenteuer. Es war so leicht.

Sie schloss für einen Augenblick die Augen und versuchte, sich zu sammeln. »Woher wusstest du …?«

»Was?«, unterbrach er sie mit einem Lächeln, das ihre Haut erneut kribbeln ließ. »Wo du bist?«

Er legte seine Hände auf die Lehne ihres Barhockers und drehte Katharina zu sich um. Bevor sie ihrem Impuls folgen und zur Seite sehen konnte, damit er nicht das Feuer entdecken konnte, das in ihr brannte, fing er ihren Blick mit seinem auf und hielt ihn fest. Er nahm ihre Hände in seine und führte sie zu seinen Lippen, um einen sanften Kuss auf ihre Fingerknöchel zu drücken.

»Ich habe nach deiner Nachricht in der Praxis angerufen, weil ich dich sprechen wollte. Die zauberhafte Muriel hat mir gesagt, dass du nicht da bist, weil du einen Kongress in München besuchst.« Er lächelte. »Den Rest hat Google für mich erledigt.« Er hielt kurz inne. »Du hältst mich jetzt aber nicht für einen Stalker, oder?«

Katharina schüttelte den Kopf.

»Du hast mir geschrieben, dass du nicht kommst«, fuhr er fort. »Du hast mir auch in deiner Praxis gesagt, dass ich gehen soll. Ich habe beides verstanden. Aber ich habe dabei deinen Blick gesehen, deinen Körper an meinem gespürt und dein Begehren.« Er sah ihr tief in die Augen. »Kate, es geht nicht darum, ob du mir die Wahrheit sagst, und ich bin auch nicht hier, um dich zu irgendetwas zu überreden.«

Katharina wollte etwas sagen, aber Mats schüttelte den Kopf und legte ihr vorsichtig den Zeigefinger auf den Mund.

»Warte, ich bin noch nicht fertig.«

Hinter Mats schob sich eine lärmende Gruppe männlicher, englischsprachiger Touristen an die Bar. Einer von ihnen drückte Mats noch näher an Katharina. Seine Hüfte berührte ihren Oberschenkel, und sein Duft umhüllte sie sofort. Tief atmete sie ihn ein und konnte gerade noch einen genussvollen Seufzer unterdrücken. Verdammt. Er hatte recht.

»Ich habe nachgedacht, Kate.« Er lachte, als sie die Stirn runzelte. »Schau mich nicht so an.« Wieder nahm er ihre Hand in seine. An den Stellen, an denen er sie berührte, kam es ihr so vor, als würde ihre Haut leuchten.

Mit aller Macht bemühte sich Katharina, ihre Konzentration von Mats' Körper auf seine Worte zu lenken, in der Hoffnung, ihm etwas entgegensetzen zu können. Er würde versuchen, sie zu verführen, das war offensichtlich, und sie war sich nicht sicher, ob sie ihm weiterhin widerstehen konnte. Sie wusste ja noch nicht einmal mehr, was sie wollte. Und schon gleich gar nicht, wer das überhaupt entscheiden sollte. Kopf oder Herz? Körper oder Seele? Vernunft oder Leidenschaft? *Moral oder Hingabe?*

»Hast du was dagegen, wenn wir von hier verschwinden?«, fragte Mats in diesem Moment leise und bestätigte damit all ihre Befürchtungen. *Und Wünsche.*

»Ich würde wirklich gern mit dir reden, Kate, aber ich habe das Gefühl, je länger wir hierbleiben, umso mehr muss ich schreien.« Er lächelte dieses schiefe Mats-Lächeln, das ihr so vertraut war. Beinahe hätte sie die Hand ausgestreckt, um es behutsam mit dem Zeigefinger nachzuzeichnen.

»Ich …« Sie räusperte sich. »Mein … Zimmer ist im fünften Stock«, sagte sie und fand ihre Stimme fremd und viel zu atemlos. »Das … klang jetzt komisch. Ich meine natürlich, wenn du reden willst, dann … ist es dort jedenfalls leise«, fügte sie sofort hinzu, als er lachte. Wem machte sie hier eigentlich etwas vor?

»Was für ein reizvolles Angebot«, sagte Mats und sah ihr tief in die Augen. Er schob noch schnell ein paar Geldscheine über den Tresen und hielt ihre Hand, als sie sich vom Barhocker gleiten ließ, und ließ sie auch nicht los, während sie die Lobby durchquerten. Kurz fragte sie sich, ob irgendwelche Kollegen sie dabei sahen, die wie Theresa und sie das »Wer geht mit wem aufs Zimmer«-Quiz spielten, aber im Grunde war es ihr gleichgültig.

Sie sprachen nicht, und Katharina suchte fieberhaft nach irgendeiner Ablenkung von seinem federnden Gang, seinem Duft, der Berührung seiner Hand, die immer wieder ihre Seite streifte, genauso wie sein Blick und sein Lächeln, die beide Schauer über ihren Körper jagten. Vor allem aber suchte sie nach glaubhaften Worten, mit denen sie Mats klarmachen konnte, dass sie sich nicht auf eine Affäre einlassen würde. *Und die sie selbst glauben konnte.*

Während sie in den fünften Stock hinauffuhren, lief im Hintergrund eine unsäglich kitschige A-cappella-Version von *Holding Back The Years* von Simply Red. Katharina stellte sich Elise und Bella vor, wie sie in der gemeinsamen Küche über einen Scherz von Henri lachten. Wie die drei im letzten Urlaub in die Kamera gestrahlt hatten. Wie sich ihr Zuhause anfühlte, wenn alle da waren. War sie wirklich bereit, all das zu riskieren? Für was? Für eine Nacht mit Mats? Oder ein Leben mit ihm? So viele Male hatte sie sich gefragt, wie es sein würde, ihn wiederzusehen, und sich ausgemalt, wie es wäre, wenn sie nur noch einmal die Chance bekommen würde, ihn zu lieben. *Und was jetzt?*

Sie konnte die Spannung kaum noch aushalten und war kurz davor, die Nerven zu verlieren, laut zu schreien oder Mats hier im Aufzug die Kleider vom Leib zu reißen. Gleichzeitig wäre sie wieder einmal am liebsten geflohen.

Fahrig kramte sie in ihrer Handtasche nach der Zimmerkarte, während sie ihm den Gang entlang vorausging und hoffte, dass Mats nichts von all dem mitbekam. Wie traf man noch mal eine Entscheidung?

Sie öffnete die Tür und betrat den Raum, der ihr vor ein paar Stunden noch wie ein sicherer Kokon vorgekommen war. Nun war alle Sicherheit dahin. Beklommen drehte sie sich zu Mats um, unfähig, ihn wegzuschicken, und noch viel weniger bereit dazu, sich ihm hinzugeben.

Er lächelte, als sie ihn ansah, und schloss leise die Tür hinter sich.

»Du bist blass«, sagte er und nahm erneut ihre Hand. »Geht es dir nicht gut?«

Mats wartete ihre Antwort nicht ab, ließ ihre Hand los und ging zur Minibar, um den kleinen Kühlschrank zu öffnen. »Wasser? Oder lieber Cola?«

»Wasser, danke.« Unschlüssig stand sie hinter ihm, bevor sie sich die Schuhe abstreifte und sich aufs Bett fallen ließ, nur um sofort wieder aufzuspringen. Das war definitiv das falsche Signal. Dieser Mann, den sie so gut gekannt hatte, sorgte dafür, dass sie sich wieder so unbeholfen fühlte wie damals mit siebzehn.

Als hätte er es nicht bemerkt, öffnete Mats die kleine Flasche und reichte sie ihr, bevor er sich selbst eine Cola nahm und sich auf einen der beiden Sessel am Fenster fallen ließ.

»Kate, entspann dich. Bitte.« Er lehnte sich ein wenig nach vorn, um erneut ihre Hand zu nehmen. Sanft zog er sie zu sich, bis sie so nah war, dass er ihre Hüfte umfassen und sie vorsichtig auf seinen Schoß ziehen konnte. Sie ließ es geschehen und lehnte sich an ihn, sobald sie saß. Es fühlte sich sehr gut an. »Kate«, raunte er in ihr Haar und schloss die Augen. »Schöne, kluge, eigensinnige, zerrissene Kate.«

Sekunden verstrichen, in denen sie einfach nur dasaßen, jeder in Gedanken und in den Duft des anderen eingehüllt, und Katharina tatsächlich begann, sich langsam zu entspannen. Selbst ihr Herzschlag beruhigte sich.

»Was ich sagen wollte«, fuhr er schließlich fort, und Katharina hielt den Atem an, »ist: Ich weiß, was du fühlst. Du kannst dich und mich nicht belügen.«

Sie wollte etwas erwidern, wollte ihm sagen, dass sie gar nicht der Typ für Lügen war, aber Mats sprach nach einer kurzen Pause einfach weiter, ohne sie zu Wort kommen zu lassen. »Ich weiß, was für dich auf dem Spiel steht«, fuhr er fort. »Es ist unendlich viel, schon klar.« Er wartete, bis sie ihn ansah.

»Die wesentliche Frage ist allerdings: Ist es auch genug?«

Darum ging es. War es schon die ganze Zeit gegangen. Es war die einzige Frage, die wirklich zählte. Und die sie sich schon so viele Male in letzter Zeit gestellt hatte, ohne sie so präzise wie Mats gerade eben in Worte fassen zu können. Aber er hatte recht.

»Ich will nicht, dass du mit mir oder zu mir kommst, nur weil ich es will«, unterbrach Mats ihre Gedanken. »Und glaub mir, ich will.« Er lächelte wieder. »Aber es geht hier nicht um mich, sondern um dich. Was ich vorhin sagen wollte: Ich will nicht wissen, ob du mir die Wahrheit sagst. Ich will nur wissen, ob du sie *dir* sagst, Kate.«

Tat sie das?

»Erlaubst du dir selbst, glücklich zu sein?«, fuhr er fort und sah sie an. In ihr war Stille, eine laute, kreischende Stille. Gedanken, die in ihrem Kopf umherwirbelten, ohne dass sie auch nur einen einzigen zu fassen bekam. Dafür lief seine Frage in Dauerschleife in ihrem Kopf:

Erlaubst du dir selbst, glücklich zu sein, Kate?

Erlaubst du dir selbst, glücklich zu sein, Kate?

Erlaubst du dir selbst, glücklich zu sein, Kate?

Plötzlich konnte sie die körperliche Nähe zu ihm nicht mehr ertragen und stand auf. Er erhob sich ebenfalls und zog sie in eine feste Umarmung, die ihr beinahe den Atem raubte. Dann hielt er sie ein wenig auf Abstand und sah ihr tief in die Augen, bevor seine Lippen sanft die ihren berührten.

»Ich liebe dich, Pusteblume«, flüsterte er an ihrem Mund. »Daran wird sich nie etwas ändern. Aber wie gesagt: Ich bin nicht hier, um dich zu irgendetwas zu überreden. Meine Frage kannst nur du selbst dir beantworten.«

Dann ließ er sie los, drehte sich um und verließ mit einem letzten Lächeln ihr Hotelzimmer.

27

Völlig verstört wachte Katharina am nächsten Morgen auf, dabei hatte sie das Gefühl, keine einzige Sekunde geschlafen zu haben. Ihr Kopf dröhnte, und ihr Körper schmerzte. Sie räusperte sich, um zu überprüfen, ob sie womöglich krank wurde, aber ihre Stimme klang wie immer. Sie setzte sich auf, nur um sich sofort wieder zurück auf ihr Kissen fallen zu lassen.

Es war noch dämmerig draußen. Katharina tastete nach ihrem Smartphone. Halb sieben. Keine Nachrichten. Weder von Mats noch von Henri. Sie wünschte, jemand wäre da, um sie in den Arm zu nehmen. Jemand, der nicht Mats oder Henri war. Oder beide in einer Person. Katharina umarmte das Kopfkissen, das neben ihr lag. *Matskatharinahenri*. Schöne Scheiße.

Die erste Veranstaltung, ein Vortrag samt anschließendem Workshop zum Thema Psychoonkologie, begann um zehn Uhr. Sie hätte noch mindestens zwei Stunden schlafen können, aber ihr Körper befand sich in einem Zustand zwischen hellwach und todmüde, der es ihr unmöglich machte, die Augen länger als ein paar Sekunden geschlossen zu halten. Sie wälzte sich von links nach rechts und schaltete schließlich den Fernseher an, nur um festzustellen, dass sie wieder einmal nichts von dem ertragen konnte, was gesendet wurde.

Schließlich stand sie auf und ging unter die Dusche. Während sie den heißen Wasserstrahl auf ihre verspannten Muskeln prasseln ließ, wurde ihr klar, dass es wenig Sinn ergab, hierzubleiben. Egal, wo sie sich befand, sie würde ihren Gefühlen nicht entrinnen können. Und wenn das so war, wollte sie lieber zu Hause sein und unter ihrer eigenen Dusche stehen. Keine Vorträge über Dinge hören, auf die sie sich sowieso nicht konzentrieren konnte, dafür einen langen Spaziergang im Wald machen und nur Menschen sehen, die sie liebte. *Oder noch nicht einmal das, wenigstens vorläufig nicht.*

Plötzlich wusste sie, was zu tun war. Katharina stellte die Dusche ab, zog sich an und nahm ihren kleinen Koffer gleich mit in den Frühstücksraum, wo sie sich unter all den Reisenden zur Abwechslung einmal nicht einsam fühlte. Sie bestellte sich einen Cappuccino und suchte auf ihrem Smartphone die nächstmögliche Zugverbindung heraus. Sie hatte vielleicht keinen Wunsch frei, aber sie hatte eine Wahl. Das hatte man immer.

Katharinas Wahl war es, den Kongress zu schwänzen und nach Hause zu fahren, Isabel anzurufen, sie zu treffen und ihr endlich die Wahrheit über Clarissa zu sagen. Das war der erste und vielleicht der wichtigste Schritt in die richtige Richtung. Sie musste dringend ihr Leben aufräumen, Verantwortung für ihre Entscheidungen treffen und die Dinge in Ordnung bringen, auf die sie Einfluss hatte. Sie hatte immer noch Angst vor Isabels Reaktion, aber die Vorstellung, dass dieses Geheimnis bald keines mehr sein musste, erfüllte sie gleichermaßen mit Leichtigkeit und Zuversicht.

Das Haus war still, als sie die Haustür aufschloss. Offensichtlich war niemand zu Hause. Niemand konnte sich freuen, dass sie so unverhofft zurück war. Früher wäre das anders gewesen. Wehmütig dachte sie an die Momente, in denen Elise und Bella ihr schwankend entgegengetaumelt waren und es kaum erwarten konnten, sich in ihre Arme zu werfen, selbst wenn sie nur einkaufen gewesen war. Beinahe konnte sie das aufgeregte Lachen ihrer Töchter hören, als ihr Blick auf Bellas Doc Martens fiel, die mittlerweile schon eine

Nummer größer waren als Katharinas eigene Schuhe. Sie ließ sich auf die Treppenstufe fallen und betrachtete die schweren Stiefel. Wann war das alles passiert? Wann waren ihre kleinen Mädchen so groß, so unabhängig geworden? Und sie selbst so überflüssig? Warum wurde alles, was vergangen war, so kostbar? Wie war das noch? Man konnte das Leben nur rückwärts verstehen, aber leben musste man es vorwärts? Was hatte sich Kierkegaard nur dabei gedacht? Katharina verstand es in absolut keine Richtung mehr.

Eine Weile saß sie einfach nur da und betrachtete die Schuhe ihrer Jüngsten. Dann kramte sie ihr Handy aus ihrer Handtasche und wählte Henris Nummer. Er nahm sofort ab.

»Hallo, Schatz, alles gut?« Seine Stimme klang fröhlich, als wäre nichts zwischen ihnen vorgefallen, als hätte er es vergessen oder ihr verziehen. *Oder als hätte er Publikum.* »Nein! Nicht!« Er lachte. »Entschuldige, Kai hat mich auf den Golfplatz mitgenommen. Ich wusste bis gerade eben gar nicht, dass Golf ein fürchterlich aggressiver Kontaktsport ist!« *Er hatte also Publikum.*

Katharina hörte noch mehr Stimmen im Hintergrund und vor allem auch noch mehr Gelächter und Henri, der offensichtlich die Hand über das Mikrofon gelegt hatte und seinen Abteilungsleiter Kai und dessen Freunde für einen kurzen Moment um Ruhe bat. »Sorry, Liebes, hast du aus einem bestimmten Grund angerufen?«

»Nein, ich …«

»Geht's dir nicht gut? Du hörst dich irgendwie merkwürdig an. Hey, wie ist dein Kongress?«

Er gab irgendjemand eine Anweisung, die Katharina nicht verstand und die erneut mit großem Gelächter kommentiert wurde.

»Nein, nein, alles in Ordnung. Entschuldige, ich … wollte nicht stören.« Warum hatte sie ihn überhaupt angerufen, wenn sie ihm dann nicht sagte, dass sie schon wieder zu Hause war?

Was hatte sie erwartet?

»Ist irgendetwas? Wie geht's Theresa?«

Jetzt wäre vermutlich der ideale Zeitpunkt, ihm zu erzählen, dass Theresa in Wien geblieben und Mats unverhofft beim Kongress aufgetaucht war. Henri zu bitten, nach Hause zu kommen, um mit ihm zusammen zu sein und ihre Gedanken mit ihm zu teilen. Ihm zu erzählen, wie verwirrt sie war, was in ihr vorging, wie sehr sie seine Nähe vermisste und wie dringend sie ihn brauchte. Ihn! Den Mann, den sie geheiratet hatte, dem sie vertraute und der einmal ihr Fels in der Brandung gewesen war!

»Sorry, ich verstehe dich ganz schlecht, Liebes, hier ist echt die Hölle los. Aber schön, dass du dich meldest! Wir …«

»Nein, also ja. Theresa geht's gut«, sagte sie mitten in seine Erklärung hinein, statt all der Dinge, die ihr so sehr auf der Seele brannten, und wünschte sich, sie hätte sich das Gestammel erspart und gar nicht erst angerufen.

»Sie bekommt einen Hund«, sagte sie so leise, dass Henri es vermutlich gar nicht mitbekommen hatte.

»Das ist ja toll, Liebes. Grüß sie von mir, okay? Ich lege jetzt auf, bevor Kai mich mit dem Golfschläger über den Platz jagt, ja?« Er lachte wieder. »Oder ich heute Abend die kompletten Drinks für alle bezahlen muss. Was, das muss ich sowieso?« Letzteres hatte vermutlich wieder seinem Abteilungsleiter und dessen Clique gegolten. Er lachte laut. »Hey, genieß München! Und natürlich deinen Kongress!«, setzte er noch hinzu und legte auf, bevor Katharina auch nur ein weiteres Wort sagen konnte. Henri hatte nicht eine Sekunde wirklich zugehört.

»Hey, Mom! Was machst du denn hier?« Elise kam völlig verschlafen die Treppe herunter. »Ich dachte, du bist bis übermorgen weg?« Sie wuschelte sich durch die blonden Locken und ging an Katharina vorbei zum Kühlschrank, ohne sie eines weiteren Blickes zu würdigen.

»Ich …«, setzte Katharina an, wurde aber sofort von ihrer Tochter unterbrochen. »Oh, aber wenn du jetzt da bist … du brauchst dein Auto jetzt aber nicht plötzlich für dich selbst, oder? Ich hab mich nämlich voll drauf verlassen, dass ich es heute haben kann. Wir haben nur in der fünften und sechsten Stunde Unterricht.« Elise nahm den Orangensaft aus der Türhalterung und stellte ihn auf den Tisch. Dann holte sie zwei Gläser und begann zu decken. Katharina freute sich, dass durch Elises forderndes Verhalten für einen Moment etwas Liebevolles hindurchblitzte.

»Danke, Elise, aber ich nehme nur einen Kaffee, ich habe schon im Hotel …«, setzte Katharina erneut an.

»Ach so, sorry, ich hab dabei gar nicht an dich gedacht. Das ist für Niklas und mich. Er hat hier übernachtet. Papa hat's erlaubt und …«, sie zuckte mit den Schultern, »außerdem war er gestern Abend sowieso nicht zu Hause, also konnte es ihm ja egal sein.«

»Wie? Niklas hat hier …? Aber ihr habt doch Schule?! Und Papa hat das erlaubt? Wo war er denn überhaupt?«, fragte Katharina irritiert.

»Keine Ahnung. Irgendwo mit seinen Jungs unterwegs, hat er gesagt.« Elise verzog erneut das Gesicht. »Kannst du mir sagen, warum alte Männer immer von Jungs sprechen müssen, obwohl sie damit Typen meinen, die kurz vor scheintot sind?«

»Keine Ahnung.«

Kopfschüttelnd schaltete Elise die Kaffeemaschine an, als jemand die Treppe runterkam.

»Hey, Baby, willst du nicht noch mal ins Bett …« Niklas zuckte erschrocken zusammen, als er Katharina am Küchenblock lehnen sah. »O shit, sorry, Frau Nowak, ich hatte keine Ahnung, dass Sie auch da sind!«

Katharina bemühte sich, ihre Fantasie nicht allzu plastisch werden zu lassen, was ihre Tochter und ihn anging, und vor allem nicht seinen Wunsch, sie wieder ins Bett zu locken.

»O Shit, Niklas, ich wusste es selbst nicht«, sagte sie und bemühte sich um ein Lächeln, während Elise die Augen verdrehte.

»Mann, Mama, du bist so peinlich!«

Katharina hatte nichts gegen Niklas, er war ein netter Kerl und konnte nichts dafür. Trotzdem fühlte Katharina sich in ihrer eigenen Küche plötzlich unwohl. Sie war einfach nicht darauf vorbereitet gewesen, heute Morgen hier den Freund ihrer Tochter vorzufinden, der offensichtlich die Nacht mit ihr verbracht hatte. *In deren Kinderzimmer, in dem sie bis gefühlt gestern noch mit Puppen gespielt hatte!* Fairerweise musste Katharina zugeben, dass auch Elise und Niklas nicht mit ihr hatten rechnen können. Sie streckte Elise versöhnlich eine Tasse hin. »Lässt du mir bitte schnell einen Espresso raus?«

Elise schnaubte. »Muss das sein?«

»Muss was sein? Der Kaffee?«

»Du musst ja nicht den ganzen Morgen hier herumhängen. Niklas und ich brauchen auch mal Zeit für uns, Mom«, antwortete Elise und ignorierte die Tasse, die Katharina ihr nach wie vor hinhielt. »Ich wohne hier, Liebes«, sagte Katharina scharf. Sie spürte, wie der alte Ärger über Elises Verhalten erneut in ihr hochkroch. Noch ein paar Sätze, und ihre Tochter hatte sie so weit, dass sie es bereute, nicht auf dem Kongress geblieben zu sein.

Elises Augen blitzten angriffslustig.

»Oh, echt? Und ich dachte, du wohnst neuerdings in deiner Praxis! Gibt's da keine Kaffeemaschine?«

»Hey, Babe …«, Niklas legte seine Hand auf Elises Arm. »Ist doch okay, lass deine Mom ihren Kaffee trinken. Wir haben doch nachher noch genug Zeit. Und echt jetzt, Elise: Sie ist deine Mutter!«, sagte er besänftigend. Ihm schien das Ganze mindestens so unangenehm zu sein wie Katharina.

»Du kannst ja einen Kaffee mit ihr trinken, wenn du das willst«, sagte Elise zickig. »Vielleicht willst du ja auch lieber mit ihr nach der Schule in den Beachclub gehen? Sie hat schließlich ein Auto. Also, wenn sie überhaupt Zeit hat. Normalerweise verbringt sie die nämlich lieber mit ihren Patienten.«

Autsch. Das hatte gesessen.

Niklas war mit der Situation völlig überfordert, das konnte man ihm ansehen. Aber der arme Kerl hatte keine Chance, solange Katharina in der Küche war. Schon allein, weil er gerade Partei für sie ergriffen hatte, musste ihm Katharina helfen. Das war sie ihm einfach schuldig.

»Weißt du was, Elise? Ich mache mir selbst einen Espresso und gehe nach oben. Ich habe überhaupt kein Interesse daran, mich mit jemandem zu unterhalten, der sich so unmöglich verhält wie du. Keine Ahnung, wie Niklas das aushält. Aber wenn du gerne mal wieder mit mir was Schönes unternehmen willst, lass uns was ausmachen. Ich würde mich jedenfalls freuen.« Das würde Katharina tatsächlich. Und sie hatte den Kummer, der hinter Elises Angriff steckte, wahrgenommen. Aber sich Zeit zu nehmen, nur um sich von ihrer großen Tochter Vorwürfe machen zu lassen, darauf hatte sie auch wieder keine Lust.

Sie stand auf und ging zur Kaffeemaschine hinüber, drückte auf den Knopf und wartete ab, bis der Espresso durchgelaufen war. Dann ging sie in ihr Zimmer, ohne Elise noch eines weiteren Blickes zu würdigen. Es gab überhaupt keinen Grund, sich von ihr aus der Fassung bringen zu lassen. Vermutlich hatte die Natur die Pubertät eingerichtet, damit es Müttern leichter fiel, ihre Kinder ziehen zu lassen. Und bei Elise hatte sie einen besonders guten Job gemacht. Aber es tat trotzdem weh, so behandelt zu werden, denn egal, ob man nun ein Profi war, was die menschliche Psyche anging oder nicht: Als Mutter war und blieb man stets verletzlich.

Nachdem sie ihren Espresso getrunken und noch ein wenig über Elise nachgedacht hatte, griff sie zu ihrem Smartphone und scrollte zu Isabels Nummer. Gerade, als sie auf den grünen Hörerbutton drücken wollte, hörte sie, wie jemand ein paar Stufen nach oben lief. »Das mit dem Auto geht aber klar, Mom, oder?«, rief Elise von unten.

Katharina ließ das Telefon sinken und wartete ab.

Katharina hatte das Auto ihrer Eltern nie bekommen. Aber anders als bei den Nowaks hatte es damals auch nur dieses eine gegeben. Mit dem fuhr ihr Vater morgens zur Arbeit und kam abends damit wieder nach Hause. Katharina hätte alles dafür gegeben, einfach einmal in den Wagen einsteigen und losfahren zu können. Aber niemals wäre sie auf die Idee gekommen, dies einzufordern, wie ihre Tochter es gerade tat.

Bei allem Verständnis für Elise: Irgendwann war es genug. Wenn sie alt genug war, um als Erwachsene respektiert werden zu wollen, war das eine Sache. Wenn sie aber glaubte, sich ihrer Mutter gegenüber unmöglich benehmen und erwarten zu können, dass Katharina alles hinunterschluckte, nur um Auseinandersetzungen zu vermeiden, dann hatte sie sich getäuscht. Zum Erwachsensein gehörte nämlich auch, andere mit Respekt zu behandeln. Und wenn sie das bisher nicht gelernt hatte, dann war es jetzt allerhöchste Zeit dafür.

Mats hatte mit einer Sache nämlich auf jeden Fall recht: Sie hatte viel zu sehr das Glück der anderen im Blick gehabt und ihr eigenes darüber vergessen. Das musste sich ändern. Egal, wie. Und dies hier war ein Anfang.

»Weißt du, Liebes, ich habe es mir anders überlegt«, sagte sie so liebenswürdig wie möglich, während sie ein paar Stufen nach unten stieg, bis sie Elises Gesicht sehen konnte. »Ich denke, ich brauche das Auto vermutlich nicht nur heute, sondern für eine ganze Weile selbst. Wenn du es wieder möglich machen kannst, freundlich zu mir zu sein, kann ich es allerdings vielleicht auch wieder möglich machen, darauf das eine oder andere Mal zu verzichten.« Ohne weiter auf Elises Schimpfen und Niklas' Beschwichtigungsversuche zu hören, ging sie wieder nach oben und schloss leise die Zimmertür hinter sich. Die Klarheit, mit der sie ihre Grenze gezogen hatte, fühlte sich großartig an. Sie sollte das in Zukunft definitiv sehr viel öfter tun, nahm sich Katharina vor und wählte endlich Isabels Nummer.

28

Isabel hatte am Nachmittag noch etwas anderes vor, war aber von der Idee begeistert, am Abend Sushi essen zu gehen.

Es war ungewohnt für Katharina, freie Zeit zur Verfügung zu haben, die sie nicht gleich mehrfach verplant hatte. Außerdem war sie aufgeregt und hatte Mühe, ihre Gedanken von dem Gespräch mit ihrer besten Freundin fernzuhalten. Sie versuchte, in dem Roman zu lesen, den Isabel ihr zu Weihnachten geschenkt hatte, legte ihn aber weg, nachdem sie den ersten Absatz mindestens zehnmal überflogen und doch nicht verstanden hatte.

Sie ging in den Keller, um zu waschen, fand aber nur leere Wäschekörbe vor. Die Akten, die sie digitalisieren wollte, lagen im Büro, und dorthin zu gehen, nur um etwas zu tun zu haben, fand Katharina übertrieben. Dafür machte sie einen langen Spaziergang, rollte ihre Yogamatte für ein paar Sonnengrüße aus und legte sich dann auf die Couch, um ein Hörbuch zu hören, bei dem sie schließlich einschlief.

Als Isabel um kurz vor sieben kam, um sie abzuholen, war außer Katharina niemand zu Hause. Bella hatte schon wieder beschlossen, bei Marie zu übernachten, und Katharina fragte sich kurz, ob sie deren Eltern so langsam anbieten sollte, für ihre Tochter Essensgeld und Miete zu bezahlen. Elise und Niklas waren immer noch unterwegs, und auch Henri war nicht nach Hause gekommen, obwohl es mittlerweile in Strömen regnete. *Vermutlich hat sich die*

Golftruppe gleich die Bar gesucht, in der Henri seine Runde schmeißen kann, dachte Katharina.

»Muss ich ein schlechtes Gewissen haben, weil mein Kind jetzt Bahn fahren muss und nass wird?«, fragte Katharina, nachdem Isabel in ihr Auto eingestiegen war, ihren Schirm draußen ausgeschüttelt und ihre Freundin in eine ziemlich feuchte Umarmung gezogen hatte.

»Wen meinst du? Elise?« Isabel schüttelte den Kopf. »Um Gottes willen! Nein! Okay, sie hat den Führerschein, und es gibt ein Auto, aber na und? Sie hat auch Füße, wenn du mich fragst, und offensichtlich genug Energie übrig, um dich schlecht zu behandeln, und außerdem haben die beiden sich sicher die Wettervorhersage angeschaut und sich dann gleich für Niklas' Bett entschieden.«

»Isabel!«

»Was denn?« Ihre Freundin lachte. »Unter welchem Stein lebst du denn? Denkst du, deine Tochter hat ein Keuschheitsgelübde abgelegt und möchte keinen Sex vor der Ehe?«

Katharina schüttelte sich. »Natürlich nicht! Trotzdem will ich mir das nicht vorstellen. Wie ätzend auch immer sie sich aufführt, sie ist doch trotzdem mein kleines Mädchen.«

»... das sich wie eine verzogene Prinzessin benimmt.«

Katharina zuckte mit den Schultern und grinste. »Du hast ja recht. Ich weiß nicht, woher sie das hat. Ich war da ganz anders.«

»Ach ja?«

»Ja.«

»Jedenfalls hast du nur ein einziges Mal das Auto deiner Eltern bekommen, wenn ich mich recht entsinne.«

»Erinnere mich bloß nicht daran!«

»Warum nicht? Ich finde, es ist eine sehr schöne und fast schon romantische Geschichte. Wie war das noch? Du solltest sie zum Flughafen fahren?«

»Ja«, brummte Katharina, während Isabel zu kichern begann. »Hab ich doch auch gemacht.«

»O ja, das hast du. Da war ja auch noch alles gut. Und ich bin sofort bei dir eingezogen, weißt du noch? Wir haben uns gefühlt, als sei alles möglich.«

»Stimmt. Das war kurz nach dem Abitur, und wir haben bei der Post gejobbt, bevor du mit dem Lehramtsstudium angefangen hast und ich nach Wien aufgebrochen bin. Was für eine Zeit.«

»Die beste überhaupt. Nach der Arbeit lagen wir stundenlang am See, und nachts haben wir Sternschnuppen gezählt.« Isabel seufzte.

»Ach, es war großartig.«

»Oh ja. Unsere Zukunft schien ausgesprochen glänzend.« Isabel lachte. Es waren bittersüße Tage gewesen, von denen die beiden Freundinnen jede Minute ausgekostet hatten und gleichzeitig wussten, dass mit jedem Abenteuer der Abschied näher rückte.

»Und wir hatten ein Auto. *Besagtes* Auto. Ich frage mich, warum sie es mir danach nie wieder gegeben haben.« Katharina tippte nachdenklich mit dem Zeigefinger auf ihre Nasenspitze.

»Wirklich? Das fragst du dich? Lass mal überlegen. Vielleicht, weil du anstatt Diesel Benzin in den Tank gefüllt hast?« Isabel lachte erneut, und dieses Mal fiel Katharina mit ein.

»Man weiß es eben nicht.«

»Nein, man weiß sowieso viel zu wenig.«

Es tat gut, fröhlich zu sein. Und Isabel hatte recht. Es gab überhaupt keinen Grund, sich schlecht zu fühlen oder ständig an das Wohlbefinden ihrer Familie, speziell an das ihrer großen Tochter, zu denken. Das tat Elise nämlich schon selbst genug.

Vor dem »Little Tokyo« wurde direkt ein Parkplatz frei, was äußerst selten vorkam, denn das Restaurant befand sich in einer engen, verkehrsberuhigten Gasse, die als erweiterte Fußgängerzone zum Marktplatz führte und von schmalen Häusern und alten Kastanienbäumen gesäumt war. In beinahe jedem Erdgeschoss befand sich ein anderes Restaurant oder eine Kneipe. Im Sommer konnte man hier gar nicht parken, denn dann stellten alle ihre Stühle und Tische nach draußen. Bunte Lampions wurden an Schnüren quer über die Gasse gehängt, beinahe so, als wäre jeden Tag ein Straßenfest. Sogar wenn die Julihitze die Stadt fest im Griff hatte, war es hier zwischen den Häusern immer angenehm kühl. Katharina liebte den Sommer in ihrer Stadt. Und in dieser Straße liebte sie ihn ganz besonders.

Sie bekamen einen Tisch am Fenster, was großartig war, denn Katharinas und Isabels gemeinsames Hobby war es, Menschen zu beobachten und sich kleine Geschichten zu ihnen auszudenken. Ja, sie würde heute auf Clarissa zu sprechen kommen. Aber erst später. Erst brauchte sie noch ein paar weitere fröhliche Momente, die sie dafür wappnen sollten, dass sie in Zukunft auf genau diese würde verzichten müssen.

»Da geht Emilia Jacoby, zweiunddreißig«, begann Isabel sofort, als eine junge Frau auf der anderen Straßenseite auftauchte. »Ich glaube, sie hat eine Upcycling-Werkstatt für gebrauchte Möbel.«

»Was hat sie? Eine Upcycling-Werkstatt?« Katharina runzelte grinsend die Stirn. »Bist du sicher?« Die junge Frau sah eher zierlich und sehr elegant aus, und Katharina konnte sie sich kaum mit einer Schleifmaschine oder einem schweren Bohrer vorstellen.

»Ganz sicher«, sagte Isabel überzeugt. »Wenn du es genau wissen willst: Sie hat außerdem einen fetten Kater, der einfach nur Kater heißt und dafür sorgt, dass sie Single bleibt. Das Tier ist nämlich sehr eifersüchtig, und alle Männer haben Angst vor ihm.«

Die junge Frau blieb vor dem italienischen Restaurant direkt gegenüber stehen und sah auf die Uhr, während sie versuchte, ihren knallroten Regenschirm so zu balancieren, dass sie nicht nass wurde. Mit ihren langen braunen Haaren, der schmalen Bleistifthose, dem dazu passenden Blazer in Dunkelblau und dem weißen Shirt darunter sah sie sehr hübsch aus und absolut nicht so, als würde sie Schwierigkeiten haben, jemanden kennenzulernen. Aber es war nur ein Spiel, und alles war möglich.

»Ich bin dran«, sagte Katharina. Bevor sie Isabels Idee weiterspinnen konnte, waren beide kurz abgelenkt, denn der Kellner brachte die Karte, und für einen Moment vertieften sie sich komplett in die Bilder und Beschreibungen der farbenfrohen Makis, Nigiris und Inside-out-Rolls.

Nachdem sie bestellt hatten, war die junge Frau immer noch da.

»Also«, begann Katharina und rieb sich die Hände. »Emilia Jacoby, zweiunddreißig, hat diesen Kater, der alle vergrault, aber neulich im Baumarkt, als sie hellblaue Farbe für diesen scheußlichen Bauernschrank gekauft hat, den sie endlich mal in Angriff nehmen will, hat sie tatsächlich einen Mann kennengelernt, der sich von Kater nicht abschrecken lassen möchte.« Sie grinste Isabel triumphierend an, als die junge Frau just in diesem Moment jemandem zuwinkte, der auf sie zukam, aber noch von einer der Kastanien verdeckt war. Die Freude, dass er endlich kam, war trotz des Schirms und auf die Entfernung hin in ihrem Gesicht zu erkennen, und für einen Augenblick war Katharina regelrecht erleichtert. Als ob es sich bei der jungen Frau wirklich um die bisher glücklose Emilia Jacoby, zweiunddreißig, handeln würde. »Sie ist sehr verliebt in ihren neuen Freund und …«, fuhr sie fort und konnte es kaum abwarten zu sehen, wer der Glückliche war, der solch ein Strahlen auf deren Gesicht zaubern konnte.

Wieder einmal begann Katharinas Kreislauf zu versagen, als sie sah, auf wen die junge Frau da gewartet hatte, wer sie in eine innige Umarmung zog und wer ihr schließlich einen zärtlichen Kuss auf die Wange drückte. »… ihr neuer Freund heißt Henri, ist achtundvierzig Jahre alt und verheiratet«, beendete sie tonlos ihren Satz.

29

Ihr Herz war in tausend klirrende Splitter aus Eis zerborsten, als sie sich immer wieder fragte, ob sie das alles wirklich beobachtet oder ob ihr ihre Fantasie einen Streich gespielt hatte. Aber nein. Völlig erschüttert versuchte Katharina, die Szene zu löschen, die sich direkt vor ihren Augen abgespielt hatte, bevor Henri mit dieser Frau um die Ecke verschwunden war. Aber es gelang ihr nicht. In ihrem Kopf war nur ein weißes, eiskaltes Rauschen, das immer wieder die gleiche Frage in ihr Bewusstsein spie: Wie konnte er ihr das nur antun? Schon wieder?

Katharina nahm einen großen Schluck Wein, bevor sie das Glas auf den Tisch stellte und aufstand, um einmal um den Couchtisch herumzulaufen, auf die große Uhr in der Küche zu sehen und wieder ins Wohnzimmer zurückzukehren. Es war gerade mal halb neun. Das, was sie vorhin geradezu gelähmt hatte, machte es ihr nun unmöglich, sich hinzusetzen.

Nachdem Henri und diese Frau verschwunden waren, hatte Isabel kurzerhand das Sushi einpacken lassen, hatte Katharina nach Hause gefahren und ihr ein großes Glas Wein eingeschenkt. Unter normalen Umständen wäre sie nicht von Katharinas Seite gewichen, und Katharina hätte sich nichts sehnlicher gewünscht, als ihre beste Freundin in ihrer Nähe zu haben. Aber obwohl in ihrem Kopf ein seltsames Schockvakuum herrschte, war ihr doch bewusst, dass sie nicht über Henris Verrat sprechen konnte, ohne von

Clarissa zu erzählen. Und dafür hatte sie jetzt einfach keine Kraft. So weh es ihr auch tat, nicht mit Isabel reden und ihr alles anvertrauen zu können, sowenig konnte sie es jetzt ertragen, etwas anderes als Mitgefühl in deren Augen zu sehen.

Katharina hatte Isabel mit einer fadenscheinigen Ausrede nach Hause geschickt, und Isabel war widerstrebend gegangen.

Es gab genügend Gründe, sich elend und schrecklich einsam zu fühlen.

Katharina nahm ihr Smartphone aus der Handtasche und entsperrte es, um nachzusehen, ob Henri ihr geschrieben hatte. Keine Nachricht. Sie starrte so lange auf das Display, bis es wieder schwarz wurde.

Schließlich wählte sie selbst Henris Nummer. Es klingelte ewig, bis schließlich seine Mailbox ansprang.

Es war frustrierend. Je weniger sie mit ihm sprechen konnte, umso größer wurde ihr Drang, seine Stimme zu hören.

Hey, Henri, ich wollte mal hören, ob du das Golfen überlebt hast. Melde dich doch mal, Kat

Seine Antwort kam sofort.

Sorry, hab dich gar nicht gehört, ist so laut hier! Ja, ich lebe noch, war lustig. Sind noch im Irish Pub auf ein Bier. Wie ist dein Kongress? XX Henri

Mein Kongress war bisher sehr aufschlussreich. ;)

Der Kongress, und alles, was sie erfahren hatte, weil sie ihn nicht besuchte.

Hey, Liebes, wir spielen gerade die letzte Runde Dart. Ich bin gleich dran und will dann auch nach Hause. Ich kann dich gegen 10 Uhr noch mal anrufen, aber das ist vielleicht ein bisschen spät? Lass uns am Sonntag was Schönes unternehmen, ja? Ich liebe dich, Henri

Ich liebe dich? Katharina versuchte, sich daran zu erinnern, wann Henri das das letzte Mal gesagt oder gar geschrieben hatte, aber es wollte ihr beim besten Willen nicht einfallen.

Zehn ist super. Ich freu mich, Kat

Er kam nicht um zehn. Auch um halb elf war er noch nicht zu Hause. Gerade, als sie beschlossen hatte, ins Bett zu gehen, und sowohl das halb leere Weinglas eingesammelt als auch das Licht ausgemacht hatte, klingelte ihr Telefon.

»Hey, Liebes!« Henri. »Geht es dir gut?« Er klang aufgedreht.

»Ja, mir … Alles okay mit dir?« Katharina ließ sich wieder auf die Couch fallen.

»Alles bestens. Ich bin nur ein bisschen außer Atem. Ist doch ein bisschen später geworden. Wir … haben völlig die Zeit vergessen.« Er lachte leise. »… aber jetzt bin ich zu Hause.«

Nein, das war er nicht.

»Ah.« Sie räusperte sich. »Zu Hause also. Wie geht's den Kindern?«

»Gut, die … schlafen vermutlich schon. Und du? Bist du schon im Hotelzimmer?« Wie leicht ihm die Lüge über die Lippen kam.

Katharina hatte ganz tief in ihrem Innersten gehofft, dass es eine Erklärung für diese Frau gab. Sie hatte sich in letzter Zeit immer häufiger gefragt, ob Henri wirklich in der Lage war, sie erneut so anzulügen. Nun wusste sie es. Und jetzt, da sie die Gewissheit hatte, war ihr, als hätte sie neugierig eine Tür geöffnet, nur um festzustellen, dass es besser gewesen wäre, deren Klinke nicht anzurühren. Die Ohnmacht, aber auch die Wut von vorhin kamen mit einem Schlag zurück. Genauso wie das Bewusstsein, dass es an der Zeit war, zu handeln.

»Nein, ich … bin nicht im Hotelzimmer. Noch nicht.« Sie lächelte, als sie spürte, dass sowohl die Klarheit als auch die Kraft zu ihr zurückkehrten, um anderen eine Grenze zu setzen, so, wie sie es heute bei Elise schon einmal getan hatte. Wenn man wusste, was zu tun war, war alles ganz leicht. Schwierig war nur die Entscheidung – und vielleicht der erste Schritt.

»Ich bin einfach immer beruhigt, wenn ich darauf vertrauen kann, dass ihr alle gut und sicher zu Hause angekommen seid«, sagte Katharina und bemühte sich, dabei nicht boshaft zu klingen. »Aber weißt du was? Lass uns doch einfach am Sonntag alles besprechen, wenn ich zurück bin. Oder … vielleicht nehme ich mir auch noch den Montag frei und bleibe etwas länger.« Ganz genau. Warum eigentlich nicht? In Gedanken ging sie schon ihren Kalender durch und überlegte, wen sie alles anrufen musste. Elise und Bella hatten pädagogischen Tag, also schulfrei, und brauchten weder Pausenbrote noch sonst irgendwelche organisatorische Unterstützung, und so, wie die beiden in letzter Zeit drauf gewesen waren, gab es keinen Grund, wegen ihnen zu Hause zu sein. Sie würden vermutlich noch nicht einmal bemerken, dass Katharina einen Tag länger weg war.

»Wirklich? Oh, das wäre … aber schade!« Plötzlich klang Henri unsicher. »Ich würde mich echt freuen, wenn du am Sonntag kämst. Und Bella und Elise bestimmt auch.« *Schon klar.*

»Mal sehen. Jetzt gehe ich jedenfalls schlafen. Gute Nacht, Henri. Grüß die Mädchen von mir. Und wegen Sonntag melde ich mich.«

Sie legte auf, bevor er noch etwas sagen konnte.

Endlich war ihr nicht mehr kalt. Außerdem hatte sie plötzlich einen Bärenhunger. Katharina stand auf, nahm das Sushi aus dem Kühlschrank und aß es mit den Fingern direkt aus der Verpackung, bevor sie nach oben ging, um für ein paar weitere Tage zu packen.

Kurz überlegte Katharina, einfach die Klamotten vom Kongress im Koffer zu lassen, aber dann entschied sie sich um. Das rote Kleid durfte bleiben, aber anstelle des dunkelblauen Hosenanzugs und der hochgeschlossenen weißen Seidenbluse steckte sie Sneakers, Jeans und Shirts ein.

Katharina war beinahe schon wieder auf der Treppe, als sie noch einmal umkehrte und die dunkelrote Spitzenunterwäsche aus der Kommode nahm.

Wäre Henri in der Zwischenzeit nach Hause gekommen, wäre sie geblieben, aber er tauchte nicht auf, und so stieg Katharina um kurz nach elf erneut in ihr Auto und scrollte durch ihre Playlists.

Nur kurz überlegte sie, ob es angemessen wäre, traurige Liebeslieder zu hören, die sie während der Fahrt in einem Tränenmeer versinken lassen würden, entschied sich dann aber dagegen. Sie war zwar wirklich traurig, das schon, aber vor allem war sie wütend. Und mit dieser Wut ließ es sich geradezu nach Wien fliegen. Denn genau da wollte sie hin.

Sie sang mit Beyoncé, Pink, Icona Pop und Gwen Stefani um die Wette und fühlte sich unzerstörbar. Als sie schließlich von der Autobahn abfuhr, war es kurz nach drei Uhr morgens, Katharina war heiser und fühlte sich ein bisschen high, als wäre ihr kompletter Körper aus winzigen Seifenblasen gemacht. Sie hatte sich buchstäblich die Seele aus dem Leib gesungen.

Ihr Navi führte sie problemlos zu Theresas Adresse, aber als Katharina vor deren Haus anhielt, wurde ihr klar, dass ihr Plan einen kleinen Denkfehler enthielt: Theresa war vermutlich da, würde aber in maximal zwei Stunden aufstehen, um zum Flughafen zu fahren und ihren Hund in Empfang zu nehmen. Katharina wusste, dass sie jederzeit bei ihr klingeln und auch schlafen konnte, aber plötzlich hatte sie fürchterliche Skrupel, ihre Freundin aus dem Bett zu werfen. Sie würde sich erschrecken. Abgesehen davon befand sich Katharina in einem Zustand, der sich durch die gefährliche Mischung von völlig übermüdet und total überreizt auszeichnete, und sie konnte sich überhaupt nicht vorstellen, sich unter Theresas mitfühlendem Blick auf die Couch zu legen und einfach zu schlafen. *Oder schlimmer noch, ihr von Emilia Jacoby, 32, zu erzählen.*

Kurz entschlossen wendete Katharina ihr Auto. Vielleicht konnte sie einfach noch ein wenig durch die Stadt fahren, dieser in ihrer ganzen Pracht beim Aufwachen zusehen und dann in vier oder fünf Stunden mit frischen Brötchen bei Theresa klingeln. Aber schon, als sie die Ringstraße entlangfuhr, wusste sie, dass ihr auch ein Kurzbesuch bei ihrer Freundin nicht reichen würde. Sie wollte ein Zeichen setzen. Für sich. Für das Leben. Und auch für Henri.

Es war großartig, wieder hier zu sein. Obwohl Wien schlief, hatte die Stadt sie doch wie eine Heimkehrerin begrüßt. Zumindest war es Katharina so vorgekommen. Mit heruntergekurbeltem Fenster an all den Gebäuden vorbeizufahren, die ihr so vertraut waren, und den ganz eigenen Geruch ihrer ehemaligen Heimatstadt einzuatmen, war wie die Umarmung einer guten Freundin. Sie beobachtete ein paar Nachtschwärmer auf ihrem Heimweg und lächelte, als sie am Volksgarten vorbeikam. Es war wie nach Hause kommen.

Im Grunde war ihr von Anfang an klar gewesen, wo sie hinfahren würde, und es fühlte sich auch sehr richtig an, hier zu sein. Hier, vor dem persischen Restaurant in der Florianigasse, das vor vielen Jahren noch ein österreichisches Wirtshaus gewesen war. Automatisch glitt ihr Blick nach oben in den dritten Stock, dorthin, wo Mats wohnte. Und wo immer noch Licht brannte.

Während sie aus ihrem Wagen stieg, schossen ihr unzählige Fragen gleichzeitig durch den Kopf, und mehrmals, während sie die Straße überquerte, um zu Mats' Haus zu gelangen, war sie kurz davor, wieder umzukehren. Sollte sie wirklich klingeln? Sollte sie nicht lieber doch zu Theresa fahren? Was, wenn sie klingelte und Mats war nicht allein? Was, wenn er sie nun doch nicht sehen wollte? Und wie würde es weitergehen? War sie bereit dazu? Und wozu überhaupt?

Gerade, als sie tatsächlich im Begriff war, wieder zu ihrem Auto zurückzukehren, öffnete sich oben ein Fenster. Für Katharina fühlte es sich wie ein Wink des Schicksals an, und noch bevor das Fenster ganz geöffnet war, drückte sie mit laut klopfendem Herzen auf den Klingelknopf. Sie hatte sich entschieden.

30

Der Summer ertönte, ohne dass Mats gefragt hatte, wer da unten stand, und Katharina drückte mit ihrer Schulter die Haustür auf. Ihr Herz pochte mittlerweile so stark, dass sie sich auf ihre Atmung konzentrieren musste, damit ihr nicht wieder schwindelig wurde. Sie hatte bereits die erste Treppe geschafft, als im dritten Stock die Wohnungstür aufging.

Kurz blieb sie stehen, um zu lauschen, ob Mats etwas rief oder ihr – oder wen auch immer er erwartete – vielleicht sogar entgegenkam. Sie zwang auch ihren Atem zur Ruhe. Mats rührte sich nicht.

Katharina konnte immer noch umdrehen.

Sie konnte sogar wieder nach Hause fahren und sich in ihr eigenes Bett legen. Ohne dass sich etwas ändern würde oder irgendjemand es auch nur bemerken würde. Sie musste noch nicht einmal eine Erklärung für ihren Ausflug erfinden, denn alle dachten sowieso, sie wäre in München.

Mit jeder Stufe, die sie nach oben stieg, wuchs die Aufregung. Die alten Holzdielen knarzten unter ihren Schritten. Das Licht ging aus, und Katharina traute sich nicht, erneut auf den Lichtschalter zu drücken. Und dann stand sie plötzlich auf dem letzten Treppenabsatz.

»Hi«, sagte in diesem Augenblick Mats leise von oben, bevor er das Licht wieder anmachte.

»Hi«, antwortete Katharina und schluckte. Sie spürte die Erleichterung darüber, dass er da war und sie ansah, als wäre sie das

Beste, was ihm nachts um drei passieren konnte. Sein Blick spülte die Wut und Anspannung aus ihrem Körper und hinterließ dafür eine Erschöpfung, die es ihr beinahe unmöglich machte, die letzten Stufen zu erklimmen. Nun fühlte sie die Müdigkeit, die sie sich vorhin noch nicht einmal vorstellen konnte. Am liebsten hätte sie sich jetzt und hier auf den Boden gelegt und fühlte sich, als könnte sie jederzeit anfangen zu weinen.

Mats nahm zwei Stufen auf einmal und zog sie genau in dem Moment in seine Arme, als ihre Beine unter ihr nachgeben wollten. Offensichtlich hatte er gerade erst geduscht, denn seine Haut war glatt, dort, wo normalerweise immer ein Bartschatten ihre Wange kratzte, seine Haare waren an den Spitzen noch ein wenig feucht, und er roch nach einer Mischung aus Waschmittel und Duschgel.

Sie blieben lange einfach so stehen. Gefangen und gehalten durch den jeweils anderen, bis Mats Katharina irgendwann behutsam an den Schultern fasste und ein wenig von sich schob. Das Licht war erneut ausgegangen, doch dank des Mondes und der Stadtbeleuchtung war es trotzdem hell genug, um Mats' Konturen und seinen Blick zu sehen, der in einer Mischung aus Zärtlichkeit und Verlangen auf ihr lag.

»Wo warst du nur so lange?«, flüsterte er leise und sah sie mit einem Hunger an, der Katharina gleichermaßen erschreckte wie erregte. Die Müdigkeit war plötzlich wie weggeblasen, ihr Herz raste wie zuvor, und sie spürte jeden Millimeter ihres Körpers, der mit Mats in Berührung kam.

»Ich weiß es nicht«, antwortete Katharina atemlos und drückte sich noch ein wenig näher an ihn. Alle Bedenken und Unsicherheiten waren von ihr abgefallen, all die Fragen, Sandra, ihr Gewissen und die Sorge, wer sie war und wer sie morgen sein würde, hatten sich in ein heißes Begehren aufgelöst und nichts zurückgelassen, außer dem Wunsch, sich endlich hingeben zu dürfen. Nichts mehr zu denken. Nichts mehr zu hinterfragen.

»Komm«, sagte Mats und nahm Katharina an der Hand. Die wenigen Stufen, die sie noch zurücklegen mussten, kamen Katharina ewig lang vor, und sie war erleichtert, als sie endlich oben waren. Ohne das Licht in seiner Wohnung anzumachen, zog Mats sie in die Diele und gab der Tür mit dem Fuß einen Stoß, die daraufhin sacht ins Schloss fiel. Er drehte Katharina ein wenig zur Seite, sodass sie sich an der Tür anlehnen konnte, und nahm auch ihre andere Hand. Er legte beide rechts und links neben ihren Kopf und hielt sie fest. Sein Körper berührte ihren nicht. Katharina fühlte ein köstliches Ziehen in ihrem Unterleib, als sich sein Gesicht Millimeter für Millimeter dem ihren näherte.

Endlich lagen seine Lippen auf ihren und lösten dort ein prickelndes Feuerwerk und die Lust nach mehr aus. Er schmeckte köstlich. Für einen kurzen Moment musste sie sich sammeln und nach Luft schnappen. Dann endlich erwiderte sie seinen Kuss. Erst weich und sanft, dann immer fordernder. Sie öffnete leicht ihre Lippen und ließ ihre Zunge über seine gleiten. Er stöhnte leise. Oder war sie es gewesen?

Katharina drängte sich ihm entgegen, sie wollte ihre Hände bewegen, ihn berühren, seine nackte Haut auf ihrer spüren. Die Bewegungslosigkeit stachelte sie an, ärgerte sie und brachte sie dazu, sich aus seinem Griff zu winden, was ihren Berührungen den Extraschuss Hitze verlieh, den beide mit Leidenschaft herausforderten. Mats lachte leise. »Es funktioniert immer noch«, raunte er an ihrem Mundwinkel, bevor er sie sanft in ihre Unterlippe biss.

Dann ließ er sie plötzlich los.

Schwer atmend standen sie voreinander, als wären sie für einen Augenblick im Auge eines Orkans gelandet. Im fahlen Mondlicht sah Katharina, wie heftig sich Mats' Oberkörper hob und senkte.

Sie streifte ihre Schuhe von den Füßen und verlor dabei beinahe das Gleichgewicht. Mats streckte die Hand aus, um sie zu stützen, aber sie schob ihre Hände stattdessen unter sein Shirt. Wie viele Nächte hatte sie sich diese heiße, glatte Haut unter ihren Fingern ausgemalt, sich gewünscht, ihn noch einmal berühren zu können?

Während Katharina Mats' Shirt weiter nach oben schob, beugte sie sich nach vorne, um ihre Lippen über seinen festen Bauch und seine Rippen gleiten und schließlich ihre Zunge um seine Brustwarzen kreisen zu lassen. Abermals stöhnte er auf. Gleichzeitig ließ sie ihre Hände zu dem Knopf seiner Jeans wandern, um ihn zu öffnen, als Mats seine Finger unter ihre Bluse gleiten ließ.

Zart fuhr er mit den Fingerspitzen ihre Taille entlang nach oben und genoss Katharinas Erschauern. Er öffnete vorsichtig ihren BH und umfasste für einen Moment ihre Brüste mit seinen warmen Händen. Sie legte den Kopf in den Nacken und seufzte. Katharina wollte mehr. Viel mehr. Jede Sekunde, die sie noch länger ohne seinen nackten Körper an, auf und in ihr sein musste, war pure Folter.

Mats begann, die winzigen Knöpfe ihrer Bluse aufzuknöpfen. Es dauerte viel zu lang.

»Ich glaube, ich brauch doch mal Licht«, sagte er und lachte ein wenig heiser, bevor er Katharina losließ.

Sie hörte, wie er die Wand abtastete, und als plötzlich das Licht anging, musste sie blinzeln. Sie fühlte sich für einen Moment entblößt und verunsichert, aber als Mats sich wieder zu ihr umwandte und sie ansah, wie nur er es konnte, verschwand das Gefühl sofort wieder.

Er machte einen Schritt auf sie zu und strich ihr die wilden Locken aus dem erhitzten Gesicht, die sie fahrig zu einem Knoten schlang. Er sah ihr tief und voller Verlangen in die Augen.

»Weißt du eigentlich, wie schön du bist?«

In seinem Gesicht spiegelte sich die gleiche unbändige Erregung, die auch Katharina fühlte.

Sie zog ihn an sich.

Sie wollte mit ihm schlafen. Jetzt. Hier. Sofort.

Noch nie hatte sie etwas so sehr gewollt.

»Bist du dir sicher?«, fragte Mats, als hätte er ihre Gedanken gelesen. Katharina nickte. Sie hätte kein Wort herausgebracht. Mats lächelte.

»Warte hier«, sagte er.

Ihr Körper stand in Flammen. Sie konnte und wollte nicht hierbleiben, und so folgte sie ihm in sein vertrautes Schlafzimmer. Das große Bett stand nach wie vor an der Rückwand, die weißen Laken leuchteten hell in der dunklen Nacht. Seine Kleider hingen auf einer fahrbaren Kleiderstange, und neben seinem Bett stapelten sich Bücher auf dem dunkelbraunen glänzenden Parkettboden. Der einzige Raumschmuck war ein großer antiker Spiegel, der direkt neben der Tür an der Wand lehnte und in dem sich Katharina schon viele Male angesehen hatte.

Sie nahm all das mit einem Blick wahr und fühlte sich zurückkatapultiert in die Zeit vor fünfundzwanzig Jahren, in der Mats' Schlafzimmer auch das ihre gewesen war und seine Wohnung sich nach ihrem Zuhause angefühlt hatte.

Sie legte sich auf sein Bett, während er eine dicke Kerze anzündete, die in einer großen Glasschale auf dem Boden stand.

Katharina öffnete sehr langsam die restlichen Knöpfe ihrer Bluse, während sie Mats beobachtete. Als er sich umdrehte, verband sich sein Blick sofort mit ihrem. In wenigen großen Schritten war er bei ihr, legte sich neben sie und löste ihre Finger von den Knöpfen. »Lass mich das machen«, bat er. »Und lass mich dich dabei ansehen«, setzte er hinzu. »Lass mich jeden Augenblick genießen.«

Katharina nickte wieder, schloss für einen Augenblick die Augen und genoss seine vorsichtigen Berührungen, aber kaum hatte er den letzten Knopf geöffnet, war es um ihre Zurückhaltung geschehen. Sie schälte sich aus ihrer Bluse und warf sie zusammen mit dem BH, der wie von selbst von ihren Schultern glitt, achtlos auf den Boden. Die kühle Nachtluft streichelte ihre Haut, und Katharina fühlte sich unter seinem Blick wie eine Göttin.

Sie setzte sich auf, um Mats' Shirt nach oben zu schieben, wobei sie ihren Mund und ihre Brüste über seinen Oberkörper gleiten ließ. Der vibrierte förmlich unter ihren Berührungen, und sein Beben übertrug sich auf sie. Schließlich setzte sie sich auf ihn und zog ihm das T-Shirt vollends aus, um es zu ihren Klamotten auf den Boden zu werfen.

Mit einem Seufzen richtete sich Mats nun ebenfalls auf, aber nur, um Katharina sanft neben sich auf die Matratze zu drücken. Ohne ihr die Möglichkeit zu geben, sich aus seinem Griff zu befreien, küsste er sie leidenschaftlich, bevor er weiter nach unten rutschte und winzige Küsse und Bisse am Saum ihrer Jeans entlangwandern ließ, die dafür sorgten, dass sie beinahe den Verstand verlor. Mit einer einzigen Handbewegung zog er schließlich ihre Hose samt Unterwäsche nach unten. Mit beiden Händen fuhr er nun an der Außenseite ihrer Oberschenkel entlang und bedeckte gleichzeitig deren Innenseite mit weiteren heißen Küssen. Sie keuchte auf, als er zu ihren Schamlippen weiterwanderte und schließlich sanft mit seiner Zunge über den winzigen pulsierenden Punkt strich, ihr Zentrum der Lust, das unter dieser kurzen Berührung zu explodieren drohte.

Sie wollte ihn in sich spüren, ausgefüllt werden von ihm und seiner männlichen Kraft, wollte, dass er sie nahm und willenlos machte, damit sie sich fallen lassen konnte.

Sie hielt seinen Kopf fest und dirigierte Mats nach oben, sodass er auf ihr lag. In einer innigen Umarmung drehte sie sich mit ihm zur Seite und schob nun ihrerseits seine Jeans nach unten und befreite ihn schließlich von seinen Boxershorts.

Sofort fanden sich ihre Münder und Körper in purer Erregung wieder. Mats tastete neben sich nach einem Kondom. Als er endlich in sie eindrang, schrie Katharina kurz auf. Sie lösten sich unter den Berührungen und Bewegungen des jeweils anderen auf und kamen gleichzeitig zum Höhepunkt, in einem Strudel aus Energie, der sie beide mit sich riss.

Keuchend und nackt lagen sie später einander zugewandt auf dem Bett und sahen sich in die Augen. Ein Lächeln lag auf ihren Gesichtern, und Katharina fühlte die Hitze, die immer noch in ihren Körpern pulsierte und sie erneut mit purer Begierde auflud.

»Hi«, sagte Mats, wie vorhin auf der Treppe.

»Hi«, antwortete Katharina.

Sie schloss ihre Augen und fühlte es wieder. Sie war zu Hause.

31

Obwohl die frühe Sonne ihr Bestes tat, um Katharina dazu zu bewegen, die Augen zu öffnen, weigerte sich diese. Ihr Körper fühlte sich wunderbar schwer an, sie hätte noch ewig weiterschlafen können. Endlich war sie so entspannt, wie sie es sich schon lange gewünscht hatte. Ihre Gedanken flossen so zäh wie Sirup durch ihren Kopf, keiner schien ihr wichtig genug, um ihn weiterzuspinnen. Sie fühlte sich wie eine zufriedene Katze, die sich genüsslich auf einem Sonnenkringel zusammengerollt hatte. Sie hätte vermutlich ebenfalls vor Wohlbefinden geschnurrt, wenn sie nicht gleichzeitig deutlich gespürt hätte, dass sie sich vor etwas versteckte, das sie nicht an die Oberfläche ihres Bewusstseins kommen lassen durfte.

Eine warme, zärtliche Hand schob sich auf ihre Hüfte und begann, Katharinas Haut träge zu streicheln. Selbst wenn ihr Verstand noch beinahe schlief, war ihr Körper doch sofort hellwach und reagierte mit einer Erregung auf diese Berührung, die sie zusätzlich verwirrte.

»Kate«, flüsterte eine Stimme sanft an ihrem Ohr, die nicht Henris war, und sorgte dafür, dass sich die Härchen an ihren Unterarmen aufstellten. Katharina fiel wieder ein, wo sie war.

In Wien. Bei Mats.

Seine Hand wanderte weiter nach oben und legte sich um ihre nackte Brust. Katharina drehte sich zu ihm um und öffnete die Augen. Mats' Haare waren vom Schlaf zerwühlt und seine Haut noch ein wenig zerknittert. Sein Blick, die Freude und die Erregung darin, war der gleiche wie damals. Seine grünblaugrauen Augen leuchteten auf, als sie ihn anlächelte, und katapultierten Katharina mehr als zwanzig Jahre zurück in eine Zeit, die leicht und verheißungsvoll gewesen war. Sie spürte, wie sich in ihr wieder etwas zusammenfügte, das lange zerbrochen gewesen war. Kate war schon immer ein Teil von ihr gewesen, das begriff sie jetzt. Genauso wie Katharina, Kat und Katie. Sie hatte es nur vergessen. Und nun, da sie diesen Teil von sich wiederentdeckt hatte, würde sie ihn nie wieder hergeben. Sie traute sich kaum zu atmen, aus Angst, diesen perfekten Moment zu zerstören, in dem sie frag- und zweifellos ganz und gar glücklich war.

Es war gut, hier zu sein.

»Was?«, fragte Mats und lachte leise. »Warum hältst du die Luft an?«

»Ich …« Ihr Mund fühlte sich merkwürdig taub an. »Ich beobachte mein Herz dabei, wie es heilt«, flüsterte sie und atmete tief aus. Und genau so war es.

Mats sagte nichts. Er sah sie nur an.

Katharina legte ihre Hand auf seine Wange. Sie wollte sich diesen Moment, diesen Blick einprägen. Nie vergessen, wie viel Wärme und Erkennen darin lagen, ihn behalten, selbst wenn … sich alles andere veränderte. Denn dass das passieren würde, wusste Katharina. Spätestens, wenn sie Mats' Wohnung, diesen Kokon aus Erinnerungen und Neuem verließen und der Welt wieder Zugriff auf sich gewährten. Die Flüchtigkeit dieses Augenblicks war es, die ihn so unendlich kostbar machte.

Irgendwann begann Mats, sie erneut zu streicheln. Vielleicht war es auch Katharina gewesen, die ihre Hand über seinen Körper wandern ließ. Es war gleichgültig. Die Lust schwemmte Katharinas Trägheit davon, und sie liebten sich langsam und intensiv, bevor sie ineinander verschlungen wieder einschliefen.

Als Katharina das nächste Mal wach wurde, stand die Sonne schon deutlich höher am Himmel. Es musste später Vormittag sein. Mats war aufgestanden und lief geschäftig durch das Zimmer. Er war nackt und hatte eine Reisetasche in der Hand, in die er wahllos irgendwelche Kleider stopfte. Das Ganze sah so komisch aus, dass sie lachen musste. Als er bemerkte, dass Katharina aufgewacht war und ihn beobachtete, hielt er für einen Moment inne, stellte die Tasche ab und kletterte zu ihr. Er küsste sie schnell. »Guten Morgen, du Schöne«, sagte er, »hast du gut geschlafen?«

Bevor sie antworten konnte, war er schon wieder vom Bett gestiegen. »Es tut mir leid, dass ich dich allein lassen muss, aber …« Er zuckte mit den Schultern. »Ich konnte ja nicht ahnen, dass du kommen würdest.«

Nein, das konnte er nicht. Das hatte Katharina ja selbst nicht geahnt. Kurz schoss ihr ihr eigener Aufbruch von gestern wieder durch den Kopf, aber sie schob ihn energisch beiseite.

»Wohin fährst du?«, fragte sie, immer noch ein bisschen benommen. Vielleicht hatte sie ja Glück, und er wäre heute Abend wieder da. Die Größe der Reisetasche sprach allerdings dagegen. Was hatte sie auch erwartet? Dass seine komplette Welt stillstand, nur weil sie darin aufgetaucht war?

»Nach Südfrankreich.« Wieder zuckte er mit den Schultern. »Wir shooten so ein neues Unisex-Parfüm für ein Luxuslabel aus den USA auf einer Jacht vor Saint-Tropez. Dieses Hunderttausend-Dollar-Ding von irgendeinem Scheich ist fast so groß wie unser Viertel.« Er lachte, bevor er den Kopf schüttelte. »Zwei Tage auf diesem Kahn in der Sonne, mit Bordpersonal, schönen Models und Champagner. Ich kann mir schlechtere Arbeitsbedingungen vorstellen. Aber übermorgen Abend bin ich wieder hier.«

Katharina wurde es schwer ums Herz. Sie hatte nicht wirklich darüber nachgedacht, was sie hier vorfinden würde. Aber insgeheim gehofft, dass sie Zeit füreinander, für alte Erinnerungen und bislang Unausgesprochenes haben würden. Dass Mats gleich wieder verschwinden würde, damit hatte sie nicht gerechnet.

»Es tut mir leid, Kate. Wenn ich gewusst hätte, dass du kommst, hätte ich dich als meine neue Assistentin mitgenommen«, sagte er und küsste sie erneut. »So muss ich leider Olaf den Vortritt lassen.« Er grinste. »Du kannst dich an Olaf noch erinnern, oder?« Katharina nickte.

»Er kommt allerdings nur noch dann mit, wenn es coole Jobs sind. Eigentlich hat er eine eigene Produktionsfirma, aber natürlich nicht auf einer Jacht.« Mats lachte erneut.

»Wobei ich dich mir im Bikini auf einem solchen Boot sehr viel besser vorstellen kann als ihn.« Er setzte sich wieder zu ihr auf die Bettkante und beugte sich zu ihr hinunter, um sie zu küssen.

»Hey, schau nicht so traurig. Ich wünschte, ich könnte hierbleiben«, flüsterte er und schob seine Hand unter die Bettdecke, um seine Fingerspitzen über ihren Bauch kreisen zu lassen. Dabei sah er ihr tief in die Augen. »Ich werde dort an dich denken und davon träumen, dass du bei mir bist. Und ich werde die Stunden zählen, bis ich wieder hier sein kann.« Er küsste sie.

»Schon klar, du Schmeichler.« Katharina lächelte, obwohl es wehtat. »Ich glaube dir kein Wort.« Sie hätte es wissen können. Müssen. Er war nun einmal ein rastloser Reisender, den man nicht aufhalten konnte, und wenn sie bei ihm sein wollte, musste sie eben nehmen, was sie bekam. Immerhin hatte sie Glück gehabt, und er war gestern zu Hause gewesen. Sie atmete tief durch, und ihr Lächeln fühlte sich schon ein wenig besser an. »Ich komme klar, Mats.«

Er sah sie so zweifelnd an, dass sie lachen musste.

»Ich bin ein großes Mädchen, schon vergessen?«

»Bleibst du, bis ich wiederkomme?«, fragte er, anstatt auf ihre Frage einzugehen, und Katharina spürte die brennende Bitte, die sich hinter der seinen verbarg. »Du weißt, dass das hier dein Zuhause ist, wenn du das möchtest?«

»Vorerst würde es mir reichen, wenn ich einen Kaffee bekommen könnte«, antwortete sie und grinste. Katharina setzte sich auf und ließ die Bettdecke von ihren Schultern gleiten, bevor sie aufstand. Sie war ebenfalls nackt. Und sie fühlte sich selbstsicher, stark und großartig. Das hier war ihr Körper. Sie konnte lieben und geliebt werden. Sie konnte tief empfinden und andere tief empfinden lassen. Die körperliche Gleichgültigkeit und Unlust, die sie neulich empfunden und die sie so erschreckt hatten, waren ein Irrtum gewesen.

Mats saß völlig perplex auf der Bettkante und starrte sie an.

»Wow, du bist …« Er schluckte. Seine Augen wanderten von ihren Augen zu ihren Brüsten, zu ihrem Bauch und tiefer.

Und hielt plötzlich inne. Er streckte seine Hand aus und berührte vorsichtig die knapp zehn Zentimeter lange Narbe, die quer über ihrer Scham verlief.

»Was ist das?«, fragte Mats erschrocken. »Warst du krank?«

Sofort fiel Katharinas Selbstsicherheit in sich zusammen, und schnell bedeckte sie die zarte weiße Linie mit ihren Händen.

»Nein, war ich nicht. Hast du noch nie eine Kaiserschnittnarbe gesehen?«, antwortete sie heftiger, als es gemeint war. Es tat ihr sofort leid. Sie sollte ihm seine Unwissenheit nicht übel nehmen, denn vermutlich hatte er stets ausschließlich perfekte und unversehrte Körper vor seiner Linse. Dennoch verletzte sie sein Erschrecken, das ihr das Gefühl gab, als sei ihr Körper durch diese Narbe irgendwie entstellt. Augenblicklich hatte sie das Bedürfnis, diese Linie zu beschützen, als schütze sie in gewisser Weise damit auch Bella und Elise.

»War es sehr schlimm?« Voller Mitgefühl sah er zu ihr auf.

»Was meinst du damit?«, fragte Katharina irritiert zurück. »Ein Kind zu bekommen?« Sie schüttelte den Kopf, als Mats langsam nickte. »Nein, das war … vielmehr das ist das Schönste und Beste, was mir je passiert ist.«

»Oh«, sagte Mats nur. Erneut fuhr er vorsichtig über die Narbe, und es kam Katharina so vor, als wäre er froh, dass er ihr dabei nicht ins Gesicht sehen musste. Doch genau an der Stelle, an der seine Berührungen bis vor ein paar Minuten elektrisierend auf sie gewirkt hatten, war nun Leere. Kein Gefühl. Am liebsten hätte Katharina seine Hand beiseitegeschoben.

Sie nahm sich eines von Mats' Hemden, die über seinem Kleiderständer hingen, und zog es an, während er sie immer noch nachdenklich ansah.

»Ich mache uns mal Kaffee«, sagte sie. Plötzlich hatte Katharina das Bedürfnis, den Raum, in dem Mats war und sie viel zu intensiv beobachtete, so schnell wie möglich zu verlassen. »Ist immer noch alles da, wo es immer war?« Sein Nicken nahm sie gerade noch wahr, bevor sie ins Bad floh.

Es hatte sich wirklich absolut nichts verändert. Mats benutzte immer noch den Espressokocher aus Aluminium, den man direkt auf die Herdplatte stellte, und hielt offensichtlich nach wie vor nicht viel von einem ausgewogenen Frühstück. Der Kühlschrank war bis auf eine angebrochene Flasche Weißwein, drei Flaschen Bier und eine verschrumpelte Karotte, die Katharina sofort entsorgte, leer. Aber immerhin fand sie eine halb volle Packung mit italienischen Keksen, die essbar zu sein schienen, und füllte sie in ein kleines Schälchen.

Als Mats ebenfalls in die Küche kam, war er frisch geduscht und hatte seine fertig gepackte Tasche in der Hand.

Die Stimmung zwischen ihnen war plötzlich gekippt, eine beinahe mit den Händen greifbare Unsicherheit lag im Raum, aber Katharina konnte nicht sagen, ob es an Mats' Aufbruch oder diesem merkwürdigen Gespräch über ihre Kaiserschnittnarbe lag. Er ließ sich ihr gegenüber nieder und rührte verlegen in seinem Kaffee.

»Wirst du da sein, wenn ich wiederkomme?«, fragte er erneut.

»Ich weiß es nicht«, antwortete Katharina und lächelte vorsichtig, weil das Nein, das ihr auf der Zunge lang, sogar für ihre Ohren viel zu hart und zu endgültig klang und ein überzeugtes Ja ihr plötzlich nicht mehr über die Lippen kommen wollte. Sie wollte hier sein und gleichzeitig auch nicht. Bleiben und gehen. In ihrer Erinnerung war alles zwischen ihnen romantisch, leidenschaftlich und intensiv gewesen und immer einzigartiger geworden, je öfter sie daran zurückdachte. Aber ihr war plötzlich klar, dass genau diese Erinnerung mit der Realität wenig zu tun hatte. Denn sie war hier schon gewesen. In diesem Appartement. An diesem Punkt in ihrem vorherigen Leben mit Mats. Und wie alles andere darin, war auch er unverändert. Nur Katharina hatte sich weiterentwickelt und war längst nicht mehr die naive und ungebundene Studentin von damals. In gewisser Weise war ihre Kaiserschnittnarbe das perfekte Sinnbild dafür. Natürlich war die Operation mit Schmerzen verbunden gewesen, wie so vieles im Leben, aber sie hatte ihr auch das Beste geschenkt, was sie sich nur wünschen konnte: Bella und Elise. Und jeder Blick auf ihre Narbe ließ sie Dankbarkeit für ihre Töchter und Demut vor dem empfinden, was ihr Körper geleistet hatte.

Wenn man wie Mats sich nie auf etwas oder jemanden ganz einließ, jede Verletzung und jeden Schmerz aus seinem Leben fernhielt und lieber ging, wenn es schwierig wurde, blieben einem auch echte Nähe und all die Wunder verwehrt, die jedes Leben und jede Liebe besonders und großartig machten. Und dann war eine Kaiserschnittnarbe vielleicht auch eher ein Schock als ein Geschenk.

Selbst wenn Katharina nicht wusste, wie ihr Leben weiterging, so wusste sie doch ganz genau, dass sie weder jetzt noch in Zukunft bereit sein würde, auf irgendetwas davon zu verzichten, nur um keinen Kummer fühlen zu müssen.

Die Sehnsucht nach ihren Kindern war auf einmal so stark, dass sie es plötzlich kaum erwarten konnte, bis Mats gefahren und sie allein war, um Bella und Elise anzurufen.

32

Nachdem Mats gegen Mittag gegangen war, saß Katharina noch lange an seinem Küchentisch und malte mit der Kaffeetasse Kreise auf den Tisch. Es fühlte sich merkwürdig an, hier zu sein. Es fühlte sich überhaupt alles merkwürdig an. Ihr Körper. Ihr Leben. Sie. Und dass keiner – außer Mats – wusste, dass sie hier war.

Schwere Regentropfen hatten die morgentliche Sonne abgelöst, ansonsten wäre Katharina vielleicht auf den Flohmarkt am Naschmarkt oder einfach nur so eine Runde durch den Volksgarten in Richtung Albertina spazieren gegangen. *Wie früher.*

Sie hatte zwar das dringende Bedürfnis, etwas zu tun, aber kaum genug Energie, um überhaupt vom Tisch aufzustehen. Das hier war ihre Stadt, das Sehnsuchtsziel so vieler Nächte, in denen sie sich bis zur Erschöpfung den Kopf zergrübelt hatte, aber jetzt, da sie hier war, fühlte sie nicht die erleichternde Freiheit und das Glück, das sie sich immer erträumt hatte, sondern eher so etwas wie Ratlosigkeit.

Vielleicht sollte sie wie früher Mats' Rad nehmen oder die Fünferlinie der Straßenbahn ab Laudongasse, um Theresa zu besuchen. Oder … einfach wieder nach Hause zurückkehren. So tun, als hätte sie Henri gestern nicht gesehen – und auch, als wäre sie nicht hier gewesen, hätte nicht mit Mats geschlafen und …

Sie hatte mit Mats geschlafen.

So langsam wachte wenigstens ihr Körper auf und erinnerte sie mit einem sachten Kribbeln daran, was für eine unfassbar sinnliche

Nacht sie erlebt hatte. Sie konnte das wiederhaben. Immer wieder aufs Neue. Noch einen Tag und eine Nacht, und Mats wäre wieder zurück. Ihr Herz machte einen Hüpfer.

Wenn sie jetzt ging, würde sie sich spätestens übermorgen die gleiche Frage stellen wie in den letzten Wochen. Die Frage nach: Was wäre gewesen, wenn …

Nein, nach Hause zu fahren, war keine Option.

Wieder erschien das Bild von Henri und der jungen Frau vor ihrem inneren Auge.

Sie nahm noch einen Schluck aus ihrer Tasse und verzog angewidert das Gesicht. Kalt. Was für Ingwertee galt, galt für Kaffee noch lange nicht.

Sie ging in den Flur, wo sie gestern ihre Handtasche achtlos über einen Haken gehängt hatte, um ihr Smartphone zu holen. Henri hatte ein Foto von seinem späten Samstagsfrühstück mit Bella und Marie geschickt, die er wohl mit Brezeln und Weißwürsten zur Abwechslung mal in die Nowak'sche Küche gelockt hatte. Alle drei strahlten in die Kamera und wünschten Katharina weiterhin viel Spaß auf ihrem Kongress. Erstaunt realisierte Katharina, dass Elise sie offensichtlich nicht verraten hatte, sonst hätte Henri sicher anders reagiert. Oder gar nicht.

Sie spürte eine Mischung aus Eifersucht und Wut, die gierig ihre Klauen nach Katharina ausstreckte. Katharina fehlte zu Hause niemandem. Schon gar nicht ihrem Mann. Wann er wohl nach Hause gekommen war? Hatte er womöglich erst heute Morgen Brötchen und Würste auf dem Heimweg von Clarissa 2.0 eingekauft?

Nein. Katharina würde heute definitiv nicht nach Hause fahren, um sich weiterhin belügen zu lassen. *Oder selbst lügen zu müssen.*

Bella hatte ihr noch eine gesonderte Nachricht geschickt und ihr geschrieben, dass sie Katharina vermisste, das Gefühl hatte, sie schon wochenlang nicht mehr gesehen zu haben, und sich jetzt schon freute, wenn sie wieder da war. Zumindest diesbezüglich hatte sie sich geirrt. Katharina lächelte traurig. Es war eben eine äußerst ambivalente Sache, das eigene Leben verändern zu wollen, damit gleichzeitig aber diejenigen zu verletzen, die man liebte.

Während Katharina nachdenklich auf ihr Handy starrte, erschien eine weitere Nachricht. Theresa schickte ein neues Foto von ihrem verschmitzt dreinschauenden weißbärtigen Hund.

Katharina hatte Freud völlig vergessen. Dabei war das überhaupt die Idee: Theresa war bestimmt zu Hause, um ihren Hund einzugewöhnen. Und vielleicht – hoffentlich – freute sich ihre Freundin ja über einen Überraschungsbesuch und die Gelegenheit, Katharina stolz das neue Familienmitglied präsentieren zu können.

Schnell sprang sie unter die Dusche, schlüpfte in Jeans und Sweatshirt, schnappte sich ihr Handy samt Ladekabel und den Ersatzschlüssel, den Mats ihr hingelegt hatte, sowie den großen Schirm, der an der Geradrobe hing.

Es war kurz vor zwei, als sie das Haus verließ, um im Billa ein paar Meter weiter ein passendes Geschenk für einen Antrittsbesuch bei einem Hund zu kaufen. Ein paar Minuten später stand sie mit einer Flasche Crémant und einer Packung Welpenfutter bewaffnet wieder auf der Straße. Kurz überlegte sie, ob sie Theresa anrufen sollte, entschied sich aber dagegen. Sie wusste genau, dass ihre Freundin sofort ihre eigenen Pläne fürs Wochenende über den Haufen werfen würde, wenn sie hörte, dass Katharina in der Stadt war, und das wollte sie vermeiden. Wenn Theresa nicht zu Hause war, fiel Katharina schon etwas anderes ein, was sie unternehmen konnte.

Hauptsache, sie verließ den Mats-Kokon und kehrte in etwas zurück, das sich zumindest ein wenig wie Realität anfühlte.

Obwohl es immer noch regnete, genoss sie es, über die Wickenburggasse und durch den Ostarrichi-Park die knapp anderthalb Kilometer zu Fuß zu gehen. Entlang an vertrauten Fassaden, mit dem geliebten Dialekt im Ohr und der Geruchsmelange aus Würsteln, Pferdedung und Straßenbahn, die immer wieder mal ihre Nase streifte und für Katharina zu Wien gehörte wie der Prater, Schönbrunn oder der Steffl. *Und Mats. Immer wieder Mats.*

Theresa wohnte schon immer in der Servitengasse in einer wunderschönen Altbauwohnung im vierten Stock über einem Feinkostladen, den ihre Großmutter einst betrieben hatte und der jetzt von zwei hippen Junggastronomen geführt wurde.

Nachdem sie geklingelt hatte, geschah erst einmal gar nichts, dafür wehte ihr der Duft von frisch gebackenem Brot und würzigem Käse um die Nase, und Katharina wurde bewusst, dass sie noch nichts Richtiges gefrühstückt hatte. Gerade als sie beschlossen hatte, sich, von was auch immer da so gut roch, ein großes Stück zu gönnen, knarzte und rauschte die Gegensprechanlage. Anstelle von Theresas Stimme ertönte allerdings unglaubliches Gebell.

»Theresa?«, rief Katharina ziemlich laut, in der Hoffnung, dass ihre Freundin sie trotzdem hören konnte, aber erneut geschah nichts. Katharina kramte in ihrer Tasche, um ihr Handy herauszufischen und sie gegebenenfalls anzurufen, aber da hörte das Bellen für eine Sekunde auf. »Kat?! Bist du das?«, dröhnte Theresas Stimme aus dem silbernen Quadrat neben der Klingel, und der Türsummer ertönte, auch ohne dass Katharina noch etwas gesagt hätte. So ungefähr hatte sich Katharina Theresa mit Hund vorgestellt. Grinsend drückte sie mit der Schulter gegen die Eingangstür und betrat zum zweiten Mal innerhalb von vierundzwanzig Stunden ein Treppenhaus, das ihr mehr als vertraut war.

Freud bellte, bis Katharina im vierten Stock angekommen war und er sie aufgeregt beschnüffeln konnte. Mit seinem berühmten Namensvetter und dessen nachdenklichem Gemüt hatte der völlig überdrehte Kerl außer dem Bart jedenfalls nicht viel gemeinsam, so viel war klar. Aber das war auch kein Wunder. Immerhin hatte er sicher eine ziemlich aufregende Reise hinter sich und befand sich nun zudem in einer Umgebung, an die er sich erst mal gewöhnen musste. Das Gleiche galt wohl auch für Theresa. Ihre Haare waren zerzaust und ungekämmt, ihre Bluse war falsch zugeknöpft, und sie verdrehte seufzend die Augen, bevor sie Katharina umarmte und Freud in die Wohnung zurückscheuchte. »Oh, mein Gott! Ich hatte ja keine Ahnung, was ich mir da gewünscht habe! Es ist so gut, dass du hier bist! Kennst du dich mit Hunden aus?« Sie lachte, als Katharina erschrocken den Kopf schüttelte. »Keine Sorge, ich krieg das bestimmt hin. Irgendwann. In ein paar Monaten. Bevor die Uni wieder losgeht, hoffentlich. Auch wenn ich keine Ahnung habe, wie ich je wieder normal leben soll. Ich kann noch nicht mal aufs Klo, ohne dass der Kerl hier durchdreht.« Sie beugte sich zu Freud hinunter und wuschelte ihm durchs Fell, bevor sie die Tür wieder schloss. Der Hund bellte immer noch und sprang zudem um Theresa und Katharina herum wie ein Flummi aus Fell. »Hey, mein Freund, beruhige dich mal, das hier ist Kat … sie ist …« Theresa schüttelte den Kopf und sah ihre Freundin resigniert an. »Ganz ehrlich, Kat: Ich möchte wirklich erfahren, warum du in Wien bist, aber ich befürchte, dieser Freud hier spricht im Gegensatz zu seinem Namensvetter nur Spanisch und gehorcht in keiner Sprache, die ich kenne. Und glaub mir, ich habe alle mir bekannten Sprachen durchprobiert inklusive der Worte, die man nicht sagen soll.« Sie seufzte erneut, bevor sie ihren Hund wieder zwischen den Ohren kraulte. Sofort warf er sich auf den Rücken, nur um gleich wieder aufzuspringen, sich zu schütteln und Theresa die Hand zu lecken – und wieder zu bellen.

»Was haben die ihm nur zu fressen gegeben? Feuerwerkskörper? Ich glaube, das halte ich nicht lang aus.« Sie zuckte ratlos mit den Schultern, und Katharina schmunzelte. Ihre kluge, beherrschte und immer so unglaublich kontrollierte Freundin, die niemals über irgendetwas den Überblick verlor und die einen ganzen Hörsaal voll redseliger Studenten allein mit dem Heben einer Augenbraue zum Verstummen bringen konnte, war nach ein paar Stunden mit einem Vierbeiner an ihre Grenzen gelangt. Katharina verstand zwar nicht viel von Hunden, aber dafür ein bisschen was von Kindern – und wenn die überdreht waren, half meistens nur eines:

»Was hältst du davon, wenn wir einfach einen Spaziergang machen?«, rief sie über den Krach hinweg. »Bei Bella und Elise hat das immer gewirkt.« Vermutlich tat es den beiden gut, wenn sie ein bisschen rauskamen, und vielleicht musste Freud ja auch einfach mal.

Theresa sah sie so erstaunt und gleichzeitig dankbar an, als hätte Katharina ihr soeben offenbart, heimlich eine Ausbildung zur Hundeflüsterin absolviert zu haben. Sie nickte begeistert und nahm die Leine, die neben ihren Schuhen auf dem Flurboden lag, und hängte sie in das Geschirr ein, das Freud bereits trug. »Spazieren gehen! Das ist es! Du bist ein Genie, Kat! Was bin ich nur für eine miserable Hundemutter. Da hätte ich ja auch selbst draufkommen können!«

Der Spaziergang wirkte tatsächlich Wunder. Sie liefen gemütlich in Richtung Donaukanal und gingen schließlich flussaufwärts am Ufer entlang. Mittlerweile hatte es aufgehört zu regnen, und die Sonne wagte sich sogar ab und zu hinter einer Wolke hervor. Freud lief mit aufgestellten Ohren und der Nase am Boden brav neben Theresa her und schaute mit seinen wachen Augen immer wieder zu ihr zurück, als wollte er sich vergewissern, dass sie noch da war. So langsam konnte Katharina verstehen, warum Theresa so begeistert von ihm war. Die beiden würden sich schon noch aneinander gewöhnen. Auch für Katharina war es genau das Richtige, mit ihrer Freundin am Wasser entlang spazieren zu gehen und sich über einen Hund zu unterhalten, der ein wenig zu viel Energie abbekommen hatte.

Leider hielt die Entspannung nur genauso lange an, bis sie diesen Gedanken zu Ende gedacht hatte. Denn offensichtlich war Theresa wieder eingefallen, dass es eher ungewöhnlich war, Katharina in Wien zu sehen.

»Vor lauter Freud-Chaos habe ich dich gar nicht gefragt, was du hier machst! Das geht ja gar nicht! Ich kann doch nicht mein ganzes restliches Leben nur um einen Hund kreisen, oder?«

Sie ging vor Freud in die Knie.

»Was würde Freud wohl dazu sagen, wenn er könnte?«

»Nein, würde er sagen.« Katharina grinste. »Oder … vielleicht doch Ja? Kommt natürlich darauf an, welchen der beiden du meinst.«

»Moment mal! Willst du etwa sagen, ich hätte den Hund aus bestimmten Kompensationsgründen heraus adoptiert?« Theresa warf ein kleines Steinchen vom Boden nach ihrer Freundin, was der Hund mit lautem Gebell quittierte.

»*Ich* nicht.«

»Oh, na warte!« Theresa war wieder aufgestanden und klopfte sich die Hände an ihrer Jeans ab. »Ich habe dich durchschaut! Du wolltest mich nur von dir selbst ablenken!« Sie lachten beide. »Oh, Gott, hör uns an! Wir klingen wie Psychologinnen!«

»Wir *sind* Psychologinnen.«

»Hm. Aber jetzt wirklich: Was machst du in Wien? Und warum bist du nicht in München? Ist irgendetwas passiert, von dem ich wissen müsste?«

Freud blieb stehen und schnüffelte an einer Bank, während Theresa Katharina neugierig ansah.

»Ja, ich …« Plötzlich hatte sie Hemmungen, es auszusprechen. Sobald sie das tat, war es kein Geheimnis mehr, das sie im Zweifel für sich behalten und vielleicht sogar irgendwann vergessen konnte, das wusste sie. Aber Theresa kannte Katharina schon lange genug, um zu wissen, dass sie niemals ohne Grund einen Kongress früher verlassen würde. Außerdem hatte Katharina seit ihrem Studium Wien nie mehr besucht, ohne sich zuvor zu versichern, dass ein Mensch auf keinen Fall in der Stadt war. *Mats. Immer wieder Mats.*

»Los jetzt, Kat, raus mit der Sprache.« Theresa musterte sie streng. »Ich bin vielleicht ein wenig abgelenkt und ungekämmt …«, sie fuhr sich durch ihre Haare, was ihre Frisur nicht unbedingt besser machte, »… aber ich bin nicht blind. Also bitte: Was ist passiert, warum bist du hier, und wieso druckst du so herum?«

Fast wünschte sich Katharina, Freud würde wieder anfangen zu bellen, aber der Hund schien wie ausgewechselt.

»Ich … bin hier, weil … ich … ich war bei Mats.«

Ich war bei Mats. Vier Worte. Eine ganze Geschichte.

Katharina verschränkte die Arme vor der Brust, sah ihrer Freundin fest in die Augen und wappnete sich. Zu Recht.

»Bei Mats?!«, rief Theresa prompt und packte Katharina am Arm. Sogar Freud sah auf. »Ich dachte, ihr … Wieso das denn? Du weißt, du kannst immer zu mir …«

»Ja, ich weiß. Und nein, das ist kein Grund, hier so herumzuschreien«, brummte Katharina und entzog Theresa ihren Arm. Dass sie so reagieren würde, kam nicht überraschend, aber ein wenig verletzend war ihr entgeisterter Blick trotzdem.

»Doch! Ich finde, das ist sogar ein sehr guter Grund dafür. Und überhaupt, was meinst du damit: Du warst bei Mats? Du hast ihn heute Morgen aus irgendwelchen Gründen kurz besucht und Hallo gesagt? Oder du warst bei ihm, im Sinne von du hast auch die Nacht mit ihm verbracht?« Theresa sah sie mit aufgerissenen Augen an.

»Im Sinne von die Nacht mit ihm verbracht«, gab Katharina zu. »Aber ich hatte Gründe! Henri …«

»Henri? Was hat der denn damit zu tun?« Theresa schüttelte den Kopf. »Oder war er etwa auch dabei?«

»Nein, natürlich nicht«, antwortete Katharina. »Und er hat auch nichts damit zu tun, jedenfalls nicht direkt. Ich … also … ich …

Mann, Theresa! Kannst du mal bitte die Therapeutin in dir rausschicken und aufhören, zu bewerten, bevor du die ganze Geschichte gehört hast? Tausend schwierige Fragen kann ich mir auch selbst stellen!«

»Die Therapeutin?« Theresa schmunzelte. »Ich sag's ihr. Aber versprechen kann ich nichts. Eigentlich hat sie nämlich Feierabend. Ich meine: Kat! Hast du sie noch alle?« Sie sah so schockiert aus, dass Katharina gegen ihren Willen erneut lachen musste. »Sieht nicht gut aus für die Therapeutin in dir, was?«

»Nicht wirklich.« Theresa grinste ebenfalls und ließ sich auf die Bank fallen. »Aber deine Freundin ist ganz Ohr.«

»Okay. Ich erzähl dir alles. Aber nur, wenn mich sowohl die Freundin als auch die Therapeutin ausreden lassen und du mich nicht mehr haust, ja? Sonst sage ich nämlich dem Dekan, dass du ein Aggressionsproblem hast und keine Ahnung, wie man mit Hunden umgeht.«

»Wage es ja nicht!«

»Schön auf die Hände setzen, Frau Doktor, dann passiert uns beiden nichts«, sagte Katharina und lächelte.

Sobald sich die beiden Frauen zurückgelehnt hatten, ließ sich auch Freud hechelnd vor Theresas Füßen nieder. Vermutlich war es für ihn eine Wohltat, dass sich ihre Aufmerksamkeit für einen Augenblick auf jemand anderen als ihn konzentrierte. Nachdem Katharina die ganze Geschichte inklusive Mats' Besuch in ihrer Praxis und seines Auftauchens beim Kongress, Henris mysteriöser Begleitung und ihres überstürzten Aufbruchs gestern Nacht erzählt hatte, sagte Theresa für eine ganze Weile gar nichts, sondern kraulte nur Freud gedankenverloren hinter den Ohren. Ihre Augen waren halb geschlossen, und wenn Katharina sie nicht so gut gekannt hätte, hätte sie wahrscheinlich vermutet, Theresa würde gleich einschlafen. Aber dass das ein Trugschluss war, bewies deren nächster Satz.

»Und dann hattet ihr Sex«, sagte sie schließlich und nickte nachdenklich. »Und jetzt? Wie geht es weiter?«

»Keine Ahnung. Ich hatte gehofft, du würdest mir dabei helfen, das rauszufinden.«

»Wow«, sagte Theresa und nickte erneut.

»Was meinst du damit?«

»Mit wow?« Theresa sah sie von der Seite an. »Wie lange kennen wir uns jetzt? Fünfundzwanzig Jahre? Ich glaube, das ist gerade ein historischer Moment.« Sie schüttelte lächelnd den Kopf. »Katharina Nowak hat nämlich das erste Mal, seitdem ich sie kenne, keinen Plan und weiß auch nicht, wie es weitergehen soll.«

»Witzig. Und nicht hilfreich.«

Theresa zuckte mit den Schultern. »Ich bin deine Freundin. Ich möchte, dass es dir gut geht, und ich halte zu dir, was auch immer du tust, das weißt du, oder?«

Katharina nickte.

»Aber hierbei kann ich dir nicht helfen. Diese Geschichte musst du ganz allein zu Ende schreiben.« Sie legte ihren Arm um Katharina. »Aber denk daran, dass etwas, das du nicht bekommst, manchmal eine wunderbare Fügung des Schicksals sein kann.« Sie lächelte, und Katharina verdrehte die Augen.

»Sagt wer?«

»Sagt deine Freundin. Deine Therapeutin. Na gut, und der Dalai Lama.«

Theresa zog Katharina in eine feste Umarmung. »Es tut mir leid, Kat«, flüsterte sie in ihr Ohr. »Du weißt, wie großartig und wertvoll du bist und wie gern ich dich habe, oder?« Theresa war nicht unbedingt der sanftmütige und liebevolle Typ, und Worte wie diese hatte Katharina noch nie aus ihrem Mund gehört. »Aber ich meine es ernst: Ich kann dir in diesem Fall nicht helfen. Du musst anfangen, dich selbst zu lieben, Süße. Ich weiß, das klingt wie der Titel eines abgedroschenen Psychoratgebers, aber es stimmt leider. Und wenn dir das nicht endlich mal gelingt, wirst du immer weiter an Männer geraten, die nur ihr Ego an dir auffüllen.« Sie schüttelte den Kopf. »Du kannst noch zehn Praxen aufmachen und Millionen Euro verdienen, aber das macht dich noch lange nicht unabhängig.« Sie schob Katharina ein Stück von sich weg, um sie direkt ansehen zu können. »Wenn du dich immer nur durch die Augen von irgendwelchen Kerlen siehst und ihre Anerkennung brauchst, damit du dich spüren kannst, dann landest du auch immer wieder bei Männern, die so sind. Gerade in diesem speziellen Fall von Mats finde ich es doppelt tragisch, denn ganz ehrlich: Wenn du dir schon einen neuen Mann suchen willst, dann nimm doch nicht einen alten!« Sie schüttelte den Kopf. »Mats ist immer noch ein großes Kind! Er macht dich nur unglücklich. Wieder. Und wieder.« Das, was Theresa da sagte, kam ihr mehr als bekannt vor. Hatte Isabel nicht fast die gleichen Worte benutzt?

Aber keine von beiden kannte den Mats, der vorgestern in ihrem Hotelzimmer gestanden hatte. Der all diese klugen und kostbaren Dinge gesagt hatte, die sie so dringend hören musste. Jeder Mensch konnte sich weiterentwickeln, wenn er wollte. Das sah sie jeden Tag in der Praxis – und in ihrem Spiegel. Aber galt das auch für Mats? Oder hatte er nur seinen Charme und seine Intuition genutzt, um all die Dinge zu sagen, die Katharina so dringend hören wollte, um sie zurückzubekommen? Wollte er sie gar nicht wirklich, und das alles war nur ein Spiel, ein Push für sein Ego, bei dem er sich selbst etwas beweisen wollte? Oder steckte wirklich mehr dahinter?

»Und was die Sache mit Henri angeht«, unterbrach Theresa ihre Grübeleien, »klar, wer einmal lügt, tut es auch wieder, aber glaubst du ernsthaft, er würde wirklich den gleichen Fehler ein zweites Mal machen? Vor allem, wenn Henri davon überzeugt ist, dass es ein Fehler war – und das war er. Sonst hätte er sicher nicht alles dafür getan, damit ihr die Kurve kriegt.«

»Ja, am Anfang schon. Aber seit ein paar Monaten ist es, als wäre ich unsichtbar.« Katharina seufzte.

»Versteh mich nicht falsch, ich bin auf deiner Seite Kat, aber kann man nicht auch mal Gründe haben, die man nicht unbedingt erzählen will, oder tatsächlich so viele andere Dinge im Kopf haben, dass die Ehefrau vielleicht ein paar Stellen auf der Prioritätenliste nach hinten rutscht?«

»Ja, schon, aber …« Theresa hatte recht, das wusste Katharina. Aber darum ging es nicht. Immerhin hatte sie versucht, ihm zuzuhören, um zu erfahren, was ihn so beschäftigte, aber er hatte es ihr nicht erzählt. Dann hatte sie versucht, ihn abzulenken, das hatte auch nicht funktioniert. Irgendwann hatte sie frustriert aufgegeben und … Mats war aufgetaucht. *Und die Frau, der sie den Namen Emilia Jacoby und eine fette Katze angedichtet hatten.*

»Aber viel wichtiger ist doch: Liebst du ihn denn noch?«, fragte Theresa.

Katharina zuckte mit den Schultern. »Woher soll ich das denn wissen?«

»Anders gefragt: Bist du dir hundert Prozent sicher, dass das mit der anderen Frau stimmt, oder hast du nur nach einem Grund gesucht, um nach Wien fahren zu können?« Theresa sah ihre Freundin aufmerksam an.

»Ich …«

»Mir musst du nicht antworten, Süße. Mir musst du gar nichts erklären. Nur du selbst solltest wissen, aus welchen Gründen du welche Dinge tust, und dahinterstehen können. Und du solltest dir auch unbedingt erlauben, glücklich zu sein, ohne dich jedes Mal vorher zu fragen, ob das nur ja jedem in den Kram passt.« Theresa drückte Katharinas Hand. »Denk einfach drüber nach. Zeit hast du ja jetzt genug, stimmt's?«

Was Theresa gerade gesagt hatte, hörte sich ganz ähnlich an wie das, was Mats gesagt hatte, selbst wenn er damit etwas anderes hatte erreichen wollen als ihre Freundin. Sie lächelte bei dem Gedanken daran, wie Theresa reagieren würde, wenn sie ihr das sagen würde. Besser, sie ließ es sein.

»Was? Was denkst du?«

»Nichts. Nur wie froh ich bin, dich zur Freundin zu haben.«

»Und zur Therapeutin«, ergänzte Theresa.

»Ja, das auch. Richte ihr Grüße von mir aus, wenn du sie siehst«, schob Katharina nach und lachte, als Theresa die Hand hob, um sie zu knuffen. Sofort sprang Freud auf und begann wieder, wie wild zu bellen. »Denk an den Dekan«, warnte Katharina immer noch lachend und zog ihre Freundin an sich, um ihr einen Kuss auf die Wange zu drücken.

33

Sie blieben noch eine ganze Weile sitzen, bis Freud ihnen eindeutig signalisierte, dass er genug davon hatte und weiterwollte. Ihre Themen hatten sich wie selbstverständlich von Katharinas Liebeswirren zu Bella und Elise, über Theresas Hundechaos zu ihren Freunden Martina und Eddie und von dort zu ihren jeweiligen Praxen und Theresas Studenten bewegt. Katharina genoss es, dass alles einen gleich hohen Stellenwert hatte. Es gab ihr das sichere Gefühl, dass auch noch andere Dinge in ihrem Leben eine Rolle spielten außer *Matskatharinahenri.*

Theresa war schon vorausgegangen, während Katharina endlich den Feinkostladen betrat und schließlich mit köstlich duftendem Baguette, verschiedenen Käsesorten, Feigensenf und Brotaufstrichen die Treppen zu Theresas Wohnung hinaufstieg. Sie war so hungrig, dass sie dem Brot, das aus ihrer schweren Papiertüte ragte, kaum widerstehen konnte. Glücklicherweise hatte Theresa schon den Tisch in ihrer Küche gedeckt und den Crémant geöffnet.

»Oh, mein Gott, das ist der gefährlichste Laden der Welt! Ich hätte einfach alles kaufen können!«, sagte Katharina genussvoll seufzend und schob sich ein Stück Brot mit einem gigantischen Stück Käse in den Mund. »Ich hatte ja keine Ahnung, wie hungrig ich war!«

Theresa lachte. »Ich habe mir sagen lassen, die Jungs da unten sind die besten.«

»Das glaube ich sofort. Ich kann nicht fassen, dass du nicht wie ein Ball durch deine Wohnung rollst, bei all den Köstlichkeiten, die es da gibt. Wenn ich hier wohnen würde, würde ich vermutlich nie wieder kochen!«

»Wenn du hier wohnen würdest, hättest du dich bestimmt auch irgendwann daran gewöhnt. Man kann zwar immer Käse und Brot essen, da gebe ich dir recht, aber irgendwann schmeckt es dann nicht mehr ganz so sensationell.« Theresa lächelte. »So ist es doch mit allem im Leben, oder etwa nicht?« Als Katharina nicht antwortete, fuhr sie fort: »Liebe. Ehe. Familie. Mats. Sex mit Mats.«

Kaum hatte ihre Freundin seinen Namen erwähnt, schoss ein heißes Kribbeln durch Katharinas Körper, und sie wurde rot. Theresa schüttelte nur grinsend den Kopf.

Katharina verdrehte die Augen. »Echt jetzt, Theresa: Kannst du nicht einmal einfach nur Baguette und Käse essen wie alle anderen Menschen auch?«

Ihre Freundin prostete Katharina zu. »Kann ich schon, aber macht nur halb so viel Spaß.«

Katharina nahm ebenfalls einen großen Schluck Crémant. »Ich bin ja ganz bei dir, was den Käse angeht. Aber Liebe und Sex …? Ich weiß nicht, Theresa. Ich glaube nicht, dass man sich daran gewöhnen kann, einen aufmerksamen und liebevollen Partner zu haben.« Sie zuckte mit den Schultern. »Oder ein großartiges Liebesleben. Das ist doch immer etwas Besonderes.«

»Da bin ich ganz bei dir.« Theresa lächelte. »Beides ist absolut großartig, und man sollte sich auf keinen Fall daran gewöhnen. Aber wir neigen nun mal dazu, alles, was wichtig ist und wir kontinuierlich um uns haben und genießen können, für selbstverständlich zu nehmen, und vergessen dabei, wie kostbar es ist.« Sie zuckte mit den Schultern. »Das gilt für Menschen und die Liebe genauso wie für das Sortiment eines Feinkostladens.«

»Amen.«

Freud, der sich unter dem Tisch niedergelassen hatte und davon begeistert war, dass immer wieder ein winziges Bröckchen Käse für ihn abfiel, seufzte laut, und beide Frauen lachten.

»Da hast du dir ja ein kluges Tier ausgesucht«, sagte Katharina und streckte ihre Hand aus, um sein weiches Fell zu kraulen.

»Allerdings. Und nur der Vollständigkeit halber: Hunde laufen selbstverständlich absolut außerhalb der Regel und sind weder mit menschlicher Liebe noch mit Nahrungsmitteln zu vergleichen.« Theresa grinste.

»Schon klar, Frau Doktor. Wenn uns jemand zuhört, muss er denken, dass wir echt nicht mehr alle Tassen im Schrank haben.« Katharina lachte.

»Oder dass wir Psychologinnen sind«, gab Theresa zurück, ohne eine Miene zu verziehen, und hob ihr Glas erneut, um mit Katharina anzustoßen.

Nachdem sie gegessen hatten, räumten sie gemeinsam die Küche auf, und schließlich begleiteten Freud und Theresa Katharina ein Stück zurück in Richtung Mats' Wohnung. Die beiden würden schnell zu einer Einheit zusammenwachsen, da war sich Katharina sicher. Theresa wollte ihn gleich morgen mit an die Uni und in ihr Büro nehmen, um ihn langsam an das Gebäude, die Gerüche und die Abläufe zu gewöhnen, denn sobald das Semester wieder losging, wäre seine Schonfrist vorbei, und er würde als Uni-Hund zu Theresas Füßen im Hörsaal liegen. Glücklicherweise war der Dekan offen dafür – und Theresa, ihrer ausgefeilten Argumentationstechnik sei Dank, auch meist erfolgreich mit ihren Ideen.

Sie drehten zu Ehren des Neuankömmlings dieses Mal eine Extrarunde am Sigmund Freud Museum in der Berggasse vorbei, bevor sie in die Türkenstraße in Richtung Josefstadt einbogen.

Ganz automatisch hatte sie ihr gemeinsamer Weg zur Votivkirche geführt. Die alte Kirche hatte seit damals einfach eine besondere Bedeutung für Katharina. Sie war schon während des Studiums ab und zu zum Nachdenken hier gewesen, und wann auch immer sie später in Wien gewesen war, musste sie mindestens einmal dorthin.

Es war kurz vor sechs, als Katharina sich von Theresa und Freud verabschiedete. Eine ganze Weile stand sie vor dem prächtigen Gebäude und betrachtete die Fassade, bevor sie vorsichtig die Klinke des großen Portals herunterdrückte.

Zu ihrem eigenen Erstaunen war es nur angelehnt.

Sie war allein, aber das war so spät am Nachmittag vermutlich auch kein Wunder. Sofort hatte Katharina wieder Eberhards tiefe Stimme im Ohr: *Die Votivkirche ist eine dreischiffige Basilika und eines der bedeutendsten neugotischen Bauwerke der Welt! Sie wurde zum Dank für das vereitelte Attentat auf den jungen Kaiser Franz Joseph den Ersten mit Spendengeldern … Leute, so wird das nichts! Tobias! Christoph! Runter da! Benehmt euch!*

Katharina lächelte wehmütig. Es kam ihr so vor, als müsste sie sich nur umdrehen, um ihren gesamten Lateinkurs inklusive Eberhard und Isabel irgendwo zwischen den Sitzreihen oder vor den Altären herumstehen und mehr oder weniger andächtig staunen zu sehen. Als sei es erst gestern gewesen.

Sie nahm eine Opferkerze aus dem Behälter und zündete sie an der Flamme einer anderen an. *Für Eberhard.*

Wahrscheinlich war es mit der Schulzeit ganz ähnlich wie mit Theresas Feinkost-Theorie. *Wir neigen nun mal dazu, alles, was wichtig ist und wir kontinuierlich um uns haben und genießen können, für selbstverständlich zu nehmen, und vergessen dabei, wie kostbar es ist.*

Theresa hatte recht damit. Und wahrscheinlich auch mit ihrer Frage, ob das nicht für alles im Leben galt. Sofort wurde die Erinnerung an ihre Schulabschlussreise von dem Gedanken an jemand anderen überlagert, den sie erst sehr viel später kennengelernt hatte. Nach ihrem Studium. Nach Wien. Nach Mats.

Henri. Henri, der ihr vorher nie wirklich aufgefallen war, weil er von einer anderen Schule kam und andere Freunde hatte. Und der ihr beim ObSo plötzlich im Park gegenübergestanden hatte, obwohl sie die Schulzeit längst hinter sich gelassen hatten und beide nur zufällig zu Besuch in der Stadt waren.

Ein Fremder, der ihr dort, unter der großen Kastanie, zuhörte und sie erzählen ließ, als wäre er nur wegen ihrer Geschichte gekommen. Oder wegen ihr. Und der darauf verzichtete, mit seinen Jungs zurück zur Party zu gehen, obgleich er sich extra einen neuen Anzug gekauft hatte, weil der alte nicht mehr passte.

An diesem einen Abend, als sie nach der Trennung von Mats von Wien nach Rosenberg geflohen war, weil sie es nicht mehr aushielt, diesem vielleicht zu begegnen und wieder keine Kontrolle über ihre Gefühle zu haben, die sie bisher noch jedes Mal in seine Arme zurückgetrieben hatten.

Ohne es zu wissen, hatte Henri sie geheilt. Durch sein unaufgeregtes Zuhören, sein warmes Lachen an der richtigen Stelle und seinen gutmütigen und zuversichtlichen Spott, wenn sie ihm verzweifelt erzählte, dass sie niemals wieder jemanden lieben oder glücklich sein könnte. Henri.

Der Gedanke an ihn machte Katharina traurig. Sie nahm für ihn eine zweite Kerze aus dem Behälter und zündete sie an. Eine für Elise. Und eine für Bella. Plötzlich konnte sie nicht mehr damit aufhören. Sie steckte zwanzig Euro in die Kasse und zündete eine Kerze für sich an und eine für Muriel. Eine für Isabel und eine für Theresa. Sie hätte auch noch eine für Freud angezündet, wenn sich nicht in diesem Augenblick jemand hinter ihr geräuspert und Katharina damit aus ihren Gedanken gerissen hätte.

»Sie wissen schon, dass wir in ein paar Minuten schließen?«, fragte ein älterer Herr mit einer grauen Schiebermütze und einem gleichfarbigen Arbeitskittel. »Ich sag's ja nur ungern, aber … ich muss die alle auspusten, bevor ich hier zumache.« Er nahm die Mütze ab und kratzte sich am Kopf. »Nur, falls Sie vielleicht lieber morgen wiederkommen wollen, wenn die Kerzen ein bisschen länger brennen können als nur für ein paar Sekunden?«

»Ich …«

»Sie müssen auch nicht noch mal zahlen«, schob er nach und lächelte. »Ich hab ja gesehen, wie viel Sie in die Kasse gesteckt haben.«

»Nein, ich …« Plötzlich konnte sie nicht mehr nachvollziehen, was sie mit dem Anzünden der Kerzen eigentlich bezweckt hatte.

»Wissen Sie, manchen helfen Kerzen beim Trauern, beim Abschiednehmen.« Er zuckte gutmütig mit den Schultern. »Und manchmal helfen sie einfach auch nur beim Denken. Ganz ehrlich …« Er neigte sich ein wenig näher zu Katharina herüber. »Denken oder beten … dem lieben Gott ist es vermutlich egal. Hauptsache, es kommt was Sinnvolles dabei raus.« Er zwinkerte ihr zu. »Also, wenn es Ihnen was bringt, können Sie sich auch gerne eine Kerze mitnehmen.« Er setzte die Mütze wieder auf und wandte sich ab, drehte sich dann aber noch einmal um. »Oder zwei.«

Katharina sah ihm nach, wie er davonging. Vermutlich, um an den anderen Opferständen schon mal die Kerzen auszupusten. Dann nahm sie sich tatsächlich eine Kerze mit. *Eine für Mats.* Wenn es beim Denken half, war ihr alles recht.

34

Katharina war der körperlichen Erschöpfung, die die letzten Tage – und Nächte – verursacht hatten, beinahe dankbar. Nachdem sie wieder in Mats' Wohnung zurückgekehrt war, streifte sie nur ihre Schuhe und Kleider ab, putzte sich die Zähne und legte sich ins Bett. Bevor sie ihr Smartphone auf Flugmodus stellte, schrieb sie noch die mehr oder weniger identische kurze Nachricht an Bella und Isabel, die nichts darüber aussagte, wo sie war oder wie sie sich tatsächlich fühlte.

> Hallo, Liebes, geht's dir gut? Hier ist alles prima, freue mich auf dich.

Katharina konnte diese Geheimniskrämerei kaum ertragen, denn in ihrer Wahrnehmung war sie nichts anderes als eine scheinheilige Lüge, aber die Wahrheit ging auch nicht. Denn was hätte sie schreiben sollen? An Isabel etwas wie:

> Hallo, bin gerade in Wien, habe mit Mats geschlafen, vermutlich verliere ich den letzten Rest meiner Würde, mach dir keine Sorgen, ich kann zwar nicht denken, aber vielleicht hilft die Kerze aus der Votivkirche ja, und sonst ist alles okay.

An Bella:

Hallo, Liebes, wenn du mich fragst, wird die Wahrheit sowieso überbewertet, also frag vielleicht besser nicht. Hab dich lieb, deine Mama. PS: Letzteres stimmt allerdings.

An Henri:

Bin in Wien bei Mats und verlasse dich. Vermutlich. Vielleicht aber auch nicht. Keine Ahnung. PS: Hab dich mit dieser Frau gesehen.

Nein. Sosehr sie auch ehrlich sein wollte, so genau wusste sie andererseits, dass sie sich erst einmal klar darüber werden musste, was überhaupt die Wahrheit war. Und solange sie das nicht wusste, wollte sie weder ihre Familie noch ihre beste Freundin beunruhigen. Und sich selbst ebenso wenig. Denn was auch immer vor ihr lag, bedeutete, dass sich ihr Leben grundlegend ändern würde. Und davor hatte sie Angst.

Katharina stand noch einmal auf, um die Kerze zu holen, die sie aus der Votivkirche mitgebracht hatte, stellte sie auf den Bücherstapel neben Mats' Bett und zündete sie an.

Die Flamme flackerte ein wenig, bevor sie sich beruhigte und einen kleinen hellen Lichtschein um sich herum verbreitete.

Katharina atmete tief ein und wieder aus. Diese Kerze brannte nicht für Mats, Henri oder ihre Kinder. Sie brannte für Katharina selbst. Und vielleicht hatte der alte Mann in der Kirche ja nicht recht oder eines vergessen: Vielleicht war es manchmal auch viel sinnvoller, gar nichts zu denken. Das hoffte sie zumindest. Ein wenig göttliche Fürsorge hatte sie jedenfalls mehr als nötig. Erneut kuschelte sie sich in Mats' Decken und sah höchst konzentriert der Kerze noch ein wenig beim Brennen zu und pustete sie erst aus, als sie bemerkte, dass ihr die Augen zufielen. Kaum hatte ihr Kopf wieder das Kissen berührt, schlief sie auch schon tief und traumlos.

Die frühmorgendliche Dämmerung weckte Katharina auf, aber sie konnte sich noch nicht dazu aufraffen, aufzustehen, also schloss sie die Augen wieder und döste noch einmal ein. Irgendwann einmal, ein paar Minuten oder Stunden später, so genau konnte sie es nicht sagen, musste sie allerdings aufs Klo, und nachdem sie im Bad gewesen war, beschloss Katharina, sich einen Kaffee zu kochen und – so verführerisch es auch war, einfach wieder ins Bett zu gehen und die Augen zu schließen – sich nicht weiter vor sich selbst zu verstecken. Die Sonne schien. Sie war in Wien. Es gab so viele Dinge, die sie sich gerne noch einmal – oder besser endlich wieder – ansehen wollte. Was machte sie eigentlich noch hier drinnen?

Plötzlich konnte sie es kaum erwarten, nach draußen zu gehen. Schnell trank sie ihren Kaffee aus, hüpfte unter die Dusche, zog sich danach Sweatshirt, Jeans und Sneakers an, schnappte sich ihr Handy und ihre Handtasche und verließ das Haus.

Der Kellner des persischen Restaurants stand vor dem Eingang und wünschte ihr einen schönen Tag, und sofort breitete sich ein warmes Gefühl in ihr aus. Das Leben war manchmal chaotisch, anstrengend und herausfordernd, und sie hatte keine Ahnung, ob sich diese Geschichte irgendwie zum Guten wenden ließe. Aber eines war klar: Was auch immer dabei herauskam – jetzt, in dieser Sekunde würde sie weder eine Lösung finden noch garantieren können, dass am Schluss alle glücklich und zufrieden sein würden – noch nicht einmal sie selbst und schon gar nicht, wenn sie die schönen Momente, die das Leben für sie bereithielt, nicht auskostete.

Auf dem Weg zum Stephansplatz holte sie sich beim Bäcker eine mit Käse belegte Kaisersemmel und ein Stück Mohnstriezel für später. Zuerst hatte sie vorgehabt, die Bahn zu nehmen, aber dann überlegte sie es sich anders und ging zu Fuß. Es war schön, Zeit zu haben.

Sie ließ sich auf einer der Bänke vor dem Dom nieder und aß die Semmel, während sie das unglaubliche Bauwerk bewunderte und die Sonne auf ihrem Gesicht und jede Sekunde genoss, die sie in dieser Stadt sein konnte. Für einen Moment wanderten ihre Gedanken zu Elise und Bella, die am morgigen Montag freihatten und sicher auch einmal Spaß an einer Städtereise wie dieser haben würden.

Warum hatten sie so etwas noch nie gemeinsam gemacht? Warum hatte sie ihnen nie ihre Studienstadt gezeigt? War nie mit ihnen hier gewesen? Katharina kannte die Antwort auf diese Frage genau. *Weil du Angst davor hattest, Kat,* sagte ihre innere Stimme. *Vor Wien. Und vor Mats.*

Sie war auch nie mit Henri hier gewesen, obwohl er sie mehrmals gefragt hatte, ob sie ihm denn nicht ihre Stadt zeigen wollte. Aber für Katharina gab es nun mal ein Leben mit Mats – und eines danach. Und beide durften auf keinen Fall miteinander vermischt werden.

Plötzlich konnte Katharina nicht mehr still sitzen. Sie umrundete den Dom einmal und stieg schließlich über die vielen Treppen in die Türmerstube im Südturm hinauf. Bei jedem Schritt hatte sie Mats' Stimme im Ohr. Er wusste alles über den Dom und war besessen von der geheimnisvollen Zahlenmystik, die hinter dem Steffl steckte. Sie waren unzählige Male hier gewesen. So oft, dass sie immer noch jedes Detail seines Vortrags wiederholen konnte. Während er ihr von der göttlichen Zahl Drei, der irdischen Vier, der vollkommenen Sieben und der Siebenunddreißig erzählte, mit der sich im Grunde der komplette Dom berechnen und nachrechnen ließ, hatte sie immer sein Gesicht beobachtet. Seine glänzenden Augen, die weichen Lippen, die Begeisterung, die seine Körperhaltung und seine Gesten ausgedrückt hatten. Katharina lächelte bei der Erinnerung daran, wie nah sie sich ihm damals gefühlt hatte.

Danach gönnte sie sich im gleichermaßen verstaubten wie für seinen Stammgast Thomas Bernhard berühmten Café Bräunerhof um die Ecke eine Melange und genoss den Klangteppich aus Gesprächen um sie herum, wanderte zum Schwedenplatz, nahm die Vienna Ring Tram und stieg nach einer kompletten Stadtumrundung aus, um sich schließlich zu ihrem persönlichen Highlight aufzumachen: dem Arkadenhof der Uni, wo vielen der beeindruckenden Gelehrten, die dort unterrichtet hatten, ein Denkmal gesetzt worden war. Früher war Katharina oft hier gewesen, hatte sich die Gesichter der Philosophen, Mediziner und Psychologen angeschaut und sich gefragt, ob Karl Popper, Philipp Semmelweis, Sigmund Freud und all die anderen zu ihren Lebenszeiten tatsächlich solch eine Gelassenheit ausgestrahlt und ihren Mitmenschen das Gefühl vermittelt hatten, auf jede Frage eine Antwort zu wissen, so wie ihre Statuen aus Stein oder Metall. Bei Freud konnte sie es sich kaum vorstellen. Aber es wäre schön gewesen, jetzt eine Privataudienz bei ihm zu haben und zu hören, was er zu ihrer Geschichte sagen würde. Noch lieber aber hätte sie sich mit der Schriftstellerin und Dichterin Marie von Ebner-Eschenbach unterhalten, die sehr lange die einzige Frau gewesen war, der überhaupt ein Denkmal im Arkadenhof gesetzt worden war, wenn auch nur ein sehr kleines. Dabei wurde sie einst sogar für den Nobelpreis für Literatur nominiert. *Wirklich gute Freunde sind Menschen, die uns ganz genau kennen und trotzdem zu uns halten*, war Katharinas Lieblingszitat von ihr. Ob Marie von Ebner-Eschenbach ihre beste Freundin wohl auch belogen hätte, so, wie Katharina es getan hatte?

Als sich Katharina schließlich im Volksgarten hinter dem Burgtheater und vor dem Elisabeth-Denkmal erneut auf einer Bank niederließ, um ihren Mohnstriezel zu essen, war es bereits halb vier. Noch etwas mehr als zwei Stunden, bis Mats wieder zurückkam.

Während sie in ihrer Tasche nach der Bäckertüte tastete, kam ihr das Handy zwischen die Finger, und ihr fiel siedend heiß ein, dass es immer noch im Flugmodus war.

Auf einmal hatte sie Angst, etwas verpasst zu haben, Sorge, dass ihre Kinder versucht haben könnten, sie zu erreichen, oder sonst etwas geschehen war, das sie nun nicht mehr aufhalten konnte. *Als ob das nicht längst geschehen wäre.*

Kaum hatte sie die PIN eingegeben, erschien eine Nachricht nach der anderen, und das penetrante Pling jeder einzelnen schmerzte in Katharinas Ohren.

Sorry, Kate, haben noch ein paar Shootings vor uns, komme später, weiß noch nicht genau, wann, XO

war die erste Nachricht von Mats, die er um 12.04 Uhr heute Mittag abgeschickt hatte. Da hatte sie gerade im Café Bräunerhof gesessen und den Passanten zugesehen. Die nächste kam, nachdem er offensichtlich ein paarmal vergeblich versucht hatte, sie telefonisch zu erreichen.

Kate, love of my life, wow, stell dir vor, der CEO ist extra gekommen … Riesenchance … kann noch nicht weg … (13.27 Uhr)

Katharina überflog sie nur und scrollte seufzend weiter. Warum auch sollte es dieses Mal anders sein als sonst? Es lag nicht an Mats, sondern an seinem Job, schon klar, aber sie hatte nicht damit gerechnet, so schnell Erklärungen oder Entschuldigungen lesen zu müssen. *Schon wieder.*

Hey, Kate, bist du noch in Wien? (13.52 Uhr)

Was für eine Frage.

Kann es kaum erwarten, dich zu sehen, aber … (14.09 Uhr)

Weiter. Immer weiter.

Ich erreiche dich nicht, sorry, Kate, wollte dir nur sagen, dass ich erst morgen … heute Abend … Party auf dem Schiff … (15.43 Uhr – vor genau zehn Minuten)

Was hatte sie erwartet? Er war immer noch Mats und dementsprechend in der Lage, nicht mehr und nicht weniger zu geben – außer … Unverbindlichkeit. Einem schlichten Nichts.

Sie musste ihre Ansicht von gerade eben revidieren.

Es lag sehr wohl an Mats. Ja, die Umstände machten Verbindlichkeit nicht leicht, aber es war dennoch immer seine Entscheidung, etwas zu tun oder zu lassen. Natürlich hätte sie nie von ihm erwartet, dass er seinen Auftrag wegen ihr abbrechen würde, nur weil er länger dauerte als erwartet, oder ihn gar absagte. Immerhin hatte er nicht gewusst, dass sie kommen würde, sein Freund hing mit drin, und das Shooting fand auch nicht wirklich um die Ecke statt. Das alles war nicht das Problem. Das Problem war, dass er zwar realistisch plante, aber dann grundsätzlich von seinen Ideen davongetragen wurde, wenn er einmal vor Ort war. Er vergaß regelrecht alles um sich herum, und wenn sich spontan etwas anderes ergab – ein erweiterter Auftrag, eine Party oder auch ein interessantes Date mit einem hübschen Model –, dann konnte er nicht widerstehen. Er nannte es Spontaneität, Glück oder einfach eine einmalige Gelegenheit. Katharina nannte es Egoismus. Dass er angerufen und geschrieben hatte, war schon beinahe ein Wunder. Aber all das war Teil seiner DNA, und niemand konnte das ändern, außer Mats selbst. Und ihm gefiel sein Leben, wie es war. Zumindest hatte er das immer behauptet.

Das Problem lag also nicht bei Mats, sondern eher bei Katharinas Erwartungen. Und auch daran würde sich nichts ändern lassen.

Als ihr Handy klingelte, war sie für einen Moment so in Gedanken, dass sie dranging, ohne nachzusehen, wer anrief.

»Katharina?« Es war Henri. Ein sehr wütender Henri. »Wo zur Hölle bist du?«

Sie schloss die Augen. Sie hatte gehofft, ein wenig mehr Zeit für so etwas wie eine Strategie für ein Gespräch mit ihm zu haben, andererseits ... was half eine Strategie, wenn man keine Ahnung hatte, wofür?

»Ich habe mir Sorgen gemacht! Verdammt, ich versuche, dich seit Stunden zu erreichen!«, fuhr er fort. »Aber du hast dein Telefon aus, und ...«

»Bei Kongressen ist es nicht unüblich, sein Telefon auszuschalten«, unterbrach sie ihn. Es war das Erstbeste, was ihr einfiel, und klang selbst in Katharinas Ohren patzig.

Für einen Moment blieb Henri still.

»Ja, nur dass du nicht auf diesem Kongress bist!«, sagte er dann kalt.

Sie war aufgeflogen.

»Ich ...« Sie hätte gerne irgendetwas gesagt oder wenigstens ihren ersten Satz wieder zurückgenommen, aber ihr fiel überhaupt nichts ein, und Henri ließ sie sowieso nicht zu Wort kommen.

»Nachdem ich dich den ganzen Vormittag nicht erreicht habe, habe ich in deinem Hotel angerufen, weil ich dir eine Nachricht hinterlassen wollte. Ich ... wollte dich fragen, ob ich mit Bella nicht auch für eine Nacht nach München kommen soll, weil ich wusste, dass du dir den Montag freigenommen hast und sie schulfrei hat.« Katharina schloss erneut die Augen und stöhnte innerlich. Wenigstens hatten die Kinder einen Vater, der sich solche

Dinge rechtzeitig überlegte, wenn schon ihre Mutter nur um sich selbst kreiste.

»Ich wollte dich überraschen und dachte, wir könnten mal gemeinsam eine Stadt anschauen, die Zeit zusammen nutzen, wie du es dir gewünscht hast, aber ... verdammt, Katharina! Wo bist du?«

Wieder wollte sie etwas sagen. Etwas, das zumindest erklärte, warum ihr nichts von alldem in den Sinn gekommen war. Sie dachte doch sonst immer an alles. Sie dachte im Grunde ununterbrochen, verdammt noch mal, warum nicht zwischendurch auch mal an ihre Töchter? Heiße Wut schoss durch ihren Körper. Wut auf sich selbst, auf Mats, der ihr etwas versprochen hatte, das er nie halten können würde, und auf diese beschissene Situation – und die Stille am anderen Ende der Leitung machte es nicht besser. Keine Lüge fiel ihr ein, die es nicht noch schlimmer machen würde, als es sowieso schon war. Wenigstens konnte sie dann zur Abwechslung mal genauso gut die Wahrheit sagen.

»Ich bin in Wien«, antwortete sie.

»In ... wo?« Es dauerte eine Sekunde oder vielleicht auch zwei, in der er sich offensichtlich darum bemühte, das Gehörte richtig einzusortieren. »Bei Theresa?«

»Nein«, sagte Katharina leise, aber bestimmt.

Da begriff er.

»In Wien also«, wiederholte er Katharinas Worte. Alle Wut war aus seiner Stimme gewichen und hatte einer beinahe greifbaren Fassungslosigkeit Platz gemacht. Plötzlich hatte Katharina das unbändige Bedürfnis, Henri zu erklären, wieso sie hier war, wie es dazu gekommen war und dass letztendlich sein Treffen mit dieser Frau den Ausschlag dazu gegeben hatte, dass ... Aber selbst in ihren Gedanken klang das falsch und feige. Also tat sie nichts dergleichen. Die Wahrheit zu sagen, hatte ihre ganze Kraft aufgebraucht.

»Wie lange bist du schon ... seid ihr schon ...?«, stammelte Henri leise. »Scheiße.« Letzteres lauter. Katharina hörte, wie er mit der

Faust auf den Tisch schlug. »Scheiße!«, brüllte er plötzlich so laut, dass Katharina zusammenzuckte. »Ich hätte es wissen müssen! Diese beschissenen Postkarten! Dieses ... dieses ... Outfit bei der Party! Und ich Idiot habe mich sogar noch für dich gefreut!« Er lachte freudlos auf. »Warst du deshalb immer in der Praxis? Hast dort geschlafen? Mit ihm? Oder wart ihr wenigstens im Hotel? Verdammt! Wann wolltest du es mir sagen? Nie?!«

»Es ist nicht ...«

»Oder ist es vielleicht doch die große Liebe? Was? Wie lange seid ihr denn schon ... zusammen?« Den letzten Satz würgte er geradezu hervor. Es hörte sich schrecklich falsch an. Alles. Die Sonne, die gerade noch Katharinas Schultern gewärmt hatte, hatte ebenfalls ihre Kraft verloren. Katharina fror. Es war eine Kälte, die von innen kam.

»Wir sind nicht zusammen, Henri. Und ich wusste auch nicht, dass er auf die Party kommen würde. Woher auch, verdammt? Ich wollte, dass du mitkommst, erinnerst du dich? Aber du ...«

»Sag mir einfach nur wieso?!« Nun brüllte er beinahe.

»Henri, bitte ... bitte lass uns das nicht hier und jetzt besprechen, okay? Ich komme und ...«

»Wohin? Etwa ... nach *Hause?*«, unterbrach er sie schroff. »Das gibt es seit heute wohl für uns alle nicht mehr.« Seine Stimme war sehr viel leiser geworden, und Katharina konnte den Schmerz darin hören, als er das letzte Wort besonders betonte.

35

Wie in Trance warf sie ihre wenigen Sachen in ihren kleinen Koffer, schnappte sich eine Wasserflasche aus Mats' Küchenregal und verließ eilig die Wohnung, nur um auf dem ersten Treppenabsatz abrupt stehen zu bleiben. Langsam drehte sie sich noch einmal um und starrte auf Mats' Wohnungstür, die sie vor noch nicht einmal achtundvierzig Stunden mit der Absicht betreten hatte, zu bleiben.

War es das jetzt gewesen? Ihr Ausflug in … was auch immer? Die kurze Erfüllung ihrer Träume?

Seufzend ließ Katharina ihre Handtasche von der Schulter gleiten, ging noch mal nach oben und öffnete erneut die Tür. Während sie durch den Flur ging, in dem sie sich so leidenschaftlich geküsst hatten, strich sie über seine alte Lederjacke und den neuen Mantel an der Garderobe, als wären sie Platzhalter für ihn, und als könne sie sich von ihnen anstelle vom leibhaftigen Mats verabschieden.

Sie wollte nicht einfach verschwinden, ohne ihm wenigstens eine Nachricht zu hinterlassen, also ging sie ins Schlafzimmer und setzte sich an seinen Schreibtisch. Überall lagen Rechnungen, Magazine, Papiere, Briefe, Fotos und Werbesendungen herum. Sie wollte nicht in seinen Sachen wühlen, fand aber nichts, worauf sie schreiben konnte, bis ihr einfiel, dass Mats seine kleinen Notiz- und Skizzenbücher immer in der untersten Schublade aufbewahrt hatte, woran sich bestimmt nichts geändert hatte. Die klemmte allerdings. Es mussten einige Unterlagen in den letzten Jahren hinzugekommen sein.

Katharina ruckelte ein wenig, bis die Schublade sich doch noch einen Spalt öffnen ließ und sofort ein Stapel offiziell aussehender Papiere hervorquoll, der sich irgendwie verkantet hatte. Sie zog vorsichtig daran, bis die Schublade schließlich nachgab und ihr schmerzhaft gegen das Schienbein knallte. »Scheiße«, murmelte sie. Manchmal war Fluchen einfach angemessen.

Katharina war schon im Begriff, den Stapel wegzulegen, da fiel ihr etwas ins Auge, das ihr mehr als bekannt vorkam: Zwischen den Briefen steckte Sandras Einladung zum Klassentreffen. Den Umschlag mit Tigerprint und Neonschrift hätte Katharina überall wiedererkannt.

Vorsichtig zog sie ihn heraus. Sandra hatte ihn also tatsächlich eingeladen. Noch immer verstand Katharina nicht so richtig, wieso überhaupt. Aber was brachte es schon, nach den Gründen zu fragen oder überhaupt vergangene Ereignisse infrage zu stellen? Es brachte gar nichts, lautete ihre Antwort darauf. Nicht einmal dann, wenn diese Ereignisse das komplette bisherige Leben auf den Kopf stellten. Wenn Mats dort nicht aufgetaucht wäre, wäre sie jetzt nicht hier, und es wäre vielleicht alles nur ein Traum geblieben. Und ihr Leben wie es war. Mit Henri. Seinem Desinteresse. Ihrer Frustration, was ihre Ehe betraf, und ihrer Sehnsucht nach Liebe. War das etwa besser?

Katharina straffte ihre Schultern. Es mochte ein Fehler gewesen sein, zu Mats zu fahren und mit ihm diese unglaubliche Nacht zu verbringen. Dieser Fehler mochte Konsequenzen nach sich ziehen. Aber der Gedanke daran, dass alles so bleiben würde, wie es zuvor gewesen war, machte ihr noch mehr Angst, als nicht zu wissen, was jetzt auf sie zukam.

Schnell klappte sie die Karte auf. Zu dem allgemeinen »Hot and Spicy«-Text hatte Sandra noch etwas von Hand dazugeschrieben. Katharina hatte Mühe, es zu entziffern, aber Buchstabe für Buchstabe ergab der Text dann doch einen Sinn.

Lieber Mats,
wie versprochen, hier die Einladung zu unserem Klassentreffen. Natürlich kannst du bei mir übernachten, das weißt du doch, wie in guten alten Zeiten. Ich freue mich wirklich sehr, dass du wieder Kontakt zu mir aufgenommen hast, und hoffe, dass wir ein paar schöne Tage miteinander haben. Und Nächte ;) Ich weiß, dass Claudia sich darüber freuen würde.
PS: Bisher haben alle zugesagt, also denke ich schon, dass Kat auch kommt. Verstehe ich, dass du das wissen möchtest. Mach dir keine Gedanken, ich weiß doch, dass du längst über sie hinweg bist – und sie über dich. Sonst wäre sie nicht verheiratet – und du an diesem Wochenende nicht bei mir ✍
Die Party wird toll und soooo hot! ;) Ich freu mich drauf,
Sandra

Drunter hatte sie tatsächlich ein früheres Schwarz-Weiß-Foto von sich geklebt, auf dem sie wild toupierte Haare, einen zu kurzen Minirock und einen viel zu tiefen Ausschnitt trug und sich so weit nach vorne beugte, dass Katharina Sorge hatte, Sandras Brüste würden sogar auf dem Bild gleich aus dem BH fallen. Sandra hatte die stark geschminkten Augen unschuldig aufgerissen und kaute mit den Schneidezähnen auf ihrer glänzend geschminkten Unterlippe. Wer auch immer dieses Foto aufgenommen hatte, hatte es ihr jedenfalls angetan.

Belustigt drehte Katharina es um.

Hey, Granate, danke für alles! Grüße von Mats, 1996

stand in seiner unverwechselbaren Handschrift am unteren Rand. Dazu hatte er eines seiner typischen windschiefen Herzen gemalt.

Katharina warf das Foto von sich, als hätte sie eben erst bemerkt, dass es sich dabei um ein hochgiftiges Insekt handelte. Ihr wurde übel.

Verstand sie das richtig? Das Foto war von ihm? Aus dem Jahr, in dem sie sich kennengelernt hatten? Hatte Sandra recht gehabt? Hatte er von Anfang an den Kontakt zu ihr gesucht, auch schon, als Katharina noch gedacht hatte, er hätte ihr sein Herz geschenkt? Und auch alles andere?

Hey, Granate, danke für alles!

Was bedeutete dieses *alles?*

War er wirklich so egoistisch und oberflächlich gewesen, dass er sich trotzdem mit Sandra getroffen, Fotos von ihr gemacht hatte und … wer weiß, was noch alles?

Hey, Granate …

Katharina schüttelte sich angeekelt. Von Mats. Und von ihrer eigenen Blindheit. Wie naiv konnte man eigentlich sein?

Plötzlich wurde ihr bewusst, dass Sandra nicht nur recht gehabt, sondern auch die Wahrheit gesagt hatte.

Das machte Mats zum Lügner.

Katharina sah sich in dem Zimmer um, das bis vor ein paar Sekunden noch voller schöner Erinnerungen an eine Zeit gewesen war, der ihre ganze Sehnsucht gegolten hatte. Aber Sandras Zeilen hatten dies alles entzaubert wie Aschenbrödels Kutsche, die um Mitternacht wieder zu einem Kürbis geworden war. Das ganze Chaos in Mats' Wohnung, das in ihren Augen immer ein charmant kreativer Boho-Chic gewesen war, war nur noch ein zusammengewürfelter und unaufgeräumter Haufen Sachen. Die Einrichtung, die sie so herrlich vintage gefunden hatte, war plötzlich schäbig und alt und die ganze Wohnung so ungepflegt und heruntergekommen wie eine Studentenbude. All das passte zu Mats. Er war immer noch der unverbesserliche Kerl, der sein gutes Aussehen und seinen Charme nutzte, um sich niemals festlegen zu müssen. Und der immer damit durchkam. Wenigstens diesbezüglich hatte er die Wahrheit gesagt.

Es war nicht sein, sondern ihr Fehler gewesen, den Traum der Studentin, die sie einmal gewesen war, als erwachsene Frau zu Ende träumen zu wollen.

Sie schnappte sich einen Stift aus der Tasse mit dem abgebrochenen Henkel und die Einladung.

Lieber Mats,

schrieb sie auf die Umschlagvorderseite und hielt dann inne. Würde er verstehen, was Katharina gerade selbst erst erkannt hatte?

Sie waren wie zwei sich überschneidende Kreise, deren gemeinsame Schnittmenge aus sinnlichen Momenten, Sex und Anziehungskraft fraglos sehr hell leuchtete. Aber diese Schnittmenge war winzig und ganz sicher nicht hell genug, um alles darüber hinaus mit Licht zu erfüllen. Im Gegenteil. Der ganze Rest, alles, was Katharina sonst wichtig war, lag in absoluter Finsternis.

Es tat furchtbar weh, sich das einzugestehen, denn Katharina hatte an ihre Träume geglaubt und gehofft, dass sich Mats geändert hatte. Andererseits – wenn sie ehrlich zu sich selbst war, und daran führte jetzt wohl kein Weg mehr vorbei – hatte sie die ganze Zeit gewusst oder zumindest gespürt, dass sie etwas Wesentliches dabei ausblendete. Dass sie *Mats* ausblendete. Er hatte nie vorgegeben, ein anderer zu sein oder sein zu wollen. Er hatte gar kein Interesse daran, sich zu ändern. Er war vielleicht ein Lügner. Aber was ihn betraf, war er ehrlicher zu ihr gewesen als Katharina sich selbst gegenüber.

Es war Zeit, Abschied zu nehmen. Von ihm. Und von der Überzeugung, dass er ihr etwas geben konnte, was nur in ihren Träumen existiert hatte.

Zärtlich strich sie mit dem Zeigefinger über seinen Namen auf dem Umschlag. Und wusste auf einmal genau, was sie schreiben wollte:

Ich danke dir. Leb wohl, deine Kate

Zuerst hatte sie bei dem Spitznamen, den er ihr gegeben hatte, gezögert, ihn dann aber voller Freude hinter das »deine« gesetzt. Immerhin war dieser Name ein Geschenk von ihm an sie gewesen, verbunden mit einem Lebensgefühl, das sie wieder in ihrem Leben hatte haben wollen. Allerdings brauchte es dafür keinen extra Vornamen, so viel war ihr mittlerweile klar. Sie konnte sich frei, geliebt und unverwundbar fühlen, völlig unabhängig davon, ob sie sich Kate, Katharina, Kat oder vielleicht sogar Katie nannte. Das hatte Mats ihr gezeigt, und sie war ihm dankbar dafür.

Katharina drückte einen Kuss auf den Umschlag und legte ihn auf Mats' Kopfkissen. Hier auf dem Schreibtisch konnte es schließlich Wochen dauern, bis er ihn finden würde. Dabei fiel ihr Blick auf die Kerze aus der Votivkirche, die sie neben dem Bett vergessen hatte. Sie hatte ihr gestern geholfen, zur Ruhe zu kommen – und Ruhe würde sie auch heute sicherlich wieder brauchen.

Mit einem Lächeln steckte sie sie in ihre Tasche und verließ endgültig Mats' Wohnung.

Eilig ging sie die Stufen hinunter, stieß auf der Straße beinahe mit dem Kellner zusammen, der wieder einmal draußen vor der Tür stand und die Gäste begrüßte. »Guten Abend die Dame«, sagte er freundlich. »Warum so in Eile? Haben Sie vielleicht sehr großen Hunger?«

Katharina lächelte über seine Frage.

»Danke, aber … ich muss nach Hause«, sagte sie entschuldigend.

»Ja, manchmal muss man das«, sagte der Kellner und nickte verständnisvoll. »Aber Sie können ja später wiederkommen und dann etwas essen.«

»Ich fürchte, das geht nicht.«

»Das ist schade. Ich hoffe, es liegt nicht an der persischen Küche.«

»Nein, es liegt an mir«, antwortete Katharina und lächelte erneut. Sie war sich nicht sicher, ob sie damit Mats, ihren Aufbruch oder wirklich das Essen meinte. Sie winkte dem Kellner noch einmal zu, nachdem sie Mats' Schlüssel in seinen Briefkasten geworfen hatte, weil sie auf einmal das Bedürfnis hatte, ihren Abschied mit irgendjemand zu teilen.

Als sie ihr Auto startete, erschrak Katharina fürchterlich, weil ihr *So What* von Pink so ohrenbetäubend laut entgegendröhnte, dass sofort die Fenster anfingen zu vibrieren.

Und dass sie sich wieder an die Wucht ihrer Wut von vorgestern erinnerte, die sie so schnell nach Wien katapultiert hatte.

Zurück fuhr sie deutlich langsamer und mit weniger Überzeugung, dass sie im Recht war und das Richtige tat.

Kurz bevor sie zu Hause ankam, rief sie Henri noch einmal an und bat ihn, in die Praxis zu kommen. Was auch immer bei ihrem Gespräch herauskommen würde, Bella und Elise sollten auf keinen Fall dabei sein müssen. Schlimm genug, dass sie schon so oft zwischen die Fronten ehelicher Auseinandersetzungen geraten waren.

Als Katharina ihr Auto auf der anderen Straßenseite der Praxis parkte, sah sie Henri schon auf den Treppenstufen vor der alten Villa sitzen. Er stand auf, als sie näher kam. Sein Gang war schwer, und seine Haare sahen zerzaust aus, als hätte er sie sich gerauft und einen besonders harten Tag hinter sich.

Ein paar Meter vor ihr blieb er abwartend stehen. Katharina hätte gern gelächelt, während sie auf ihn zuging, aber es ging nicht.

Es war großartig, theoretisch zu wissen, wie man sich moralisch einwandfrei verhielt – besonders, wenn man verheiratet war. Es war mindestens genauso toll, sich über die Fehltritte von anderen zu erheben, sich entrüstet mit betrogenen Ehefrauen und -männern zu solidarisieren und eine feste Überzeugung zu haben – aber etwas ganz anderes, zu spüren, was einen selbst dazu bewegte, das gewohnte Leben zu durchbrechen und sich die Frage stellen zu müssen, ob man deshalb ein schlechter Mensch war. Und wer recht hatte. Und ob Recht und Unrecht in diesem Zusammenhang überhaupt existierten.

»Hi«, sagte Katharina, als sie schließlich vor Henri stehen blieb.

»Hi«, sagte auch Henri. Er sah sie nur kurz an, bevor er seinen Blick senkte und auf seine Schuhspitzen starrte. »Gehen wir rein?«

Katharina nickte und kramte den Schlüssel aus ihrer Tasche.

Es tat gut, in ihren eigenen Räumen zu sein. Der vertraute Geruch, die Ordnung, die Helligkeit beruhigten Katharinas flatternde Nerven.

»Möchtest du was trinken?«, fragte sie, nachdem sie ihre Tasche auf Muriels Stuhl abgelegt hatte.

»Nein, Kat, ich …« Er schüttelte den Kopf und schloss für einen Moment die Augen. »Lass uns einfach nur reden, ja?«

Er ließ sich auf das gelbe Besuchersofa fallen und vergrub seinen Kopf in den Händen.

Katharina setzte sich auf Muriels Stuhl und drehte ihn so, dass sie Henri ansehen konnte.

»Henri …« Sie streckte die Hand nach ihm aus und ließ sie sofort wieder sinken, als er im selben Moment den Kopf schüttelte und sie ansah. Traurig. Verletzt. Wütend. »Was hast du dir nur dabei gedacht?«, fragte er leise.

»Was meinst du damit?« Sosehr sie sein Anblick auch berührte, sosehr irritierte sie gleichzeitig seine Frage. »Glaubst du ernsthaft, ich hatte einen Plan? Dass ich mir das alles genau überlegt habe und dann nach Wien gefahren bin, um mit Mats …?«

»Sag du es mir!«, unterbrach er sie wütend. »Hattest du einen?«

Das war nicht die Art von Gespräch, das sie führen wollte. Zu emotional aufgeladen von Anfang an. Zu viel Wut und Verletzung.

Zu viel, was längst hätte gesagt werden müssen und nun vielleicht zum Vorschein kam, wo es nur noch wehtun und nichts mehr verändern konnte. Katharina wünschte sich, Theresa wäre hier, oder jemand anders, der verhinderte, dass sie sich innerhalb von wenigen Sekunden an die Gurgel gingen wie zwei wild gewordene Kampfhähne.

Sie atmete tief durch. Das Gespräch auf einem Niveau zu halten, das diese Bezeichnung auch verdiente, würde schwierig werden, aber sie wollte es versuchen.

»Nein, hatte ich nicht. Wenn du es genau wissen willst, habe ich es so lange nicht gewusst, bis ich bei … bis ich schließlich in Wien war.«

»Wie bitte?« Er verzog seinen Mund zu einer Grimasse. »Willst du mir etwa sagen, du seist aus einer Laune heraus zu Mats gefahren und hättest, weil es sich dann so ergeben hat, mit ihm Sex gehabt? Einfach so?« Fassungslos sah er sie an. Seine Augen blitzten vor Wut.

»Nein, ich bin aus keiner Laune heraus nach Wien gefahren und habe auch nicht einfach so mit ihm geschlafen.« Sie schluckte. Es fiel ihr zunehmend schwer, ihren Vorsatz von gerade eben aufrechtzuerhalten.

»Für wen hältst du dich, Henri Nowak? Für Mutter Teresa? Was gibt dir das Recht, dich hier als Moralapostel aufzuspielen? Du bist doch derjenige, der all das hier zu verantworten hat!«

»Ich?«

Katharina nickte. Sie wusste nicht, was sie mehr ärgerte: seine überraschte Frage oder sein entrüsteter Blick.

»Ganz genau. Du. Und Clarissa. Schon vergessen?«

»Clarissa? Was hat die denn hiermit zu tun? Das ist doch längst vorbei! Ich kann nicht fassen, dass du wieder damit anfängst!«

»*Ich* fange wieder damit an? Das ist ein Witz, oder? Erstens ist ein Seitensprung nie vorbei. Im Gegenteil. Er ist immer da. Wie ein giftiger Stachel aus Misstrauen und Geheimnissen.« Sie fixierte Henri. »Er zerstört manchmal auch die Liebe. Und wenn das nicht passiert, Henri, gibt es immer noch zweitens. Ich habe dich mit … dieser Frau gesehen. Ich habe deine Lügen gehört. Und ich sitze jetzt hier und höre mir deine Vorwürfe an, dafür, dass ich gegangen bin?« Erneut spürte sie den Schmerz in sich, den sie beim Anblick der beiden und seinen darauffolgenden Ausflüchten empfunden hatte und der schließlich dazu geführt hatte, dass sie nach Wien gefahren war.

»Mit welcher Frau?« Henri schien überrascht.

»Vor dem ›Little Tokyo‹? Am Freitag?«

»Du … warst an dem Tag hier?«

»Ja, war ich.«

Er schüttelte fassungslos den Kopf. Katharina hatte Schuldbewusstsein erwartet, oder zumindest Betretenheit, dass sie ihn ertappt hatte. Aber dass er anfing zu lachen, damit hatte sie nicht gerechnet. Selbst wenn sein Lachen alles andere als fröhlich war.

»Ich verstehe, Frau Psychologin. Jetzt wird mir alles klar. All das Gerede von ›Wir fangen noch mal von vorne an‹ damals nach Clarissa war absoluter Blödsinn, oder? Du hast rein gar nichts vergeben, stimmt's?«

»Henri …«

»Nein. Lass mich bitte ausreden.« Er sah sie nach wie vor unverwandt an. »Weißt du, was hier los ist? Ich sag es dir. Es ist ganz einfach. Ich lebe in einem Schulduniversum, in dem ich jeden Tag aufs Neue beweisen muss, dass ich es überhaupt wert bin, dass ich es verdient habe, von dir geliebt zu werden. Von der perfekten, über alle Zweifel erhabenen und immer korrekten Frau *Doktor* Katharina Nowak.« Den Doktor betonte er besonders. Es klang abfällig. »Mein Verhalten, alles, was ich sage und mache, wird genau analysiert und bewertet. Wenn ich mich mit Freunden treffe, wenn ich schlechte Laune habe, wenn ich lache, und wenn ich es nicht tue. Alles ist ein

Beweis für meine ewig währende Schuld. Und warum? Weil ich mir einen Fehler erlaubt habe! EINEN!« Er war aufgestanden. »Schau dich an, Kat. Sind wir jetzt nicht langsam mal quitt?«

»Wir sind quitt? Und damit bist du raus? O nein, Henri. Wir sind nicht quitt. Du hast einen Fehler gemacht, entschuldigst dich und glaubst ernsthaft, du kannst das so hindrehen, dass du am Ende der Gute bist und ich die Böse, weil ich auch einen gemacht habe?« Dieses Gespräch führte nirgendwohin. Katharina missachtete jedes einzelne ihrer Gesprächsführungstools und alle Regeln, wie man als Erwachsener mit seinem Gegenüber umgehen sollte. Aber es war ihr scheißegal, ob das jetzt regelkonform, sinnvoll oder überhaupt angebracht war. Sie war stinksauer.

»Jetzt hörst du mir mal zu, Henri. Wir hatten alles: uns beide, zwei großartige Kinder, wir waren gesund, hatten genug Geld, ein tolles Haus. Du hast es aufs Spiel gesetzt, mit deinem sogenannten einen Fehler. Für was? Für … einen Moment der Bestätigung? Für dein Ego? Du hast etwas riskiert – und es ist dir um die Ohren geflogen.« Sie schüttelte den Kopf. »So was passiert, weißt du? Risiko und Verlust. Kommt vor. Aber ich habe damals auch etwas verloren. Und zwar etwas, das mir sehr viel bedeutet hat.« Sie schnaubte. »Du hast eine zweite Chance bekommen, Henri.« Plötzlich hatte sie Mühe, weiterzusprechen. All die Diskussionen waren auf einmal wieder präsent. Die Stunden, die sie im Wald spazieren gegangen waren, um die Kinder nicht mit ihrer Ehekrise zu verunsichern, die Lösungen und Regeln, die sie sich abgerungen hatten, um den Umgang miteinander einigermaßen erträglich zu machen. Die Selbstgespräche, die Katharina geführt hatte, um ihre Beherrschung zu behalten und alles richtig zu machen, die Träume von einer gesunden, liebevollen und leidenschaftlichen Beziehung, in die sie sich geflüchtet hatte, und in denen immer öfter Mats und immer weniger Henri vorgekommen war – und schließlich, wie der Alltag die Wut und die Trauer abgeschliffen hatte und sie wieder so normal wie möglich miteinander umgegangen waren. Nur die Träume waren geblieben. Bis vor wenigen Tagen. Bis heute. Bis alles erneut aufgebrochen war. Der Schmerz von damals war immer noch da, das fühlte sie mit jeder Faser ihres Körpers. Sie hatte ihn nur mit ihrer Contenance zugedeckt und dem absoluten Willen, ja nicht zu scheitern. Sie war Psychologin, Paartherapeutin, *Frau Doktor*, verdammt! Scheitern war nicht vorgesehen. Aber sie hatte Henri nie gezeigt, wie verletzt sie gewesen war, und hatte vor lauter Scham sogar ihrer besten Freundin etwas vorgemacht, damit sie ihre eigene Lüge besser glauben konnte. Das war der schlimmste von allen Fehlern gewesen.

Hatte er ihr nicht neulich im Streit vorgeworfen, sie hätte aufgehört zu fühlen und würde nur noch alles durch ihr persönliches, rein intellektuelles Analyseraster jagen? Er hatte gleichermaßen recht und unrecht gehabt. Es war purer Selbstschutz gewesen, und Angst, ihre wahren Gefühle nicht aushalten zu können.

All das begriff sie jetzt. Die Wut, die sie damals bei seiner Affäre mit Clarissa weggedrückt und vorgestern auf der Autofahrt erneut gespürt hatte, war zurückgekehrt und durfte nun endlich nach draußen. Es war so unendlich befreiend. »Du hattest eine Wahl«, sagte sie leise. »Aber ich nicht. Du hast mich einfach mit reingezogen in ein Leben, das ich nicht wollte.« Sie sah Henri unverwandt an. »Und dann ein paar Jahre später geht alles wieder von vorne los, du spielst das gleiche Spiel noch einmal und kommst hierher, um mir Vorwürfe zu machen, weil ich es wage, mir auch ein wenig Nähe und Liebe und Wertschätzung zu holen, die jeder Mensch braucht – und die du dir für jemand anderen aufgehoben hast?«

»Dann ist das hier also eine Art verspätete Rache?« Er drehte seine Handflächen nach oben. »Findest du nicht, dass das reichlich spät kommt?«

»Rache? Ich würde eher sagen eine verspätete Reaktion, die längst fällig gewesen ist. Und selbst, wenn es Rache wäre: Gibt es dafür Regeln? Wann was passiert? Was erlaubt ist? Wenn ja, hätte ich sie gern vorher gelesen.«

»Ich auch«, gab Henri zurück. »Ich verstehe absolut nicht, warum wir jetzt über Clarissa sprechen. Sie hat doch hiermit überhaupt nichts zu tun.«

»Du irrst dich. Sie hat hiermit alles zu tun.«

»Ernsthaft, Kat, ich habe keine Ahnung, wo Clarissa ist. Und die Frau vor dem ›Little Tokyo‹ heißt Maria. Maria Angermaier. Ich kenne sie von Kai, sie hat eine Goldschmiedewerkstatt gleich um die Ecke. ›Goldmarie‹ heißt der Laden, sie …«

»Verdammt, Henri! Ich will nicht wissen, wie sie heißt oder was sie beruflich macht. Ich will wissen, warum du mich angelogen hast und ob du mit ihr schläfst!« Kurz kam ihr der absurde Gedanke, ihn zu fragen, ob Maria vielleicht einen Kater hatte, aber sie verwarf ihn sofort wieder.

»Mit … Maria?«

»Tu doch nicht so bescheuert. Mit wem denn sonst?«

»Ja, das frage ich mich tatsächlich auch: Mit wem denn sonst?«

Jedes Wort troff vor Sarkasmus.

Katharina fühlte, wie die Kraft der Wut genauso plötzlich verschwand, wie sie gekommen war, und einer ebenso starken Traurigkeit Platz machte.

Was taten sie sich hier eigentlich gegenseitig an?

»Geht es wirklich darum? Um Schuld und Rache, und wem was zusteht?«, fragte Henri bitter, als er aufstand. »Ich bin wirklich ein Idiot. Ich dachte nämlich immer, es geht um Liebe.« Er schüttelte den Kopf. »Für dich ist immer alles rational nachvollziehbar und ganz einfach.«

»Nein, das ist es nicht«, gab Katharina leise zurück. »Alles andere als das.« Sie lächelte ebenfalls traurig. »Wenn ich die Dinge wirklich nur auf diese Weise betrachten würde und es so wahnsinnig einfach wäre, wären wir jetzt nicht in dieser Situation.«

36

Henri stand wortlos auf und ging. An der Tür drehte er sich noch einmal um und sah sie an. In seinem Blick eine Mischung aus Zorn und Resignation, die Katharina ebenfalls in sich spürte und die beinahe dazu geführt hätte, dass sie ihn bat zu bleiben. Aber das war keine Lösung. Für gar nichts.

Am besten wäre wohl, wenn sie vorerst in der Praxis bleiben würde. Ein paar Tage vielleicht. Sie wollte die Ereignisse der letzten Zeit erst einmal sacken lassen, verarbeiten, was geschehen war, und darüber nachdenken, wie es weitergehen sollte. Sie würde mit Isabel sprechen und ihr die Wahrheit sagen. Und mit ihren Töchtern und sie ihnen zu ihrem Schutz zunächst, so gut es ging, verschweigen. Katharina seufzte und ließ sich erneut auf die Couch fallen. Wahrheit und Lüge. Richtig und falsch. Der größte Irrtum war vermutlich, dass sie immer gedacht hatte, die Spielregeln des Lebens begriffen zu haben.

Bella ging sofort an ihr Telefon, als hätte sie schon auf Katharinas Anruf gewartet.

»Hey, Mama! Wo bist du? Papa hat versucht, dich zu erreichen, wir wollten dich in München besuchen!«

Katharina ertappte sich dabei, wie sie sofort Bellas Stimme analysierte, um darin Hinweise auf Kummer oder Misstrauen zu finden, aber es gab keine. Ihre Tochter klang fröhlich. *Gott sei Dank.* Henri hatte ihr bisher offensichtlich nichts erzählt.

»Ich bin in der Praxis, Schätzchen. Tut mir leid, dass das nicht geklappt hat, war eine tolle Idee. Nächstes Mal machen wir das unbedingt! Vielleicht planen wir es einfach vorher. Papa war übrigens gerade da, er ... wir ... wir haben das geklärt.« Sie legte ein Lächeln in ihre Stimme und versuchte, ihr einen möglichst leichten Tonfall zu geben. »Hey, ich bleibe ein paar Tage in der Praxis, hab ich bereits mit Papa ausgemacht. Ich hoffe, das ist okay für dich?«

»Oh. Ja ... schon, aber ... Alles klar bei euch?« Nun klang sie doch misstrauisch, was ihr Katharina nicht verdenken konnte.

»Ja, logisch, wir ... Ich muss nur ...« Katharina räusperte sich und rang um die richtigen Worte. Aber das war nicht nötig, denn bevor sie sich einen unverfänglichen Satz zurechtlegen konnte, wurde sie von Bella unterbrochen.

»Hey, Mama, nicht böse sein, aber ich habe mich mit Papa zum Flutlicht-Klettern verabredet, und er ist gerade nach Hause gekommen, um mich abzuholen. Kannst du später noch mal anrufen?«

»Ja klar, ich ...«

»Oder weißt du was? Wenn wir uns schon nicht in München getroffen haben: Ich hab doch pädagogischen Tag morgen. Sollen wir vielleicht frühstücken gehen? Elise ist eh bei Niklas, und Papa hat schon gesagt, dass er dann arbeitet. Du und ich? Das haben wir schon ewig nicht mehr gemacht. Bitte sag Ja, Mama«, bettelte sie, und Katharina musste lachen. Bella liebte die frischen Croissants und üppigen Omelettes im Café am Marktplatz. Der ständige Hunger ihrer Jüngsten war wirklich spektakulär. »Das ist eine tolle Idee, Bella. Machen wir. Ich hol dich ab! Um neun?«

»Perfekt. Ich freu mich, Mama.«

Und ich mich erst, Liebes. Und ich mich erst.

Nachdem Bella aufgelegt hatte, saß Katharina noch eine ganze Weile da und starrte auf ihr Telefon. Ihre Tochter hatte sie nicht gefragt, ob Katharina zum Klettern mitkommen wollte. Hatte sie sich schon daran gewöhnt, dass ihre Mutter nie verfügbar war? Hatte Katharina sich durch die Praxis selbst aus Bellas Leben ausgeschlossen? Und aus dem von Elise gleich mit?

Energisch schob sie den Gedanken beiseite und stand auf. Selbst wenn sie gerade wenig Einfluss auf die Situation zwischen Henri und ihr nehmen konnte, so konnte sie doch dafür sorgen, dass das Verhältnis zu ihren Töchtern gut war. Bella würde sie morgen zum Frühstück sehen. Und das zu Elise ließ sich definitiv verbessern.

Erneut griff sie zum Telefon. Es klingelte eine ganze Weile, bis ihre große Tochter abnahm, nur um sofort wieder aufzulegen. Zunächst glaubte Katharina an ein Versehen und probierte es noch einmal, aber dieses Mal wurde sie schon beim ersten Klingeln weggedrückt. Erst als sie es zum dritten Mal versuchte und feststellte, dass Elise ihr Telefon offensichtlich ausgeschaltet hatte, war ihr klar, dass ihre Tochter nicht mit ihr sprechen wollte.

Sie musste sich bewegen. Etwas tun. Am besten etwas Sinnvolles, um das drückende Gefühl der Ablehnung loszuwerden, das der vergebliche Versuch ausgelöst hatte, mit Elise zu sprechen. Doch draußen regnete es mittlerweile in Strömen, und ein Spaziergang war keine Option. Muriels Platz war aufgeräumt, außerdem hätte Katharina es sowieso nicht gewagt, irgendetwas daran zu verändern. Muriel war ihre Ordnung heilig. Das wusste Katharina sehr genau, seitdem sie einmal den Fehler begangen hatte, sich einen Locher von ihr auszuleihen und ihn nicht zurückzubringen. Ihre Assistentin kannte da kein Pardon.

Katharina wanderte durch ihre Praxis, blieb vor der Bilderwand stehen und betrachtete ihre Sammlung. Sie zupfte von dem Pfingstrosenstrauß auf dem Sideboard ein paar leicht welke Blätter ab und trug sie in die Küche, um sie dort in den Mülleimer zu werfen. Sie sah ein paar Sekunden in den Kühlschrank, in dem sich außer ein paar Cola-Flaschen nichts befand, und schloss ihn wieder, ging in ihr Sprechzimmer, umrundete den Schreibtisch und die gelben Sessel, sah beim Hinausgehen kurz in den Spiegel, ohne irgendetwas Spannendes darin zu entdecken, und verließ das Zimmer wieder. Rastlos trug Katharina ihre Tasche vom Eingangsbereich in ihr Büro, stellte sie dort vor die Schlafcouch und ließ sich für einen Moment darauf fallen, nur um sofort wieder aufzustehen.

Wie konnte sich das Leben nur innerhalb so kurzer Zeit so oft um die eigene Achse drehen, ohne dass man den geringsten Einfluss darauf hatte? Andererseits hatte es sich wenigstens einmal bewegt. Stillstand und Leere waren schließlich das, was sie kaum noch ausgehalten hatte. Und auch wenn es wehtat und sich seine Schwungkraft aus Verletzungen und Wut generiert hatte, sollte sie froh über die Veränderung sein.

Gerade als sie beschlossen hatte, sich einfach hinzulegen und zu schlafen, in der Hoffnung, dass ein neuer Tag auch neue Inspiration mit sich brachte und das Gefühl vertrieb, der einsamste Mensch der Welt zu sein, klingelte ihr Telefon. Isabel. Katharina seufzte erleichtert.

»Isabel!«, rief sie, nachdem sie den Anruf angenommen hatte. Ihre Freundin am anderen Ende der Leitung lachte.

»Hey, Kat! Du hörst dich ja an, als hätten wir monatelang nicht miteinander gesprochen!« Tatsächlich fühlte es sich für Katharina beinahe so an. Als lägen Monate zwischen ihrem Besuch beim Japaner und heute. Dabei waren es gerade mal zwei Tage. *Zwei Tage und Sex mit Mats.*

»Ja, das … Nein, es tut einfach gut, deine Stimme zu hören.« Ihre loyale, liebevolle und großartige Freundin hatte genau den richtigen Zeitpunkt erwischt, um sich bei ihr zu melden. *Wirklich gute Freunde sind Menschen, die uns ganz genau kennen und trotzdem zu uns halten,* dachte Katharina. Plötzlich war ihr nicht mehr nach Lachen zumute.

»Alles in Ordnung, Liebes?« Isabel hatte ebenfalls zu lachen aufgehört. »Du hörst dich echt merkwürdig an.«

»Entschuldige, ich …« Katharina schluckte.

Es war Zeit.

Keine Sekunde länger konnte sie dieses merkwürdige Schauspiel, das sie schon so lange spielte, ertragen. »Isabel?«

»Ja?«

»Kann ich vorbeikommen? Ich meine, bei dir? Jetzt? Ich muss dir unbedingt was sagen.«

»Natürlich, aber … Wo bist du? Du machst mir echt Angst, Kat, weißt du das?«

Katharina hörte, wie bei Isabel im Hintergrund etwas klirrend zu Boden fiel. »Scheiße. Moment, Kat«, sagte Isabel gepresst. Katharina hörte eine Tür zuschlagen, dann laute Schritte und schließlich, wie Isabel in ihr Auto einstieg und die Freisprechanlage den Anruf übernahm. »So. jetzt. Sorry, das war nur mein Schlüssel«, sagte Isabel. Sie startete ihren Wagen.

»Es tut mir leid, Is, ich wollte dich nicht beunruhigen. Dein Leben durcheinanderzubringen, ist das Letzte, was ich will.« Katharina merkte, wie sich ihre Augen mit Tränen füllten, und plötzlich konnte sie sich selbst nicht mehr erklären, wie sie so lange mit … alldem hatte leben können.

»Mein Leben?« Isabel lachte wieder. »Kat, du hast echt einen Knall. Wir sind doch Freundinnen, oder nicht?«

»Ja«, sagte Katharina kläglich. Zumindest so lange, bis Isabel die Wahrheit erfahren würde. Alles, was Katharinas ihr verschwiegen hatte. Und all ihre Lügen, mit denen sie Isabel und sich selbst hatte beweisen wollen, dass alles in Ordnung war.

»Sag mir einfach, wo du bist. Ich komme dorthin. Meine Güte, du würdest das Gleiche doch auch für mich tun, stimmt's?«

»Das würde ich.« Und wie sie das würde. »Ich bin in der Praxis. Und ich habe dich angelogen.« Es fiel ihr unglaublich schwer, das auszusprechen. Sie schluckte. Katharina schloss die Augen und wartete auf eine Reaktion, aber es kam keine. »Isabel?«, fragte sie vorsichtig.

»Verfluchte Scheiße, du Idiot!«, rief ihre Freundin just in diesem Moment laut.

»Entschuldige, es ist nicht so leicht, das zu beichten, ich weiß, dass …«

»Doch nicht du! Ich meine den Typ vor mir auf der Straße!« Isabel fluchte wieder, und kurz musste Katharina lachen. Sie hatten schon so viele Male über Isabels leicht aggressives Verhalten im Straßenverkehr gesprochen, aber Katharina hatte den Verdacht, dass ihre Freundin es insgeheim genoss, beim Fahren vor sich hin zu schimpfen. »Weißt du was? Ich konzentriere mich mal schnell aufs Autofahren, und alles Weitere besprechen wir dann, wenn ich bei dir bin.« Sie legte auf, ohne Katharinas Antwort abzuwarten.

»Okay«, sagte Katharina leise, bevor sie ebenfalls auflegte.

Die Minuten, bis Isabel an ihrer Tür klingelte, fühlten sich an wie eine halbe Ewigkeit. Und als es dann klingelte, fiel es Katharina trotzdem schwer, auf den Summer zu drücken. War heute der Tag, an dem nicht nur ihre Ehe, sondern auch ihre Freundschaft zu Isabel zerbrechen würde?

»Hi«, sagte Isabel atemlos, nachdem sie die Stufen zur Praxis hochgestiegen war. »Schneller als ich fährt nur die Polizei.« Sie grinste. Katharina lächelte ebenfalls. »Schön, dass du da bist«, sagte sie vorsichtig und schob die Tür auf, damit ihre Freundin eintreten konnte.

»Na hör mal! Wenn du solche Sachen sagst, muss ich doch kommen, oder etwa nicht?« Sie machte einen Schritt auf Katharina zu und nahm sie fest in den Arm. »Und außerdem: Weißt du noch? ›Winter, spring, summer or fall …‹«, begann sie, laut und falsch Carole Kings alten Hit und ihr erklärtes Freundschaftslied zu singen. »All you've got to do is call …«, fiel Katharina mit ein. »And

I'll be there, yes, I'll be there. You've got a friend!«, sangen sie gemeinsam Arm in Arm, bevor sie sich auf das gelbe Besuchersofa fallen ließen. »Wenn Herr van der Felde nicht vorher schon taub war, dann ist er es jetzt bestimmt«, sagte Isabel. »Und wenn nicht, wünscht er es sich ganz sicher«, ergänzte Katharina lachend.

»Immer, wenn wir singen, wird mir wieder klar, warum sie uns damals nicht gefragt haben, ob wir bei ›Hot and Spicy‹ mitmachen wollen«, sagte Isabel. »Oh, apropos: Hast du noch mal was von Sandra gehört?«

Sandra. Beim Gedanken an sie blieb Katharina sofort das Lachen im Hals stecken. Plötzlich war ihr nicht mehr nach Scherzen zumute.

»Danke, dass du gekommen bist«, sagte sie, anstatt auf Isabels Frage einzugehen, und drückte Isabels Hand, bevor sie sich so aufs Sofa setzte, dass sie sie ansehen konnte. Sie würden auch über Sandra sprechen müssen, so viel war klar.

»Ich …«, setzte sie noch einmal an. Wie fand man nur die richtigen Worte? Oder überhaupt welche?

Zu allem Überfluss spürte sie, wie ihr Tränen in die Augen stiegen. *Verdammt, Nowak, reiß dich zusammen,* ermahnte sie sich. Selbstmitleid war hier ja wohl völlig fehl am Platz.

»Ich habe mit Mats geschlafen«, sagte Katharina schnell, bevor sie der Mut verließ, auch wenn es definitiv nicht das war, was sie ursprünglich hatte sagen wollen.

Isabel riss ungläubig die Augen auf. »Du hast … bitte was?« Sie schüttelte den Kopf. »Okay, ich muss … das … das hast du nicht wirklich, oder?« Und als Katharina nicht reagierte, setzte sie hinzu: »Gibt's hier was zu trinken, Nowak?«

»Nein. Also, doch.« Beinahe hätte Katharina über Isabels geschockten Gesichtsausdruck gelacht. Und über das *Nowak.* So nannte sie Katharina nur in wirklich außergewöhnlichen Situationen. »Wie jetzt?«, fragte Isabel völlig verwirrt.

»Nein, es gibt nichts zu trinken, außer Wasser und sehr viel Cola. Tut mir leid«, antwortete Katharina. Sie hatte schließlich erst kurz zuvor nachgesehen. »Und doch, ich habe mit Mats geschlafen, es ist vermutlich moralisch verwerflich, dumm und falsch gewesen – aber es war großartig und auch … notwendig. Selbst wenn das merkwürdig klingt.«

Isabel sagte nichts, sondern sah sie nur an, wofür Katharina ihr unglaublich dankbar war. Endlich konnte sie sich alles von der Seele reden. Von ihren Gefühlen und Sehnsüchten erzählen, die sie schon so lange in sich trug, ohne die Möglichkeit, sie mit Isabel zu teilen.

»Aber warum hast du nie was gesagt?«, fragte Isabel. »Du musst doch wissen, dass ich für dich da bin!«

»Ich weiß das, Is, aber …« Katharina ließ die Schultern fallen, die sie unbewusst die ganze Zeit nach oben gezogen hatte. »Bitte, das klingt furchtbar, aber ich sehe dein Glück und wollte dich nicht mit meinem Kram belasten.« Sie schüttelte den Kopf. »Außerdem: Ich bin Psychologin! Ich weiß doch, wie es geht! Zumindest theoretisch. Ausgerechnet ich kriege noch nicht einmal ein einigermaßen zufriedenes Leben hin? Ehrlich, manchmal fühle ich mich wie eine Versagerin.« Sie seufzte. »Wie eine Fremde in meinem eigenen Leben. Ich bin nie da, Bella und Henri verstehen sich super und haben Spaß, und … Elise hasst mich.«

»Quatsch, sie hasst dich nicht. Das nennt man Pubertät. Schon vergessen? Teenies können schrecklich sein. Das gehört so. Aber das hat nichts mit dir, sondern nur was mit ihnen zu tun. Glaubst du wirklich, meine Jungs sind immer noch die Musterknaben, die ich geboren habe?«

»Nein.« Isabels Jungs waren großartig. Aber sie waren auch wild, frech und rebellisch. Und Isabel oder Tobi hatten schon das eine oder andere Lehrergespräch an den Schulen der beiden gehabt, bei denen es nicht um deren gute Noten ging. Im Gegenteil.

»Du hast mich schon hundertmal beruhigt und getröstet, Kat. Jetzt bin eben ich dran. Außerdem: Je enger das Band zwischen Mutter und Tochter, umso mehr Kraft braucht man, um es zu zerschneiden, und umso schmerzhafter ist das Ganze auch. Das gehört alles dazu, Kat. Meine Güte, das weißt du doch.« Liebevoll legte sie ihren Arm um Katharinas Schultern. »Du bist doch diejenige, die mir immer meine Schülerinnen erklärt hat.«

»Ja, schon. Aber es ist eben nun mal was anderes, wenn es im eigenen Leben passiert.«

Isabel lachte. »Und das merkst du jetzt erst? Nur, weil es zur Abwechslung mal um das deinige geht und um deine Probleme, heißt das doch noch lange nicht, dass andere keine haben. Und auch das weißt du. Dein Leben war immer gradlinig und vorhersehbar. Du hast alles erreicht, was du wolltest und eine tolle Familie gegründet. Du hast immer volle Kraft voraus die Probleme von allen gelöst, Henri unterstützt und dann noch diese Praxis gegründet – was denkst du denn? Dass es immer so weitergeht? Probleme gehören nun mal zum Leben dazu. Sogar bei einer Psychologin. Es kann nicht immer alles glattlaufen.«

»Was du nicht sagst. Ich scheitere jeden einzelnen Tag, Is, und je mehr ich mich bemühe, umso schlimmer wird es«, sagte Katharina leise. Von wegen, ihr Leben war perfekt. Isabel hatte ja keine Ahnung. Mittlerweile liefen ihr die Tränen über die Wangen. Nachdem sie ein paarmal erfolglos versucht hatte, sie wegzuwischen, nahm sie dankbar ein Taschentuch aus der Box, die ihr Isabel hinhielt.

»Das denkst du wirklich?«, bestürzt sah Isabel sie an. »Du bist unglaublich, Kat.« Sie schüttelte den Kopf. »Schau dich doch mal um! Das hier ist deine Praxis! Das hast du auf die Beine gestellt! Ganz allein! Du hast zwei wunderbare Töchter, die neugierig, empfindsam und rebellisch sind. Zumindest Elise, bei Bella kommt das sicher auch noch.« Sie zwinkerte ihrer Freundin zu. »Und ganz ehrlich, Liebes, hättest du dir andere Töchter und ein anderes Leben gewünscht?« Sie legte ihr die Hand auf das Bein. »Weißt du noch, als wir uns damals in unserem Abi-Sommer unser zukünftiges Leben ausgemalt haben?« Sie wartete ab, bis Katharina nickte. »Wir wollten die Welt erobern. Erfolgreich und glücklich sein.«

»Das wollten wir.«

»Und wir haben uns geschworen, wenn wir einmal Töchter haben würden, dass wir sie zu unabhängigen, starken und freien jungen Frauen erziehen würden, so unabhängig, stark und frei, wie wir selbst gern gewesen wären.« Isabel lachte.

»Ich wusste ja noch nicht einmal, ob ich überhaupt Kinder will«, sagte Katharina kläglich.

»Und ich hatte gar nicht auf dem Schirm, dass man auch Jungs bekommen kann«, sagte Isabel. »Und jetzt schau uns an! Wir haben die tollsten Kinder der Welt! Und großartige Männer, die wir lieben – und sie uns!«

»Du vielleicht«, murmelte Katharina.

»Was meinst du?« Isabel nahm Katharina bei den Schultern und drehte sie zu sich, sodass sie ihr ins Gesicht sehen konnte.

»Was ist los, Kat?«

»Henri und ich …« *Ja, was denn?* Bestürzt bemerkte Katharina, dass sie noch nicht einmal wusste, womit sie am besten anfangen sollte. Sie schloss für einen Augenblick die Augen und öffnete sie erst wieder, als Isabel sie sanft schüttelte.

»Was ist passiert, Katharina? Ich meine, außer, dass du mit Mats geschlafen hast. Nicht, dass das nicht reichen würde.« Sie schüttelte den Kopf. »Das kann ich übrigens immer noch nicht glauben.«

Katharina zuckte mit den Schultern. »Ich war nicht die Einzige.« Sofort hatte sie wieder die Einladung auf Mats' Schreibtisch vor ihrem inneren Auge, und sie dachte für einen Augenblick an Sandra, die versucht hatte, ihr die Wahrheit zu sagen. Beinahe tat sie ihr ein bisschen leid. Aber jetzt ging es nicht um sie. Es ging um Isabel, um Katharina. Um Mats und um Henri.

»Weißt du, diese Frau, die wir gesehen haben – Emilia Jacoby mit der Katze?« Sie versuchte ein Lächeln, aber es gelang ihr nicht wirklich. »Die hat gar keine Upcycling-Werkstatt, sondern sie ist Goldschmiedin. ›Goldmarie‹«, wiederholte sie den Namen ihres Ladens und zuckte dann mit den Schultern. »Passt, oder?«

»Kat, bitte …« Ihre Freundin schüttelte den Kopf. Unfassbar, dass sie sich ein Singleleben für die Frau ausgedacht hatten, die mit ihrem Mann schlief.

»Henri, er … er hatte schon einmal eine Affäre. Damals, kurz bevor ich die Praxis aufgemacht habe.« Plötzlich war Katharina so müde, dass sie sich am liebsten auf ihre Couch gelegt und die Augen zugemacht hätte. Sie wollte nicht noch mal dorthin zurück, wo alles angefangen hatte. Noch nicht einmal gedanklich.

»Henri hatte …?« So schockiert hatte Katharina Isabel noch nie gesehen. »Mit wem?«

»Clarissa«, sagte Katharina tonlos. Die ganze Scham von damals kam wieder in ihr hoch. Sie sah auf und Isabel direkt in die Augen. »Es tut mir leid, Is.«

»Es tut dir …?« Fassungslos starrte Isabel zurück. »Ich bin es. Isabel. Was auch immer passiert ist, es ändert nichts an unserer Freundschaft, das weißt du doch, oder?«

Katharina war sich da nicht so sicher.

»Und bevor wir weiter über uns reden und überlegen, wie es weitergehen könnte, erzählst du mir jetzt die ganze Geschichte von vorn. Und vor allem mit allen schmutzigen Details!«, befahl Isabel und sah ihre Freundin dabei fest an. Also erzählte Katharina.

Nachdem sie geendet hatte, sagte Isabel eine ganze Weile gar nichts, sondern schüttelte nur immer wieder den Kopf, bis sie irgendwann aufstand und begann, im Zimmer herumzugehen.

»Ich kann nicht glauben, dass *du* dich bei *mir* entschuldigst. Was bin ich nur für eine Freundin? Ich habe von alldem nichts mitbekommen!«, sagte Isabel schließlich. »Ich habe sehr wohl gespürt, dass da etwas nicht stimmt. Aber ich habe es auf die schlaflosen Nächte mit euren Babys geschoben. Außerdem weiß ich doch aus eigener Erfahrung, dass keine Ehe perfekt ist. Mein Gott, denkst du denn, dass ich nie das Gefühl gehabt habe, es ginge mir besser mit einem anderen Beruf, in einem anderen Leben, am besten einem ohne Mann und Kinder? Ich … ich war so unendlich dumm und blind!« Sie schüttelte den Kopf. »Ich wollte einfach glauben, dass es dir gut geht, und habe mich damit beruhigt, dass du mir schon sagen würdest, wenn was nicht stimmt. Henri war komisch, das habe ich bemerkt, aber dann plötzlich hattest du deine Praxis, ihr beide habt wieder viel mehr miteinander unternommen und gelacht und … ich habe gedacht, alles ist wieder okay.« Sie hob ihre Hände und ließ sie wieder fallen. »Ich habe nicht ein einziges Mal richtig nachgefragt! Was bin ich nur für eine blinde Idiotin!«

»Bist du nicht.« Nun war es Katharina, die Isabel eindringlich ansah. »Du bist die beste Freundin, die man sich nur wünschen kann. Ich war feige und habe dir mit Absicht nichts erzählt. Ich habe mir eingeredet, dass ich alles allein schaffe, und gedacht, wenn ich so tue, als ob alles in Ordnung ist, kriegt niemand was mit, und ich kann weiterhin die aufstrebende Psychologin sein, die jeder ernst nimmt, anstatt … Am Ende habe ich mir meine Lüge beinahe selbst geglaubt, Is. Und ich kam nicht mehr aus der Nummer raus. Dabei habe ich dich unendlich vermisst und habe mich immer noch einsamer gefühlt. Ernsthaft: Wie dumm kann man nur sein?« Katharina zupfte ein weiteres Taschentuch aus der Box, bevor sie sie Isabel zurückgab, die sich ebenfalls eines nahm.

»Sehr dumm«, antwortete ihre Freundin und schnäuzte sich laut. »Spätestens als du beim Japaner so komisch drauf warst, hätte ich doch nachfragen müssen!« Sie legte ihren Arm um Katharinas Schultern, und für einige Sekunden saßen sie einfach still da, bis Katharina wieder zu sprechen begann.

»Ich glaube, ich habe es trotzdem verbockt, Is.«

»Was genau?«, fragte ihre Freundin und lehnte ihren Kopf an Katharinas.

»Einfach alles.« Wieder entstand eine Pause.

»Das könnte natürlich sein«, sagte Isabel, und Katharina hörte das Schmunzeln in ihrer Stimme, so vertraut und beruhigend wie immer. »Möchtest du trotzdem meinen unendlich weisen Rat hören?«, fuhr sie fort.

Katharina nickte.

»Punkt eins: Man kann gar nicht alles verbocken. Und selbst wenn es vielleicht gerade ein wenig … viel erscheint, ist doch nichts in Stein gemeißelt. Punkt zwei: Alles kann sich verändern, Kat, und tut es doch auch die ganze Zeit. Manchmal sogar zum Guten. Und drittens: Definiere verbockt! Du hast dich vielleicht nicht unbedingt gesellschaftskonform verhalten, aber was glaubst du, wie viele Frauen davon träumen, aus ihrem Leben auszubrechen und vielleicht sogar mit ihrem Ex-Freund zu schlafen, was ihre Männer vermutlich nicht ganz so prickelnd finden, aber …«

Katharina runzelte die Stirn und wandte sich zu Isabel um. »Nicht hilfreich, Is«, sagte sie und verzog das Gesicht.

»Vielleicht ist es das nicht, aber dafür ist es wahr!«, gab Isabel zurück, bevor sie weitersprach. »Ich verurteile dich nicht. Und Henri hat schon gleich zehnmal kein Recht dazu. Manchmal muss man vielleicht schmerzhafte Erfahrungen machen, um den Wert einer Sache – oder eines Menschen – zu erkennen. Vielleicht muss man dazu nicht unbedingt komplett ausbrechen. Vielleicht aber doch. Und vielleicht muss man manchmal sogar einen Menschen ziehen lassen, um wieder spüren zu können, wie sehr man ihn doch liebt.«

»Oder ich habe es komplett verbockt«, sagte Katharina erneut.

»Oder das.« Isabel grinste.

»Ich wollte immer die Gute sein. Und jetzt bin ich kein bisschen besser als er.«

»Die Gute?« Isabel schüttelte den Kopf. »Habt ihr Psychologen denn auf der Uni gar nichts gelernt? Gibt es immer nur gut oder schlecht und nichts dazwischen? Du sollst nicht gut sein, sondern glücklich, verdammt!« Sie schüttelte den Kopf. »Und jetzt brauche ich Wein.«

Wortlos stand Katharina auf, um einen Flyer vom Pizzaexpress aus Muriels Schublade zu holen. Dann griff sie nach dem Telefon. Nachdem sie sowohl eine große Pizza Rucola und einen Primitivo bestellt hatte, setzte sie sich wieder zu Isabel auf die Couch.

Es dauerte keine Viertelstunde, bis es klingelte. Katharina nahm die Pizza und den Wein in Empfang und gab dem Pizzaboten ein großzügiges Trinkgeld, während Isabel aus der Küche Teller, Gläser, Servietten und einen Flaschenöffner holte. Nachdem sie die Zeitschriften auf dem kleinen Tischchen vor der Couch beiseitegeräumt und angestoßen hatten, war Katharina für einen winzigen Augenblick absolut glücklich. Sie saß hier, mit ihrer besten Freundin. Im Auge des Orkans. Sie hatten Essen und Wein, und die große Last dieser bescheuerten Lüge lag nicht mehr auf ihren Schultern. Besser noch, ab jetzt hatte sie wieder jemanden, der ihr beim Tragen half. Was ab jetzt auch geschehen würde, es hatte seinen Schrecken verloren.

»Wir sollten den Pizza-Sonntag zur Tradition erheben«, sagte Isabel.

»Unbedingt.«

»Und wir sollten ab jetzt unbedingt ehrlich sein und uns alles sagen. Egal, wie dumm, schmerzhaft und falsch es sich anfühlen mag.« Sie schloss für einen Augenblick genießerisch die Augen und seufzte, bevor sie ihr Glas erneut hob. »Auf den Pizza-Sonntag und die Ehrlichkeit! Und apropos dumm, schmerzhaft und falsch: Jetzt erzähl schon von Mats!«

37

Hey, Kate!« Mats' sanfte Stimme ließ sofort ihr Herz schneller schlagen und schickte ein Kribbeln über ihren Körper. Sie musste eingeschlafen sein, denn sie konnte sich noch nicht einmal daran erinnern, dass das Telefon geklingelt hatte, geschweige denn, dass sie den Anruf angenommen hatte.

»Mats?« Sie lächelte. Es tat gut, seine Stimme zu hören. Als hätte er die Hand nach ihr ausgestreckt und würde leicht über ihre Haut streicheln. Sie versuchte, sich vom Schlaf zu befreien, der sie noch fest umfangen hielt. Irgendetwas war passiert, an das sie sich erinnern sollte, aber es gelang ihr nicht.

»Wo bist du?«, fragte er leise.

Sie öffnete die Augen einen Spalt und schloss sie sofort wieder. »Ich bin in der Praxis«, antwortete sie verwirrt.

War sie nicht dort gewesen? Bei ihm? In seiner Wohnung? Oder hatte sie das alles nur geträumt?

»Ich habe gedacht, du würdest warten«, sagte er, und Katharina konnte die Enttäuschung hören, die jetzt in seiner Stimme mitschwang. »Ich dachte, du bist da, wenn ich wiederkomme und …«

Das angenehme Kribbeln war verschwunden, was Katharina bedauerte. So langsam wachte sie auf. Und mit dem Wachwerden kam nicht nur die Erinnerung zurück, sondern auch die Erkenntnis.

»Ehrlich gesagt, dachte ich das auch«, sagte sie bedauernd. »Aber ich habe nicht damit gerechnet, dass du dich um einen ganzen Tag verspäten würdest.«

»Ich kann nichts …«, setzte er an, aber sie unterbrach ihn sofort.

»… nichts dafür? Vielleicht nicht. Aber ich möchte meine Tage nicht mehr damit verschwenden, auf etwas oder jemanden zu warten, der doch nie kommt. Ich brauche einen Partner in meinem Leben, auf den ich mich verlassen kann. Und das bist nicht du«, schloss sie leise.

»Aber was ist denn schon ein Tag, wenn man sich liebt, Kate?«, fragte er.

»Immer noch vierundzwanzig Stunden.« Sie versuchte, den Ärger zu unterdrücken, der langsam in ihr aufstieg. Er begriff es einfach nicht. Mats lachte. »Ich hatte vergessen, wie klug und schlagfertig du bist«, sagte er. »Selbst wenn man dich mitten in der Nacht weckt. Aber das ändert nichts daran, dass ich dich vermisse, wilde, leidenschaftliche, großartige Kate.«

»Ich bin zu Hause, Mats«, sagte Katharina leise.

Am anderen Ende blieb es kurz still.

»Kannst du nicht einfach zurückkommen?«, bat er.

»Nein, das kann ich nicht.«

»Aber es regnet in Wien, Kate. Wir müssten also leider in meiner Wohnung bleiben und uns dort irgendwie beschäftigen.« Seine Stimme war noch ein wenig tiefer geworden, und Katharina konnte selbst durchs Telefon hindurch hören, für wie grandios er seine Idee hielt.

»Mats.«

»Kate.«

»Ich kann nicht einfach hier weg. Ich habe Bella und Elise und eine Praxis.« *Und Henri. Ein Leben.*

»Das weiß ich doch. Aber kannst du nicht mal einen Moment an dich denken?«

»Lustig, dass du das sagst. Ich habe nämlich gerade erst für mich entschieden, dass ich das lange genug gemacht habe. Und ich wollte dir im Übrigen das Gegenteil vorschlagen.«

»Aber ich will dich, Katharina. Das weißt du. Dich. Ich verstehe, dass du dir diese Gedanken machst, aber … warum eigentlich? Mach dich davon frei! Lass deine Kinder bei Henri! Besuch sie am Wochenende – oder auch mal zwischendurch! Sie sind doch schon beinahe erwachsen, Kate, und brauchen dich kaum noch. Es gibt nichts, was man nicht auch mit einem Telefon regeln könnte.« Er machte eine kurze Pause. »Und im Ernst: Wo sind die beiden jetzt? Weißt du das überhaupt?«

Jedes Wort, das er sagte, knallte wie ein Peitschenschlag in ihrem Kopf. Er hatte einen wunden Punkt getroffen, und das wusste er vermutlich genau. Abgesehen davon lag er falsch damit, wenn er sagte, dass Bella und Elise sie nicht mehr brauchten. Im Grunde brauchten sie sie mehr denn je, und dass Katharina keine Ahnung hatte, wo sie gerade waren, mit wem, ob es ihnen gut ging, was sie dachten und fühlten, war furchtbar.

»Nein, das weiß ich nicht«, gab sie zu. »Aber das ändert nichts. Du und ich … Das war ein schöner Traum, und ich danke dir für jeden Moment. Aber letztendlich war es eben genau das: ein Traum. Und ich bin mittlerweile aufgewacht.«

»Sag das nicht, Kate, bitte. Denk an dieses magische Gefühl, das wir haben. Denk an den unglaublichen Sex!« Seine Stimme war wieder schmeichelnd geworden. »Denk an all die wunderbaren Erinnerungen, die wir erneuern können. Du und ich – wir beide gemeinsam! Sag, was hast du gerade an, Kate?«

Das war es? Das war alles, was ihn interessierte? Was sie anhatte? Natürlich dachte sie ebenfalls an den Sex, an die Begierde, die sie mitzureißen drohte, wann immer sie in seiner Nähe war. Mats war und blieb Mats. Nur: Vermutlich war er nicht später gekommen, weil sich das Shooting verzögert hatte, sondern weil das sicher sehr junge und bildhübsche Model auf ihn stand. Wollte Katharina wirklich den Rest ihres Lebens mit immer jüngeren Frauen, perfekteren Körpern und fragwürdigeren Ausreden konkurrieren? Wollte sie sich anlügen lassen und sich weiterhin einreden, dass ihr Bauchgefühl falsch war, bis sie – wie beim letzten Mal – die Wahrheit mit eigenen Augen sehen musste? Die Antwort lag auf der Hand.

Mats war trotz der schönen Worte, die er immer wieder fand, so oberflächlich, dass es wehtat. Sowohl Isabel als auch Theresa hatten recht gehabt. Schlimm, dass es all das gebraucht hatte, damit auch Katharina es begriff. Und dass dies ihren Körper dennoch nicht daran hinderte, sich nach ihm zu sehnen, und ihr Herz nicht, sich zu wünschen, von ihm geliebt zu werden.

»Es tut mir leid, Mats. Ich kann nicht«, sagte Katharina leise. Es fiel ihr unendlich schwer, Lebewohl zu sagen, obwohl sie genau wusste, dass es richtig war. Für einen Moment schloss sie die Augen. Aber es war nicht nur Mats, von dem sie sich da verabschiedete. Auch ihr Traum von wahrhaftiger Anziehung, Hingabe und Leidenschaft war soeben geplatzt.

Glücklicherweise hatte sie im Gegensatz zu damals jedoch nicht mehrere Jahre gebraucht, um es zu kapieren, sondern nur ein Wochenende.

38

Katharina lehnte am Fenster und beobachtete Herrn van der Felde dabei, wie er in seinem Garten hingebungsvoll die Rosen schnitt. Seine Bewegungen waren bedacht und vorsichtig, und sie konnte sogar von hier oben sehen, wie konzentriert er war. Für einen Moment beneidete sie ihn darum, dass er sich einer einzelnen Sache so ausschließlich widmen konnte. Wäre es nicht wunderbar, etwas zu tun und dabei an nichts anderes zu denken? Nicht gedanklich schon immer mehrere Schritte voraus zu sein und sich selbst damit verrückt zu machen? Der nächste Klient, das nächste Abendessen, die Pläne ihrer Töchter, Henris Laune … oder was sie sonst noch so alles in ihrem Kopf hin und her wälzte, sobald sie einen Moment der Muße hatte. Katharina lächelte. Vielleicht war Herr van der Felde ein Naturtalent, was das Im-Moment-Leben anging, vielleicht lernte man es auch erst, wenn man so alt war wie ihr Vermieter. Oder nie. Vielleicht entzog einem das fortschreitende Leben auch Stück für Stück die Verantwortung für all die tausend Dinge jenseits der eigenen Verpflichtungen und gab einem erst im Alter die Möglichkeit, jeden Augenblick zu würdigen? Und vielleicht interpretierte sie das alles auch nur in Herrn van der Felde hinein, der in Wirklichkeit gerade gedanklich einen Fahrradtrip einmal um die Welt, seine Kandidatur für eine aufstrebende Partei oder eine neue und späte Karriere als Influencer plante. Was wusste sie schon über andere Menschen? Außer all dem natürlich, was sie ihr erzählten. Was wusste sie von Bella, Elise und Henri? Gut, Bella und sie hatten ein sehr lustiges Frühstück gehabt, bei dem ihr ihre Tochter alles über die Schule, ihre Freundinnen und die Vorbereitungen zum ObSo erzählt hatte, an dem sie dieses Jahr das erste Mal teilnehmen durfte. Sie hatten über ihr Kleid gesprochen, und mit wem sie vielleicht tanzen würde, und Bella hatte Katharina das Versprechen abgenommen, dass sie sich im Hintergrund halten würde – obwohl Katharina sich als Aufsichtsperson gemeldet hatte.

Katharina drückte ihre Stirn gegen die Scheibe und hauchte einen milchigen Fleck auf das Glas, in den sie mit ihrem Zeigefinger dann ein kleines schiefes Herz hineinzeichnete. Aber wann hatte sie Elise oder Henri das letzte Mal wirklich gefragt, was in ihnen vorging, anstatt alles, was sie sagten, zu deuten und sich ihre eigene Sicht der Dinge zu basteln? Was hatte Henri neulich gesagt, als er sich so über die Weinflasche aufgeregt hatte? Dass sie perfekt darin war, über alle Menschen in ihrer Nähe Theorien zu entwickeln, und er es satthatte, von ihr analysiert und mit einer Diagnose belegt zu werden? Dass er kein Fall aus ihren Lehrbüchern sein wollte? Katharina hatte sich vor den Kopf gestoßen und ungerecht behandelt gefühlt. Dabei hatte er so recht gehabt.

Die Praxisklingel schrillte laut mitten in ihre Überlegungen hinein, und Katharina zuckte zusammen.

Kurz warf sie einen erneuten Blick auf Herrn van der Felde, um sicherzugehen, dass er nicht derjenige war, der geklingelt hatte, weil er sich womöglich verletzt hatte oder sonst irgendwie ihre Hilfe brauchte. Aber er befand sich nach wie vor so zufrieden und intakt wie noch vor ein paar Sekunden bei seinen Rosen. Das Klingeln hingegen hatte nicht aufgehört und zerrte schnell und aggressiv an ihren Nerven.

Sie löste sich vom Fensterbrett und eilte zur Tür.

Wahrscheinlich hatte Herr van der Felde die Haustür unten offen gelassen, denn derjenige, der sie so dringend sprechen wollte, stand schon vor der Praxis. Schon an der Silhouette hinter der Milchglastür erkannte sie, dass es Henri war. Katharina atmete einmal tief durch, bevor sie vorsichtig die Tür öffnete.

Sie hatte richtig geraten. Sein Gesicht war gerötet, und er funkelte sie aus zusammengekniffenen Augen wütend an. In der Hand hielt er einen riesigen Strauß aus altrosa Rosen, die so intensiv dufteten, dass Katharina sofort noch einmal tief Luft holte. Keine Frage: Der Strauß passte zu Henris Laune wie Herr van der Felde in die sozialen Medien.

»Was hast du dir bloß dabei gedacht?« Henri drückte ihr den Strauß in die Hand, als wäre er giftig. Völlig überrumpelt und immer noch damit beschäftigt, die Situation zu verstehen, nahm sie die Blumen entgegen und öffnete die Tür ein Stückchen weiter, sodass er eintreten konnte. Wütend stapfte er hindurch, blieb aber sofort wieder stehen.

»Ich warte auf dich, *Kate*. Wann kommst du?«, fragte er und starrte sie böse an. Sie begriff noch immer nicht, um was es ihm eigentlich ging.

»Ich …«

Henri trat einen Schritt auf sie zu, bis er so nah vor ihr stand, dass sie das wütende Vibrieren seines Brustkorbs geradezu spüren konnte, als er weitersprach. »Dein Lover hat dir Blumen geschickt, *Kate*.« Er spuckte Mats' Kosenamen für sie geradezu aus. »Findest du es nicht ein wenig geschmacklos, dass er sie zu uns nach Hause liefern lässt? In das Haus, in dem deine Kinder leben? In dem ich lebe?« Er schüttelte angewidert den Kopf. »Ist das Absicht, oder ist dir das einfach egal, Katharina?«

»Ich wusste nicht …«, setzte sie an.

»Was? Was passieren würde? Auf wen du dich einlässt? Dass wir auch Gefühle haben? Ich …« Seine Stimme brach für einen Moment, und er schüttelte den Kopf. In seinen Augen entdeckte sie eine Verletzlichkeit hinter der Wut, die Katharina nicht erwartet hatte. Automatisch streckte sie die Hand nach ihm aus. »Henri, ich …«

»Was?« Er zuckte zurück, bevor sie ihn berühren konnte. »Hast du gedacht, ich übersehe dieses üppige angeberische Bouquet womöglich, das so laut ›Ich schlafe mit deiner Frau‹ schreit, dass es auch der Letzte kapiert?« Er schnaubte verächtlich, und Katharina ließ die Hand wieder sinken.

Er drehte sich abrupt um und wandte sich zur Tür.

»Henri, bitte! Ich hatte keine Ahnung von den Rosen.« Schnell legte sie sie auf Muriels Schreibtisch ab. »Denkst du wirklich, ich würde so etwas gut finden? Oder ich hätte Mats darum gebeten, mir Blumen nach Hause zu schicken?«

Sie sah ihn durchdringend an, als er sich wenigstens wieder zu ihr umdrehte. Henri schüttelte langsam den Kopf. Auf einmal sah er nur noch müde aus. Auch die Wut war aus seiner Stimme gewichen.

»Ich weiß überhaupt nicht mehr, was ich denken soll, Kat. Sag ihm einfach, dass es mein Haus ist. Meine Familie. Und dass er in meinem Leben nichts zu suchen hat.«

Für einen Moment sah er sie nur an, dann wandte er sich erneut um und ging. Dieses Mal wirklich.

Katharinas Blick fiel durchs Fenster auf Herrn van der Felde, der immer noch vergnügt und hoch konzentriert mit seinen Rosen beschäftigt war, und einmal mehr beneidete sie ihn um das Glück, sich zu hundert Prozent nur einer einzigen Sache widmen zu können, während hier in ihrem Leben plötzlich die Hölle losgebrochen war.

Herr van der Feldes Anblick hatte sie so abgelenkt, dass sie erst bemerkte, dass Henri plötzlich wieder neben ihr stand, als er nach ihrem Oberarm griff. Sie schrak zusammen, als sein wütender Blick ihren traf. »Am besten, er lässt auch die Finger von meiner

Frau«, knurrte er und drehte sie zu sich um, indem er auch ihren anderen Arm ergriff. Sein Gesicht war nur noch ein paar Zentimeter von Katharinas entfernt. Ihr Herz klopfte schnell, dank einer Mischung aus Angst davor, was als Nächstes geschehen würde, und einer Erregung, die sie sich selbst nicht erklären konnte und die dennoch heiß durch ihren Körper pulsierte. Das hier war nicht ihr angepasster, freundlicher, meist überlasteter Ehemann, sondern der leidenschaftliche Henri, der sich nahm, was er wollte, und zu kämpfen bereit war. Der Henri, den sie vor langer Zeit einmal gekannt hatte.

»Henri ...«

Er ließ sie nicht weitersprechen, sondern presste seine Lippen grob auf ihre. Aber Katharina erinnerte sich sowieso nicht mehr daran, was sie sagen wollte. Sie fühlte nur die Begierde, mit der er seinen Körper gegen ihren drängte.

Sie öffnete ihren Mund und ließ ihre Zunge über seine Lippen gleiten. Als er aufstöhnte, drückte sie sich so eng an ihn, dass sie sein Herz klopfen spürte.

Seine Hände schoben ihre Bluse nach oben und öffneten geschickt ihren BH. Sie löste sich nur kurz von ihm, um beide Kleidungsstücke gänzlich abzustreifen. Schwer atmend standen sie sich gegenüber und sahen sich lauernd an, wie zwei Raubtiere, die darauf warteten, dass das andere den ersten Sprung machte, den Angriff startete.

Katharina streckte ihre Hand aus, ohne ihren Blick von Henri zu lösen, und griff nach seinem Hemd, um es mit fahrigen Bewegungen zu öffnen, zog es von seinen Schultern und ließ es zu Boden gleiten. Sie nahm Henris Hand und zog ihn hinter sich her in ihr Büro zu ihrer Schlafcouch, wischte achtlos alles, was sie darauf abgelegt hatte, zur Seite und zog ihn mit sich nach unten.

Seine Küsse schmeckten vertraut und gleichzeitig neu, denn dieser Mann, der da neben ihr lag und seine Hände über ihren Körper wandern ließ, hatte mit dem Henri, den sie so gut zu kennen glaubte, kaum mehr etwas gemeinsam. Sie schob das T-Shirt, das er unter seinem Hemd getragen hatte, über seinen Kopf und kniete sich dann über ihn.

Mit ihren Lippen fuhr sie seinen Hals entlang nach unten, verteilte Küsse entlang seines Schlüsselbeins und rutschte noch ein wenig tiefer. Plötzlich packte er sie erneut an den Oberarmen und drehte sie auf den Rücken. Er kniete über ihr. Seine Augen leuchteten dunkel vor Begierde, und Katharina war überrascht, dass er die Führung übernahm. Nun war er es, der ihren Hals küsste und kurz darauf seine Zunge um ihre Brustwarzen kreisen ließ. Mit seinen Lippen wanderte er über ihren Bauch, zum Saum ihrer Jeans, und während er heiße Küsse auf die zarte Haut unter ihrem Bauchnabel hauchte, öffnete er den Knopf und den Reißverschluss ihrer Hose und zog sie nach unten, bis Katharina den störrischen Stoff ganz von ihren Beinen streifen konnte.

Als sein Blick auf die Kaiserschnittnarbe fiel, hielt er kurz inne, bevor er einmal sehr behutsam darüberstrich. Dann sah er sie an. In seinen Augen stand eine Mischung aus Schmerz und Liebe, die ihr aus ihrem eigenen Herzen so unendlich vertraut war. Es war nur ein winziger Moment gewesen, bevor er seinen Blick wieder löste, mit seinen Fingerspitzen ihre Schenkel entlangstrich und die Reise seiner Lippen und seiner Zunge von Neuem begann. So lange, bis er schließlich ihre Scham und ihren empfindlichsten Punkt erreicht hatte. Zart und gleichzeitig intensiv leckte er über die kleine Perle, bis Katharina sich unter ihm wand. Sie wollte ihn in sich spüren. Jetzt. Sofort.

Sie zog ihn nach oben, sodass Henri wieder neben ihr lag, und küsste ihn, während sie ihm dabei half, seine Jeans ebenfalls auszuziehen. Als beide nackt nebeneinanderlagen, schob sie sich auf ihn. Als er endlich in sie eindrang, stöhnte sie voller Lust. Sie wollte sich an ihm reiben, ihn immer tiefer spüren, aber sie zwang sich zu langsamen Bewegungen.

Henri sah ihr unverwandt in die Augen, während sie sich auf ihm bewegte. Als Katharina sich vornüberbeugte, um ihn erneut zu küssen, drehte er sie wieder auf den Rücken und übernahm das Tempo, bewegte sich nun schnell und ohne jede Rücksicht. Henri schob ihre Knie nach oben, sodass sie fast Katharinas Schultern berührten. Sein Blick war hart und voller Begierde, als er plötzlich laut aufstöhnte. Katharina wusste nicht zu sagen, wo ihr Körper aufhörte und seiner anfing. Wusste nur, dass sie mehr und immer mehr von diesem Gefühl wollte, obwohl sie es gleichzeitig kaum aushalten konnte. Als sie kam, schrie sie laut auf. Henris gleichzeitiges tiefes Stöhnen nahm sie nur entfernt wahr, aber sein Orgasmus ließ sie einen Schwindel fühlen, der sie beinahe ohnmächtig werden ließ. Aus unerfindlichen Gründen schossen ihr heiße Tränen in die Augen, und sie hatte Mühe, ihren Atem zu kontrollieren.

Auch Henri neben ihr atmete schwer. Da, wo sich ihre Körper berührten, herrschte immer noch eine unglaubliche Hitze. Für ein paar Sekunden war Katharina wie in einem Schock.

So lange, bis Henri ein Stück von ihr abrückte, als ob ihm ihre Nähe ganz plötzlich unangenehm geworden wäre. Sofort breitete sich an den Stellen, an denen sich ihre Körper gerade eben noch berührt hatten, eine unbehagliche Kälte aus.

Katharina hätte gern nach seiner Hand gegriffen, aber sie traute sich nicht. Etwas zwischen ihnen hatte sich komplett verändert. Sie sprachen nicht miteinander, dabei hatte Katharina tausend Fragen. Die wesentlichsten waren vermutlich: Was war da gerade geschehen? Und was würde daraus werden?

Da setzte sich Henri auf und vergrub den Kopf in seinen Händen. Der Rücken, auf den sie nun starrte, unfähig, sich zu rühren, war ihr schmerzhaft vertraut. Sie wusste, dass die lange Narbe unter seinem linken Rippenbogen von ihrem ersten gemeinsamen Urlaub am Meer stammte, als er versucht hatte, ihr zu beweisen, was für ein wagemutiger Felsenkletterer und Klippenspringer er war, und schon auf dem Weg dorthin ausgerutscht war. Das Salzwasser hatte unendlich gebrannt, aber Henri hatte die Zähne zusammengebissen, weil er unbedingt mit ihr im Meer schwimmen wollte. Anfänglich hatte sie unzählige Male über die verheilte Wunde gestrichen und sich an diesen Urlaub erinnert. Beide hatten Witze darüber gemacht, dass sie kein Liebestattoo brauchten, schließlich hatten sie eine Liebesnarbe. In den letzten Jahren hatte sie die feine weiße Linie und die zwei Wochen am Meer schlicht vergessen. Nun wurde sie von einer Welle aus Zärtlichkeit und Sehnsucht beinahe überschwemmt. Vorsichtig streckte sie die Hand aus. Doch bevor ihre Fingerspitzen die Stelle berühren konnten, atmete er tief durch. Kälte breitete sich über Katharinas ganzen Körper aus und ließ sie erschauern, als er sich zu ihr umwandte. »Das hier war ein Fehler«, sagte er leise, als er aufstand, ohne sie dabei anzusehen. »Ein riesiger beschissener Fehler.«

39

Katharina blieb wie gelähmt liegen, dann griff sie nach dem nächstbesten Kleidungsstück, um sich damit zu bedecken. Es war Henris Hemd. Unfähig, etwas zu sagen, starrte sie auf die Stelle, an der er bis gerade eben noch gesessen hatte. Aus dem Augenwinkel sah sie, wie er schnell seine achtlos auf den Boden geworfenen Klamotten zusammensammelte und sich schließlich suchend nach seinem Hemd umschaute. Als er es an ihr entdeckte, streckte er die Hand aus und ließ sie dann wieder sinken. Schnell zog er sich sein T-Shirt über und wandte sich ab, als könnte er es kaum erwarten, von hier – von ihr – wegzukommen. In ihrem Kopf wiederholten sich immer wieder seine letzten Sätze: *Das hier war ein Fehler. Das hier war ein Fehler. Ein riesiger beschissener Fehler.*

Als er fertig war, drehte er sich noch einmal kurz zu ihr um, und Katharina sah, wie der Schmerz und die Zärtlichkeit von vorhin erneut in seinem Blick aufflammten, bevor er wieder den harten und undurchdringlichen Gesichtsausdruck aufsetzte, den er seit Neuestem so oft zur Schau trug. »Ich gehe, Katharina«, sagte er und sah ihr fest in die Augen. »Ruf mich bitte nicht an. Ich fahre Bella und Elise morgen in die Schule und bin dann den ganzen Tag im Büro. Ab acht kannst du gern vorbeikommen und dir ein paar Sachen holen, wenn du was brauchst.«

»Ich …« Ihr Mund war plötzlich so trocken, dass sie kaum schlucken konnte. Henri schüttelte den Kopf. »Es tut mir leid, Kat.

Ich habe keine Ahnung, was da vorhin in mich gefahren ist.« Kurz verzog er den Mund zu einem Lächeln, das nicht wirklich eines war. »Aber was auch immer, es war ein Fehler«, wiederholte er.

Ein riesiger beschissener Fehler, ein … hallte es sowohl in Katharinas Kopf als auch schmerzhaft in ihrem Herzen nach.

»Lass es uns jetzt und hier beenden.« Nun durchbrach so etwas wie Bedauern erneut seine Maske, aber sofort hatte er sich wieder im Griff. »Wenn ein bisschen Zeit vergangen ist, können wir sicher wieder vernünftig … miteinander reden und dann überlegen wir, wie … wir …« Erneut schüttelte er den Kopf. »Die Mädchen müssen es ja nicht gleich erfahren. Elise ist zurzeit eh so mit Niklas beschäftigt, dass ihr vielleicht gar nichts auffällt, und Bella denkt sowieso, dass du gerade hier bist, weil du so viel Arbeit hast. Das habe ich ihr zumindest gesagt.«

»Danke«, sagte sie leise. Sie nickte langsam, nachdem seine Worte zu ihr durchgedrungen waren. *Ich gehe, Katharina.*

Sie ließ sich zurück aufs Bett fallen und schloss die Augen. Vielleicht konnte sie einfach den Rest ihres Lebens genauso liegen bleiben. *Nichts denken. Nichts fühlen.* Schon das Ein- und wieder Ausatmen fühlte sich wie eine Herausforderung an.

Katharina bemerkte erst, dass er wirklich gegangen war, als die Praxistür leise hinter ihm ins Schloss fiel.

Da begriff sie, dass sie in den letzten Jahren alles darangesetzt hatte, ihn dazu zu zwingen, um ihre Liebe zu kämpfen. Und verloren hatte. Diese rauschende Leidenschaft von gerade eben war eine Momentaufnahme, die keine Bedeutung hatte. Er wollte weder Katharina noch diese Liebe. Jemanden zur Liebe zwingen zu wollen, war vermutlich auch das Absurdeste, was einem einfallen konnte. Es war ein Fehler. Ein beschissener Fehler.

Die Tränen liefen ihr die Wangen hinab, tropften auf ihre nackten Brüste und durchnässten das Kopfkissen, auf dem sie lag. Sie weinte um ihre Liebe. Und um sich selbst. Weil sie in ihrem Elfenbeinturm der theoretischen Paarbeziehung so lange gefangen gewesen war, dass sie nicht mehr dazu in der Lage gewesen war, ihre Gefühle zu erkennen. Weil sie dies noch nicht einmal bemerkt hatte. Sie weinte, weil sie zu Henri und sich selbst so hart gewesen war. Um all das gemeinsame Lachen, das ihnen verloren gegangen war, und um die Familie, die sie hätten sein können. Sie ließ ihrer Trauer um all die verpassten Chancen freien Lauf und weinte um die Zeit, die sie zu viert hätten verbringen können. Zu zweit. Sie einfach hätte lieben können, ohne etwas zu erwarten. Vielleicht wären sie dann nicht an diesem Punkt gelandet. Aber wer wusste schon, ob das überhaupt stimmte. Schließlich waren die Liebe und jede Beziehung ein mysteriöses Rätsel, ein Spiel ohne Anleitung, in dem jeder Mitspieler seine ganz eigenen Regeln hatte.

Als sie keinen Gedanken mehr finden konnte, der noch nicht zu Ende gedacht war, stand Katharina auf und zog sich frische Unterwäsche und ein langes T-Shirt aus ihrem kleinen Koffer an, bevor sie sich wieder ins Bett legte. Sie fand keine Gründe mehr, um zu weinen, aber sie weinte trotzdem, weil endlich der Damm gebrochen und es eine schlichte Wohltat war, den Tränen freien Lauf zu lassen, so lange, bis sie vor Erschöpfung einschlief.

Katharina wachte von dem Dröhnen in ihrem Kopf auf und davon, dass jemand unsanft an ihrer Schulter rüttelte. Aus unerfindlichen Gründen war es ihr nicht möglich, die Augen weiter als einen winzigen Schlitz zu öffnen, und selbst das fühlte sich an, als wären ihre Lider tonnenweise mit Beton gefüllt.

»Kat?«

Wer …?

»Kat?!«

Am liebsten hätte sie sowohl die Stimme als auch das Rütteln ignoriert und sich zurück in die Traurigkeit fallen lassen, die sie sofort wieder fest im Griff hatte. Und in den Schlaf.

»Aufwachen, Katharina Nowak! Hier spricht Ihre Assistentin!«

Muriel rüttelte ein wenig fester. »Ich bin zu Tode erschrocken, ist dir das klar?«

»Mmmh.«

»Was machst du eigentlich hier?«

»Schlafen.« Am liebsten noch ein wenig länger.

»Aber du solltest gar nicht hier sein! Du hast dir freigenommen!« Immerhin gelang es Katharina nun, das linke Auge so weit zu öffnen, dass sie Muriel ansehen konnte. Ihre Assistentin stand vor ihr und betrachtete Katharina mitfühlend. »Deine Augen …! Hast du geweint?«

Katharina tastete behutsam nach ihren geschwollenen Lidern und nickte nur. Wortlos verließ Muriel das Zimmer, um kurz darauf mit einem Tuch und einer Schale mit Eiswürfeln zurückzukommen.

»Was ist denn passiert?«, fragte sie, als sie Katharina das Tuch reichte, damit sie es auf ihre Augen legen konnte.

»Das kann man auf keinen Fall in einem Satz sagen«, antwortete Katharina, nachdem sie kurz darüber nachgedacht hatte, wie sie die letzten Tage am besten zusammenfassen könnte.

»Ich habe auch Zeit für mehr als einen«, sagte Muriel grinsend und ging vor ihr in die Hocke. »Vielleicht hilft dir ja ein Muriel-Spezial-Therapiegespräch?«

»Ein Muriel-…? Auf keinen Fall. Wenn etwas hilft, dann Schlaf. Oder Kaffee.« Katharina tunkte das Tuch in die Schale mit den Eiswürfeln und legte es erneut über ihre Augen. Die Kälte tat gut und brachte ihre Lebensgeister zurück.

»Über den Kaffee können wir reden«, sagte Muriel lächelnd und stand erneut auf, um Katharina und sich selbst einen doppelten Espresso zu holen. Nachdem sie zurückgekehrt war und ihrer Chefin die Tasse gereicht hatte, ließ sie sich hinter deren Schreibtisch nieder und sah Katharina aufmerksam an. »Also, Frau Nowak«, sagte sie dann und lehnte sich ein wenig nach vorne. »Wo drückt denn der Schuh?«

Katharina zog das Kissen über ihren Kopf. »So eine bescheuerte Frage würde eine echte Therapeutin nie stellen«, brummte sie.

»Nicht? Das ist aber schade.« Muriel ließ sich nicht aus der Fassung bringen. »Ich finde sie nämlich sehr passend. Also?« Sie zog die Augenbrauen nach oben. Murrend setzte Katharina sich auf und lehnte sich an die Wand. »Aber nur, weil du mich ja doch nicht in Ruhe lassen würdest«, murmelte sie und nahm einen Schluck aus ihrer Espressotasse.

»Stimmt«, antwortete Muriel fröhlich. »Und weil …«, sie schaute auf die Uhr, »in einer knappen Stunde Frau Fromm vor der Tür steht, die du, wie deine anderen Klienten, extra auf heute verlegt hast.«

Stöhnend ließ sich Katharina wieder zurück ins Kissen fallen. Sie fühlte sich scheußlich. Und außerdem hatte sie ein furchtbar schlechtes Gewissen, weil sie nicht nur vergessen hatte, dass sie heute wieder arbeiten musste, sondern weil sie außerdem das Gefühl hatte, ihren Klienten nicht gewachsen zu sein. *Ihrem kompletten Leben nicht gewachsen zu sein.* »Hast du eine Kopfschmerztablette für mich?«

Anstatt zu antworten, rollte Muriel mit dem Schreibtischstuhl zu Katharinas Schlafcouch hinüber. Direkt vor ihr hielt sie an und schaute streng auf ihre Chefin hinab. »Ich habe Ihnen doch sicher längst gesagt, dass Alkohol keine Lösung ist.«

»Ich habe keinen Alkohol getrunken«, sagte Katharina matt. »Und außerdem sagt man das genauso wenig zu Klienten wie: ›Wo drückt der Schuh?‹ Man fragt sie Dinge wie: Wie oft haben Sie das Bedürfnis, Alkohol zu trinken? In welchen Situationen ist das Verlangen besonders groß? Was macht das mit Ihnen?«

»Was macht das mit Ihnen, wenn Sie Alkohol trinken?«

»Ganz genau.«

»Ich will es wissen.« Muriel verschränkte die Arme vor der Brust.

»Wie bitte?«

»Ich möchte wissen, wann und wie oft du Alkohol trinkst, in welchen Situationen das Verlangen besonders groß ist und was es mit dir macht.« Ihr Blick war unerbittlich.

»Ich …« Worauf wollte Muriel hinaus?

»Du bist eine tolle Chefin, sicher eine großartige Psychologin und – auch wenn ich das vermutlich am wenigsten beurteilen kann – ganz bestimmt eine gute Mutter.« Katharina verstand immer noch nicht, um was es hier ging.

»Aber ich habe in letzter Zeit mehrmals eine große Menge Wein- und Champagnerflaschen zum Altglascontainer gebracht und neulich sogar beides zusammen.« Schien, als wäre Isabel doch nicht die gute Fee gewesen, die neulich aufgeräumt hatte. Katharina spürte, wie ihr die Schamesröte den Hals hinaufkroch.

»Außerdem finde ich immer wieder eklig nach Knoblauch stinkende Pappkartons, wenn ich morgens in die Praxis komme. Und seit Neustem weiß ich noch nicht einmal, wo du bist, wann du kommst und was ich den Klienten sagen soll.« Sie schüttelte den Kopf. »Und dann finde ich dich heute Morgen völlig verkatert und verheult hier auf der Couch vor. Ich meine es ernst! Ich bin erschrocken, und ich mache mir Sorgen!«

Wenn man es so betrachtete, war Muriels Frage berechtigt. Katharina war sich nicht ganz sicher, ob sie lieber wollte, dass ihre Assistentin glaubte, sie hätte einen Kater oder irgendwelche Lebenskrisen, die für ihren Zustand verantwortlich waren. Beides war schrecklich und peinlich obendrein. Sie wollte nicht, dass Muriel an ihr, ihrem Verstand oder daran zweifelte, dass sie sich im Griff hatte.

Für die Gespräche mit den Klienten brauchte es einen klaren Kopf. Und sowieso konnte sie dieses leicht benommene Gefühl nicht leiden, mit dem sie mehr als ein Glas Wein am nächsten Tag büßen musste, weshalb sie normalerweise komplett auf Alkohol verzichtete. Sicher war sie in letzter Zeit nicht ganz so konsequent gewesen, aber es waren ja auch mehr oder weniger emotionale

Notfälle gewesen, die eben besondere Maßnahmen erforderlich machten. Angefangen hatte alles mit der Klassenparty, und geendet hatte es mit … *I will survive.* Hatte Muriel vielleicht doch recht? War sie da in etwas hineingerutscht, ohne es zu merken?

Ihre Assistentin fuhr mit dem Stuhl zurück zum Schreibtisch.

»Geh nicht«, sagte Katharina. Plötzlich wollte sie auf keinen Fall allein sein.

»Ich hole dir nur eine Kopfschmerztablette«, sagte Muriel und stand auf. Während sie weg war, schlüpfte Katharina schnell in ihre Jeans und zog sich ein weiteres sauberes weißes, wenn auch diesmal kurzes Shirt aus ihrem kleinen Koffer an, in dem sich zwar nicht wirklich praxistaugliche Klamotten befanden, aber schließlich kamen ihre Klienten glücklicherweise auch zu keiner Modenschau. Zu einem voranbringenden Gespräch mit einer wachen und konzentrierten Psychologin aber schon. Besser, Katharina sorgte dafür, dass sie eine solche auch bekamen.

Dankbar nahm sie Muriel die Tablette, das Wasser und einen zweiten doppelten Espresso ab und schluckte beides schnell hinunter, während ihre Assistentin sie abwartend ansah. Dann ließ sie sich wieder auf die Couch fallen. Muriel hatte eine Antwort verdient.

Sowohl Henri als auch Mats wirbelten sehr präsent durch ihre Gedanken und ihr Herz. Sie konnte Henris Blick noch auf sich spüren, seine Berührungen auf ihrer Haut und den Moment, als er gegangen war. Sie konnte immer noch den Nachhall seiner Worte hören, als er ihr gesagt hatte, dass es ein schrecklicher Fehler gewesen war, mit ihr zu schlafen. Untermalt wurde das Ganze von Mats' Lachen, dem hungrigen Verlangen in seinem Blick und dem ewigen Warten auf diesen Mann, auf ein Zugeständnis von ihm, eine Verbindlichkeit, die nie kommen würde. Sie war siebenundvierzig Jahre alt und fühlte sich wie ein unglücklich verliebter Teenager, der an nichts anderes denken konnte als an die Liebe. Katharina schloss für einen Moment die Augen.

Als sie wieder aufsah, traf ihr Blick Muriels. Sie hatte sich erneut hinter Katharinas Schreibtisch niedergelassen.

»So schlimm?«, fragte sie mitfühlend. Katharina nickte.

»Okay, dann ... dann machen wir eben das, was du immer machst.«

»Was ich immer mache?« Verständnislos sah Katharina ihre Assistentin an.

Ein verschmitztes Lächeln trat auf deren Gesicht. »Na, das ist doch wohl ganz einfach: Was machst du immer, wenn ein Klient absolut nicht weiß, wie er beginnen soll, und du nicht fragen darfst, wo der Schuh drückt?«

Katharina erwiderte ihr Lächeln. Muriel war unglaublich. Und sie hatte recht. »Ich würde vielleicht die Wunderfrage stellen.«

»Ja, dann ...? Auf was wartest du noch?« Sie nickte ihrer Chefin zu, und Katharina spürte, wie ihre Energie zurückkehrte. Auch ihre Augen ließen sich schon viel leichter öffnen.

»Also gut, ich würde fragen: Mal angenommen, über Nacht wäre ein Wunder geschehen. Und alle Probleme und Konflikte, die Sie belasten, wären verschwunden. Woran würden Sie erkennen, dass dieses magische Wunder stattgefunden hätte?«, fragte Katharina in den Raum hinein. Muriel sagte nichts, sondern wartete einfach nur ab. Wenn Katharina sich etwas wünschen dürfte, wäre die Antwort leicht. Das Gefühlschaos wäre dann verschwunden. Sie wollte sich wieder sicher in ihrem Leben fühlen. Geliebt. Und sie wollte selbst lieben. Sie wollte hier in ihrer Praxis gute Arbeit leisten und gleichzeitig schöne Dinge mit ihren Töchtern unternehmen. Sie wollte deren Lachen hören und ... sie wollte, dass sie eine Familie waren. Als hätte es Clarissa und alles, was danach gekommen war, nie gegeben. Oder als könnten sie ganz von vorne anfangen. Zurückspulen. Was für eine schöne Vorstellung. Sie seufzte. Ein solches Wunder wäre jetzt wirklich genau das Richtige.

»Also, woran erkennst du es?«

»Ich wäre glücklich«, sagte Katharina leise. »Ich glaube, wir alle wären das.« Sogar Mats. Wo auch immer er dann sein würde. Was auch immer er tat. In wessen Leben auch immer er die Rolle spielte, die in Katharinas Leben einige Nummern zu groß für ihn war.

Muriel war aufgestanden und hatte ihre Hand auf Katharinas Arm gelegt. »Und dann? Was geschieht dann?«

»Dann frage ich manchmal, wie der erste Schritt aussehen könnte, um das Wunder selbst geschehen zu lassen.«

Muriel nickte ihr zu. »Na, da hast du nach deinen Klienten ja mal was richtig Sinnvolles, um darüber nachzudenken.« Sie grinste. »Und nachdem das jetzt geklärt ist, würde ich an deiner Stelle noch mal kurz in den Spiegel schauen, bevor Frau Fromm kommt.« Sie sah auf ihre Uhr. »Das ist übrigens in genau sieben Minuten.«

Katharina hätte gern mehr Zeit gehabt, um sich frisch zu machen. Um genau zu sein, hätte sie gerne einfach nur eine Weile länger vor dem Spiegel gestanden und sich selbst betrachtet. Sie hatte Muriel im Grunde nur von der Wunderfrage erzählt, damit sie sie in Ruhe ließ. Aber wieder einmal war sie fasziniert davon, wie mächtig und kraftvoll eine schlichte Frage sein konnte, wenn es darum ging, eine Lösung zu finden, die längst offensichtlich war. Sie wollte Mats nicht. Sie brauchte Mats nicht. Aber sie brauchte das Gefühl, das er ihr damals gegeben hatte. Geliebt zu werden und lieben zu dürfen. Und sie brauchte ihre Familie. Henri. Der erste Schritt zu ihrem persönlichen Wunder war die Erkenntnis. Hoffentlich war es für alle weiteren nicht zu spät.

Als es an der Tür klingelte, hatte Katharina ihr Erscheinungsbild wieder einigermaßen in Ordnung gebracht. Es hatte sogar noch für eine kurze, eiskalte Dusche gereicht, die ihre Lebensgeister wieder vollends geweckt hatte. Jetzt spürte sie die Vorfreude, die sie am Anfang ihrer Praxiszeit stets vor einem Gespräch gespürt hatte und die ihr über die Jahre zunehmend abhandengekommen war. Es war schön, aufgeweckt worden zu sein und sich an so vieles wieder zu erinnern. Sie liebte ihren Beruf, der solche magischen Dinge hervorbringen konnte wie die richtigen Fragen. Und noch besser, die richtigen Antworten.

Gerade, als sie die Tür öffnen wollte, fiel ihr Blick auf Mats' wunderschönen Rosenstrauß, den Muriel mittlerweile in die große silberne Vase gestellt hatte, die Katharina besonders liebte. Die Blüten hatten sich noch ein wenig weiter geöffnet und verströmten noch intensiver diesen betörenden Duft, den Katharina schon gestern wahrgenommen hatte. Sie schloss die Augen und atmete noch einmal tief ein, dieses Mal allerdings, weil sie sich bei dem Wunsch ertappte, die Rosen wären von Henri gewesen.

Sie wandte sich zu Muriel um, die sich längst wieder ihren eigentlichen Aufgaben widmete und nur kurz aufsah, als sie Katharinas Blick spürte.

»Danke«, sagte Katharina leise. Muriel lächelte ihr zu. »Kein Ding«, sagte sie. »Ich liebe meinen Job. Und meine Chefin auch.« Katharina warf ihr eine Kusshand zu. Doch bevor sie Frau Fromm die Tür öffnete und sie hereinließ, drehte sie sich noch mal um.

»Das Wichtigste in therapeutischen Sitzungen ist immer, dass man als Therapeut den Klienten die Arbeit machen lässt«, sagte sie grinsend. »Solltest du also mal eine Weiterbildung in diese Richtung machen wollen, lass es mich wissen. Du bist nämlich schon jetzt echt gut.«

»Danke, aber nein danke«, gab Muriel ebenfalls grinsend zurück. »Irgendjemand muss ja aufpassen, dass hier nicht nur nach Wundern gefragt, sondern zwischendrin auch mal was gearbeitet wird.«

40

Nachdem Frau Fromm gegangen war, brachte Katharina als Erstes ihr Arbeitszimmer auf Vordermann. Muriel hatte recht, auch wenn sie es nicht so explizit gesagt hatte. Katharina hatte sich ganz schön gehen lassen. Jetzt, da ihr das bewusst geworden war, konnte sie überhaupt nicht mehr verstehen, wie das geschehen konnte.

Zunächst räumte sie ihre Kleider auf, die sie im ganzen Raum verteilt hatte. Dann zog sie die Couch ab und stopfte die Wäsche in eine große Plastiktüte, die sie in der Küche gefunden hatte. Sie würde nach Hause fahren müssen, um zu waschen und sich andere Kleidungsstücke zu holen, so viel war klar. Sie freute sich darauf, ihr Leben wieder selbst zu bestimmen und sich nicht mehr von ihren Gefühlen herumwirbeln zu lassen, wie eine außer Rand und Band geratene Flipperkugel.

Als ihr Zimmer aufgeräumt war, hatte Katharina noch eine halbe Stunde, bevor Doktor Eibinger kam. Sie holte sich einen Kaffee bei Muriel und seine Akte, bevor sie sich für einen Moment an ihrem Schreibtisch niederließ.

Ihr Telefon, das sie immer auf Vibration gestellt hatte, wenn sie hier war, bewegte sich brummend ein paar Millimeter über ihren Schreibtisch. Auf dem Display erschien Tobis Name.

Isabels Mann und Henris bester Freund. Katharina konnte sich nicht erinnern, dass er sie je angerufen hatte. Sofort wurde ihr heiß.

War etwas passiert? Schnell wischte sie über ihr Display, um das Telefon zu entsperren.

»Hey, Kat«, meldete sich Tobi. Seine Stimme klang zum Glück völlig entspannt. »Ich versuche seit Tagen, deinen Mann zu erreichen. Weißt du vielleicht, wo er ist?«

»Nein, ich … Das heißt, doch: Im Moment ist er bei der Arbeit, nehme ich an.« Das hatte er zumindest gestern erzählt. Tobi lachte. »Scheint, als würde er mittlerweile in seiner Firma wohnen. Oder er geht mir aus dem Weg. Beim Tennis war er auch schon ewig nicht mehr, dafür habe ich auf Instagram gesehen, dass er jetzt Golf spielt. Golf! Ist er in der Midlife-Crisis, oder was?« Er lachte wieder, und Katharina spürte, wie ihr leicht schwindelig wurde. Sie hatte noch nicht einmal gewusst, dass er überhaupt einen Instagram-Account hatte. Was hatte das alles zu bedeuten?

»Keine Ahnung … ich …«, stammelte sie.

»Oder hat er eine Freundin?« Es sollte ein Scherz sein, das war Katharina bewusst, trotzdem versetzten ihr Tobis Worte einen Stich. Tobi wusste nichts von Clarissa. Auch Henri hatte damals geschwiegen. Aber offensichtlich hatte ihr Mann seinem besten Freund auch nichts von ihrer aktuellen Situation erzählt, sonst hätte er sicher keinen solchen Witz gemacht. Sollte sie Tobi sagen, dass er mit seiner letzten Frage genau richtiglag? Wenn sie ihm jetzt ihre Wahrheit über Henri erzählte, konnte es maximal die Kurzfassung sein, und außerdem nahm sie ihrem Mann damit die Möglichkeit, seine eigene Wahrheit mit ihm zu teilen. Andererseits: Warum hatte er das nicht schon längst getan? Hatte er keinen Redebedarf? War die Sache für ihn so klar, dass sie schlicht kein Thema mehr für ihn war? Oder hatte Henri seine Freundschaft mit Tobi und Isabel gleich mit aussortiert, als er sich von ihr getrennt hatte? *Nein.* Egal, was in ihm vorging, er war immer noch Henri. Es ging ihm sicher nicht gut. Die einzige Erklärung für sein Verhalten war, dass er genau den gleichen Fehler machte wie Katharina und seinem besten Freund lieber aus dem Weg ging.

»Schreib ihm einfach eine Nachricht, dann meldet er sich bestimmt«, sagte sie, in der Hoffnung, dass sie richtiglag.

»Gute Idee! Wir haben vor Ewigkeiten ausgemacht, dass wir wieder zusammen Champions League schauen. Vielleicht hatte er vor lauter Arbeit überhaupt nicht mehr auf dem Schirm, dass es schon wieder so weit ist, sonst hätte er sich bestimmt längst gemeldet.«

»Wahrscheinlich.«

»Aber Champions League ist Pflicht, sonst hätten wir ja auch zu viert was ausmachen können. Aber das machen wir trotzdem bald mal wieder, okay?«

»Okay«, sagte Katharina matt. Allein der Gedanke, zu viert auszugehen, schien ihr weiter entfernt als der Mond.

Als sie schließlich aufgelegt hatte, saß sie für ein paar Sekunden einfach nur da und starrte auf ihr Smartphone.

Henri hatte also einen Instagram-Account, von dem er ihr nichts erzählt hatte. Ob sie versuchen sollte, ihn zu finden? Und wenn sie ihn fand, was dann? Womöglich entdeckte sie nicht nur seinen Account, sondern darin auch neue Seiten ihres Mannes, die sie so noch gar nicht kannte? Fotos von ihm und einer Frau, die nicht sie war – sondern die, mit der sie ihn neulich gesehen hatte?

Sie ließ das Telefon sinken.

Noch acht Minuten.

Andererseits: Sollte sie nicht wissen, was da vor sich ging?

Ja?

Nein?

Verdammt!

Kurz entschlossen entsperrte sie ihr Display erneut und öffnete den Account, den Elise vor ungefähr einem Jahr für die Praxis angelegt hatte, weil sowohl sie als auch Bella der Meinung waren, dass man ohne Instagram und Co. nicht ernst genommen werden konnte. Einen privaten Zugang, über den sie Henri hätte suchen können, besaß sie nicht. Elise hatte außerdem versprochen, sich regelmäßig um den Account zu kümmern und ihn mit eigenen Fotos und Zitaten aus dem Internet zu bestücken, was sie auch zu tun schien. Immerhin lag der letzte Post erst ein paar Stunden zurück und zeigte die Schwarz-Weiß-Fotografie eines Luftballons, der in den Himmel schwebte, und eine Hand, die sich danach ausstreckte. Elise war eine tolle Fotografin, und es berührte sie, dass ihre Große sich trotz der Schwierigkeiten mit ihrer Mutter an ihr Versprechen hielt. Am liebsten hätte Katharina sofort bei ihr angerufen, um ihr genau das zu sagen. Aber dann fiel ihr Blick auf das Zitat, das Elise dem Foto hinzugefügt hatte. »Was du liebst, lass frei. Kehrt es zurück, bleibt es für immer. Konfuzius«, stand da.

War das ein Zufall, oder wusste Elise Bescheid, dass zwischen ihren Eltern etwas nicht stimmte? Hatte sie es vielleicht schon geahnt und deshalb geschwiegen? Immerhin war sie die Einzige, die Katharina getroffen hatte, bevor sie nach Wien gefahren war. Sie sah auf die Uhr. Noch drei Minuten. Nicht einmal genug, um Elise wenigstens kurz anzurufen. Hatte Henri Elise vielleicht davon erzählt? Und wenn ja, warum? Und wusste Bella womöglich auch Bescheid? Er hatte versprochen, es den Kindern vorerst nicht zu sagen. Katharina konnte beinahe körperlich spüren, wie verwirrt und verletzt die beiden sein mussten. Und wie enttäuscht von ihrer Mutter, die einfach … gar nichts tat und sich in ihrer Praxis versteckte.

Sie legte ihr Handy zur Seite. Seinen Account konnte sie sich später auch noch ansehen. So oder so würde sie mit ihm reden müssen. Von wegen, er wollte sie nicht sehen. Von wegen, sie wünschte, die Rosen wären von ihm. Wenn er sein Wort nicht gehalten hatte, konnte er sich gern zum Teufel scheren. Dann würde sie ihn bestimmt nicht aufhalten.

Schnell stand Katharina auf und öffnete das Fenster, um ein wenig frische Luft hereinzulassen. Nichts beruhigte ihre Nerven mehr, als für einen Moment in den Himmel zu sehen und tief durchzuatmen. Ein. Und aus. Ein. Und wieder aus.

Als Muriel an der Tür klopfte, hatte sich Katharina wieder einigermaßen unter Kontrolle.

»Darf ich Doktor Eibinger hereinschicken?«, fragte sie, nachdem sie den Kopf durch den Türspalt geschoben hatte.

»Sehr gern«, antwortete Katharina. Herr Doktor Eibinger würde Henri für die nächste Stunde aus ihrem Kopf vertreiben. Und das war gut

Die Kinder waren in der Schule und würden nicht vor siebzehn Uhr zu Hause sein. Sobald Edoardo, ihr letzter Klient für heute, später gegangen war, würde sie sich ihre Tasche schnappen, nach Hause fahren, waschen und für sich und die Kinder Abendessen kochen. Sie würden zusammen essen, Katharina würde mit ihnen sprechen und sie in den Arm nehmen. Elise und Bella mussten erfahren und spüren, dass sie sie nie im Stich lassen würde, egal, was Henri ihnen erzählt hatte. Dieser Mistkerl.

41

Edoardo war fort und Muriel auch schon weg. Katharina hatte sich noch einmal an den Schreibtisch gesetzt, um sich ein paar letzte Notizen auf ihrem Tablet zu machen. So langsam begann ihr die neue Technik Spaß zu machen. Sie hatte alle Fenster weit geöffnet und ließ erneut frische Luft und Herrn van der Feldes altmodische Tanzmusik herein, die er über ein kleines Radio hörte, das er auf dem schmiedeeisernen Tisch vor seinen Rosen abgestellt hatte.

Bei Doris Days Version von *Dream a Little Dream of Me* summte Katharina automatisch mit. Als sie kurz von ihrem Tablet aufsah, saß der alte Herr nicht mehr am Tisch, sondern war aufgestanden und drehte sich im Kreis, wobei er die Arme angewinkelt hatte, als hielte er eine unsichtbare Frau in ihnen. Selbst von hier oben konnte Katharina das Lächeln sehen, das dabei auf seinen Lippen lag, und ihr Herz zog sich bei seinem Anblick zusammen. Er hatte ihr so oft davon erzählt, dass seine Frau und er im Sommer zu den Tanzveranstaltungen auf dem Marktplatz gegangen waren. Wie sie sich dort zu den Melodien aus ihrer Jugend mit vielen anderen – jungen und alten Menschen – gedreht hatten. Und wie seine Frau in seiner Erinnerung aussah wie das junge Mädchen, in das er sich damals verliebt hatte. Jedes Mal, wenn er davon sprach, konnte Katharina ihm förmlich ansehen, dass er in diesen Momenten weder seinen schmerzenden Rücken noch die Arthritis in seinen Händen spürte. Und wie sehr er seine Frau vermisste.

Doris Day wurde von Ilene Woods und Mike Douglas' *So This Is Love* abgelöst, und Herr van der Felde blieb für einen Augenblick stehen.

Normalerweise redete er nicht viel. Wann immer er und Katharina sich begegneten, lächelte er freundlich, aber das war meist auch schon alles. Einmal hatte er ihr allerdings erzählt, dass er das Haus niemals verkaufen wollte, weil er es nicht übers Herz brachte, die Rosen zu verlassen, die das Ein und Alles seiner Frau gewesen waren. Sie hatten keine Kinder. Das Einzige, was ihm von ihr geblieben war, waren diese Rosen – und seine Erinnerungen.

Als Katharina ihn tanzen sah, fragte sie sich, wie ein so spröder Mensch wie er von einer Liebe erfüllt sein konnte, die über den Tod hinaus so stark war, dass sie Katharina selbst beim Zusehen schmerzte.

Sie war so in ihre Beobachtung versunken, dass sie fürchterlich erschrak, als es klingelte.

Katharina sah auf die Uhr. Halb sieben. Kurz kam ihr der Gedanke, dass es Mats war, der wieder einmal unangemeldet hier auftauchte, oder Henri, der es sich vielleicht doch anders überlegt hatte, aber … nein. Er war nicht da. Er würde nicht kommen. Und nachdem er sein Wort gebrochen und Elise von ihnen erzählt hatte, war sie darüber auch froh.

»Ja, bitte?«

»Mama?« Es war Elise. Sie klang fürchterlich aufgelöst, und sofort wuchs Katharinas Wut auf Henri noch mehr. Schnell drückte sie auf den Türöffner und eilte ihrer Tochter entgegen.

Schon im Treppenhaus fiel Elise ihr schluchzend in die Arme. Katharina fing sie auf und ließ sich mit ihr auf der nächstbesten Treppenstufe nieder. Sie hielt ihre Tochter fest im Arm, während Elises ganzer Körper bebte. Vorsichtig strich Katharina über Elises blonde Locken, bis sich ihr Atem langsam beruhigte.

Am liebsten hätte sie Henri sofort zur Rede gestellt. Sosehr sie sich erst vorhin noch einen Blumenstrauß von ihm gewünscht hatte, so dringend wollte sie ihn plötzlich anschreien.

»Es tut mir so leid, dass du es auf diese Weise erfahren musst, Schätzchen …«, begann Katharina leise.

»Niklas hat Schluss gemacht«, brach es da aus Elise hervor. Sie hatte nicht wahrgenommen, dass ihre Mutter gerade etwas gesagt hatte. »Er hat gesagt, er liebt mich nicht mehr. Er …« Sie schluchzte erneut. »Er will lieber wieder mit seinen Kumpels abhängen, und er …«

Sofort wurde Katharina von Mitgefühl geflutet und war gleichzeitig erleichtert, dass nichts, was Henri womöglich gesagt hatte, der Auslöser für Elises Kummer war.

»Lass uns reingehen, Liebes«, sagte sie zärtlich und half ihrer Tochter beim Aufstehen. Katharina legte ihren Arm um Elise, die immer noch bebte, und führte sie langsam nach oben. Als sie die Praxis erreicht hatten, schob sie ihre Tochter in ihr Arbeitszimmer und auf die Schlafcouch. Wie gut, dass sie aufgeräumt hatte. Nachdem sie Elise dazu gezwungen hatte, ein großes Glas Wasser zu trinken, bettete sie sie auf die weichen Kissen und legte sich dazu. Sie schob ihren Arm unter Elises Kopf. Sofort kuschelte sich ihre Tochter hinein, als wäre sie immer noch – oder wieder – das kleine Mädchen, das ihrer Mutter dringend etwas Wichtiges erzählen musste.

Pure Mutterliebe erfüllte Katharinas Herz, als Elise wieder zu weinen begann. Liebeskummer war schrecklich. Katharina drückte ihre Nase in Elises Haar und sog tief den vertrauten Geruch ihrer Tochter ein. Langsam beruhigte sich deren Atem.

Beinahe dachte Katharina, sie wäre eingeschlafen, da begann Elise zu sprechen. Sie erzählte, wie ätzend sie Katharina gefunden hatte und wie wütend sie gleichzeitig gewesen war, weil ihre Mutter nie Zeit für sie hatte. Sie war auch wütend auf Bella, weil Henri und Katharina ihre kleine Schwester so toll fanden. Auf Henri war sie wütend, weil er scheinbar alles immer nur cool und lustig fand und sie nie ernst genommen hatte. Und dann war Niklas aufgetaucht. Elise hatte sich an ihn geklammert, weil es sich so anfühlte, als sei er der Einzige, der sich wirklich für sie interessierte. Aber jetzt war ihm alles zu viel geworden, und er hatte sich getrennt.

»Ich habe ihn vergrault, Mama!«, sagte Elise und schluchzte wieder. »Ich wollte ihn immer und ganz für mich allein haben. Kein Wunder, dass er mich nicht mehr liebt! Ich bin an allem selbst schuld!«

»Nein, Liebes, bist du nicht. Schuld ist ein völlig falsches Wort, wenn es darum geht, jemandem nah sein zu wollen.« Sie drückte ihr einen sanften Kuss auf die Schläfe. »Aber auch Nähe muss man üben. Und so absurd es klingt, manchmal geht das nur, indem man sich auch wieder loslässt.«

»Ich will nichts üben! Ich will Niklas zurück!« Elise schluchzte wieder, und Katharina lächelte.

»Verstehe ich vollkommen. Aber hat es dir denn gefallen, immer mit Niklas zusammen zu sein? Hast du Clara denn nicht ein bisschen vermisst ab und zu? Deine Freunde aus der Schule? Oder Tennis mit Papa?« Sie dachte an die vielen gemeinsamen Tage auf dem Tennisplatz und den riesigen Spaß, den sie beim Nowak-Doppel gehabt hatten, wie sie es immer nannten. Es war bestimmt drei Jahre her, dass sie das letzte Mal zu viert auf dem Platz gestanden hatten.

»Schon, bis auf das Tennis.« Elise schniefte laut, und Katharina musste lachen.

»Ach, komm schon. So schlimm war es nun auch wieder nicht.«

»Nein. Aber ich … ich wollte einfach nicht mehr klein sein. Und das will ich immer noch nicht.« Nun mischte sich ein wenig Trotz in ihre Stimme. »Auch nicht, wenn ich hier liege wie ein Baby.«

»Ach, Quatsch! Wir wissen doch, dass du das nicht mehr bist. Spätestens seitdem du uns gesagt hast, wie peinlich und schrecklich wir sind.«

»Mama!« Elise stützte sich entrüstet auf den Ellbogen auf.

»Was denn? Hast du doch selbst gesagt!« Lächelnd zog Katharina ihre Tochter wieder in ihren Arm zurück.

»Liebeskummer kann einen in jedem Alter treffen. Und in jedem Alter tut es gleich scheußlich weh! Ganz egal, wie alt wir sind, es ist immer noch ein und dasselbe Herz, Elise. Wir wollen uns mit achtzehn, achtundzwanzig und vermutlich auch mit achtzig noch verkriechen, in den Arm genommen werden und hören, dass alles irgendwann wieder gut wird.«

»Woher weißt du das denn so genau?« Elise war ein Stück zur Seite gerückt und drehte sich nun so, dass sie ihre Mutter ansehen konnte. »Wegen Papa?«

»Ich …«

»Ich hab doch gemerkt, dass zwischen euch etwas nicht stimmt«, fuhr Elise fort und sah ihre Mutter forschend an. »Bist du deshalb immer hier?« Henri hatte sich also an das Versprechen gehalten, nichts zu sagen. Aber als sie es sich gegeben hatten, war ihnen vermutlich beiden nicht klar gewesen, wie schwierig das werden würde, das begriff Katharina jetzt. Würde sie es auch schaffen, ohne ihre Tochter anlügen zu müssen? Sie wollte es auf jeden Fall versuchen.

»Aber du liebst ihn doch noch, oder?«, unterbrach Elise ihre Gedanken.

»Weißt du, es ist in letzter Zeit sehr viel passiert und kompliziert und … es gab …«

»Ja, das weiß ich alles. Das nennt man Leben, Mama.«

Beinahe hätte Katharina laut aufgelacht. »Wenn du weiter solche Dinge sagst, stelle ich dich ein, du bist die geborene Therapeutin.«

Elise verdrehte die Augen, aber sie lächelte auch ein wenig stolz dabei. »Ich bin die Tochter einer Therapeutin, das färbt eben ab. Und überhaupt, das war nicht die Antwort auf meine Frage. Ich will wissen, ob du ihn noch liebst!«

Elise hatte recht. Darum ging es. Kurz war Mats in ihren Gedanken. Schnell schob sie ihn beiseite und ließ Henri den Vortritt. Wie er sie angeschrien hatte. Wie er mit den Blumen vor ihr gestanden hatte. Sein Blick, als er aufgestanden und schließlich gegangen war. Der Schmerz, den sie empfunden hatte, bei der Vorstellung von einem Leben ohne ihn.

»Ja«, sagte sie leise. *Keine Lügen mehr.* In Katharinas Herz begann ein zartes Licht zu leuchten.

»Dann ist es ja gut«, sagte Elise und schmiegte sich noch ein wenig mehr in Katharinas Arm. »Mehr muss ich nicht wissen. Können wir jetzt Bella anrufen? Meine kleine Schwester hat mir echt gefehlt.«

»Mir auch«, sagte Katharina, und das Leuchten wurde stärker.

42

Liebeskummer war grauenhaft. Sogar Bella fand das, obwohl sie sich nicht vorstellen konnte, je selbst »wegen eines Typen« so unglücklich zu sein. Von dem Moment an, in dem sie in Katharinas Praxis angekommen war, brachte sie Elise und Katharina mit ihrer Imitation von Elises Liebesleben und ihren Dialogen mit Niklas so sehr zum Lachen, dass Elise zwischendurch sogar ihre Traurigkeit vergaß. Wenn ihr ihr Kummer wieder einfiel und sie in Tränen ausbrach, trösteten sie Bella und Katharina oder weinten mit ihr mit. Sie bestellten viel zu viel chinesische Nudeln, und schließlich spielten sie an Katharinas Whiteboard »Montagsmaler«.

Katharina beobachtete ihre Töchter, die sich in letzter Zeit so viel gestritten hatten und bei deren Anblick sie sich so oft überlegt hatte, ob sich das je ändern würde. Nun wusste sie es. Bella hatte keine einzige Frage gestellt, alles stehen und liegen lassen, alle Gemeinheiten, die sie sich in letzter Zeit anhören musste, runtergeschluckt und war einfach gekommen. Nun saß sie glückselig neben Elises Sessel auf dem Boden und legte ab und zu ihren Kopf an das Knie ihrer großen Schwester. Sofort strich Elise dann über Bellas Haare.

Später, als Katharina die Essensverpackungen zur Papiertonne brachte, lagen sie Arm in Arm auf der Schlafcouch und alberten herum, und als Katharina zurückkehrte, waren sie genau in dieser Position eingeschlafen.

Lange stand Katharina in der Tür und sah ihren Töchtern gerührt beim Schlafen zu. Als die zwei noch klein waren, hatte sie das oft gemacht. Hatte mit Henri vor den Betten der beiden ihr gemeinsames Wunder bestaunt. Früher hatten Bella und Elise oft beieinander geschlafen, und manchmal hatte Katharina morgens ein leeres Bett vorgefunden, weil entweder Bella oder Elise nachts auf Wanderschaft gegangen war. Die Schwestern jetzt so zu sehen, machte sie sehr glücklich. Nicht nur deshalb würde sie die beiden auf keinen Fall wecken.

Sie holte ihr Smartphone vom Schreibtisch und machte ein Foto. Sie würde es ausdrucken und in einem hübschen Rahmen auf ihren Schreibtisch stellen, denn sie wusste, dass die beiden sich auch wieder voneinander entfernen, miteinander streiten und vielleicht nie wieder so in einem Bett liegen würden. Sie wollte diese Momentaufnahme festhalten und mit ihr etwas Greifbares haben, das sie daran erinnerte, wie schön es sein konnte. Die Liebe, insbesondere die zwischen Geschwistern, war ein dynamischer Prozess – angetrieben von Anziehung und Abstoßung. Aber egal, was es zu diesem Thema für Expertenwissen gab, Momente wie diese ließen jeglichen Schmerz, den das Muttersein mitunter mit sich brachte, vergessen und füllten ihr Herz mit Liebe. Hauptsache, sie hielten zusammen und wussten, dass sie sich aufeinander verlassen konnten, wenn es darauf ankam.

Außerdem schickte sie das Foto an Henri und schrieb dazu, dass sie die beiden nicht wecken, sondern am nächsten Morgen vor der Schule nach Hause bringen würde.

Seine Antwort waren ein schlichter hochgereckter Daumen und drei Herzen.

Ob eines davon ihr galt?

Sie schnappte sich eine Wolldecke und rollte sich auf der Besuchercouch im Eingangsbereich zusammen, nachdem sie sich den Wecker auf ihrem Smartphone so früh gestellt hatte, dass sie wach war, bevor Muriel morgen kam. Sie konnte ihre Assistentin schließlich nicht jeden Tag erschrecken, obwohl sie offensichtlich ziemlich gut darin war.

»Mama?« Es war noch ein wenig dämmerig, als Elise plötzlich vor ihr stand und sich verwirrt durch die Haare fuhr. Ihr Gesicht war vom Schlafen ein wenig gerötet, und ihre Augen waren ähnlich geschwollen wie Katharinas am Morgen zuvor. Am liebsten hätte sie ihre große Tochter neben sich auf die Couch gezogen, aber die war definitiv nicht zum Schlafen oder gar nebeneinanderliegen gedacht. Katharina hatte Mühe, ihre Arme und Beine zu sortieren, und stöhnte schmerzerfüllt, als sie versuchte, sich auszustrecken. So schlecht hatte sie selten geschlafen. Wenn sie überhaupt geschlafen hatte.

»Haben wir Schule?« Elise war näher gekommen und rieb sich die Augen.

»Mmmmh«, machte Katharina. Sie war einfach kein Morgenmensch, und ihr Sprachzentrum brauchte mindestens einen Kaffee, bevor es die Arbeit aufnahm. Eine eiskalte Dusche schadete auch nie. Das hatte ihre große Tochter eindeutig von ihr geerbt.

»Wir sind eingeschlafen und haben verpennt, oder?« Bella tauchte hinter Elise auf. Auch ihre Haare standen wirr vom Kopf ab, aber anders als ihre große Schwester sah sie hellwach aus. *Und wie ihr Vater.* Wieder wurde Katharina von einer Welle der Zärtlichkeit erfasst.

»Nein, alles gut«, sagte Katharina und griff nach Bellas Hand, um sich nach oben zu ziehen. »Ich bringe euch gleich nach Hause.« Vielleicht, ganz vielleicht, war Henri ja noch da.

Egal, was zwischen ihnen beiden geschehen war und in Zukunft geschehen würde: Sie hatten zwei wunderbare Kinder. Sie sehnte sich nach ihrem Zuhause. Und nach Henris Lächeln. Und ihre Familie sollte Grund genug sein, um aus ihrer gegenseitigen Distanz wieder zu einer Art Miteinander, wenn nicht sogar Nähe zurückzufinden.

»Du denkst zu viel, Mama!« Bella hatte sich auf sie geworfen. »Und wenn du nicht endlich aufwachst, dann kommen wir doch noch zu spät.«

Lachend begann Katharina, ihre Tochter durchzukitzeln, während Elise ihnen mit verschränkten Armen zusah und die Augen verdrehte. So lange, bis Bella japsend um Hilfe rief. Da warf sie sich ebenfalls auf Katharina, bis schließlich alle drei von der kleinen Couch fielen und kichernd nach Luft schnappten. Jetzt war sie wach. »Wer zuerst angezogen und am Auto ist, darf vorne sitzen!«, sagte Katharina.

»Okay, du hast es nicht anders gewollt«, gab Elise grinsend zurück und verschwand. Auch Bella stand schnell auf, und bis Katharina sich angezogen und den Eingangsbereich wieder so aufgeräumt hatte, dass Muriel nicht erschrak, wenn sie hier ankam, hatten ihre Töchter die Praxis längst verlassen.

Als Katharina schließlich auch am Auto angekommen war, lehnten die beiden an der Fahrerseite und grinsten.

»Sorry, Mom, aber du sitzt hinten«, sagte Bella feixend. »Ich fahre nämlich«, ergänzte Elise und streckte ihre Hand aus, um Katharinas Autoschlüssel entgegenzunehmen.

»Verdammt. Ich habe ganz vergessen, dass du einen Führerschein hast!«, sagte Katharina lachend und reichte Elise den Schlüssel.

»Tja, Pech! Und ab nach hinten!« Elise hielt ihr die Tür auf, damit sie einsteigen konnte. »Und Anschnallen nicht vergessen!«

Es war merkwürdig, hinten in ihrem eigenen Auto zu sitzen und ihrer Tochter beim Autofahren zuzusehen. Aber es gefiel Katharina auch. Eine Weile beobachtete sie einfach ihre Töchter und hörte ihren Gesprächen zu, die sich nur kurz um Elises Liebeskummer und dann um ihre Chancen als Neusingle beim ObSo am Wochenende drehten und darum, was für ein Kleid sie an diesem besonderen Abend tragen würde, und ob Bella das mit der Liebe vielleicht einfach auslassen und sich gleich einen Hund wünschen sollte. Katharina freute sich für ihre große Tochter, dass sie auf diese Weise zu ihrer kleinen Schwester zurückgefunden und so schnell wieder Hoffnung geschöpft hatte. Hoffnung mochte ein Privileg der Jugend sein, aber es gab keinen Grund, sich davon nicht ein wenig anstecken zu lassen.

Elise war eine gute und aufmerksame Autofahrerin, und nachdem Katharina zu Beginn ihrer Fahrt noch jede Ampel und jeden Fußgänger im Auge behalten hatte, lehnte sie sich nun entspannt zurück und genoss es einfach, in dieser kleinen Blase aus guter Laune nach Hause zu fahren.

Als Elise in der Einfahrt geparkt hatte, stiegen alle drei aus. Sie waren vielleicht nicht zu spät, aber dennoch in Eile. Eine schnelle Umarmung, ein kurzer Kuss auf die Wange, ein liebevolles »bis bald«, und die beiden waren verschwunden, um wenigstens noch ein Müsli zu essen, ihre Schulsachen zu holen und sich dann mit ihren Rädern wieder auf den Weg zu machen. Kurz lehnte sich Katharina an ihr Auto und ließ die Morgensonne ihr Gesicht streicheln. Es war gerade mal halb acht. Sie hatte noch anderthalb Stunden Zeit, bis ihr erster Klient kam.

Sie war ein wenig nervös, nun, da sie vor ihrem Haus stand. Es kam ihr vor, als wäre sie Jahre und nicht nur ein paar Tage weg gewesen. Was, wenn Henri sich nicht freute? Wenn er sie wegschickte? Ignorierte, dass sie da war? Sollte sie vielleicht doch besser gehen und ein anderes Mal wiederkommen? Ihn vorher anrufen und sich mit ihm verabreden? Sie konnte doch nicht einfach die Tür aufmachen und hereinspazieren, als wäre nichts gewesen?

Andererseits: Das hier war auch ihr Haus, in dem sich bis vor ein paar Tagen auch ihr sehr überschaubares Leben abgespielt hatte, bis … Mats aufgetaucht war und alles durcheinandergebracht hatte. Nein, so war es nicht gewesen. Sie beide hatten zugelassen, dass er einen ganz wesentlichen Platz einnahm. Mats war nicht schuld. Er hatte Katharina nur ihre Sehnsüchte aufgezeigt und einen sehr fruchtbaren Boden für seinen Charme vorgefunden. Das Gleiche galt auch für diese Frau, Maria, von der Henri behauptete, dass sie keine Rolle in seinem Leben spielte. War das so? Hatte sie nur Katharinas Ängste getriggert? War sie nur der Auslöser gewesen? Waren die Antworten auf diese Fragen die Bedingung für einen Neuanfang und der heutige Morgen der perfekte Zeitpunkt dafür? Vielleicht. Vielleicht gab es den auch nie. Vielleicht musste man manchmal einfach etwas wagen, die Gelegenheit nutzen und dann sehen, was daraus wurde.

Katharina stieß sich vom Auto ab und ging die wenigen Stufen zur Eingangstür hinauf. Sie hatte den Schlüssel schon in der Hand, da besann sie sich anders.

Sie wollte klingeln. Henri sollte wenigstens die Möglichkeit haben, zu wissen, dass jemand vor der Tür stand. Aber bevor sie den Knopf bedienen konnte, wurde die Tür schon schwungvoll aufgerissen, und Bella und Elise stürmten nach draußen. »Du bist ja immer noch da!«, rief Elise verwundert. »Warum nimmst du nicht deinen Schlüssel?«, fragte Bella gleichzeitig, aber weder die eine noch die andere wartete ihre Antwort ab. »Egal, wir müssen los! Ich hab dich lieb!«, rief Bella noch über ihre Schulter und hüpfte an ihr vorbei zur Garage. »Ich euch auch«, sagte Katharina belustigt, während sie zusah, wie sie sich auf ihre Räder schwangen und davonfuhren.

»Katharina?« Sie hatte gar nicht bemerkt, dass Henri ebenfalls nach draußen getreten war. Seine Haare waren zerzaust, als wäre er gerade erst aufgestanden, er war barfuß und trug nur Jeans und ein weißes T-Shirt. Sein Körper und auch das fragende Lächeln, das um seine Mundwinkel lag, waren ihr vertraut, und trotzdem kam es ihr so vor, als sähe sie ihren Mann zum ersten Mal. Er sah gut aus. Verschlafen. *Sexy.* Selbst der Bartschatten, der sein kantiges Kinn betonte, gefiel ihr. Auf einmal hatte sie das unbändige Bedürfnis, ihre Hand auszustrecken und sie auf seine unrasierte Wange zu legen. Aber unter seinem Blick wurde sie plötzlich verlegen. Sie räusperte sich. Jetzt oder nie.

»Hallo, mein Name ist Katharina«, begann sie nervös. »Katharina … Nowak. Doktor Nowak, um genau zu sein«, sie schämte sich sofort für den Doktor und ihr merkwürdiges Gestammel. Warum hatte sie sich nicht vorher überlegt, was sie sagen wollte? »Ich … bin Psychologin und Psychotherapeutin«, fuhr sie fort. Gott, was redete sie denn da? »Aber offensichtlich keine besonders gute, wenn es um mich selbst geht.« Wie peinlich! *Reiß dich zusammen, Nowak,* ermahnte sie sich.

»Hast du was getrunken?«, fragte Henri verwirrt.

»Natürlich nicht! Was ich sagen wollte: Ein kluger Mann hat mal zu mir gesagt, dass ich die Menschen in meinem Umfeld analysiere, ohne dabei zu wissen, was sie wirklich denken und fühlen, weil ich immer schon zuvor eine bestimmte Theorie im Kopf habe.« Sie schaute wieder auf. »Dieser kluge Mann warst du, Henri. Und ich würde das gern ändern«, fuhr sie fort. Na bitte. Ging doch. »Ich würde dich gern wieder besser kennenlernen. Oder von Neuem, wenn das geht. Denn du hattest mit sehr vielem recht, Henri. Und es tut mir leid, dass ich es jetzt erst begreife.« Sie machte eine kurze Pause. »Können wir reden? Bitte?«

Henris Gesichtsausdruck war undurchdringlich, und das Lächeln, das sie vorhin wahrgenommen hatte, war verschwunden. Wenn sie erwartet hatte, dass er seine Arme ausbreiten und sie dankbar und freudig hineinbitten würde, so hatte sie sich getäuscht.

»Nette Idee, Kat, aber gerade ist es … eher schlecht. Ich … ich habe … zu tun.«

Gerade, als sie sich fragte, warum er so reagierte, hörte sie die Stimme einer Frau, die den Namen ihres Mannes rief und schließlich neben ihm im Türrahmen auftauchte. Maria Angermaier. Schön. Jung. Strahlend. »Hallo, Frau Nowak! Wie schön, Sie endlich mal persönlich zu treffen!«, sagte sie freundlich und schenkte sowohl Henri als auch Katharina ein umwerfendes Lächeln. »Ich geh dann mal, Henri. Aber wir sind ja auch fertig, stimmt's?«

Sie waren *fertig?* Womit?

Maria trug eine Gymnastikhose in strahlendem Weiß, dazu ein eng anliegendes ebenfalls weißes T-Shirt mit einer goldenen Lotosblüte und goldene Flipflops. Ihre dunkelbraunen Haare waren zu einem glänzenden Knoten geschlungen, und die rehbraunen Augen blickten unschuldig und sexy zugleich. Sie sah aus, als wäre sie dem Cover der *Sports Illustrated* entsprungen. Eines war sicher: Die Bezeichnung Goldmarie passte perfekt.

Kein Wunder, dass sie ihrem Mann gefiel. Katharina wurde es heiß vor Scham, dieses Mal über ihre eigene Dummheit. Ihr Mund war trocken, und sie hatte wieder einmal Mühe, das schwarze Flimmern niederzuringen, das vor ihren Augen auftauchte. Sie hatte gehofft, Henri würde sie nicht nur hineinbitten, sondern sie könnten das, was sie in ihrer Praxis begonnen hatten, fortsetzen. Sie wollte Sex. Und ja, auch reden. Offensichtlich hatte Henri das Gleiche gedacht, aber dabei nicht an sie. Zu den Blitzen vor ihren Augen gesellte sich Übelkeit. *Aber wir sind ja auch fertig, stimmt's?* Sie hätte kotzen können. »Nein, ich gehe. Tut mir leid, dass ich … störe«, brachte Katharina gerade noch heraus, bevor sie sich umdrehte und geradezu zu ihrem Auto rannte und dabei vergeblich versuchte, ihre Würde zu bewahren. Als sie am Auto angekommen war, drehte sie sich noch einmal um. Henri und Maria standen einträchtig nebeneinander und starrten Katharina hinterher.

»Es war eine dumme Idee, überhaupt hierherzukommen«, sagte sie leise. »Eine ausgesprochen dumme Idee.«

Henri rief etwas, aber was genau, nahm sie gar nicht mehr wahr, und es war ihr auch egal. Sie fuhr beinahe blind aus der Ausfahrt, aber lieber riskierte sie einen Zusammenstoß, als mit ansehen zu müssen, wie Henri Maria zum Abschied küsste oder sie zu überreden versuchte, wieder mit ihm ins Haus zu kommen. Nun, da Katharina endlich weg war.

Sie konnte nicht fassen, wie schnell sich ein wunderschöner Morgen voller Hoffnung zu einem regelrechten Albtraum entwickeln konnte. Als sie vor ihrer Praxis ankam, hatte sie sich kaum beruhigt. Das Einzige, worüber sie wirklich froh war, war, dass sie geklingelt hatte und nicht einfach ins Haus und in die Küche gegangen war, wo sich die beiden womöglich in trauter Einigkeit beim Kaffee gegenübersaßen, nachdem sie mit *was auch immer* fertig waren. Aber warum nur hatten ihre Töchter nichts gesagt und sie vorgewarnt, als sie aus der Tür und an ihr vorbeigestürmt waren?

43

Katharinas Instinkt riet ihr dazu, davonzulaufen, sich zurückzuziehen und zu verstecken, so, wie sie es bisher immer getan hatte, und so zu tun, als sei alles in Ordnung. Aber dieses Konzept hätte sie die Freundschaft zu Isabel kosten können, und außerdem wollte sie nicht mehr unehrlich sein. Weder zu anderen noch zu sich selbst. Außerdem hatte sie Bella und Elise. Was auch immer geschehen würde, sie war ihre Mutter. Und sie wollte ihnen ein Vorbild sein. Davonzulaufen war etwas für Feiglinge. Sich den Dingen zu stellen, war eine neue und für sie eher ungewohnte Strategie. Aber es war auch allerhöchste Zeit für eine Veränderung.

Sie hielt kurz vor dem neuen und hippen Café neben dem Blumenladen in der Ferdinandstraße und kaufte eine Zimtschnecke für sich und Muriel. Kurz entschlossen nahm sie auch noch einen extragroßen Keramikbecher mit einer goldenen, verschlungenen Schrift darauf mit.

Yesterday is history, tomorrow is mystery, today is a gift, that's why it's called the present

stand darauf. Der Spruch stammte von Eleanor Roosevelt.

Schmunzelnd stellte sie sich vor, wie er neben Muriels anderen Schätzen im Schrank stehen würde. Das Konzept der therapeutischen Tassen gefiel ihr immer besser.

Was sie übermorgen erwarten würde, wenn sie nach Hause fuhr, um ihr Kleid für den ObSo zu holen, war völlig ungewiss. Und dementsprechend war es auch völlig überflüssig, sich darüber den Kopf zu zerbrechen. Was für eine Erleichterung, zur Abwechslung mal einen Gedanken loszulassen. Auch das wollte sie in Zukunft öfter machen.

Für heute Abend hatte sie sich mit Isabel verabredet, um endlich mal auf den Marktplatz zu gehen und ein bisschen Musik zu hören. Isabels Kollegin Nicole würde mitkommen, und weil diese weder Mats noch Henri kannte und die Musik hoffentlich viel zu laut für ein echtes Gespräch sein würde, würden sie nicht über Katharinas Liebesleben sprechen. Und das war gut so.

Muriel war noch nicht in der Praxis, als Katharina ankam. Sie ließ sich einen doppelten Espresso aus der Maschine und ließ sich mit ihrer Zimtschnecke auf der breiten Fensterbank in ihrem Büro nieder, nachdem sie alle Fenster in der Praxis weit aufgerissen hatte. Katharina genoss die frische und sommerliche Morgenluft und den Blick in Herrn van der Feldes wunderschönen Garten. Beinahe konnte sie ihn dort unten zwischen den Rosen zu den Klängen aus dem Radio tanzen sehen. *Dream a Dream Of Me,* summte sie leise. Sie sollte viel öfter tanzen gehen.

Nachdem sie gefrühstückt und ihr Geschirr in die kleine Küche geräumt hatte, blieb ihr immer noch genügend Zeit, bis die Reichs kamen. Erneut ließ sie sich auf der Fensterbank nieder und zückte ihr Handy, um ein Foto vom bunt blühenden Garten zu machen. Sie wollte es Elise für den Praxis-Account schicken. Dabei fiel ihr der von Henri wieder ein. Mit einer Mischung aus Neugier und Angst, was sie wohl vorfinden würde, machte sie sich auf die Suche, bis sie ihn schließlich bei Instagram gefunden hatte. *Henri Nowak* stand da. Und darunter *Vater. Mann. Mensch.* Das Profilbild zeigte einen lachenden Mann in Schwarz-Weiß. *Ihren Mann.* Soweit sich

Katharina erinnern konnte, hatte Elise das Foto vor ein paar Wochen aufgenommen, als sie irgendwann im April das erste Mal im Garten gesessen hatten. Sie hatten Stadt, Land, Fluss mit völlig irren Kategorien wie »Scheidungsgründe«, »Schimpfwörter« und »eklige Geschmacksrichtungen« gespielt und noch den ganzen nächsten Tag über die unglaublichen Einträge gelacht.

Es kam Katharina vor, als sei dieser Nachmittag nicht erst ein paar Monate, sondern ein paar Jahre her.

Ansonsten hatte Henri nicht viele Einträge. Der erste war vermutlich ungefähr so alt wie sein Profilbild und zeigte einen Baum. Eine riesige Kastanie. Katharina zog das Bild ein wenig größer. Es war nicht irgendeine Kastanie, sondern der Baum im Park neben dem Max-Planck-Gymnasium, unter dem Isabel und Katharina schon so oft gelegen und in das grüne Blätterdach gestarrt hatten, wo sie sich gegenseitig für Klassenarbeiten abgefragt oder Stunden geschwänzt hatten. Ihr Stammplatz. Der Ort, an dem Henri und sie sich die ganze Nacht unterhalten hatten und an dem er Katharina das erste Mal geküsst hatte. Oder sie ihn. Ein winziges Herz mit ihren Initialen zierte die Rinde immer noch. Warum hatte er das gepostet?

Der nächste Post zeigte einen Stadtplan von New York und zwei Tickets, auf denen außer dem Ziel weder ein Datum noch sonst etwas erkennbar war. Sie verstand überhaupt nichts mehr. Was sollte das? Wollte er wirklich nach New York, in die Stadt, in die ihre Hochzeitsreise gehen sollte, die sie schon so viele Male verschoben und schließlich ganz gestrichen hatten, weil er jedes Mal tausend Gründe dagegen gefunden hatte? Und mit wem? Mit Bella? Elise? Oder vielleicht sogar mit Goldmarie? Katharina spürte, wie erneut bittere Eifersucht in ihr aufstieg. Außerdem fand sie es befremdlich, dass jeder weitere Post etwas mit ihr zu tun hatte. Oder bildete sie sich das nur ein?

Eine Brücke, auf der sie gemeinsam gestanden hatten. Konzertkarten zu Seeed, eine Band, die sie gemeinsam hören wollten. *Die*

Entdeckung des Himmels, das Buch, über das sie sich stundenlang unterhalten und sich irgendwann gegenseitig vorgelesen hatten. Alle Bilder versehen mit Sprüchen, die irgendetwas mit der Liebe zu tun hatten. Seine nachdenklichen, eher stillen Posts wechselten sich mit ausgelassenen ab, an denen auch Elise und Bella beteiligt waren.

Als sie auf ein Video stieß, auf dem alle drei sich an einer besonders komplizierten Choreografie versuchten, bei der er immer wieder in seine Töchter hineinstolperte, musste Katharina unwillkürlich lachen. Henris Fähigkeit, sich über sich selbst lustig zu machen, war wirklich bewundernswert. Zumal er selbst immer am lautesten lachte.

Sein aktueller Post war wieder nur ein Foto, erneut in Schwarz-Weiß. Darauf waren eine helle Flamme zu sehen und ein kleiner Schmelztiegel und ein Ring, der schon beinahe vollständig geschmolzen war. Katharina zog das Bild größer.

War das etwa … Henris Ehering?

Before you speak – listen
Before you write – think
Before you earn – think
Before you pray – forgive
Before you hurt – feel
Before you hate – love
Before you quit – try
Before you die – live

Hatte er das geschrieben? Katharina starrte auf das Display ihres Handys und las den Spruch wieder und wieder. Was hatte das alles zu bedeuten?

»Wohnst du jetzt eigentlich ganz hier?« Katharina zuckte zusammen, als sie plötzlich Muriels Stimme hörte. Sie hatte gar nicht bemerkt, dass ihre Assistentin die Praxis betreten hatte. Die lachte. »Sorry, ich wollte dich nicht erschrecken.«

»Nein, schon gut, ich …« Katharinas Blick fiel auf ihren kleinen Koffer, den sie unverrichteter Dinge wieder mit in die Praxis gebracht hatte. Muriels Frage war mehr als berechtigt.

»Weil, wenn das so ist, kannst du ja ab jetzt das Blumengießen übernehmen.« Muriel grinste. »Und die Post. Und …«

»… wenn das so ist, wohne ich definitiv *nicht* hier«, vollendete Katharina den Satz und grinste ebenfalls.

Muriel ließ sich auf Katharinas Schreibtischstuhl fallen. »Wenn es etwas gibt, worüber du reden willst, immer raus damit.« Sie legte den Kopf schräg. »Du weißt ja, ich bin quasi Psycho-Profi. Hast du selbst gesagt.«

»Klar. Du hast die kognitive Verhaltenstherapie mehr oder weniger erfunden.« Katharina zwinkerte ihr zu. »Also, quasi gemeinsam mit Aaron T. Beck, Albert Ellis und Donald Meichenbaum, stimmt's?«

»Stimmt«, bestätigte Muriel völlig unbeeindruckt und stand wieder auf. »Wenn du vielleicht irgendwann einmal Nachhilfe in … wie heißt das noch?«

»Verhaltenstherapie.«

»Okay, in Verhaltenstherapie brauchst, melde dich gern bei mir. Bis dahin musst du deinen Job leider ohne meine Hilfe machen.« Sie grinste. »Herr Reich wartet übrigens schon auf dich. Er ist heute ohne seine Frau da. Er hat gesagt, dass Paare manchmal auch etwas getrennt voneinander machen müssen.« Sie lachte. »Sogar, wenn es sich dabei um eine Paartherapie handelt.« Sie stand auf und schob den Stuhl wieder an den Tisch. Heute trug sie ein schwarzes Kleid mit Tellerrock und einer bunten Blumengirlande am Saum. Ihre Haare waren zu einem Chignon zusammengesteckt, ihre Lippen glänzten knallrot, und sie sah wieder einmal großartig aus. An der Tür drehte sie sich noch einmal um. »Bist du bereit?«, fragte sie, und Katharina nickte. »Aber so was von, Fräulein Meichenbaum. Und danke fürs Angebot. Ich komme bei Bedarf darauf zurück.« Sie stand ebenfalls auf.

Als Muriel das Zimmer verlassen wollte, fiel Katharina doch noch etwas ein. »Sag mal, hat sich Mats … also … Herr Friedrichs noch mal bei dir gemeldet?«

Muriel hatte schon nach der Klinke gegriffen, ließ sie nun aber wieder los und sah ihre Chefin aufmerksam an. »Hätte er sollen?«

Hätte er?

Katharina war doch froh, dass er aus ihrem Leben verschwunden war, oder etwa nicht?

»Nein, ich denke …« Katharina schüttelte den Kopf. »Nein«, sagte sie dann noch einmal bestimmt, ohne eine weitere Erklärung abzugeben. Und meinte es auch so.

»Na, dann ist ja gut.« Muriel lächelte, bevor sie das Zimmer verließ.

Der Tag verging schnell. Es schien, als wollten auch Katharinas Klienten unbedingt so viel wie möglich von diesem wunderbaren Sommertag haben, denn im Gegensatz zu sonst versuchten weder Iris Hofmann, die immer gern noch ein paar Minuten länger blieb, noch Herr Montag, der hartnäckig Katharinas Hinweise auf das Ende der Sitzung ignorierte, die jeweiligen Termine in die Länge zu ziehen. Pünktlich um 17.30 Uhr waren alle Klienten weg, und nachdem Katharina und Muriel noch ein paar Dinge besprochen hatten, verabschiedete sich auch ihre Assistentin, um, wie sie sagte, »einen Abend unter Erwachsenen« zu verbringen. Katharina hatte keine Ahnung, was sie damit meinte, aber das Lächeln, das dabei um Muriels Lippen spielte, bedeutete definitiv, dass sie morgen etwas zu erzählen haben würde.

Katharina freute sich schon darauf. Unkomplizierte Geschichten voll unverbindlicher Liebe, Lebensfreude und ohne komplizierte Fragen waren eine angenehme Abwechslung zu dem, was sie gerade erlebte.

44

Katharina trug das rote Kleid, das sie schon auf dem Kongress getragen hatte, und war froh darüber, dass sie es samt Pumps und Spitzenunterwäsche im Koffer gefunden hatte.

Sie fühlte sich weiblich und schön, als sie die Villa verließ.

Isabel wartete schon auf der Straße und sah ihr entgegen. Sie trug wie immer Jeans und Sneakers, und sie strahlte. »Willst du in den Schuhen wirklich bis zum Marktplatz laufen?«

»Unbedingt!«, antwortete Katharina und hängte sich bei Isabel ein.

Sie waren noch nicht sehr weit gekommen, als Isabel zu winken begann. »Nicole! Nicky!«, rief sie und beschleunigte ihre Schritte, als eine große schlanke Frau am Ende der Straße stehen blieb, sich umdrehte und ebenfalls zu winken begann. »Scheint, als könnte es jemand kaum erwarten, unter Leute zu kommen. Oh ja! Lass uns feiern!«, rief Isabel aus und klatschte in die Hände. Katharina lachte.

»Alles klar, Chef!«, sagte sie. Ihr Hirn musste langsam lernen, auch ohne Grübeleien klarzukommen und einfach mal Spaß zu haben. Heute schien ein perfekter Tag zu sein, das zu üben.

War es tatsächlich. Besonders, weil Nicky dafür sorgte, dass Katharina an überhaupt nichts dachte. Sie war siebenunddreißig, Single und neu in der Stadt. Sie war neugierig, fröhlich und voller Tatendrang und außerdem vermutlich Flirtweltmeisterin. Sie hätte sich fantastisch mit Muriel verstanden. Katharina musste die beiden einander unbedingt einmal vorstellen.

»Lasst uns draußen bleiben. Da ist viel mehr los«, bettelte sie, als die beiden den Eingang der »Wunderbar« ansteuerten, wo sie sich den einen oder anderen Cocktail gönnen wollten. »Ich bin vielleicht noch nicht lange hier, aber definitiv nicht neu auf dem Markt.« Sie lachte. »Und ich muss unbedingt schauen, was die Jungs hier so zu bieten haben.«

Katharina sah sich um, um zu sehen, wen Nicole mit »den Jungs« gemeint haben könnte, und bemerkte in der Tat einige interessierte Blicke. Schon klar, sie galten vor allem Nicole, die mit ihren langen glänzenden Haaren, in ihrem weißen Minikleid, den hohen silbernen Sandaletten, den schlanken, leicht gebräunten Beinen und dem fröhlichen Lachen unglaublich anziehend aussah, aber sie streichelten auch ganz nebenbei Katharinas Ego, denn sie blieben auch ab und zu an ihr hängen.

Kaum hatten sie sich niedergelassen, nahm der Kellner ihre Bestellung auf. Isabel trank einen Mojito, Nicole einen Spritz, und Katharina entschied sich für einen Gin Basil Smash. Sie liebte die herbe Süße und die grüne Farbe des Drinks mit Gin und Basilikum.

Normalerweise wurde der Platz und vor allem auch die Tanzfläche abends von südamerikanischen Rhythmen aus dem benachbarten »Tacuba« beschallt, aber heute hatte die Bar wohl zugunsten der Liveband, die Tanzklassiker spielte, darauf verzichtet.

»Also, Kat, von Isabel weiß ich, dass sie glücklich verheiratet ist, und da ihr Platz im Lehrerzimmer gleich neben meinem ist, auch, was sie beruflich macht, aber was ist mit dir?«

»Was willst du jetzt wissen: Was ich beruflich mache, oder ob ich glücklich verheiratet bin?« Katharina lachte.

»Beides natürlich.« Nicole grinste. »Das Einzige, was ich weiß, ist, dass ihr schon ewig befreundet seid und dass – ich zitiere – Isabel dich besser kennt als du dich selbst und umgekehrt.«

»Da ist was dran.« Katharina hielt den anderen ihr Glas zum Anstoßen hin. »Auf die Wahrheit, die einem nur echte Freundinnen sagen.« Sie zwinkerte Isabel zu und wartete, bis auch sie ihr Glas erhoben hatte. »Und darauf, dass sie unsere Freundinnen sind, obwohl sie uns kennen, und auf die Erkenntnisse, die wir ohneeinander nie hätten.«

»Hast du das irgendwo gelesen oder dir gerade ausgedacht?«

»Ausgedacht«, sagte Katharina grinsend und nahm einen großen Schluck.

»Sie ist Psychologin«, sagte Isabel und verdrehte die Augen. »Nur für den Fall, dass du das noch nicht erraten hast. Und Psychotherapeutin auch. Das kann man allerdings sehr oft kaum glauben.«

»Hey!« Katharina fischte einen Eiswürfel aus ihrem Drink und warf ihn nach Isabel. »Ich bin eine sehr gute Therapeutin. Frag meine Klienten!«

»Das bist du ganz sicher«, bestätigte Isabel und wich geschickt aus. »Nur wenn es um dich selbst geht, bist du leider völlig betriebsblind. Frag deinen Mann!«

»Wow! Psychologin und auch noch Therapeutin! Spannend!« Nicole schien ernsthaft beeindruckt. »Dann bist du sicher Expertin für Beziehungsfragen, oder?«

Isabel begann zu lachen und verschluckte sich prompt. »Entschuldigung. Es tut mir leid«, sagte sie hustend, als Katharina erneut mit einem Eiswürfel auf sie zielte. »Es ist nur … es …« Sie wischte sich die Lachtränen aus den Augenwinkeln. »Moment. Es geht gleich wieder.«

»Die Damen? Die Herren dort drüben haben Ihnen einen Drink spendiert.« Der Kellner stellte eine weitere Runde Cocktails vor ihnen ab und wies mit dem Kopf auf irgendjemand hinter Katharina. Das war ja nett. Sie nahm ihr Glas und drehte sich um, um den Spendern zuzuprosten, und stellte es schnell wieder ab, bevor sie die Hälfte davon verschüttete.

Mitten zwischen all den lachenden und trinkenden »Tacuba«-Gästen stand Henri und starrte sie an.

Neben ihm entdeckte sie Tobi und ein paar andere seiner Freunde, die Katharina mehr oder weniger gut kannte. Außer Henri hatte offenbar keiner seiner Freunde die Frauen bisher bemerkt. Hatte er ihnen die Getränke geschickt? Ihr fiel das Champions-League-Spiel ein, von dem Tobi gesprochen hatte. Aber soweit Katharina wusste, war die Sportbar, in der sie das Spiel anschauen wollten, in einer Nebenstraße hinter dem Marktplatz. Warum waren sie nicht dort?

Fragend wandte sie sich zu Isabel um, aber die zuckte nur mit den Schultern.

Schnell nahm Katharina den Strohhalm aus ihrem Drink und trank zwei große Schlucke von ihrem Cocktail. Schon besser.

Im Hintergrund stimmte die Band *Free Fallin'* von Tom Petty an. Nach und nach schalteten die Bars und Restaurants die Lichterketten an ihren Fassaden und unter ihren Schirmen ein, obwohl die Dämmerung vorerst nur ein ganz zartes Lila in den blauen Himmel gewebt hatte. Von überallher hörte man Gelächter und Gespräche, Paare gingen Hand in Hand, Arm in Arm an ihnen vorbei, suchten sich irgendwo einen Platz. Alle Stühle und Barhocker waren belegt, und sobald irgendwo etwas frei wurde, kamen neue Gäste dazu. Es war wundervoll, ein Teil von alldem hier zu sein, so als feierten sie alle zusammen ein großes Fest.

»Schon allein wegen dieser Bar liebe ich meine neue Heimatstadt! Und wegen all der neuen Gesichter! Seht ihr den da?« Sie zeigte an Katharina vorbei, und auch ohne dass sie sich umdrehte, wusste sie, wen Nicole meinte. »Er starrt die ganze Zeit zu uns rüber. Ein bisschen alt vielleicht, aber genau mein Typ.« Sie wackelte mit den Augenbrauen. »Schon krass, wie er schauen kann!« Sie setzte sich ein bisschen aufrechter hin und streckte ihren Busen vor, als ob Henri das von da drüben sehen könnte. »Also den würde ich nicht von der Bettkante stoßen.«

Katharina drehte sich erneut langsam um, während sie das Universum anflehte, dafür zu sorgen, dass es sich dabei vielleicht doch um irgendjemand anderen handelte als ihren Ehemann. Vergeblich. Natürlich war es Henri, den sie nun zu dritt anstarrten. Jede aus anderen Gründen.

»Das ist …«, begann Katharina, aber als er sich in Bewegung setzte und langsam durch all die Menschen hindurch in ihre Richtung ging, wurde ihr Mund so trocken, dass sie nicht weitersprechen konnte. Henri trug wie so oft in letzter Zeit schlichte Jeans, Sneakers und ein weißes Shirt, zu der seine gebräunte Haut einen reizvollen Kontrast bildete. Katharinas Herz begann, wie wild zu klopfen, als er plötzlich stehen blieb und sie zwischen all den Menschen hindurch erneut ansah. Er schien für einen Sekundenbruchteil irgendetwas zu überlegen, bevor er ihr einen letzten Blick zuwarf und sich dann in Richtung Tanzfläche umdrehte. Innerhalb eines Atemzuges war er in der Menge verschwunden, die begonnen hatte, sich zu Bette Midlers *The Rose* hin- und herzuwiegen. In Katharinas Herz wechselte sich Enttäuschung, weil er nun doch nicht zu ihnen an den Tisch gekommen war, mit einer großen Erleichterung darüber ab, dass sie sich jetzt endlich entspannen konnte. »Schade«, sagte Nicole bedauernd. »Ich war mir sicher, dass er mich zum Tanzen auffordern würde. Der hätte mir echt gefallen.« Sie zuckte mit den Schultern. »Aber was soll's. Andere Mütter haben auch schöne Söhne.«

»Vielleicht besser so«, sagte Katharina und nahm erneut einen großen Schluck von ihrem Drink. Ihre Stimme krächzte dabei ein wenig. Beinahe hätte sie Nicole erzählt, wer da gerade fast an ihren Tisch gekommen wäre, aber obwohl ihr Nicky wirklich sympathisch war, wollte sie doch lieber nicht mit einer Frau über Henri reden, die ihn als »heißen Typ« bezeichnete und ihn sich in ihr Bett wünschte.

Isabel hatte die ganze Zeit die Tanzenden beobachtet und drehte sich nun wieder zu ihnen um. »Wenn die wieder was Schnelleres spielen, gehen wir auch mal tanzen, okay?« Sie stieß Katharina mit dem Ellbogen an. »Das letzte Mal hatten wir dazu ja nicht wirklich eine Chance, nachdem dein Kreislauf dank eines ganz bestimmten Kerls ein wenig außer Kontrolle geraten ist, was?«

»Ach ja?« Nicoles Neugier war geweckt.

»Es war unser Klassentreffen, und der Typ ist wirklich nicht der Rede wert«, sagte Katharina und funkelte Isabel dabei an. Sie präzisierte ihre Gedanken: Sie wollte *weder* über ihren Mann *noch* über ihren Ex-Freund sprechen. Isabel lachte. »Dafür, dass er nicht der Rede wert ist, haben wir allerdings sehr viel über ihn geredet. Und …«

»Sagen wir so: Jemand, den ich mal sehr mochte, hat mich so sehr aus der Fassung gebracht, dass mein Kreislauf sich verabschiedet hat«, unterbrach Katharina ihre Freundin schnell, bevor Mats doch mehr Raum an diesem Tisch einnahm, als er verdiente. »Aber es ist vorbei, und wir müssen nicht mehr über ihn reden. Wir können allerdings über ihn lachen, über ihn trinken und unbedingt über ihn tanzen.« Sie lächelte Isabel beruhigend an, die sie schuldbewusst ansah. Ganz sicher hatte ihre Freundin es nicht böse gemeint.

»Über ihn tanzen hört sich komisch an, aber auch irgendwie konsequent«, sagte Nicole. »Man sollte viel öfter über Typen tanzen.« Sie lachte und hob ihr Glas, um mit Katharina und Isabel anzustoßen. Katharina war erleichtert, dass sie sich so schnell hatte ablenken lassen. Es war eine gute Idee von Isabel gewesen, Nicky mitzunehmen und hierherzukommen.

Sie atmete tief ein und schob mit dem Ausatmen sowohl Mats als auch Henri wieder dorthin, wo sie heute hingehörten. In den hintersten Winkel ihres Bewusstseins.

»Ich habe Tanzen gehört«, sagte da eine raue Stimme ganz nah an ihrem Ohr. Henri. Katharina verschluckte sich an der Luft, die sie gerade eingeatmet hatte. Hustend drückte sie sich die kleine

Serviette vor den Mund, die zusammen mit ihrem Drink gekommen war. Ihre Augen tränten, und sie hatte Mühe, ausreichend Luft in ihre Lungen zu pumpen.

»Die Damen?«, sagte Henri und nickte Isabel und Nicole kurz zu, bevor er Katharina behutsam auf den Rücken klopfte.

Als sich ihr Atem wieder einigermaßen beruhigt hatte, sah sie vorsichtig auf. Sofort hielt er ihren Blick mit seinem fest. Sie konnte ihn nur schwer einschätzen. Wollte er ihr etwas beweisen? War er wütend? Verletzt? Beschämt? Alles zusammen oder nichts davon?

Er verbeugte sich knapp, ohne sie dabei aus den Augen zu lassen, und streckte die Hand nach ihr aus. »Darf ich bitten?«, fragte er leise.

»Ich kann einspringen, wenn du nicht willst!« Katharina sah aus dem Augenwinkel, wie Nicky Henri erwartungsvoll anstrahlte, aber Katharina schüttelte den Kopf. Sie benötigte ihre ganze Konzentration, um mit ihren plötzlich wackeligen Beinen nicht einzuknicken, als sie von ihrem Barhocker stieg und die Hand des Mannes ergriff, der ihr Ehemann war und gleichzeitig ein Fremder.

Sie sprachen nicht, während Henri sich seinen Weg durch die Menge bahnte und Katharina wie in Trance hinter ihm herging. Die ganze Zeit hielt er wie selbstverständlich ihre Hand, aber er sah sich nicht um. Je näher sie der Tanzfläche kamen, umso lauter wurde die Musik. Und umso fester wurde sein Griff, als hätte er Angst, dass sie es sich doch noch anders überlegen könnte.

Bette Midler sang die letzten Takte ihres Liedes. Zielstrebig schob sich Henri zwischen zwei Paaren hindurch und blieb dann so abrupt stehen, dass Katharina beinahe in ihn hineingelaufen wäre. Die ersten Takte eines neuen Liedes begannen. Henri drehte sich um, legte seine rechte Hand auf ihre Hüfte und zog sie ein wenig näher an sich heran. Sie war froh, dass er sie festhielt, denn sie traute ihren Beinen nach wie vor nicht. Ihr Hals kratzte vom vielen Husten, und sie musste sich immer noch auf ihre Atmung konzentrieren.

Das nächste Lied wurde angespielt, und die rauchige Stimme der wundervollen Sängerin begann geradezu, über den Tanzenden zu schweben. Katharina brauchte einen Moment, aber dann konnte sie nur mühsam die Tränen hinunterschlucken, die sich sofort in ihren Augen sammelten, als sie das Bob-Dylan-Lied erkannte. *Ihr* Lied. *Forever young.* Sie suchte und fand Henris Blick. Er sagte nichts. Aber sie wusste auch so, dass er es sich zuvor extra für sie gewünscht hatte.

Katharinas Herz schlug bis zum Hals, als er sie noch ein Stück näher an sich heranzog. Sie fühlte seine Hand an ihrem Rücken und die Wärme ihrer Körper, die sie miteinander verband. Ihr Wunsch, ihm so nah wie möglich zu sein und gleichzeitig Abstand zwischen sie beide zu bringen, wurde beinahe übermächtig, als er seine Wange an ihre legte. Sein so vertrauter Duft stieg ihr in die Nase, und sie schloss für einen Moment die Augen und spürte, wie die Anspannung langsam nachließ. Hatte sie in der letzten Viertelstunde überhaupt geatmet?

Sie genoss Henris Nähe, ihre Wange an seiner, und dass er sie so sicher durch die Tanzenden führte. Selbst mit geschlossenen Augen wusste sie, dass sie sich absolut auf ihn verlassen konnte. Dankbar nahm sie das Vertrauen wahr, das ihr Herz so unerschütterlich fühlte und an dem ihr Verstand bislang gezweifelt hatte.

Während sie tanzten, tauchte Katharina in seine Wärme, seine Nähe und in ihn ein. Es fühlte sich an, als wären sie allein auf der Tanzfläche und als wären sie beide wieder Anfang zwanzig mit all den Träumen und Sehnsüchten, die wieder klar und deutlich vor ihr lagen. Enttäuschungen und Schmerz waren damals keine Option gewesen. Die Zukunft schien ein verheißungsvolles Abenteuer voller Mysterien, die nur darauf warteten, von Katharina und Henri gemeinsam entschlüsselt zu werden. Mit immer noch geschlossenen Augen hob sie ihren Kopf an. *Bitte küss mich,* flehte sie in Gedanken.

Als er stehen blieb, fühlte sie sich so weit weg, als würde sie gerade erst aus einem Traum erwachen. Ihre Lippen prickelten, als hätte er sie tatsächlich geküsst. Aber das hatte er nicht. Sie öffnete die Augen.

»Der Song ist zu Ende«, sagte Henri entschuldigend, als sie ihn fragend ansah. »Schon eine ganze Weile.« Er zuckte mit den Schultern und wies mit dem Kinn in Richtung Band. Die Tanzfläche hatte sich deutlich geleert, die Musiker hatten aufgehört zu spielen und waren sogar schon im Begriff, die Bühne zu verlassen, um eine Pause zu machen.

»Ich bring dich zurück«, sagte Henri und lächelte entschuldigend, bevor er ihre Hand losließ. »Ich wollte eigentlich gar nicht hier sein, und ich muss … auch wieder los. Aber … danke für den Tanz.«

»Ich …« Am liebsten hätte sie ihn gebeten, sie in den Arm zu nehmen und zu bleiben, bis die Band wieder spielte, aber das traute sie sich aus unerfindlichen Gründen nicht. Also folgte sie ihm zurück zu ihrem Tisch. Kurz bevor sie Nicole und Isabel erreichten, blieb er stehen und sah sie noch einmal an. »Mach's gut, Katie. Bis bald … wir … sehen uns«, sagte er so leise, dass sie ihn kaum verstand, obwohl die Band nach wie vor pausierte.

Katharina nickte und blieb einfach stehen, schaute ihm nach, so lange, bis er in der Menge verschwunden war.

Als sie an ihren Tisch zurückkehrte, sah Nicky sie schon erwartungsvoll an. »Und? Wie war's?« Sie wartete Katharinas Antwort gar nicht erst ab, sondern fuhr selbst begeistert fort: »Dieses Lied! Es war unfassbar romantisch!« Sie seufzte so verzückt, dass Katharina lachen musste. »Wirklich, Kat, das war magisch! Wenn mir so was passieren würde, ich weiß nicht, aber ich würde den Typen nie wieder gehen lassen! Wie er dich angesehen hat! Und du ihn! Das war Chemie! Magie! Was weiß ich, was es war, aber mich hat noch nie jemand so angesehen! Sag doch auch mal was, Isabel!« Sie stieß Isabel mit dem Ellbogen an.

»Was soll ich sagen, Nicky? Mich fragt hier ja schon lang keiner mehr.« Isabel zwinkerte Katharina zu. »Aber ich gebe dir recht: Es war magisch. Und auch ein bisschen lustig.«

»Lustig?« Nicole schüttelte den Kopf. »Auf keinen Fall! Das war sein absoluter Ernst! Aber gut, du bist ja auch schon so lange verheiratet. Vielleicht vergisst man da ja, wie es ist, wenn man plötzlich vor dem Mann seines Lebens steht! Und so war es doch, nicht wahr, Kat? Oder seid ihr beide aus Holz? Du musst das doch auch gefühlt haben!«

Isabel und Katharina fingen nun beide an zu lachen, weil sich Nicole gar nicht wieder beruhigen konnte. »Dass es so was gibt! Aber wieso ist er jetzt verschwunden? Ich meine, ohne dich?«

»Na ja, sieht so aus, als wäre er mit Freunden da«, sagte Isabel und wies mit dem Kinn zu Henris und Tobis Tisch. Es schien ihr eine große Freude zu bereiten, so zu tun, als säße dort wirklich eine Gruppe Fremder. Auch Tobi hatte anscheinend Spaß daran, denn er zwinkerte seiner Frau zu und hob sein Glas, bevor er sich wieder seinen Freunden zuwandte.

In dem Moment, in dem Katharina Nicole darüber aufklären wollte, wer genau da drüben stand, sah sie Maria Angermaier, die sich ihren Weg durch die Menge zu Henris Tisch hindurch bahnte. Sie winkte in die Runde und stellte sich dann direkt hinter Henri, um ihm wie zufällig die Hände auf die Schultern zu legen. Was auch immer sie sagte, es brachte alle Männer am Tisch zum Lachen. Und auch ihre Blicke klebten ausnahmslos an Marias knallengem grünem Kleid, das ihre sanfte Bräune und den runden Busen so perfekt in Szene setzte.

Katharina spürte, wie eine vertraute Übelkeit in ihr aufstieg, als Maria sich zu Henri beugte und ihm etwas ins Ohr flüsterte. Er lauschte, nickte dann und stand auf.

Mit einem Scherz verabschiedete er sich bei seinen Freunden und drehte sich auch kein einziges Mal mehr zu ihnen oder gar zu Katharina um, bevor er gemeinsam mit Maria die Bar verließ.

Katharina riss sich zusammen. Sie hatte sich geschworen, nie wieder einem Mann die Gelegenheit zu geben, sie derart aus der Fassung zu bringen, wie es Mats getan hatte. Sie verstand nicht mehr, was zwischen ihr und Henri vor sich ging, und noch viel weniger, was es mit dieser Maria auf sich hatte. Es tat allerdings unendlich weh, zusehen zu müssen, wie er mit ihr zusammen die Bar verließ.

Aber wie sich die Dinge auch immer verhielten, nie wieder wollte sie sich davon abhängig machen, was jemand tat – oder nicht tat. Sie verbot sich zudem jegliche Spekulation oder Interpretation, auch wenn alles in ihr plötzlich doch wieder davon überzeugt war, dass Henri und Maria mehr waren als nur Freunde. Ihr Herz und ihr Verstand würden wohl sowieso immer miteinander ringen, ganz gleichgültig, was nun wirklich der Wahrheit entsprach.

»Willst du vielleicht doch reden?«, fragte Isabel mit einem Seitenblick zu Nicole leise, aber Katharina schüttelte nur den Kopf. Die Band hatte wieder ihren Platz auf der Bühne eingenommen und begann nun, *And The Beat Goes On,* einen alten Soul-Klassiker von The Whispers, zu spielen, der beinahe jeden im Umkreis mit dem Fuß wippen ließ und viele Gäste auf die Tanzfläche zog.

Nein, sie wollte nicht mehr reden.

»Hatten wir nicht ausgemacht, zu tanzen?« Katharina schob sich vom Barhocker und zwang sich zu einem Lächeln. *If you can't make it, fake it,* dachte sie. Auch ein Spruch, der dringend auf eine Kaffeetasse gehörte. Immerhin hatte sie erst neulich wieder im *Psychological Bulletin* gelesen, dass das Hirn positiv stimuliert wurde, wenn man lächelte, und zwar egal, ob es ein echtes oder ein vorgetäuschtes Lächeln war. Das galt ganz sicher auch für die Lust zu tanzen.

Nicole war bereits aufgestanden und wippte im Takt mit dem Kopf. »Ich bin dabei! Ganz ehrlich: Wenn er sich so schnell vom Acker macht, war der Typ vielleicht doch nicht so super, wie ich gedacht habe.«

Als die Band schließlich endgültig ihre Instrumente einpackte, war es beinahe Mitternacht, und die ersten Bars und Cafés hatten schon geschlossen. Katharina hatte längst ihre Schuhe ausgezogen und zum Schluss barfuß getanzt. Nun war sie froh, dass Nicole ihnen einfach ein Taxi gerufen hatte. Auf dem Hinweg hatten sie den direkten Weg durch die Fußgängerzone genommen, aber mit dem Auto mussten sie einmal um die Innenstadt herum. Aufgeheizt vom Sommer, der mitreißenden Musik, ein paar Drinks und Nickys guter Laune, überlegte Katharina an der Abzweigung zum Bahnhof nicht lange, sondern traf eine Entscheidung.

Sie war müde und gleichzeitig überdreht. Sie sehnte sich nach frischer Luft, Stille und danach, in Ruhe ihre Gefühle sortieren zu können.

»Könnten Sie mich bitte hier rauslassen?«, bat sie den Taxifahrer, der sofort die nächste Bushaltestelle ansteuerte.

»Alles okay?«, fragte Isabel. »Soll ich mitkommen?«

»Nein danke, ich komme klar. Alles bestens«, antwortete Katharina und drehte sich zu den beiden um. Es war nicht komplett gelogen. »Ich möchte einfach noch ein bisschen spazieren gehen. Ich rufe dich morgen an. Oh, und das machen wir wieder, ja?«

Isabel nickte. »Das machen wir. Und ich dachte schon, du willst zu Henri.«

»Das will ich auch, aber nicht jetzt.« Denn zunächst musste sie entscheiden, ob sie ihm vertrauen konnte, auch ohne zu wissen, ob er eine Affäre mit Maria hatte. Und ob ihre Ehe noch eine Chance hatte, egal, was zwischen ihm und der Goldschmiedin geschehen war.

Im Scheinwerferlicht der herannahenden Autos sah Katharina, wie Isabel ihr zulächelte.

»Gute Nacht, ihr beiden. War schön mit euch.« Sie stieg aus, schloss die Autotür und atmete tief durch. Sosehr sie Isabel auch liebte und den Abend genossen hatte, so gut tat es ihr nun, allein zu sein.

45

Als sie sich Herrn van der Feldes Villa näherte, versuchte Katharina, den Schlüssel aus ihrer Handtasche zu kramen, ohne dabei ihre Schuhe fallen zu lassen, was gar nicht so einfach war. Ihr Körper vibrierte immer noch vom Tanzen und von der Musik, von Henris Nähe und dem Verlangen und der Verwirrung, die seine Nähe in ihr ausgelöst hatte. Der Spaziergang hatte zwar gutgetan, aber an ihren Gefühlen hatte er nichts geändert. Einer der Schuhe fiel ihr aus der Hand. Verdammt. Sie bückte sich, um ihn aufzuheben. Warum war es hier auch nur so finster? Da flog die Menschheit beinahe schon zum Mars, aber noch niemand hatte eine gut funktionierende Handtascheninnenbeleuchtung erfunden.

Während sie sich noch über ihre eigenen Gedanken amüsierte, registrierte sie plötzlich, dass auf den Stufen vor dem Haus jemand saß. Sofort blieb sie stehen. Ein eiskalter Schauer lief ihr über den Rücken. Fieberhaft überlegte sie, ob sie nach ihrem Vermieter rufen sollte, aber das ergab in Anbetracht von Herrn van der Feldes Hörvermögen vermutlich wenig Sinn. Gab es vielleicht etwas in ihrer Tasche, was sich als Waffe eignen würde, oder taugten wenigstens die Absätze ihrer High Heels dazu?

Die Person stand auf und kam ihr langsam entgegen. Es war ein Mann, das erkannte sie an der Statur und am Gang. Wäre sie doch nur im Taxi geblieben …

»Katharina«, sagte er leise. »Gott sei Dank bist du da, ich … habe mir Sorgen gemacht. Und ich habe sehr lange gewartet.«

Es war Mats. Und nicht etwa ein Streich ihrer überstrapazierten Fantasie.

»Mats?! Was machst du hier?« Es klang genauso, wie sie sich fühlte: ein wenig überreizt und ziemlich verwirrt.

»Ich hatte Sehnsucht!«, antwortete er sofort und streckte die Arme nach ihr aus, während er immer näher kam. »Ich musste dich einfach sehen. Unser letztes Gespräch war merkwürdig und falsch und … Kate! Sag mir, dass es das nicht gewesen ist mit uns!« Er war so nah, dass sich das Licht der Straßenlaternen in seinen Augen spiegelte. *Zu nah.*

»Warum hast du nicht angerufen?«, fragte sie anstelle einer Antwort.

»Habe ich. Du bist nicht drangegangen. Und ich habe dir Blumen geschickt.«

»Stimmt. Du hast mir Blumen geschickt. Nach Hause. Und weißt du, wer sie entgegengenommen hat? Mein Ehemann.« Henris wutverzerrtes Gesicht tauchte wieder vor ihrem inneren Auge auf und auch die Hitze, die er danach in ihr ausgelöst hatte. Wenigstens sorgte die Dunkelheit dafür, dass Mats nicht sah, wie rot sie geworden war. Allerdings hätte er das vermutlich sowieso auf sich bezogen.

»Aber … das ist doch nicht so schlimm, oder?« Nun stand er vor ihr. Sofort legte er seine Hände auf ihre Arme und zog sie näher zu sich. Sein herber, typischer Matsduft stieg ihr in die Nase. »Hi«, flüsterte er. Es sollte liebevoll und gleichzeitig verführerisch klingen. Noch vor ein paar Tagen wäre sie schwach geworden. Hätte ihn, betäubt und betört, mit nach oben genommen, nur damit er sie am nächsten Morgen wieder verließ. Das Einzige, was bleiben würde, war die demütigende Gewissheit, dass sie ihm absolut nicht widerstehen konnte. Plötzlich stieß sie sein Geruch ab. Alles an ihm. Und ganz besonders die Selbstverständlichkeit, mit der er sich nahm, was er wollte. »Doch Mats, es war schlimm«, sagte sie leise. »Weil ich damit den Mann verletzt habe, den ich liebe. Und noch viel schlimmer ist, dass du das nicht begreifst.« Sie versuchte, ihm fest in die Augen zu sehen, was in der Dunkelheit nicht gerade leicht war. »Ich will, dass du gehst«, fuhr Katharina mit fester Stimme fort. »Jetzt.«

»Wie bitte?«, antwortete Mats verblüfft. »Aber ich bin die halbe Nacht durchgefahren, um bei dir sein zu können.«

»Ich habe dich nicht gebeten zu kommen.«

»Nein, aber … ich dachte, du und ich …« Nun klang er wirklich verwirrt. »Aber wo soll ich denn jetzt hin? Ich habe doch morgen in München einen Termin!« Auf einmal fand Katharina ihn nur noch jämmerlich. Der Mann, in den sie einmal so verliebt gewesen war, dass ihre Fantasie ihre Träume mit Bildern von ihm geradezu überflutet hatte, war nicht wirklich wegen ihr hier. Er hatte schlicht ein Quartier gesucht. Und sie war die praktische Konsequenz.

»Wie wäre es mit Sandra?«

»Sandra?«

»Sandra, genau. Die Frau, die dich seit dreißig Jahren liebt? Die Sandra, die du so lange bearbeitet hast, bis sie dir eine Einladung zu unserer Party besorgt hat, und bei der du dann auch übernachtet hast?«

Endlich ließ er seine Hände sinken, nur um sie sofort wieder auf ihre Arme zu legen.

»Kate, ich …«, begann er und verstummte dann wieder.

»Nein, Mats.« Sie schüttelte den Kopf. Plötzlich wich der Ärger, den sie bis gerade eben verspürt hatte, und sie konnte schon fast wieder lächeln. »Es war ein Fehler. Meiner. Ich hätte mich niemals wieder auf dich einlassen dürfen.«

»Aber ich dachte, du und ich …?«

Katharina spürte seinen Schmerz. Zumindest den fühlte er wirklich. Aber der Schmerz war auch ihr vertraut, denn sie hatte ihn jedes Mal gespürt, wenn Mats sie wieder einmal verlassen hatte. Es tat ihr nicht leid, dass nun er an der Reihe war. Im Gegenteil. Es war schön. Denn es bedeutete, dass er wirklich etwas für sie empfunden hatte.

»Auf Wiedersehen, Mats. Grüß Sandra von mir.« Sie wusste, dass er zu ihr fahren würde. Vielleicht nur heute, weil er nicht ins Hotel und auch nicht allein sein wollte. Weil er Bestätigung brauchte. Aber vielleicht würde er wiederkommen. Und irgendwann sogar bei Sandra bleiben. Oder auch nicht. Es war nicht mehr Katharinas Problem.

»Okay«, sagte er leise. »Wenn du das wirklich willst, dann gehe ich.« Für einen Moment stand er reglos da, als würde er darauf warten, dass sie ihre Worte zurücknahm, aber als das nicht geschah, neigte er sich nach vorne, und kurz hatte Katharina Sorge, dass er nun versuchen würde, sie zu küssen. Aber als er ihr tatsächlich einen Kuss auf die Wange hauchte, schüchtern und beinahe keusch, war es eindeutig ein Abschiedskuss. »Ich danke dir für alles. Es war schön, dich in meinem Leben gehabt zu haben«, sagte er leise, bevor er sich umdrehte und ging.

Sie sah ihm nach, bis er ganz mit der Dunkelheit verschmolzen war, und blieb auch noch so lange stehen, bis sie seine Schritte auf dem Asphalt nicht mehr hören konnte.

Mats war gegangen. Aus ihrem Leben verschwunden. Er hatte eine winzige Leere hinterlassen, die von nun an zu ihr gehören würde. Sie wusste, dass es kein Zurück mehr gab. Und er hatte ihr ein Abschiedsgeschenk gemacht, von dem er selbst nichts wusste. Nämlich die Gewissheit, dass sie von nun an das Glück nicht mehr in anderen, sondern in sich selbst suchen und finden würde. Und dass sie Henri liebte.

46

Mama?« Anscheinend war Bella zu Hause, dabei hatte sie extra die Stundenpläne ihrer Töchter gecheckt und ihren ersten Termin mit Frau Fromm auf elf Uhr verschoben. Einerseits freute sich Katharina unglaublich über den Anblick ihrer Tochter, andererseits wäre sie am liebsten auf der Stelle unsichtbar geworden, denn sie hatte sich in der Hoffnung hereingeschlichen, das graue Cocktailkleid holen zu können, das sie am heutigen Abend beim ObSo tragen wollte, und wieder zu verschwinden, ohne dass sie jemand bemerken würde. *Nicht jemand,* verbesserte sie sich in Gedanken. *Henri.*

»Psst, ich bin gar nicht da!«, flüsterte Katharina vorsichtshalber, griff nach Bellas Schlafanzugärmel, als ihre Tochter am Fuß der Treppe angelangt war, und zog sie zu sich in die Küche.

»Was? Doch, bist du! Und überhaupt: Was machst du hier?« Bella blinzelte sie verschlafen an.

»Ich …«

»Und warum schleichst du so rum?«

»Also …«

»Ich verstehe gar nichts mehr.« Bella ließ sich auf den Stuhl fallen, der ihr am nächsten stand. »Hast du wenigstens Brötchen mitgebracht?«

Verlegen schüttelte Katharina den Kopf. »Tut mir leid.«

»Ach schade.« Für einen Augenblick ließ Bella enttäuscht den Kopf hängen, aber dann hellte sich ihr Gesicht wieder auf. »Wir haben Mehl, und soweit ich weiß, hat Papa gestern Blaubeeren gekauft. Ich finde, das schreit geradezu nach Pfannkuchen!« Sie strahlte, und Katharina musste lachen. »Es schreit nach Pfannkuchen? Das hört sich aber nicht gut an.«

»Mama!« Bella kicherte und begann sofort, Schüssel, Rührbesen und Zutaten zusammenzusuchen. Katharina sah auf die Uhr. Sie würde es auf jeden Fall rechtzeitig zu ihrem Termin mit Frau Fromm schaffen, selbst wenn sie mit ihrer Tochter Pfannkuchen buk und sich dafür richtig viel Zeit ließ. Was für ein Glück, dass sie so vorausschauend geplant hatte. Und außerdem, was war wichtiger als ein geschenkter Moment wie dieser mit ihrer Tochter?

»Okay, lass uns Pfannkuchen machen. Wer ist alles da?«

»Ich glaube, nur Elise. Aber sicher weiß ich es nicht. Sie wollte sich ganz früh mit Clara treffen, um sich gegenseitig die Haare zu machen.« Bella zuckte mit den Schultern. »Papa ist Tennis spielen. Oder golfen. Oder einkaufen. Oder … arbeiten?« Sie zuckte mit den Schultern. »Jedenfalls irgendwo unterwegs.« Wenigstens musste sie jetzt nicht mehr befürchten, dass auch er demnächst vor ihr stand. Womöglich verschlafen. Womöglich mit … besser nicht dran denken. Oder …

»Kennst du eigentlich eine Maria?« Die Worte waren aus ihr herausgesprudelt, bevor sie es verhindern konnte. Katharina war nicht stolz auf sich, aber sie musste es einfach wissen.

»Meinst du Goldmarie? Klar, kenn ich die.« Bella kippte die Blaubeeren in ein Sieb und hielt sie unter den Wasserstrahl. »Warum? Und überhaupt: Du doch auch! Ihr seid euch doch sogar hier schon begegnet.«

»Stimmt.«

»Sie war in letzter Zeit ein paarmal da und hat sogar mit uns gegessen. Ich finde sie ganz nett. Aber ganz ehrlich, Mama, irgendwie auch komisch, wenn du nicht da bist. Am besten, du kommst das nächste Mal auch.« Unbekümmert schüttelte Bella das Sieb ein paarmal, sodass die Tropfen in alle Richtungen sprühten. Bella konnte nicht wissen, was ihre Worte in Katharina auslösten. »Keine Ahnung, was die beiden immer zu bequatschen hatten, aber sie saßen ewig rum und haben über irgendwelche Zeichnungen geredet. Aber wenn du meinst, dass diese Treffen was mit deinem Geburtstag zu tun haben, dann hast du dich getäuscht«, plapperte Bella fröhlich weiter. Sie ging um den Küchenblock herum, um die Blaubeeren in die Schüssel mit dem Teig zu geben, den Katharina mechanisch angerührt hatte. »Und mehr verrate ich dir nicht.«

Mehr war auch nicht nötig. Diese Frau hatte mit ihren Kindern gegessen? Stundenlang mit Henri gequatscht?

Automatisch nahm Katharina mit der Schöpfkelle eine Portion Teig aus der Schüssel und ließ sie in die Pfanne mit heißer Butter gleiten. Sofort breitete sich ein köstlicher Duft in der Küche aus, und Bella seufzte genüsslich.

»Was für ein Glück, dass du keine Brötchen mitgebracht hast«, sagte sie kauend. »Es ist erst Freitag, und ich mag das Wochenende schon jetzt.«

Sie aß mit großem Appetit, und ihr fiel gar nicht auf, dass Katharina die Pfannkuchen nicht anrührte. Sie konnte einfach nichts essen. Dafür bemühte sie sich, ein einigermaßen normales Gespräch mit Bella zu führen, obwohl ihre Gedanken ständig um Maria Angermaier kreisten. Sie sprachen über Bellas Kleid für den Abend, und wie aufgeregt alle Mädchen waren, weil sie als Neuntklässler dieses Jahr das erste Mal dabei sein durften. Und natürlich über Tom, einen schüchternen schlaksigen Jungen, den Katharina schon seit dem Kindergarten kannte und der sich offensichtlich plötzlich zum Mädchenschwarm entwickelt hatte.

»Weißt du, Mama, ich glaube, ich nehme zurück, was ich neulich zu euch gesagt habe.«

»Was denn?«

»Na, das über die Liebe. Dass ich damit nichts zu tun haben will und so.« Verlegen pikte sie ein weiteres Stück Pfannkuchen auf und schob es sich in den Mund. Ihr Gesicht war von einer zarten Röte überzogen, und sie hatte sich absichtlich die Haare vors Gesicht fallen lassen, damit sie ihre Mutter nicht ansehen musste.

»Ach ja?« Katharina schmunzelte. »Woher kommt denn der Sinneswandel so plötzlich?«

»Gar nicht plötzlich. Ich … keine Ahnung. Irgendwie ist es, als wäre ich ganz anders. Als wäre ich weg gewesen und nach Hause gekommen. Und könnte jetzt endlich sehen, wie schön es hier ist. Gott, klingt das bescheuert.« Sie verzog das Gesicht und schüttelte den Kopf. »Was rede ich denn da?«

Katharina musste lachen. »Ich verstehe dich.«

»Schon klar. Das könnte ja auch von dir sein.« Bella grinste ebenfalls, bevor sie fortfuhr.

»Ich sehe jedenfalls ganz andere Sachen als früher. Sachen, die mir gefallen. Was er so macht … und so.«

»Was macht er denn … und so?«

»Mama!«

»Ich frag ja nur.« Katharina legte vorsichtig ihre Hand auf Bellas. Es war ein schönes Gefühl, dass ihre jüngste Tochter ihr ihre Gedanken anvertraute, dass sie ihr überhaupt vertraute, obwohl Katharina in letzter Zeit so wenig da gewesen war. Das war schlimm. Beinahe genauso schlimm war allerdings, dass ihre Tochter einen so großen Entwicklungsschritt gemacht hatte – und Katharina ihn beinahe verpasst hätte. Das durfte nie wieder passieren.

»Er … ist witzig. Und klug. Er sieht mich an. So, als ob er mich auswendig lernen will.« Sie zuckte mit den Schultern. »Keine Ahnung. Es ist ein schönes Gefühl. Na ja, und er ist cool. Keiner kann so viele Skateboard-Tricks wie er.«

Bella sah auf. »Woher hast du gewusst, dass Papa der Richtige für dich ist?«, fragte sie plötzlich. »Und wieso war es Mats nicht?«

»Mats?« Katharina räusperte sich. Die Frage hatte sie überrumpelt.

»Na dieser Typ! Dein erster Freund! Der, der neulich in der Stadt war und mit dem du …«

»Ich weiß, wer Mats ist, Bella«, unterbrach sie ihre Tochter schnell, aus lauter Sorge, wie der Satz weitergehen würde. Es klang schärfer, als sie es gemeint hatte.

»… Fahrrad fahren warst«, beendete Bella ihren Satz erschrocken.

»Entschuldige, Bella. Ich … das war nicht böse gemeint. Es ist nur nicht leicht zu beantworten.« Katharina war sich bewusst, dass ihre Tochter genau beobachtet hatte, wie sie bei der Erwähnung von Mats' Namen zusammengezuckt war.

»Ich will es wissen, Mama. Warum? Woran hast du es erkannt?«

»Ich habe es nicht gleich erkannt. Bei Mats, meine ich. Ich war unglaublich verliebt, Bella. Er … er konnte auch ein paar tolle Tricks. Nicht mit dem Skateboard, sondern mit seiner Kamera. Er …« Kurz sah sie auf, um zu überprüfen, wie viel sie ihrer Tochter erzählen konnte und sollte. Wie sie ihre Worte aufnahm.

»… hat auch in mich hineingesehen, Liebes. Ich hatte immer das Gefühl, dass ich großartig und unverwechselbar bin, wenn er bei mir war. Weil er genau das in mir gesehen hat. Damit hat er mein Herz zum Leuchten gebracht. Ich dachte immer, dass das Liebe ist.« Nachdenklich schob sie eine Blaubeere auf den Tellerrand.

»Aber dann habe ich irgendwann festgestellt, dass das nicht reicht. Dass ich jemanden brauche, der nicht nur das Schöne von mir haben will, sondern der mich auch aushalten kann, wenn ich mal nicht gut drauf bin. Der mich nicht im Stich lässt, wenn es schwierig wird oder drauf ankommt. Der meine Fehler sieht und mich trotzdem mag. Oder gerade deshalb.«

»Hast du denn welche?« Bella grinste verschmitzt.

»Nicht, dass ich wüsste. Du etwa?« Katharina zwinkerte ihrer Tochter zu.

»Auf keinen Fall!« Sie lachten beide, bevor Bella wieder ernst wurde. »Wie gut, dass Papa dir damals begegnet ist«, sagte sie leise. »Und dass er dich trotzdem liebt. Auch in schwierigen Zeiten.«

»Woher weißt du das?«, fragte Katharina. Nun legte Bella ihre Hand auf die ihrer Mutter.

»Erstens bin ich ja nicht blind, und blöd bin ich auch nicht. Zweitens habe ich in letzter Zeit oft mit Papa zu Abend gegessen, und er hat mir eure Geschichte von damals erzählt. Und drittens habe ich ihm bei Instagram geholfen.« Sie grinste. »War gar nicht so leicht. Was er sich da alles vorgenommen hat.« Kurz zögerte sie. »Hast du es dir denn schon angesehen?«

»Hab ich.«

»Und?«

»Weißt du, warum er das gemacht hat?«, fragte Katharina zurück. »Ich meine, gibt es einen Grund für ausgerechnet diese Bilder?«

»Mama! Das fragst du im Ernst? Das ist eure Geschichte! Das hat er doch alles für dich gemacht!« Sie kniff die Augen zusammen. »Du bist ganz schön schwer von Begriff, weißt du das?«

Allerdings. Die Kastanie, die Brücke … wenn man es so sah …?

»Okay, aber jetzt genug von dir. Wir haben noch einiges zu erledigen!« Bella sprang auf und zog ihrer Mutter den Teller weg.

»He!«

»Was denn?« Bella schaute unschuldig. »Es ist mein erstes ObSo, und du hast deine große Liebe doch schon gefunden. Da kannst du mir doch jetzt entspannt beim Suchen von meiner helfen.«

Bella entschied sich schließlich mit Katharinas Hilfe für einen schwarzen kurzen Faltenrock und ein Stones-T-Shirt, das sie in Katharinas Kleiderschrank gefunden hatten. Außerdem wollte sie ihre Doc Martens tragen, obwohl Katharina bezweifelte, dass sie darin gut tanzen konnte. Aber darum ging es vermutlich gar nicht.

Sie übten gemeinsam, wie Bella später ihre Haare mit dem Lockenstab zu weichen Wellen drehen konnte, die sie heute zur Feier des Tages offen tragen wollte. Ein bisschen Wimperntusche, Rouge und Lipgloss würden ihren Look komplettieren. Aber erst in ein paar Stunden, denn zum normalen Unterricht, der heute dank des ObSo-Aufbaus sicher nicht so lange wie sonst stattfinden würde, wollte sie auf keinen Fall so gehen. Sie war furchtbar aufgeregt.

Katharina sah Bella nach, als sie über den Gartenweg in Richtung Straße lief, unter dem einen Arm das Skateboard, das neuerdings so wichtig war, und unter dem anderen ihre Schultasche.

Wie viele Male hatte sie hier gestanden und ihren Kindern hinterhergesehen? Hunderte, Tausende Male. Sie winkte ihrer Tochter zu, die sich wie immer am Gartentor noch einmal umdrehte. Aber die eigentliche Frage war, wie oft sie hier noch stehen würde, bis … ihre Kinder groß waren und nicht mehr zu Hause wohnten.

Es ist schön, was Bella über Henri gesagt hat, dachte Katharina, als sie wieder hineinging. Aber ob sie es wirklich glauben konnte? Welches Kind wünschte sich nicht, dass die eigenen Eltern wieder zusammenfanden?

Sie nahm das hellgraue Kleid aus dem Schrank und hielt es für einen Augenblick vor ihren Körper, um sich im Spiegel zu betrachten. Sie liebte dieses Kleid, das ihre schmale Taille besonders betonte. Es war aus leichtem Chiffon, ärmellos und gleichzeitig hochgeschlossen und hatte eine kleine Blüte aus demselben Material am Kragen. Wenn sie es trug, fühlte sie sich frei und stark, und mit dem passenden Make-up, als käme sie direkt aus den Zwanzigerjahren.

Das letzte Mal, als sie es getragen hatte, waren sie auf dem Sommerfest von Henris Firma gewesen. Er hatte sie den ganzen Abend über auf diese besondere Art und Weise angesehen. Zärtlich und stolz. Gefühlt lag das schon ein Leben lang zurück. In Wahrheit waren es aber erst zwei Jahre.

Sie hatte das Kleid ganz bewusst für diesen Abend gewählt, denn selbst wenn Henri sie heute nicht darin sah, wollte sie doch jede Gelegenheit nutzen, sich wie an diesem Sommerfest zu fühlen.

Katharina nahm die großen silbernen Kreolen aus ihrer Schmuckschatulle und ein Paar Strümpfe aus ihrer Kommode und packte beides vorsichtig in eine Stofftasche. Als sie alles zusammen aufs Bett legte, fiel ihr Blick erneut auf ihr eigenes Spiegelbild.

Jetzt oder nie, dachte sie. Wenn sie wieder einmal eine anständig heiße Dusche genießen wollte, war dieser Moment vermutlich ideal.

Schnell streifte sie die Jeans von ihren Beinen und warf ihr Top aufs Bett. Schließlich stand sie erneut vor dem Spiegel, jetzt nur in Slip und BH und versuchte, sich mit Henris Augen zu betrachten. Ihr fiel ein, wie er zärtlich über ihre Kaiserschnittnarbe gestrichen hatte. Dieser innige Moment, der so viel mehr sagte als jedes gesprochene Wort und der gleichzeitig der totale Gegensatz zu Mats' Reaktion war, als er die feine Linie entdeckt hatte.

Trotzdem schoben sich Marias Gesicht und ihr perfekter Körper auf einmal vor Katharinas Spiegelbild. Schnell wickelte sie sich in ein Handtuch. Sollte sie ins Schlafzimmer gehen und nachsehen, ob … es irgendwelche Hinweise auf ein Verhältnis der beiden gab?

Und dann was, Frau Doktor Sherlock?

Wollte sie dieses Spiel ewig spielen? Ein Spiel, in dem niemand gewinnen konnte, weil die einzige Regel, die es dann gab, besagte, dass man dem anderen niemals trauen konnte und immer mit einem Bruch rechnen musste?

Nein.

Das wollte sie nicht mehr.

Dass sie Henri liebte, ja, immer geliebt hatte, hatte sie begriffen. Und wenn es noch eine Chance für sie geben sollte, würde sie sie ergreifen. Aber nur, wenn diese Chance auch damit verbunden war, ihr Leben anders zu gestalten. Ihre Liebe war kein Spiel. Es ging nicht um Gewinnen oder Verlieren.

47

Katharina war ein bisschen zu früh an der Schule. Es war noch viel zu hell für die Lichterketten, die im Park in den nahe gelegenen Bäumen hingen, und auch für die, die das große Schulportal schmückten. Aber dank ihnen, und weil die Stufen wie immer beim ObSo mit einem roten Teppich ausgelegt waren, der bis in den Schulhof reichte, sah das altehrwürdige Gebäude ausgesprochen festlich aus.

Als sie die steinernen Stufen zum weit geöffneten Eingang emporstieg, wo ein paar geschäftige Zwölftklässlerinnen Ansteck-Namensschildchen für die Lehrer und Aufsichtspersonen und Flyer mit dem Programm auf zwei Stehtischen arrangierten, schwankte sie zwischen dem Glück, ein Teil dieser so vertrauten Tradition zu sein, und der sehnsuchtsvollen Erinnerung an vergangene Zeiten, in denen sie selbst eine von den Schülerinnen gewesen war, mit ihren Freunden hier gestanden und dem Leben entgegengefiebert hatte, das nach dem roten Teppich auf sie wartete.

»Frau Doktor Nowak!«

Herr Doktor Freyfeld, Elises Philosophie- und Geschichtslehrer, kam freudestrahlend auf sie zugestürmt. Katharina schätzte ihn auf Anfang fünfzig, war sich dessen aber längst nicht sicher, denn er trug Kleidung aus einer Zeit, in der Fliege und Strickjacken noch modern gewesen waren. In seiner Freizeit beschäftigte er sich leidenschaftlich mit Sigmund Freud und C. G. Jung, den beiden Lichtgestalten der Psychoanalyse, und hatte sogar ein Theaterstück über ein fiktives Streitgespräch der beiden geschrieben, das so komplex war, dass selbst die Theater-AG der Schule es zu spielen ablehnte, obwohl diese händeringend nach unverbrauchten Stücken suchte. Doktor Freyfeld wurde dennoch nie müde, Katharina davon zu erzählen und ihre Expertenmeinung einzuholen. Einmal hatte sie den Fehler gemacht, eine Szene seines Stückes zu lesen, woraufhin er vor Elises kompletter Klasse verkündet hatte, dass Katharina nicht weniger als perfekt war und Elise sich glücklich schätzen könne, ein Teil ihrer Familie zu sein. Ihre Tochter hatte ihr daraufhin mitgeteilt, dass sie nicht mehr in die Schule gehen würde, wenn Katharina auch nur einen weiteren Satz aus Herrn Doktor Freyfelds Feder las.

»Wie schön, dass Sie heute hier sind!« Vor Begeisterung reckte er die Arme in die Luft, und ein paar der Schüler, die ihn beobachtet hatten, kicherten. Doktor Freyfeld war liebenswürdig, aber auch ziemlich schräg, weshalb er es in der Schule nicht unbedingt leicht hatte – was er aber entweder nicht bemerkte oder ihm schlicht nichts ausmachte. Nur Katharina war ein wenig peinlich berührt, als er seine komplette Aufmerksamkeit auf sie richtete, auf dem Tischchen nach ihrem Namensschild griff und es ihr freudestrahlend entgegenstreckte. »Vielleicht können wir ja später sogar gemeinsam das Tanzbein schwingen! Darf ich?« Zunächst wusste Katharina nicht, was er mit seiner Frage meinte, zu sehr war sie von dem altmodischen »Tanzbein« irritiert, aber als es beinahe schon zu spät war, erkannte sie, dass er im Begriff war, ihr das Namensschild am Kleid zu befestigen.

»Danke, das … mache ich lieber selbst, wenn es recht ist.«

»Natürlich. Natürlich. Verzeihen Sie.« Nun war er es, der beschämt zu Boden sah. »Ich wollte Sie nicht kompromittieren.« Er lächelte verlegen, während sich eine zarte Röte auf seinem Gesicht ausbreitete. Er war rührend. Und unglaublich unbeholfen.

»Schon okay.« Katharina lächelte und steckte das Schildchen vorerst vorsichtshalber in ihre Handtasche.

Aus der Aula drang Musik, und ein paar Schüler hatten sich dort schon mit Getränken versorgt. Über dem kompletten Raum lag ein erwartungsvolles Vibrieren, das es nur in diesem Alter zu geben schien, in dem alles, was vor einem lag, noch neu und aufregend war.

Lächelnd betrat Katharina den großen Saal, dessen hohe Fenster mit schwarzen Tüchern abgehängt war. Herr Doktor Freyfeld folgte ihr. Sofort fiel ihr Blick auf Elise, die mit Clara und noch drei weiteren Freundinnen an der Bar lehnte. Alle fünf sahen in ihren hellen kurzen Kleidern zauberhaft aus, und das Lachen, das zu Katharina herüberwehte, wärmte ihr Herz. Für einen Moment schaute Elise zu ihr herüber und lächelte, bevor sie ihre Freundinnen auf ihre Mutter aufmerksam machte. Die fünf winkten ihr fröhlich zu. Katharina winkte stolz und erleichtert zurück. Bis vor ein paar Tagen hätte sie ein solches Zeichen der Nähe nicht für möglich gehalten, sondern eher damit gerechnet, dass Elise sich abwenden oder sie zumindest ignorieren würde.

Der Saal füllte sich schnell mit Schülern, die sich für heute alle besonders schön gemacht hatten. Ein paar der Gesichter kamen Katharina bekannt vor, aber den Großteil kannte sie nicht. Die meisten Mädchen trugen Kleider und manche der Jungs sogar Anzug und Fliege. Keine Frage, das hier war nicht nur für die Schüler des Max-Planck-Gymnasiums ein außergewöhnlicher Abend.

Wie an allen anderen Schulen der Stadt lief auch an dieser sicher nicht immer alles perfekt, auch hier gab es unglückliche Schüler, strenge Lehrer oder Verordnungen, die keiner verstand. Aber an diesem Abend dachte kaum einer daran, wie dringend renovierungsbedürftig der Physiksaal war, dass die Duschen in der Sporthalle nicht funktionierten und wie sehr es in den Klassenzimmern im oberen Stockwerk zog. Die anwesenden Lehrer waren entspannt und jenseits ihres Bildungsauftrags hier. Und die Schüler gaben ihre üblichen Rollen auf und näherten sich vorsichtig auch denjenigen, die sonst nicht unbedingt ein Teil ihrer Klassengemeinschaft waren.

Der Ablauf war immer der gleiche: Zunächst begrüßte Frau Schubert, die Rektorin des Max-Planck, alle Gäste, dann folgte eine zweite Rede des Bürgermeisters, die Schulband spielte ein paar Lieder, und im Anschluss begann die richtige Feier mit einem Büfett, das sich vor mitgebrachten Leckereien und antialkoholischen Getränken bog, die heimlich mit silbernen Flachmännern ein wenig mehr Umdrehungen bekamen. Irgendein Schüler oder eine Schülerin machten den DJ, und die Licht-AG füllte den Raum so lange mit Kunstnebel, bis die meisten Erwachsenen freiwillig gingen. Abgesehen davon, dass die Party dann erst richtig losging, warteten im Park die versteckten Bierkästen für später.

Sogar das Aufräumen hinterher war meist genauso spannend wie das eigentliche Fest, denn dabei konnte man am besten beobachten, welche Pärchen sich gefunden – oder auch getrennt hatten. Und selbst wenn es Wochen dauerte, bis der Eingangsbereich wieder neutral roch und keiner mehr Luftschlangen oder Konfetti in den Spinden oder hinter den Vorhängen fand, war das ObSo das Highlight aller Schulen.

Bis auf eine Gruppe von vier Jungs, die Katharina nicht kannte, hörten alle Frau Schuberts Rede zu. Die vier alberten am Eingang herum, sodass eine gewisse Unruhe im Raum entstand und Doktor Freyfeld sich flüsternd bei Katharina entschuldigte, um die vier in ihre Schranken zu weisen. Katharina bezweifelte, dass er damit Erfolg haben würde, aber das war in diesem Moment nicht ihr Problem, denn eine Bewegung an der Bar hatte ihre Aufmerksamkeit auf sich gezogen.

Sandra war hier.

Heiß fuhr Katharina für einen Augenblick der Schreck in die Glieder, bis ihr klar wurde, dass ihre ehemalige Klassenkameradin nicht hier war, um Katharina aufzulauern, sondern weil sie vermutlich ebenfalls eine Aufsichtsperson war. Zumindest hoffte sie das. Sandra trug ihr Namensschild mitten auf der Brust, und außerdem saß sie neben einem jungen Mann, den Katharina auf sechzehn schätzte. Sein blonder Haarschopf stach genauso aus der Menge heraus wie Sandras. Er ging vermutlich nicht auf das Max-Planck, denn Katharina hatte ihn zuvor noch nie gesehen. Aber er war eindeutig Sandras Sohn.

Sandra hatte Katharina ebenfalls entdeckt. Für einen Moment starrten sich die beiden Frauen über die Menge hinweg an, und Katharina überlegte, wie sie sich ihr gegenüber verhalten sollte.

Ob Mats in jener Nacht noch zu ihr gegangen war, nachdem sie ihn weggeschickt hatte? Sie versuchte, trotz der Entfernung herauszufinden, ob es Sandra besser ging als neulich im Drogeriemarkt. Sie sah auf jeden Fall besser aus, so viel war klar, aber das konnte natürlich auch täuschen. Katharina hatte jedenfalls absolut keine Lust, ihre Auseinandersetzung von neulich an der Schule ihrer Töchter vor einem so großen Publikum zu wiederholen.

Ob sie besser gehen sollte?

Bevor sie eine Entscheidung treffen konnte, löste sich Sandra von der Bar und schob sich durch die Menge in ihre Richtung. Zu spät für eine unauffällige Flucht.

Erst als Sandra vor ihr stand, sah Katharina die große Unsicherheit, die sie umgab. Unruhig sah sie von Katharina zu ihrem Sohn, der ihr aufmunternd zunickte, und wieder zurück. »Können wir kurz reden? Draußen?«, bat sie flüsternd. Katharina entspannte sich ein bisschen. Nichts an Sandras Haltung oder ihrer Stimmung deutete darauf hin, dass sie auf Streit aus war. Und sie sah gut aus. Stabil. Das schwarze Abendkleid saß perfekt und betonte ihre schlanke Figur. Ihre Haare, die sie heute offen trug, hatten nicht mehr den schmuddeligen und ausgeblichenen Gelbstich wie bei ihrem letzten Treffen, sondern glänzten in einem warmen natürlichen Blond und umrahmten ihr wieder etwas volleres Gesicht. Ihre Wangen waren rosig, und die Schatten, die beim letzten Mal unter ihren Augen gelegen hatten, waren verschwunden. Entgegen ihrer üblichen farbenfrohen Bemalung war sie heute sehr zurückhaltend geschminkt und sah um viele Jahre jünger aus. Ihr Blick war wach und klar, und auf ihren Lippen lag ein zaghaftes Lächeln.

Als sie ein leises »Bitte?« hinter ihre Frage setzte, nickte Katharina und folgte Sandra nach draußen.

Neugierig sah Doktor Freyfeld den beiden hinterher, nachdem er ihnen das schwere Portal aufgehalten hatte, aber als sich Katharina bei ihm mit einem deutlichen Nicken bedankte, fand er wohl keinen Grund mehr, noch länger stehen zu bleiben, und schloss das Tor hinter den beiden wieder vorsichtig.

Sandra hatte sich an die Schulwand gelehnt und einen ihrer hohen Schuhe ausgezogen, um sich die Zehen zu reiben.

»Diese Dinger bringen mich noch mal um«, sagte sie und schüttelte den Kopf. »Ich habe echt keine Ahnung, warum wir uns das immer noch antun! Schau dir die Mädchen da drinnen an: Sneakers und Boots, so weit das Auge reicht. Und sieht noch nicht mal schlecht aus.« Erneut schüttelte sie den Kopf.

»Hast du mich hier rausgeholt, um mir das zu sagen?«, fragte Katharina und ärgerte sich sofort über ihren schnippischen Tonfall. Denn auch wenn ihr Sandra in den über zwanzig Jahren ihrer Bekanntschaft nie normal vorgekommen war, gab sie sich nun doch offenbar Mühe, freundlich zu sein.

»Nein«, antwortete Sandra leise. »Entschuldige. Ich … ich habe gewusst, dass du heute hier sein wirst, als ich die Mail mit der Liste der Eltern bekommen habe, die heute Aufsicht haben.« Sie zuckte mit den Schultern. »Von wegen Datenschutz und so. Aber ehrlich gesagt, habe ich auch schon davor gehofft, dich hier zu treffen.«

»Hier?« Katharina war immer noch skeptisch. Was kam als Nächstes? Würde sie ihr doch wieder Vorwürfe machen?

»Nein, natürlich nicht unbedingt hier, aber …« Sandra sah zu Boden. »Aber so bald wie möglich. Und in deine Praxis habe ich mich nicht getraut, nach allem … was passiert ist.«

Sandra beugte sich nach unten, um den Schuh wieder anzuziehen.

Als sie sich wieder aufrichtete, sah sie Katharina fest an. »Ich will ehrlich zu dir sein. Aber dazu muss ich vor … muss ich früher anfangen. Viel früher.«

Katharina hatte erwartet, dass sie ihr nun erneut von ihrem Verhältnis zu Mats erzählen würde, um wieder einmal zu beweisen, dass er schon immer nur an ihr interessiert gewesen war. Es machte ihr nichts mehr aus. Aber was sie dann sagte, damit hatte Katharina nicht gerechnet. »Wusstest du eigentlich, dass Isabel und ich in der Grundschule beste Freundinnen waren? Unzertrennlich? Sie war …«, Sandra schüttelte den Kopf, »… sie war das Beste, was mir damals passieren konnte. Meine Eltern hatten sich gerade getrennt. Ich bin ein Einzelkind und wurde immer zwischen ihnen hin- und hergeschoben. Isabel war mein Halt, mein Leben. Ihre Familie war auch die meine, weil ich keine andere hatte.« Erneut sah sie Katharina fest an. »Ich habe alles gegeben, um mit ihr aufs Gymnasium gehen zu können, dabei war ich nie eine besonders gute Schülerin. Isabel hat mir dabei geholfen. Und schließlich hat es geklappt. Ich habe damals gedacht, wir würden ewig Freundinnen bleiben, aber … dann kamst du. Und alles wurde anders. Von dem Moment, in dem es dich in Isabels Leben gab, hatte sie jedes Interesse an mir verloren. Sie … hat sich regelrecht für mich geschämt.« Bestürzt nahm Katharina wahr, dass Sandra weinte. Und dass das, was sie sagte, stimmte. Isabel hatte ihr irgendwann später sogar einmal kichernd von dieser Freundschaft erzählt, die sie sich selbst nicht mehr erklären konnte, nachdem Sandra zu einer Jungs verschlingenden, immer auf Bestätigung lauernden Venusfalle geworden war. Katharina hatte damals mitgelacht und nicht verstanden, was ihre kluge und sensible Freundin an einer so oberflächlichen Person wie Sandra hatte finden können.

Sandra sah auf ihre Füße. »Ich kann es ihr kaum verdenken. Sie hatte ja dich: gleich schlau, gleich stark und gleich selbstbewusst. Und ich ... hatte niemanden mehr.« Der letzte Satz war beinahe nur noch ein Flüstern.

»Meine Eltern wollten mich nicht. Is wollte mich nicht. Die Einzigen, die mich wollten, waren die Jungs.« Sie schnaubte erneut. »Nein, es ging dabei nicht um mich, sondern dass sie mich einfach haben konnten. Ich habe das damals natürlich nicht begriffen. Aber ganz ehrlich, ich war so ausgehungert nach Liebe, oder nach etwas, das ich dafür hielt und das sich, wenigstens ein bisschen, auch so angefühlt hat, dass ich nahm, was ich kriegen konnte. Diese Bestätigung war alles, was ich hatte. Und gleichzeitig hat sie mich von innen ausgehöhlt. Ich habe mich schäbig gefühlt. Billig. Irgendwann dachte ich selbst, dass ich eine wertlose Schlampe bin. Und Schlampen verdienen nichts. Gar nichts. Außer Verachtung.«

Katharina schluckte. Sie hatte keine Ahnung, was sie sagen sollte. Ihr jugendliches Ich und das von Isabel war so dumm gewesen. Und – wie sie jetzt erkannte – auch unglaublich grausam. Sie hatten sich kein einziges Mal die Mühe gemacht, über Sandra nachzudenken. In ihren Augen war sie tatsächlich eine Schlampe gewesen. Es war so einfach gewesen, sie abzulehnen und sich im Recht zu fühlen. Aber das, was Sandra jetzt erzählte, zeichnete ein ganz anderes Bild von ihr. Das Bild einer einsamen und verzweifelten jungen Frau auf der Suche nach Anerkennung und Liebe. Sie griff nach Sandras Hand. »Es tut mir so leid. Ich ...«

Aber Sandra ließ sie nicht zu Wort kommen. »Und dann kam Wien«, fuhr sie fort.

Für einen Moment hielt sie inne und blickte Katharina forschend an, als wolle sie überprüfen, ob auch sie sich noch daran erinnerte. »Ich habe euch zufällig gesehen. Mats. Und dich.« Ein schmerzhafter Ausdruck trat in ihr Gesicht. »Ich … bin nicht stolz darauf. Aber ich habe gesehen, wie er dich fotografiert hat und wie du plötzlich unter seiner Kamera zu dieser … dieser anderen Person geworden bist. Weißt du, ich habe mich immer gefragt, was an dir so viel besser oder spannender war als an mir, dass Isabel mich gegen dich eingetauscht hat. Aber in diesem Augenblick vor Mats' Linse, da habe ich es gesehen.« Sie machte eine kurze Pause, bevor sie weitersprach. »Du hast von innen heraus geleuchtet«, sagte sie ruhig.

Katharina zuckte bei diesen Worten zusammen, denn es waren die gleichen, die Mats damals benutzt hatte. Und das, was sie selbst gefühlt hatte. »Ich dachte, wenn ich jemanden finden würde, der in mir mit seinem Blick dieses Licht anzünden kann, dann würde ich es vielleicht auch selbst sehen können.« Sandra lachte freudlos auf. »Ich war sicher, dass Mats derjenige war. Denn er konnte das sicher mit jeder Frau, wenn er es schaffte, sogar dich für mich leuchten zu lassen.« Bitterkeit lag in ihrer Stimme, und Katharina musste schlucken. Wieso hatte sie, die sich für so schlau und aufmerksam hielt, all das damals nicht gesehen?

»Ich weiß jetzt, dass ich mich in das Gefühl verliebt habe, das ich zwischen euch gespürt habe. Es hat mich beinahe um den Verstand gebracht, weil ich es nicht haben konnte. Na ja, vielleicht nicht nur beinahe.« Sie lachte erneut auf.

»Ich habe dir und Isabel bei eurer Freundschaft zugesehen. Und Mats und dir bei eurer Liebe. Es war schrecklich, das kannst du mir glauben. Oh, ich habe dich so gehasst.« Sie schüttelte den Kopf. »Das hat es ein bisschen leichter gemacht. Nachdem ihr euch endlich getrennt habt, dachte ich, nun sei meine Zeit gekommen. Aber was soll ich sagen? Mats wollte mich immer noch nicht. Zumindest nicht auf die gleiche Weise wie dich«, korrigierte sie sich. »Sondern so, wie mich immer alle gewollt haben: um ihr Ego an mir aufzurichten. Wenigstens darin war ich richtig gut. Aber dafür lief mein Leben auch genauso weiter wie bisher: Ich traf die falschen Männer aus den falschen Gründen, immer auf der Suche und nie am Ziel. Das Beste, was mir dabei und überhaupt je in meinem Leben passiert ist, ist Noah. Ohne meinen Sohn hätte ich den Glauben an die Liebe längst verloren.« Nun lächelte sie für einen kurzen Moment, während sich Katharina immer elender fühlte.

»Aber das ist eine andere Geschichte. Eine schöne zur Abwechslung«, fuhr sie fort. »Du, Isabel und ich, wir haben Abi gemacht, und dass ich es ganz allein geschafft habe, darauf bin ich immer noch sehr stolz. Wir sind auseinandergegangen, ich habe dich nicht mehr mit Mats oder mit Isabel gesehen. Du warst weit weg und hast mir auch überhaupt nicht gefehlt, das kannst du mir glauben.« Sie lachte, und Katharina musste ebenfalls grinsen. Sandras Ehrlichkeit beeindruckte sie zutiefst. Sie konnte sich gut vorstellen, wie viel Mut es sie gekostet hatte, sich selbst all das einzugestehen. Vielleicht sogar mehr, als mit Katharina darüber zu sprechen. Sie ertappte sich bei dem Gedanken daran, was alles hätte sein können, wenn sie dieses Gespräch schon damals geführt hätten.

»Ich glaube, die Reden sind bald zu Ende«, unterbrach Sandra Katharinas Gedanken. »Ich beeile mich lieber ein bisschen, wenn wir nicht gleich von tausend Schülern auf der Suche nach Bier überrannt werden wollen.« Sie zwinkerte Katharina zu. »Um es kurz zu machen: Ich habe Claudia durch Mats kennengelernt, und obwohl sie hatte, was ich mir mit ihm sosehr gewünscht hatte, haben wir uns angefreundet. Wir beide waren uns darin einig, dass du der Feind bist. Und das erste Mal hatte ich eine Freundin, an die du ganz sicher nicht rankommen würdest. Für Claudia hätte ich alles getan«, fuhr Sandra leise fort. »Sie fehlt mir unendlich.«

»Es tut mir so leid, Sandra«, sagte Katharina erneut und kam sich dabei schrecklich unbeholfen vor.

»Das muss es nicht, Kat.« Sandra legte ihre Hand auf Katharinas. »Aber ich muss das jetzt alles loswerden, sonst traue ich mich wahrscheinlich nie wieder.« Sie grinste. »Jedenfalls hattest du einen tollen Mann, tolle Kinder und irgendwann eine tolle Praxis. Und ich hatte dieses verkorkste Leben, auf das ich wirklich nicht besonders stolz bin.« Sie zuckte mit den Schultern. »Das Klassentreffen war mein Versuch, auch einmal etwas Besonderes auf die Beine zu stellen. Und als ich an unser Abi-Jahr gedacht habe, konnte ich nicht mehr aufhören, auch an Mats und dich und an diesen Moment vor der Kirche zu denken. Ich habe ihm irgendwann von diesem Fest erzählt. Er wollte unbedingt kommen, und als er da war, war ich glücklich. Mats und ich. Zumindest dachte ich das. Für einen winzigen Augenblick war ich diejenige, die er ansah, als gäbe es keine andere. Er umwarb mich. Hatte sich jede Kleinigkeit gemerkt, die ich ihm je erzählt hatte.« Ja, das klang ganz nach Mats. »Ich fühlte mich begehrt, geliebt, als sei ich wirklich diejenige, wegen der er gekommen war. Wir hatten Sex.« Kurz sah Sandra auf, als wolle sie überprüfen, wie Katharina diese Nachricht aufnahm, aber die zuckte nur mit den Schultern. Sie hatte nichts anderes erwartet. Es war schlicht eine Bestätigung von all dem, was sie sowieso schon längst geahnt hatte. »Aber als er dann plötzlich ständig nach dir gefragt hat, wusste ich, dass das ein Irrtum gewesen war«, fuhr Sandra fort. »Und als ich euch beide dann zusammen auf der Party sah, kam der alte Hass zurück. Und alles in mir wollte um ihn kämpfen. Ihn für mich gewinnen. Jetzt, da ich so nah dran war.« Sie seufzte und lächelte dann. »Gott, ich war geradezu besessen.«

»Kann man so sagen.« Katharina lächelte ebenfalls.

»Bis mir klar wurde, dass Mats mit uns beiden ein und dasselbe Spiel spielte. Er hat mich glauben lassen, dass nur ich einen wilden, schönen und so freien Mann wie ihn zähmen kann, aber sobald ich mich auf dieses Spiel eingelassen hatte, war er verschwunden.«

»Er will jagen. Aber die Beute will er nicht haben«, ergänzte Katharina.

»Ganz genau«, bestätigte Sandra.

Katharina schämte sich erneut, dass sie beinahe noch einmal auf Mats hereingefallen war.

»Aber wenn er jemanden zumindest ein klitzekleines bisschen geliebt hat, außer sich selbst natürlich, dann warst das auf jeden Fall du.« Katharina hatte nicht bemerkt, dass Sandra ein Stück näher an sie herangerutscht war und sie nun mit ihrer Schulter anstieß. Katharina musste lachen.

»Wenn du das sagst? Aber weißt du, was ich wirklich schade finde?«

»Nein«, antwortete Sandra.

»Dass wir erst jetzt miteinander reden. Wir hätten es doch von Anfang an viel einfacher haben können. Und schöner auch.«

»Stimmt. Aber wie war das noch? *Es ist, was es ist – aber es wird, was du daraus machst?*« Sie zitierte eindeutig den Spruch, der auf Theresas Visitenkarte stand, und brachte Katharina damit erneut zum Schmunzeln. »Hast du etwa bei ihr angerufen?«

»Bei Frau Doktor Baumgartner?« Sandra kicherte. »Ja, hab ich. Wir hatten ein sehr aufschlussreiches Telefonat. Ehrlich gesagt, waren es mehrere. Ohne sie wäre ich sicher nicht hier.« Sie zwinkerte Katharina zu. »Wenn man es genau nimmt, war es ihre Idee. Sie lässt dich übrigens grüßen.« Theresa war großartig, und dass sie Katharina nichts von diesen Telefonaten erzählt hatte, sprach sowohl für sie als Therapeutin als auch als Freundin.

»Vielen Dank. Und Mats?«

»Den habe ich zum Teufel gejagt«, antwortete Sandra fröhlich. »Oder zumindest zurück nach Wien. Ganz ehrlich: Zwei Abfuhren innerhalb von ein paar Stunden haben ganz schön an seinem Ego gekratzt, kann ich dir sagen.«

»Woher weißt du, dass ich …?«

Sandra kicherte. »Na ja, er wollte sich wieder einmal trösten lassen. Sein Ego hätte eine Portion Sandra sehr gut brauchen können. Und noch das eine oder andere mehr.«

»Das kann ich mir nur allzu gut vorstellen.«

»Aber dank Frau Doktor Baumgartner hatte ich da schon begriffen, dass ich mehr wert bin als nur … das. Und außerdem hatte ich ihn da auch schon aus meinem Leben aussortiert. Ich bin vielleicht naiv, aber so naiv dann auch wieder nicht. Außerdem fand Noah ihn richtig schrecklich. Und wenn du es genau wissen willst, habe ich ein paar Tage zuvor einen sehr netten, sehr unkomplizierten und ganz normalen Mann kennengelernt.«

»Das freut mich«, sagte Katharina. Noah schien ein großartiger Junge mit einem guten Instinkt für Menschen zu sein. Und Katharina wünschte sich von Herzen, dass dieser Mann, von dem Sandra gesprochen hatte, wusste, wie kostbar und zerbrechlich die Liebe dieser Frau war.

Bevor sie ihr vorschlagen konnte, gemeinsam an die Bar zu gehen und einen alkoholfreien Cocktail darauf zu trinken, dass das Leben voller Überraschungen steckte, wurde schwungvoll das große Tor aufgestoßen, und Bella und Noah quetschten sich hindurch.

48

Beide begannen gleichzeitig, auf ihre Mütter einzureden.

»Mama! Du musst …«

»Mick und Leonard, der alte Penner …«

»Hinten beim …«

»Basketball-Court.«

Sandra und Katharina prusteten los.

»Kein Wort verstanden. Bitte noch mal von vorn«, bat Katharina und sah von Bella zu Noah. »Und wenn's geht, einzeln und langsam.«

»Du«, sagte Bella.

»Nein, du!«, erwiderte Noah. Doch bevor einer von beiden überhaupt etwas sagte, trafen sich ihre Blicke, und beide begannen zu strahlen. »Hi, äh, ich bin … Noah. Zehnte auf dem Mörike.«

»Bella. Ich …« Sie brach mitten im Satz ab und starrte Noah nur an, als hätte er sie soeben hypnotisiert. *Hat er vermutlich auch,* dachte Katharina amüsiert.

»Okay, Bella, Noah – jetzt, da ihr wisst, wie ihr heißt, könnt ihr euch vielleicht auch noch daran erinnern, warum ihr gekommen seid und was ihr uns erzählen wolltet?«, fragte Sandra und knuffte ihren Sohn in die Seite.

»Oh, ja, tja«, stammelte er. »Also … Bruno hat gesagt, dass Mick und Leonard irgendwo dahinten …«

»Am Basketball-Court …«, ergänzte Bella.

»Genau, am Basketball-Court harte Sachen trinken, und irgendjemand hat auch was von Gras erzählt.« Er sah zerknirscht zu seiner Mutter. »Nicht, dass ich Petzen cool finde, aber wenn du hingehst, schießen sie sich vielleicht nicht völlig ab. Wenn das die Lehrer mitkriegen, fliegen sie doch sofort von der Schule. Und womöglich streichen sie dann das ObSo.« Er verzog das Gesicht. »Zumindest haben sie das bei uns so gesagt. Mick und Leonard sind solche Idioten!«

»Ein paar von den Max-Planck-Mädchen sind auch dabei«, ergänzte Bella. »Aber wenn ihr denen die Hölle heißmacht, könntet ihr dann so tun, als hättet ihr es selbst bemerkt?« Sie sah ihre Mutter so flehend an, dass Katharina unweigerlich lachen musste. »Schon kapiert. Wir gehen ohne euch. Gut, dass ihr was gesagt habt, harte Sachen und Gras sind nicht okay. Aber die Basketball-Courts kennen wir natürlich alle.« Katharina warf Sandra einen verschwörerischen Blick zu und grinste erneut. Beide hatten unzählige Abende dort hinten verbracht. Mal mit Alkohol beim ObSo, mal ohne, während all der Prüfungen, Klassenarbeiten, Pausen und unzähligen sonnigen Tage, die Katharina so endlos vorgekommen waren, und während denen sie sich nie vorstellen konnte, einmal etwas anderes zu sein als eine wissbegierige und mittelbeliebte Schülerin des Max-Planck.

»Gehen wir?«, fragte Katharina an Sandra gewandt.

Sandra nickte.

»Dass ich dich hasse, stimmt übrigens gar nicht«, sagte Sandra, als sie gemeinsam die großen Stufen in Richtung Schulhof hinunterstiegen. »Nicht mehr jedenfalls«, schob sie hinterher. Von hier aus gesehen verschmolz das kleine Grüppchen, das sich dort hinten am Court niedergelassen hatte, beinahe mit den Bäumen, die schon zum Park gehörten. Nicht mehr lange, und die bunten Lichterketten in den vordersten Bäumen würden endlich leuchten und die ersten Pärchen sich langsam in den Park zurückziehen. Vielleicht würde jemand auch den Weg zur großen Kastanie finden. Zu Katharinas und Henris Baum.

»Ich habe dich noch nie gehasst«, sagte Katharina und blieb für einen Augenblick stehen. Sandra stoppte ebenfalls und drehte sich zu Katharina um. »Ich habe dich vielleicht nicht gemocht, das stimmt schon. Aber gehasst …?« Sie zuckte mit den Schultern. »Allerdings wird mir gerade in letzter Zeit immer klarer, dass ich allgemein ganz schön blind durchs Leben gelaufen bin.«

»Vor allem, wenn man bedenkt, dass du dich damals schon fast für eine perfekte Psychologin gehalten hast«, setzte Sandra grinsend hinzu.

»Vielleicht hasse ich dich ja doch«, gab Katharina zurück, bevor beide in Gelächter ausbrachen.

»Schön, dich kennenzulernen, Sandra«, sagte Katharina nun, nachdem sie wieder ernst geworden waren. »Und danke fürs Augenöffnen. Das war nötig.«

»Schon gut. Bedanke dich bei deiner Freundin in Wien. Ich habe es ja auch nicht viel früher begriffen«, antwortete Sandra, bevor sie ihren Weg zu den Courts fortsetzten, und Katharina beschloss, morgen als Erstes mit Isabel zu reden. Sie war sich sicher, dass ihre beste Freundin genauso über ihr eigenes Verhalten geschockt sein würde wie sie selbst.

Die Stimmung am Court war ausgelassen. Tatsächlich erkannte Katharina Julie und Anna, zwei von Bellas entfernteren Freundinnen, bei den beiden Jungs, die jeweils ein Bier in der Hand hielten. Einer versuchte außerdem, eine selbst gedrehte Zigarette hinter seinem Rücken zu verstecken, nachdem er Sandra und Katharina entdeckt hatte. Anscheinend hatte er die Luft angehalten, bis sie vor ihm standen, denn nun atmete er hustend aus.

»Hallo, Mick, hallo, Leonard, hallo, Mädchen«, sagte Sandra freundlich und ignorierte das Husten des Jungen, den sie als Mick bezeichnet hatte.

»Hallo, Frau Jonas«, antwortete er mit erstickter Stimme. Er war knallrot geworden.

Der andere, Leonard, klopfte ihm auf den Rücken, und Julie und Anna sahen sich erschrocken an.

»Wie ich sehe, habt ihr eine kleine Extraparty gestartet«, fuhr Sandra fort. »Sieht aus, als hättet ihr Spaß.«

»Haben wir«, antwortete Leonard sofort, und Mick stieß ihm in die Rippen.

»Das ist nicht zufälligerweise ein Joint da hinter deinem Rücken, Mick?« Unschuldig klimperte Sandra mit den Wimpern, und Katharina bewunderte ihr lässiges Auftreten.

»Wo denken Sie hin, Frau Jonas!« Leonard riss übertrieben entrüstet die Augen auf.

»Weißt du, wir hatten damals einen Spruch: ›Was auf dem Court passiert, bleibt auf dem Court‹, haben wir immer gesagt.« Sie zwinkerte Katharina zu. »Und wir haben uns immer daran gehalten.« Leonard und Mick lachten unsicher.

»... und weil das bestimmt immer noch gilt, darf ich doch sicher mal ziehen, oder?« Sandra streckte die Hand nach dem Joint aus.

»Sie wollen ...?« Verblüfft schaute Mick zwischen ihr und Katharina hin und her. Katharina zuckte mit den Schultern. Sie hatte zwar keine Ahnung, worauf Sandra hinauswollte, aber das Spiel begann, ihr Spaß zu machen.

»Rauchen ist aber sehr ungesund, Frau Jonas, besser, wir lassen das alle sein«, sagte Leonard altklug und nahm Mick die selbst gedrehte Zigarette ab, um sie auszutreten. Aber Sandra war schneller. Bevor Katharina es sich versah, hatte sie Leonard den Joint aus der Hand genommen und roch daran.

»Interessanter Geruch, Leonard«, sagte sie und legte den Kopf schräg. »Was ist da drin? Früchtetee?«

»Nein, das ...«

»Parfüm?« Sie schüttelte den Kopf. »Ich komm einfach nicht drauf. Du?« Sie zwinkerte Katharina zu und hielt ihr den Joint hin, während die Jungs immer unruhiger wurden.

»Was meinst du, Kat: Riecht das illegal?«

»Du meinst …« Katharina riss die Augen auf, bevor sie tief einatmete und dabei die Augen schloss. Beinahe hätte sie sich verschluckt. »Um Himmels willen!«, rief sie aus und konnte sich eine Mischung aus Husten und Lachen nur noch schwer verkneifen, als sie Sandra schnell den Joint abnahm und ihn auf dem Boden zertrat. Dann sammelte sie ihn ein, um ihn irgendwo zu entsorgen. Mick und Leonard starrten sie fassungslos an.

»Da habt ihr aber echt Glück gehabt«, sagte Sandra. »Keine Ahnung, wer euch das Zeug gegeben hat, aber demjenigen seid ihr wirklich egal.«

»Egal?«

»Total egal«, bekräftigte sie. »Erstens ist Kiffen illegal, aber das wisst ihr ja bereits. Und zweitens brauchen eure Gehirne noch ein bisschen … mehr gesundes Futter und weniger *Früchtetee,* wenn ihr wisst, was ich meine. Das wird euch Frau Nowak sicher bestätigen.« Sie zeigte auf Katharina.

»Sind Sie bei der Polizei?« Nun hatte sie die volle Aufmerksamkeit.

»Nein, sie ist Psychologin, du Vollpfosten«, sagte Anna und gab Julie ein Zeichen, dass sie verschwinden sollten.

»Ganz genau. Das ist sie«, bestätigte Sandra so stolz, als hätte sie selbst Psychologie studiert. »Und sie hatte bestimmt schon mehr als nur ein paar wie euch in ihrer Praxis, die es auch nicht gecheckt haben, die jetzt mit Psychosen zu Hause sitzen und noch nicht einmal an das Abi oder ein Studium denken können. So wollt ihr doch nicht enden, Jungs, oder?«

Die beiden verdrehten genervt die Augen. Vermutlich hatten sie etwas Ähnliches schon ein paarmal gehört.

Beide murmelten irgendwas Unverständliches.

»Lasst uns zurückgehen«, schlug Katharina vor. Wenn sie hier noch länger standen, würde vielleicht doch noch ein Lehrer vorbeischauen, und dann ließ sich ein Verweis sicher nicht mehr verhindern. Sie war sich sowieso nicht sicher, ob sie es gut finden sollte, dass die beiden einfach so davonkamen.

Ihre kleine Intervention würde die beiden vermutlich nicht dauerhaft vom Kiffen abhalten, aber vielleicht warteten sie wenigstens so lange mit dem nächsten Joint, bis das ObSo vorbei war. Denn das Weiterbestehen des Sommerfestes durfte tatsächlich auf keinen Fall gefährdet werden, da hatte Noah absolut recht. Schon gleich gar nicht durch so was.

Sandra hatte ihre Schuhe ausgezogen und ging barfuß in Richtung Schule zurück. Gerade als Katharina sich ihr anschließen wollte, sah sie zwischen den Bäumen eine Gestalt im Anzug auftauchen. Sie kniff die Augen zusammen. War das …?

Sofort begann ihr Herz, völlig unkontrolliert zu schlagen.

»Henri?«

Sandra hatte sich zu ihr umgedreht.

»Was ist los, neue Freundin? Kommst du doch nicht mit?«

»Nein, ich …« Katharina wies mit dem Kopf auf Henri, der nun zwischen den Bäumen stand und zu ihnen herübersah.

Ausgerechnet in diesem Moment gingen die Lichterketten an. Es war, als hätte jemand den Vorhang vor einer Bühne aufgezogen.

»Oh, wow! Dein Mann ist erleuchtet!«, sagte Sandra und lächelte. »Klar! Da würde ich auch aufs Tanzen verzichten.«

»Hi«, sagte Katharina, als sie endlich vor ihm stand. Ihr Herz schlug immer noch schnell, und sie atmete flach, als sei sie mindestens einen Halbmarathon gelaufen.

»Hi«, sagte Henri ebenfalls und lächelte.

Er trug einen schwarzen Anzug und ein weißes Hemd, und Katharina fragte sich, warum sie in den letzten Jahren gar nicht mehr wahrgenommen hatte, wie gut er aussah. Es war schön, dass er zum Ball gekommen war. Sie musste ihn vorhin bei der Eröffnung schlicht übersehen haben. Immerhin war die Anwesenheit der Eltern zwar beim offiziellen Teil erlaubt, aber normalerweise nicht üblich, es sei denn, sie waren Aufsichtspersonen. Und diejenigen, die trotzdem kamen, wurden von ihren Kindern deutlich darauf hingewiesen, dass sie maximal bis zur Party bleiben durften und bis dahin am besten mit der Wand verschmelzen sollten.

»Darf ich … darf ich dich auf einen Drink einladen?«, fragte er. Er klang schüchtern. Seine Unsicherheit berührte Katharina. Sie stellte sich vor, wie sie Hand in Hand zum Sommerfest gehen würden, so wie früher. Unschuldig, frisch verliebt, mit diesem Strahlen, das sie sich so sehr zurückwünschte, aber zugleich mit dem Vertrauen darauf, dass sie dieses Glück auch weiterhin begleiten würde. Vielleicht würden sie zuerst kurz an die Bar gehen. Aber dann wollte Katharina tanzen, genauso, wie sie auf dem Marktplatz getanzt hatten. Hingebungsvoll. Ineinander verloren. Wie es sein sollte.

Sie nickte, während Henri sie tatsächlich an der Hand nahm. Aber anstatt in Richtung Schulhaus zu gehen, führte er sie in den Park.

»Gehen wir nicht aufs ObSo?«, fragte Katharina überrascht.

»Möchtest du das denn?«, fragte er zurück.

»Ich …«

»Ich wollte dich unbedingt sehen«, unterbrach er sie leise, bevor sie etwas sagen konnte. »Und ich muss dir etwas zeigen. Allerdings nicht auf dem Fest. Ich hoffe, das ist okay für dich.«

»Ja, aber …«

Sie hatte nicht bemerkt, in welche Richtung sie gegangen waren, aber gerade, als sie ihn fragen wollte, weshalb er sich so in Schale geworfen hatte, wenn er doch nicht aufs ObSo wollte, öffnete sich vor ihr eine Lichtung. *Die* Lichtung. Mit ihrem Baum in der Mitte.

Auch in seinem Geäst hing eine bunte Lichterkette, und darunter hatte Henri eine Picknickdecke ausgebreitet. In ein paar großen Gläsern brannten dicke Stumpenkerzen, und in ihrem Schein sah Katharina, dass er auch an Kissen und Decken gedacht hatte.

»Wow!«, sagte sie andächtig. »Wie hast du das gemacht? Und wann?«

»Schhhh«, antwortete Henri leise und legte den Zeigefinger auf ihre Lippen. »Ich hatte Helfer. Aber das ist jetzt überhaupt nicht wichtig.« Er ließ sich auf der Decke nieder und zog sie neben sich. »Wichtig ist nur, dass wir hier sind. Du und ich. Und dass du nicht lieber auf dem ObSo sein möchtest.« Er lächelte.

»Nein, ganz sicher nicht«, antwortete Katharina gerührt.

Henri hatte nicht nur Kissen und Decken, sondern auch einen Korb mit Rotwein, Gläsern, Käse und Baguette und – das beeindruckte Katharina am allermeisten – eine Blumenvase mit mehreren dicken rosafarbenen Rosen darin mitgebracht. Kurz dachte sie an Mats' Blumenstrauß, schob den Gedanken aber gleich wieder beiseite. Er hatte hier nichts mehr zu suchen.

»Das … das … ist wunderschön«, sagte Katharina leise und strich behutsam über die zarten Blütenblätter. Henri saß im Schneidersitz vor ihr und beobachtete sie.

»Wein?« Er holte ein Glas aus dem Korb und schenkte ihr etwas ein. Als sie es nahm, fühlte sie sich plötzlich verlegen.

»Ich muss dir etwas sagen«, begann Henri, während er ihr das Glas wieder abnahm, neben sich stellte und ihre Hände in seine nahm. Er zögerte kurz, bevor er weitersprach. »Es tut mir leid, dass ich so lange dafür gebraucht habe. Aber ich musste nachdenken. Ich wollte … wollte nicht mehr so zerrissen sein, Katie, wollte wissen, was ich fühlen und denken konnte, wo ich stand, wo wir gemeinsam standen. Aber immer, wenn wir uns begegnet sind, waren es Zufälle oder … zumindest Ausnahmesituationen. Ich war jedes einzelne Mal entweder verzweifelt, wütend oder voller Sehnsucht, und manchmal auch alles zugleich.« Er seufzte. »Und du … du warst schön und schrecklich und eifersüchtig und leidenschaftlich und … so unglaublich anstrengend.« Henri schüttelte den Kopf. »Und wann auch immer du in meiner Nähe warst, konnte ich alles andere, nur nicht denken!«

Er ließ Katharinas Hände los und reichte ihr das Weinglas zurück, bevor er einen großen Schluck aus seinem eigenen nahm.

»Ich habe nachgedacht«, fuhr er fort. »Gegrübelt. Mich gefragt, ob ich verzeihen kann. Ob du mir verzeihen kannst. Wohin das mit uns führen soll. Kann. Ich war sauer, weil du mir eine Affäre mit Maria unterstellt hast, ohne mich je nach ihr gefragt zu haben, und dich in etwas gestürzt hast, das sich verdammt nach Rache angefühlt hat, wegen etwas, das nicht existiert hat.« Er schüttelte den Kopf. »Du hast dir Dinge zusammengereimt, die es nicht gab, Kat.« Er machte eine kurze Pause. »Maria ist die Freundin von Kais Bruder Jan. Wir haben … wir haben uns beim Golfen kennengelernt, sie hat mir von ihrer Werkstatt erzählt und ich ihr von einer Idee.«

Er sah sie an und wartete ab, ob sie etwas sagen wollte. Aber sie wusste, wenn sie jetzt zu sprechen begann, würde Henri über kurz oder lang verstummen. So, wie er es immer getan hatte. Weil er ihren vielen Worten und Gedanken nicht gewachsen war und irgendwann aufgab. Aber sie wollte alles wissen. Und dafür musste sie lernen, ihn sprechen zu lassen, ohne ihn zu unterbrechen. Also blieb sie still. Und Henri fuhr fort. »Ich wollte unsere Eheringe zu einem neuen Schmuckstück machen lassen, zu einem ganz besonderen, um wirklich noch mal ganz von vorne anzufangen. Maria gefiel meine Idee so gut, dass sie sie weiterentwickeln und auch anderen Kunden anbieten wollte. Na ja. So kam es, dass wir uns ab und zu getroffen haben. Übrigens ist ihr Atelier gleich um die Ecke unseres Hauses. Nur deshalb war sie neulich morgens auf einen Kaffee da. Es hat Spaß gemacht, mit ihr gemeinsam diese Idee weiterzuentwickeln, Katie. Ich war gern mit ihr zusammen. Wir haben viel … über dich geredet. Und ich hatte das Gefühl, dass ich dir nahe bin, wenn ich von dir erzählen kann. Sie hatte auch die Idee mit dem Instagram-Account. Sie hat mir vorgeschlagen, unsere gemeinsamen Erinnerungen dort zu sammeln.« Er lachte leise. »Aber das war echt nicht so leicht.«

»Ich weiß«, sagte Katharina nun doch und vergrub ihren Kopf in den Händen. Ihr wurde eiskalt bei dem Gedanken, wie falsch sie gelegen und was sie damit alles ausgelöst hatte. »Ich habe deine Posts gesehen. Deine Erinnerungen … sie sind wunderschön geworden.«

»Das waren sie schon immer«, antwortete er ebenso leise. »Ich hatte sie nur vergessen. Und es waren auch nicht meine.«

»Nicht?«

»Nein, es waren unsere.«

»Ich … Es tut mir so leid«, flüsterte Katharina.

»Mir auch. Wir beide haben Fehler gemacht. Viele Fehler. Und wir haben uns beinahe verloren. Als mir klar wurde, dass du bei Mats warst, dass du mit ihm … Kat, da wollte ich … ich wollte ihn am liebsten umbringen und dich gleich mit, weil es so unendlich wehgetan hat. Aber weißt du, was am meisten geschmerzt hat?«

Sie wartete ab, bis er weitersprach. »Am meisten schmerzt, plötzlich zu begreifen, wie sehr man jemanden liebt. Und zwar genau in dem Moment, in dem man ihn verloren hat.«

Katharina spürte, wie eine Träne ihre Wange hinunterkullerte.

»Ich habe versucht, wie ein Erwachsener damit umzugehen. Aber darin war ich wirklich nicht gut. Wenn ich nur daran denke, wie ich dich in deiner Praxis zurückgelassen habe, schäme ich mich noch immer. Und unser Tanz. Dein Körper an meinem. Dein Blick und alles, was ich in deinen Augen gelesen habe. Ich konnte nicht aufhören, an dich zu denken, aber ich fand auch keine Lösung für das ganze Chaos. Und ich hatte Angst, Kat. Angst davor, nachzugeben und immer wieder an diesen Punkt zu kommen.« Sein Blick ließ den ihren dabei nicht los. »Aber ich habe auch verstanden, dass es keinen Grund für diese Angst geben muss. Denn wir sind hier. Und alles ist möglich.« Kurz hielt er inne, bevor er weitersprach.

»Das ist es, was ich gemeint habe: Ich habe darüber nachgedacht, ob ich dir verzeihen kann. Du mir. Wir uns. Und ich habe erkannt, dass wir uns damals mit Clarissa nur wiederfinden konnten, weil wir uns verloren hatten. Weil wir dadurch begriffen haben, wie kostbar unser Leben, unsere Familie und wir beide füreinander sind. Ich liebe dich, Kat, Kate, Katie, Katharina. Für mich bist du nicht eine davon, sondern alle auf einmal. Und nein: Du machst mich auf keinen Fall zu einem besseren Menschen, das weiß ich aus Erfahrung. Aber du sorgst dafür, dass ich gern einer sein möchte.«

»Das …«

»Schhhhh. Ich weiß, dass es dir schwerfällt, zuzuhören, aber ich bin immer noch nicht fertig.« Er lächelte. Doch als er bemerkte, dass sie fröstelte, legte er ihr eine Strickjacke über die Schultern, die er ebenfalls mitgebracht hatte. Katharina war überwältigt von dem, was er auf die Beine gestellt hatte, und gleichzeitig auch verunsichert.

»Was ist los?«, fragte er und sah sie aufmerksam an.

»Ich weiß es nicht«, antwortete sie wahrheitsgemäß.

»Vielleicht habe ich Angst davor, dass alles wieder so wird, wie es zuletzt war. Oder anders schwierig.« Sie dachte an Maria und wie leicht es ihr gefallen war, Henri zu misstrauen. Konnte man tiefes Vertrauen üben und vielleicht sogar wieder lernen? Ein Vertrauen, bei dem man sich wirklich fallen lassen und dem anderen blind vertrauen konnte? Trotz des Verstandes, der einem womöglich immer wieder aufs Neue davon abriet?

»Wir lernen doch immer dazu, Kat«, antwortete Henri, als hätte er ihre Gedanken gelesen. »Wir entwickeln uns weiter. Manchmal synchron und manchmal eben nicht. Aber solange wir unseren gemeinsamen Weg und uns selbst nicht aus den Augen verlieren, kann uns doch überhaupt nichts passieren, oder?«

Sie verstand kein Wort von dem, was er da redete.

»Was ist?«, fragte er erneut.

»Es ist … wovon sprechen wir eigentlich?«

»Ich spreche von uns, Kat. Du etwa nicht?«

»Ich, äh … doch. Klar.« Sie hatte keine Ahnung, um was es ging.

»Ich weiß, dass wir das mit dem Vertrauen üben müssen«, sagte er und nahm ihre Hand in seine. »Aber das wollen wir doch auch, nicht wahr?«

Sie nickte.

»Und ansonsten können wir uns doch einfach treiben lassen und das großartige Leben führen, das wir uns immer schon vorgestellt haben.«

»Das klingt gut. Bis auf … können wir vielleicht doch einen winzig kleinen Plan schmieden?« Sich treiben zu lassen, war einfach nicht Katharinas Ding.

Henri lächelte und drückte ihr einen Kuss auf die Schläfe. »Na gut. Unser Plan ist es, keinen zu haben. Jetzt besser?«

Er lachte, als sie ihn in den Oberarm boxte. Aber dann wurde er wieder ernst. »Ich bin da, Katharina. Und ich würde gern bleiben. Bei dir und in deinem Leben. Ich wäre gern dein doppelter Boden. Dein Anker und dein Fels. Ich weiß, was ich beinahe verloren habe und wie es sich anfühlt, ohne dich zu sein, auch wenn du perfektionistisch, stur und eigentlich viel zu klug für mich bist. Aber ich liebe dich. Weil und auch obwohl ich dich kenne.« Er sah sie für einen Moment an, bevor er nachdenklich fortfuhr. »Auch wenn ich einiges versucht habe, um es nicht mehr zu tun.«

Er kniete sich vor ihr hin und zog eine kleine Box aus seiner Jacketttasche. Auf dem Deckel war das glitzernde Logo von Marias Goldschmiedewerkstatt aufgedruckt. Als er sie aufklappte, kam eine schmale goldene Kugelkette mit einem runden flachen Anhänger ebenfalls in Gold zum Vorschein. Katharinas Herz schlug erneut wilde Kapriolen, als sie mit ihrer Fingerspitze vorsichtig das Schmuckstück berührte. Behutsam nahm sie die Kette schließlich aus der Schachtel und sah sich den Anhänger genauer an. An seinem Rand waren feine Zahlen und Buchstaben eingraviert und in der Mitte ein Kompass.

»Das sind die Koordinaten von diesem Kastanienbaum hier«, sagte Henri. »Denn wo auch immer du bist, Kat, und wo dein Weg dich hinführt, sollst du wissen, wo du mich und unsere Liebe gefunden hast und auch immer wieder finden kannst.« Er griff nach ihrer Hand. »Katharina Nowak, ich weiß, es kommt ein wenig überraschend: Ich habe diese Kette schon vor einer ganzen Weile bei einer sehr attraktiven und überaus talentierten Goldschmiedin in Auftrag gegeben, und zwar ziemlich genau an dem Abend, an dem du nach Wien gefahren bist.« Kurz verdunkelte sich sein Gesicht, bevor er wieder zu seinem Lächeln zurückfand. »Okay, das … egal. Jedenfalls finde ich sie wunderschön.« Kurz hielt er inne und sah sie an. »Die Kette meine ich. Nicht Maria. Obwohl …« Er grinste. »Genau wie dich übrigens«, fuhr er leise fort. »Was ich aber eigentlich wissen will, ist: Katharina Nowak, willst du mit mir verheiratet bleiben? Bis morgen und übermorgen, nächstes Jahr und … vielleicht sogar für immer?« Er sah sie aufmerksam an, während er weitersprach. »Es gibt keine Garantie für die Liebe, das wissen wir beide. Aber es ist ein Versprechen, alles dafür zu tun, dass sie bleibt.«

Er wartete geduldig auf ihre Antwort und begann zu strahlen, als Katharina vorsichtig nickte.

Epilog

Schau mal, dahinten!«

»Wo denn?«

»Na da, unter dem riesigen Baum!«

»Das ist eine … Kastanie!«

»Ist doch völlig egal, was das für ein Baum ist, Mann! Das ist die Mutter von Bella!«

»Red keinen Quatsch!«

Zwei Mädchen fingen an zu kichern.

Als sie die leisen Stimmen hörte, die langsam näher kamen, hatte Katharina für einen Moment Mühe, sich zu orientieren. Es war nicht mehr ganz dunkel, dafür ziemlich kalt und auch feucht. Sie war eindeutig draußen und hatte einen fiesen Geschmack im Mund. Außerdem lag Henri neben ihr und schlief tief und fest. Henri. Sofort breitete sich das Glück wieder in ihrem Herzen aus.

»Ja, Mann, die ist total cool drauf!«, sagte die Jungenstimme, die Katharina vage bekannt vorkam. »Die hat uns gestern mit deiner Mutter beim Kiffen erwischt und uns nicht verpfiffen, Noah!«

Gelächter breitete sich aus, gefolgt von einem weiteren »Schhhh«, das wieder von einem Mädchen zu kommen schien.

»Meine Mutter?«, fragte eine weitere Stimme, die offensichtlich Noah gehörte.

»Und meine?« Bella. »Die kennen sich doch gar nicht.«

Schnell setzte sich Katharina auf, froh darüber, dass sie das Sweatshirt und die Jogginghose doch noch irgendwann angezogen hatte, die Henri in weiser Voraussicht für sie mitgebracht hatte. Wären die Jugendlichen allerdings ein paar Stunden früher gekommen … Ihr wurde sofort wieder heiß bei dem Gedanken daran, dass sie irgendwann alles um sich herum vergessen und sich auf eine Art und Weise geliebt hatten, die ihr neu und gleichzeitig völlig vertraut gewesen war. Und vor allem wunderschön.

»Hallo, Liebes«, sagte Katharina ein wenig zerknirscht, als sie Bellas Kontur zwischen den anderen ausmachen konnte.

»Seht ihr! Bellas Mutter!«, sagte Mick triumphierend. Katharina hatte richtig gehört.

»Mama!«, rief Bella entgeistert.

»Wasdennlos?« So langsam wachte auch Henri auf. Er fuhr sich mit der Hand durch die Haare, die in alle Richtungen abstanden, und setzte sich dann ebenfalls auf.

»Papa!« Bella war näher getreten. Neben ihr standen Noah, Mick und Leonard und dahinter Anna und ein Mädchen, das Katharina nicht kannte.

»Hab ich doch gesagt.« Mick grinste. »Ich finde, du hast die coolsten Eltern der Welt, Bella! Im Ernst! Meine würden nie im Park schlafen«, sagte er. »Wenn ich mal in dem Alter bin, dann schlafe ich auch hier mit meiner Frau. Ach was, ich wohne hier. Genau unter diesem Baum.« Er lachte und legte seinen Arm um das Mädchen, das neben ihm stand.

»Würde dir das gefallen, Anna?«

»Spinner«, gab Anna zurück und lachte ebenfalls.

Vorsichtig tastete Katharina nach der Kette und dem Anhänger mit den Koordinaten, die Henri ihr gestern sofort umgelegt hatte.

»Was haltet ihr eigentlich von Frühstück?«, fragte Noah da in die Runde und legte wie zufällig seinen Arm um Bella. Ihre Tochter strahlte. Es war also so weit: Bella war verliebt.

»Frühstück klingt super«, antwortete sie glücklich.

Als sich die Jugendlichen verabschiedet hatten und im Begriff waren, in der Morgendämmerung zu verschwinden, drehte sich Bella noch einmal um. »Du brauchst wirklich keine Band, Mama. Du bist auch so ein Rockstar!«, rief sie ihr zu und winkte.

Katharina ließ sich wieder nach hinten fallen. Hier war sie. Im Park. Mit Henri, dem Mann, den sie liebte. Wenn man Mick und den anderen glauben durfte, die coolste Mutter der Welt. Ein Rockstar für ihre Tochter. Sie lachte leise. Dass das einmal irgendjemand über sie sagen würde, damit hätte sie selbst vermutlich am allerwenigsten gerechnet.

Die Sterne waren nur noch ganz blass am Himmel zu sehen, und Katharina fühlte sich voller Glück.

Es war völlig egal, wie alt sie waren oder was das Leben noch für Abenteuer für sie bereithielt. Unter diesem Baum waren sie für immer jung und voller Hoffnung.

»*Forever young*«, begann sie leise zu singen, wie es sich für einen Rockstar gehörte.

Danke!

Ist diese Geschichte wahr? Nun, ja und nein. Die Sehnsucht nach dieser ersten, wahrhaftigen und absoluten Liebe, die man auf diese Weise eben nur einmal erlebt, ist es auf jeden Fall. Auch ich erinnere mich gut an diese Momente, in denen ich davon überzeugt war, dass wir unsterblich sind, dass alles möglich ist, dass alles bleibt, und ja, auch, dass ich vor Glück fliegen kann.

Würde ich das noch einmal fühlen wollen? Unbedingt.

Was wäre der Preis dafür? Wäre ich bereit, ihn zu bezahlen? Fragen über Fragen …

Eines weiß ich ganz sicher: Ich bin glücklich und dankbar, dass Sie, liebe Christine Steffen-Reimann, Droemer Knaur, diese Geschichte entdeckt, an sie geglaubt und mir die Möglichkeit gegeben haben, sie aufzuschreiben. Ich danke Ihnen auch für die inspirierenden Meetings und unsere gemeinsame Titelsuche! Und dass Umwege die Ortskenntnis erhöhen, ist ja auch grundsätzlich eine wertvolle Erkenntnis.

Liebe Leonie Schöbel, Agentur Meller, für Ihren klaren Blick auf einfach alles, Ihre Unterstützung, Ihre Motivation, Ihren Humor und natürlich auch für die lustigsten Mailantworten aller Zeiten – Sie sind einfach toll!

Kris Günak: Freundin, Schreibbuddy und Coach-Kollegin, Sprüchefan! Danke dir für die vielen »Bandwurmsätzle«, »das kann echt raus!« oder »hier wäre ein Punkt prima«, für die vielen Telefonate und deine Begeisterung!

Jana Lukas: für diesen einen so wichtigen schmerzhaften Moment, in dem sich der ganze Inhalt dank dir gedreht hat – deine Unterstützung, deine Freundschaft, deine vielen tollen kreativen Ideen und unsere tollen Autofahrten inklusive Plots!

Leonie Lastella: Danke für deinen klaren Blick, deine klugen Anmerkungen und dein Lob – das bedeutet mir sehr viel und hat mich weitergebracht!

Überhaupt, die Hasengang: Was für ein Glück, dass wir uns haben – gemeinsam plotten, gegenseitig lesen, lachen, weinen, plotten, kreativ sein, verwerfen, hinterfragen können. Vor allem aber ehrlich sein dürfen. Das ist wirklich ein ganz besonders wertvolles Geschenk. Ohne euch wäre das Bücherschreiben nicht halb so schön, oder?

Liebe Heike Fischer, auch Ihnen vielen Dank für das aufmerksame Lektorat! Wow! Was Sie alles gefunden haben!

Liebe Leserinnen (und Leser?), ohne euch gäbe es keinen Grund, eine Geschichte aufzuschreiben. Ihr seid Inspiration und Antrieb, Freude und Support – eure Mails und Nachrichten machen mich glücklich und jede weitere Geschichte besser! Danke dafür, dass es euch gibt und dass ihr eure Freude und eure Gedanken mit mir teilt!

Und natürlich danke, Bob Dylan, für dieses Lied! Wer die »Vom Lieben und Lassen«-Playlist nachhören will – et voilà (ich möchte euch tanzen sehen!): *https://open.spotify.com/playlist/67Nm4KD5mzTkWTj7LzE6b4?si=dd4bdaf3d61f4963*

Alles Liebe, Lucia Sperling